MUTTERTAG 1

잔혹한
어머니의 날

MUTTERTAG 1

잔혹한
어머니의 날

넬레 노이하우스 지음

김진아 옮김

북로드

Vol. 01

Vol. 02

- 호프하임 강력반 K11

올리버 폰 보덴슈타인: 고참 경위, K11 수사반의 반장

피아 산더: 예전 성은 키르히호프, 경위, 강력반 소속의 고참 형사

니콜라 엥엘 박사: 호프하임 경찰서 과장

카이 오스터만: 경장, 강력반 소속

카트린 파힝어: 경장, 강력반 소속

셈 알투나이: 경위, 강력반 소속

타리크 오마리: 경장, 강력반 소속

크리스티안 크뢰거: 경사, 감식반장

슈테판 스미칼라: 경장, 호프하임 경찰서 공보관

메를레 그룸바흐: 호프하임 경찰서 피해자 심리전문요원

헤닝 키르히호프 박사: 프랑크푸르트 법의학연구소장

프레데릭 레머 박사: 법의학자

로니 뵈메: 부검 보조

킴 프라이탁 박사: 법정신의학자, 피아 산더의 여동생

데이비드 하딩 박사: 프로파일러, 전 FBI 범죄행동분석팀 팀장

- 그 밖의 인물(등장 순서대로)

노라 바르텔스: 1981년 익사체로 발견

피오나 피셔: 취리히 태생의 23세 여자

페르디난트 피셔: 피오나 피셔의 법적 아버지

크리스토프 산더 박사: 피아 산더의 남편

카롤리네 폰 보덴슈타인: 올리버 보덴슈타인의 아내

모니카 발: 신문배달부

데니스 코르트: 경장, 강력반 소속

테오도르 라이펜라트: 2017년 변사체로 발견

욜란다 샤이트하우어: 테오도르 라이펜라트의 이웃에 사는 소녀

베티나 샤이트하우어: 욜란다 샤이트하우어의 어머니

칼 하인츠 카첸마이어 박사: 테오도르 라이펜라트의 이웃

우시 카첸마이어: 칼 하인츠 카첸마이어의 아내

라이크 게르만 박사: 수의사, 테오도르 라이펜라트의 이웃

산드라 레커: 클라스 레커의 전 부인

클라스 레커: 산드라 레커의 전남편

로젠탈 검사: 현직 부장검사

프리트요프 라이펜라트: 테오도르 라이펜라트의 손자, 데하그 상업은행의 CEO

마르타 크니크푸스: 테오도르 라이펜라트의 이웃

라모나 린데만: 테오도르 라이펜라트의 양녀

사샤 린데만: 라모나 린데만의 남편

요아힘 보크트: 테오도르 라이펜라트의 양자

마르티나 지베르트 박사: 여성의학과 전문의

아냐 맨티: 테오도르 라이펜라트의 이웃

옌스 하셀바흐: 프랑크푸르트 공항 관계자

앙드레 돌: 테오도르 라이펜라트의 양자

브리타 오르가츄닉: 테오도르 라이펜라트의 양녀

나의 에이전트이자 좋은 친구인 안드레아에게 바칩니다.

우정과 후원에 감사드립니다.

악은 특별하지 않고 항상 인간적이다.
우리와 같은 침대에서 자며 한 식탁에 앉는다.
—W. H. 오든

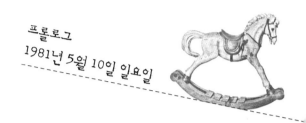

그는 호수 속에 가지를 드리운 커다란 수양버들의 거친 기둥에 기대앉아 혼자만의 시간을 즐겼다. 오랜만에 찾아온 귀한 순간이었다. 이곳은 그가 가장 좋아하는 장소다. 여기라면 그 누구의 방해도 받지 않고 공상의 나래를 펼칠 수 있다. 커튼처럼 그를 감싸주는 버들가지 뒤에서 그는 포근함을 느꼈다. 여기까지 쫓아올 사람은 없다는 것을 알았기 때문이다. 아직 어린 아이들은 들킬 경우 받게 될 벌이 무서워 집 근처를 떠날 엄두를 내지 못했고 머리가 좀 굵은 아이들은 여기까지 걸어 나오기가 귀찮아 나오지 않았다. 특히 이렇게 더운 날에는. 그들은 무리 지어 빈둥거리거나 몰래 담배를 피우거나 음악을 듣거나 작은 아이들을 괴롭혔다. 아니면 누구 하나가 울음을 터뜨릴 때까지 저희들끼리 치고받고 싸웠다. 보통은 여자아이들 가운데 하나가 울곤 했다. 그는 그들이 싫었다. 그들 전부 다. 그러나 가장 싫은

13

건 '그'였다. 제시간에 들어가지 않으면 '그'가 벌을 내릴 것이다. 간혹 그가 기분이 좋다면 흠씬 두들겨 맞는 정도로 끝나지만, 만일 기분이 나쁜 경우라면 끔찍한 일이 일어난다. 아주 끔찍해진다. 생각만으로도 두려워 입이 바짝바짝 말라왔다. 그는 다른 생각을 하기로 했다. 가장 좋은 건 엄마 생각이다. 저 멀리 사는 예쁜 엄마. 엄마에게선 아주 좋은 냄새가 났다. 엄마가 그를 안아주며 '우리 왕자님'이라고 부를 때, 손을 잡고 동물원 구경을 갈 때, 프랑크푸르트의 멋진 카페에 데려갈 때 그는 행복했다. 전에는 엄마가 찾아와서 하는 말을 믿었다. 머지않아, 아주 조금만 더 있으면 데리러 오겠다는 약속, 그리고 드디어 우리 집에서 함께 살게 될 거라는 말을 믿었다. 유난히 견디기 힘들 때면 엄마 집에서 함께 산다고 상상하곤 했다. 그는 왜 여기 떨어져 살아야 하는지 이해하지 못했다. 그래도 잠시 떨어져 있을 뿐이고 곧 엄마가 데리러 올 거라고 생각하면 위안이 됐고 모든 걸 참아낼 수 있었다. 가끔은 엄마가 날 잊어버린 게 아닐까 하고 걱정도 됐지만 그럴 때마다 어김없이 엄마가 다시 찾아왔고 모든 게 괜찮아졌다. 적어도 몇 시간 동안은 그랬다. 지금보다 어렸을 적엔 엄마와 헤어져 혼자 남는 게 싫어서 엄마를 붙들고 울곤 했다. 하지만 열네 살이 된 지금은 그러지 않는다. 그런 건 애들이나 하는 짓이니까.

그래도 속으로는 은근히 언젠가 엄마가 약속을 지켜주기를 바랐다. 어쨌든 엄마가 있다는 게 어딘가. 다른 아이들은 아예 있는지도 모르는데. 아, 그냥 혼자만 알고 있었어야 했는데! 하필이면 '그'에게 그 얘기를 하다니 얼마나 멍청한 짓인가! 그 사실을 알고 난 이후 '그'는 그를 놀리고 엄마에 대해 나쁜 말을 해댔다. "야, 이 못난이 호로새끼야!" 한번은 이렇게 말한 적이 있다. "도대체 넌 얼마나 멍청한 거냐? 네 엄마는 그냥 너를 키우기 싫어서 버린 거야. 아무리 시간이 가도 데리러 오지 않는다고! 언제 꿈에서 깰래, 이 멍청아?"

그는 눈물이 날 것만 같아 눈을 질끈 감았다. 너무 마음이 아팠다. 지난번에 엄마가 찾아왔을 때 그는 용기를 끌어내어 물었다. 내가 못난이 호로새끼라서 집으로 데려가지 않는 거냐고. 그 말에 엄마는 얼굴에서 미소를 거두며 이상하다는 듯 쳐다봤다. "절대, 절대로 그런 생각 하면 안 돼, 우리 왕자님." 엄마는 그렇게 속삭이고는 그를 꼭 안아주었다. 그게 2년 전 어머니날의 일이다. 작년에 엄마는 오지 않았다. 아마 오늘도 그를 데리러 오지 않을 것이다.

그는 울음을 눌러 삼키며 숲에서 나는 흙냄새를 깊이 들이마셨다. 그의 머리 위 구름 한 점 없는 하늘에서는 말똥가리(수리목에 속하는 소형 맹금류—옮긴이)가 조용히 원을 그리며 날고 있었다. 가끔 우는 소리도 냈는데 얼핏 들으면 고양이가 야옹야옹하는 소리 같았다. 주위에는 풀벌레 소리가 끊이지 않았고 근처의 나무 덤불 속에서는 작은 짐승이 움직이는 기척이 났다. 아마도 생쥐겠지. 그는 말똥가리 소리를 듣고 생쥐의 심장이 거칠게 뛰고 있을 것을 상상했다. 언제 말똥가리가 소리 없이 화살처럼 내리찍을지 모른다는 두려움으로. 그림자가 이미 머리 위에 왔다면 때는 늦은 것이다…… '나랑 똑같아.' 그는 속으로 생각했다. '우리 모두와 똑같아. 그가 오는 소리를 듣고 무슨 일이 벌어질지 몰라 벌벌 떠는 꼴이.'

그는 다시 눈을 뜨고 호수 위로 시선을 돌렸다. 유리를 깔아놓은 듯한 호수는 물결 한 점 없이 고요했다. 갈대 위에서 잠자리 두 마리가 윙윙거렸고 소금쟁이가 물 위로 기어가며 수면에 갑작스러운 파문을 일으켰다. 그는 문득 고개를 들고 먼 데서 나는 소리에 귀를 기울렸다. 사람 목소리가 나는 듯하더니 철썩하는 물소리에 이어 노가 물을 밀어내는 소리가 들려왔다. 호수 건너편 갈대숲에 작은 보트가 매어져 있는데 너무 낡아 타는 것이 엄격히 금지돼 있다. 네발로 기어 물가로 간 그는 날씬한 갈대들 사이로 밖을 염탐했다. 심장이 쿵쾅쿵쾅 뛰면서 승리의 기쁨이 온몸을 훑고 지나갔다. 저 두 사람은 아까 미사가 끝난 후 그가 자신들의 말을 엿들었다는 걸 모른다.

"2시에 개구리 연못?" 그가 그녀를 쳐다보지 않은 채 나지막이 중얼거렸다.

"3시가 나아." 그녀 역시 작은 소리로 중얼거렸다. "그때 엄마아빠가 나가거든."

중앙통로로 밀려나가는 사람들 틈바구니에서 그는 그들의 손등이 우연인 듯 살짝 스치는 것을 목격했다. 이럴 때는 눈에 띄지 않는 사람이라는 게 확실한 장점으로 작용했다. 때로는 자존심이 상하는 경우도 있지만 대개 마음에 드는 경우가 더 많았다. 그의 귓가에 노라의 목소리가 들려왔다. 그녀의 목소리는 종소리처럼 경쾌한 울림이 되어 오후의 고요 속을 둥둥 떠다녔다. 노라는 보트 후미에 엎드려 있었다. 바닥에 팔꿈치를 대고 햇볕에 잘 그을린 다리를 꼰 채였다. 긴 금발은 어깨 위로 흘러내렸고 한쪽 팔은 물속에 담그고 있었다. 그는 갑자기 노 젓기를 멈추더니 한가운데 똑바로 서서 배가 균형을 잃도록 흔들어댔다.

"야, 하지 마!" 노라가 몸을 일으키며 말했다.

"뽀뽀해주면 안 하지." 그가 대꾸했다.

"꿈 깨시지!" 그녀가 거만하게 말했다. "빨리 노나 저어! 그렇게 멍청한 짓 할 거면 다음번엔 다른 애한테 나가자고 할 거야."

그는 속으로 쌤통이라고 생각했다. 노라는 '그'에게 독설을 퍼부었고 그 말들은 낚싯바늘처럼 '그'의 영혼에 박혀 쉬이 떨어지지 않을 것이다. 그 느낌이 어떤 것인지 그도 정확히 알았다.

노라. 그는 그녀를 사랑했다. 그리고 증오했다. 그녀는 그가 여태껏 본 것 중 가장 아름다운 존재였다. 그리고 가장 사악한 존재였다.

그는 계속해서 배를 흔들어댔다. 배가 기울면서 마침내 노라가 물에 빠져 날카로운 비명을 내질렀다. 흥분한 그녀의 입에서 온갖 욕설이 쏟아져 나왔다. 그러나 그는 전혀 신경쓰지 않고 개구리헤엄으로 물으로 올라오더니 나무들 사이로 유유히 사라져버렸다.

이제 노라와 그, 둘만 남았다. 그 상황의 의미를 가늠하며 그는 잠시 현기증을 느꼈다. 노라는 여전히 물속에 있었고 같은 자리에서 꼼짝도 하지 못했다.

"사람 살려!" 그녀가 외쳤다. "사람 살려요! 끼어서 나갈 수가 없어요!"

그녀가 입 밖으로 낸 소리 중 처음으로 진심이 느껴지는 말이었다. 그는 샌들을 벗고 티셔츠와 반바지를 벗은 다음 갈대를 헤치고 걸어나갔다. 차갑고 물컹물컹한 감촉이 발바닥을 감쌌다. 베일 듯 날카로운 갈대도 조심해야 했다. 그가 갈대숲에서 나와 그녀 쪽으로 헤엄쳐 갈 때까지도 그녀는 '사람 살려'를 외치고 있었다. 공포가 서린 눈으로 물속에서 허우적거리고 있었다. 이제 조금만 더 헤엄쳐가면 그녀에게 닿는다. 그는 그녀와 이렇게 가까이 있어본 적이 없었다.

"발이 끼었어." 그녀가 숨을 헐떡이며 그의 팔을 붙잡으려 했다. 그는 제자리에서 헤엄을 쳤다. 물속에서 허우적대며 두려움에 떨고 있는데도 그녀는 여전히 예뻤다. 그의 내면 깊은 곳에서 때만 기다리고 있던 무언가가 서서히 깨어났다. 그는 그녀의 목을 감쌌다. 그녀는 다시 소리를 지르려 했지만 그가 그녀의 머리를 얼른 물속에 처박았다. 그리고 그대로 누르며 버텼다. 쉽지 않은 일이었다. 그녀의 발이 해초 줄기에 엉켜 있지 않았더라면 버티지 못했을지도 모른다. 양팔과 다리로 그녀의 몸을 끌어안자 몸속의 피가 빠르게 솟구치는 것이 느껴졌다. 그녀가 필사적으로 반항할수록 힘을 쥐었다는 쾌감이 더욱 강렬하게 그를 사로잡았다. 그녀는 거세게 발버둥치며 몸싸움을 벌였지만 그가 훨씬 강했다. 이제 그는 물속에서 무릎만 가지고도 그녀를 포획할 수 있게 됐다. 그는 그녀가 죽어가는 모습을 홀린 듯 지켜보았다. 그녀의 휑하니 벌어진 눈 속에 죽음의 공포가 떠올랐다. 공포는 곧 믿지 못하겠다는 표정으로 바뀌었고, 어느 순간 툭 스러지며 인형처럼 텅 빈 생기 없는 눈빛으로 변했다. 그는 노라의 생명이 꺼지는 것을 느낄 수 있었다. 그녀의 몸이 축 늘어지자 그는 힘을 풀어 그녀를 놓아주었다. 그녀의 머리카락이 황금빛 부채처럼 물 위에 퍼져나갔다. 콧구멍과 입에서 보글보글 거품을 내며 마지막 숨이 빠져나왔다. 천상의 존재 같던 노라 바르텔스의 아름다움도 영원히 안녕이었다. '그가 그렇게 되길 원했기 때문이었다.' 그는 노라의 몸이 가라앉는 것을 보며 잠시 권력과 힘, 도취감에 젖었다. 그리고 다시 뭍으로 헤엄쳐와 옷을 입고는 빠르게 달리기 시작했다. 심장이 터져나갈 듯 거칠게 뛰었다. 숨이 가빠오도록 달리고 또 달렸다. 커다란 집에 다다를 때까지 마주친 사람은 한 명도 없었다. 개구리 연못에서 아이가 죽었다는 소식이 오후 늦게 전해졌을 때 사람들의 머릿속에 떠오른 건 그가 아니라 젖은 옷으로 집에 돌아온 또 다른 소년이었다. 존재감이 없다는 건 때론 큰 장점이었다.

그날 밤 잠자리에 누웠을 때 그는 삶이 죽음으로 변하는 순간이 얼마나 특별하고 사람을 흥분시키는 것인지 깨달았다. 그날 맛본 전능의 힘을 다시는 잊지 못할 것이었다. 그는 매트리스와 침대 틀 사이의 비밀공간에서 조심스럽게 머리카락 한 줌을 끄집어냈다. 노라와 몸싸움을 하는 와중에 뜯어낸 머리카락이었다. 머리카락에 코를 대고 냄새를 들이마신 뒤 자신의 뺨에 갖다댔다. 그는 이제 더 이상 희생자가 아니었다. 오늘부터 그는 사냥꾼이었다.

호수 위에는 솜뭉치 같은 안개가 잔뜩 끼어 있었다. 이 계절에는 특별할 것도 없다. 봄이 되면 몇 시간 사이에 햇빛이 비로 바뀌고 비바람이 눈으로 바뀌곤 하니까. 하지만 바람이 불지 않는다면 안개는 하루 종일 저렇게 뭉쳐 있을 것이다. 피오나 피셔는 동물원에서 취리히베르크로 내려가는 6번 트램에 앉아 있었다. 숱하게 오르내리던 길이지만, 오늘 그녀는 전에 없이 긴장되어 있었다. 지난밤에는 한숨도 못 자고 무슨 옷을 입을까, 무슨 말을 할까 궁리하며 밤을 지새웠다. 오늘 낮 12시 그녀는 기억에도 없는 아버지를 만나러 간다. 어머니의 장례식을 치른 지 2주가 지났다. 부고와 함께 바젤로 보낸 편지는 수취인 불명으로 되돌아왔다. 그녀는 어머니의 책상과 휴대전화 주소록을 뒤져보기로 마음먹었고 페르디난트 피셔라는 사람의 전화번호를 찾아냈다. 하지만 곧바로 전화를 걸 엄두는 나지 않았다. 자신을 어떻게 소개하고 뭐라고 말을 건단 말인가? '안녕하세요, 저 아버지 딸이에요!' 말도 안 된다. 불가능한 일이다. 딸과 아내를 두고 20년간 연락을 끊은 남자에게 할 말은 아니지 않은가. 크리스마스에도 생일에도 카드 한 장 없었다.

피오나는 가끔 아버지의 얼굴 생김이나 목소리를 기억해내려고 해봤다. 한때는 웃음소리, 특정한 냄새가 떠오르는 것 같기도 했다. 하지만 그 기억도 세월이 흐르면서 희미해졌다. 사진도 전혀 없었다. 그것은 무척 슬픈 일이었다. 피오나도 다른 친구들처럼 아버지가 있었으면 했다. 심지어 부모님이 이혼한 집의 아이들도 아버지와 연락은 하고 살았다. 수녀처럼 오로지 여자들 틈에서만 자란 아이는 피오나뿐이었다. 그녀는 평생을 어머니, 할머니와 함께 취리히베르크의 호이베리 로에 있는 할머니 집에서 살았다. 여름이면 셋이서 토스카나로 여름휴가를 떠났고 겨울이면 발리스로 스키 여행을 갔다. 어머니는 발레학원에도 보내주고 테니스도 배울 수 있게 해줬다. 여름 오후에는 미텐콰이 해변에서 친구들과 함께 시간을 보냈다. 한마디로 잘살아왔다. 아주 잘살았다. 아버지가 없었을 뿐이다. 어머니는 어쩌다 아버지에 대해 얘기할 때마다 경멸하는 말투였다. 처자식을 버렸다는 것이다. 거기까지는 피오나도 이해했다. 어릴 때는 자기 때문에 아버지가 떠났다고 생각했었다. 그러다 아버지가 양육비도 지불하지 않았다는 것을 알게 됐다. "징그러운 독일 놈! 네 엄마가 먼저 나서서 돈 안 받겠다고 했잖아. 처음부터 사람이 좀 이상했어." 할머니가 언젠가 그렇게 말하면서 혀를 찼다. 그녀는 아버지가 독일인이라는 것을 그때 처음 알았다.

트램이 플룬테른 정거장에서 멈췄다. 피오나는 트램에서 내려 한

무리의 일본인 관광객과 함께 벨뷰 행 5번 트램을 기다렸다. 그녀는 가운데 칸 창가 자리에 앉았다. 일요일이라 차 안은 거의 비어 있었다. 구글에 '페르디난트 피셔'라는 이름을 검색해보니 수십만 개의 결과가 나왔었다. 그가 어디에 사는지, 어떻게 생겼는지, 직업이 무엇인지 전혀 모르는 그녀는 바로 검색을 중단하는 수밖에 없었다. 마침내 한참 동안 문구를 다듬고서야 그에게 문자메시지를 보냈다. 20년 전 말없이 그녀의 삶에서 사라진 아버지는 놀랍게도 한 시간 후 바로 답장을 보내왔고 만나자고 했다. 12시 정각 리마트콰이에 있는 오데옹 카페에서. 하필이면 그 동네라니…… 그녀는 좀 조용한 장소이기를 바랐다. 물어보고 싶은 것들이 너무 많았기 때문이다. 그리고 물어봐야 하는 것들도. 그녀에게 남은 혈육은 이제 아버지뿐이었다.

청색과 흰색으로 칠해진 트램이 덜컹거리며 대학병원을 지났다. 그녀는 세 정거장 더 간 다음 벨뷰 역에서 내렸다. 그리고 파란색 작은 배낭을 어깨에 둘러메며 길을 건넜다. 카페에 들어설 때 긴장감으로 위장이 쪼그라드는 것 같았다. 탁한 공기가 콧속을 파고들었다. 젖은 양모와 막 내린 신선한 커피와 마늘 냄새가 났다. 바에는 빈자리가 없었고 다른 자리도 거의 다 차 있었다. 피오나는 사람들을 헤치고 나아가며 빈자리를 찾아 두리번거렸다. 맨 뒤 나무 클립에 신문을 끼워 걸어놓은 구석에 빈자리가 보였다. 관광객 한 쌍도 그 자리를 발견하고 걸음을 옮기기 시작했다. 그러나 피오나가 빠른 걸음으로 자리를 선점했다. 12시 10분 전이었다. 그녀는 되도록 일찍 약속장소에 도착해서 카페에 들어오는 남자들을 찬찬히 살펴볼 생각이었다. 어쩌면 그가 그녀를 알아볼지도 몰랐다. 그녀는 어머니와 생김새가 완전히 딴판이었다. 어머니는 갈색머리에 키가 작고 통통했다. 암에 걸린 후에는 치료를 받느라 고생해서 뼈만 남았지만. 피오나는 창에 비친 자신의 모습을 바라보았다. 짙고 긴 금발머리, 커다란 파란 눈, 창백한 낯빛의 젊은 여자가 보였다. 예쁘다고 하기엔 너무 마른 얼굴이었다. 지쳐 보였다. 실제로도 그랬다. 지치고 무기력하고 텅 빈 느낌이었다. 어머니의 긴 투병생활은 그녀에게도 흔적을 남겼다. 키가 176센티미터인데 몸무게는 겨우 51킬로그램이었다. 어머니는 마지막까지 호스피스 병동에 들어가기를 거부했다. 그래서 마지막 숨을 거둘 때까지 그녀가 돌봐야 했다. 슈퍼마켓이나 약국에 볼일이 있어 잠깐 밖에 나갈 때면 그제야 숨통이 트였다. 그리고 급하게 라테마키아토나 아이스크림을 사먹을 때마다 죄책감에 시달렸다.

"아!" 언제 왔는지 짙은색 머리의 젊은 남자종업원이 앞에 서 있었다. "지금 주문하실 건가요?"

생각에 빠져 있던 피오나는 얼떨떨한 표정으로 그를 올려다보았다.

"에, 아뇨……. 좀 있다가요. 일행을 기다리는 중이라서요."

휴대전화를 보니 12시 정각이었다. 카페는 만원이었고 소음이 꽤 높았다. 수많은 인파와 소음이 그녀에게는 여전히 너무 낯설었다. 마음 같아서는 당장 일어나 카페를 나가고 싶었다. 나가서 신선한 공기를 마시고 싶었다. 차라리 그가 오지 않았으면 하는 생각이 들 찰나, 누군가 그녀의 탁자로 다가왔다. 순간 그녀는 실망감을 감출 수 없었다. 조지 클루니를 기대한 건 아니었지만 윤곽이 불분명한 평범한 얼굴에 금테 안경, 갈색 눈, 귀밑머리가 희끗희끗해지기 시작한 숱 적은 갈색 머리의 50대 중반 남자라니 뜻밖이었다. 입고 있는 옷은 값비싸 보였고 손목에 찬 시계도 고급인 것 같았다.

"페르디난트 피셔라고 합니다. 피오나 씨인가요?" 그가 물었다. 존 칭을 쓰니 자동적으로 거리감이 생겼다.

"네." 그녀는 애써 미소를 지으며 자리에서 일어섰다. 악수를 하려고 그의 손을 잡는데 죽은 물고기를 만지는 기분이었다. 다시 자리에 앉은 그녀는 자신도 모르게 손바닥을 청바지에 닦고 있었다. "와줘서…… 와주셔서 고마워요."

대화의 시작은 서툴렀다.

"당연히 와야죠." 그는 호기심을 감추지 않고 그녀의 얼굴을 뚫어져라 쳐다보았다. "아주 예쁜 아가씨로 자랐네요……. 에…… 자랐구나. 우마 서먼 젊었을 때 같은데?"

피오나는 당황해서 얼굴을 붉히며 시선을 떨구었다. 마침 아까 그 종업원이 다시 나타났고, 덕분에 그녀는 대꾸하지 않아도 되었다. 그는 소고기 타르타르(서양식 육회 요리—옮긴이)와 펠트슐로스헨 생맥주를 주문했는데 메뉴판은 보지도 않았다. 피오나는 식사메뉴 중 가장 저렴한 햄치즈토스트와 사과에이드를 골랐다. 주문한 음식을 기다리는 동안 두 사람은 대화를 이어갔다. 피오나는 3년 전 래미뷜 과학고등학교의 졸업시험에 합격하고 프리부르 대학교 수학과에 입학할 예정이었지만 어머니의 갑작스러운 발병으로 일단 계획을 미뤘다고 했다. 그 일로 실반과 싸우게 됐다는 말은 하지 않았다. 그녀는 어머니가 곧 회복되리라고 믿었지만 결과적으로 그렇게 되지 않았다. 그래서 지난 3년간 중환자 수발을 들어야 했다. 그는 얘기를 듣다가 진심이 담기지 않은 표정으로 조의를 표했다. 그리고 할머니가 아직 살아 계시는지, 플룬테른의 그 집에 아직도 살고 있는지 물었다. 곧 음식이 나왔다. 그녀의 아버지는 하얀 냅킨을 셔츠 앞섶에 꽂더니 맛있게 음식을 먹기 시작했다. 피오나는 토스트의 한 귀퉁이를 조심스럽게 잘랐다. 조금 전까지만 해도 배가 고팠지만 갑자기 입맛이 뚝 떨어졌다.

"여기 자주 오시나…… 봐요?" 그녀가 물었다. 낯선 남자에게 친밀한 말투를 쓰는 것이 영 어색했다.

"일주일에 두세 번 정도." 그가 음식을 씹으며 말했다. "회사가 저기 리마트 강 건너편에 있거든. 회계사무소야."

"네? 정말이요?" 피오나는 놀라움을 감출 수 없었다. 학창시절 내내 그녀를 따라다니던 친숙한 아픔이 예고 없이 그녀의 마음을 후려쳤다. 그녀의 아버지가 취리히에 살고 있었다니! 그렇다면 한 번쯤, 아니 여러 번 마주쳤을 수도 있다. 취리히는 작은 도시가 아닌가! 그는 어째서 그 오랜 세월 동안 한 번도 연락하거나 만나러 오지 않았을까? 그녀는 왜 아비 없는 자식이라는 낙인이 찍혀 살아야 했단 말인가? 게다가 회계사라면 돈도 잘 벌 텐데. 만나기 싫다면 양육비라도 댈 수 있는 것 아닌가? 어머니는 과연 그 사실을 알고 있었을까?

"우리 집은 강 건너편 배덴스빌에 있어." 그가 포크에 타르타르를 얹으며 지나가는 말처럼 말했다. "남편이랑 같이 몇 년 전에 집을 샀거든."

피오나는 어리둥절한 표정으로 그를 쳐다보았다. '남편이랑 같이…….' 그녀는 순간적으로 아버지 아닌 또 다른 페르디난트 피셔와 앉아 있는 게 아닌가 의심했다. 만일 그녀가 다른 사람으로 착각한 거라면? 아니, 그럴 리 없다. 그가 다른 사람이라면 집과 할머니에 대해 어떻게 알겠는가? 그녀의 놀란 표정을 눈치챈 그가 웃음을 거두었다.

"혹시 너……?" 그는 불편한 심기를 숨기지 않았다. 곧 믿기지 않는다는 듯 고개를 저으며 포크를 내려놓고는 그녀를 빤히 쳐다보았다. "세상에, 아니 어떻게…… 정말 아무것도 모르는구나?" 이번에는 그가 놀랄 차례였다. "내가 미리 알았어야 했는데. 네 엄마는……." 그는 어쩔 줄 몰라 하며 말을 잇지 못했다.

"제가 뭘 모르는데요? 그리고 뭘 알았어야 한다는 거예요?"

피오나는 애써 눈물을 참으며 물었다. 속으로는 더 의연하게 대처하지 못하는 자신에게 짜증이 났다. '그래, 내 아버지가 동성애자이고 우리 집에서 5킬로미터도 안 떨어진 곳에 살면서 그동안 한 번도 날 보러 오지 않은 것을 몰랐겠지.' 그녀의 목소리가 파르르 떨렸다. "그래서 양육비도 안 주고 찾아오지도 않은 거예요? 내가…… 창피했어요? 아이가 있다는 게 남편한테 부끄러워서 그런 거예요?"

마지막 말은 거의 울부짖다시피 나왔다. 옆 사람들이 힐끗거렸지만 주위의 시선 따위에 신경쓸 겨를이 없었다.

"피오나, 제발!" 그녀가 아버지라 여기는 그 남자가 난감한 듯 말했다. 그리고 달래려는 듯 그녀 쪽으로 손을 뻗었다. 그녀는 움찔하며 몸을 사렸다. "네가 생각하는 것과 완전히 달라!"

"듣고 싶지 않아요! 괜히 연락해서 미안해요." 그녀는 눈물로 눈앞이 흐려진 채 휴대전화를 낚아채 배낭에 넣고 재킷을 집어들었다. 더이상 견딜 수 없다. 이 자리를 떠야 한다! 신선한 공기 속으로 나가고 싶다는 생각뿐이었다.

"피오나, 기다려!" 페르디난트 피셔는 다급하게 내뱉으며 엉거주춤 일어섰다. 여전히 목둘레에 냅킨을 꽂은 채였다. "아직 못 들었다면 진실을 알아야 해! 난 네 아버지가 아니야! 크리스티네도 네 엄마가 아니고!"

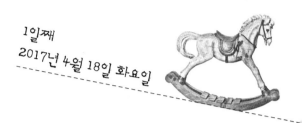

피아 산더 형사는 계단에 앉아 운동화 끈을 묶었다. 일어서려는데 이미 익숙한 4번과 5번 디스크 사이의 통증이 날카롭게 등을 훑고 지나갔다. 그녀는 억눌린 신음소리를 내며 도로 주저앉았다. 그리고 할머니처럼 난간을 부여잡고 몸을 일으키기 전에 부엌에서 나는 소리에 귀를 기울였다. 이런 굴욕적인 모습을 크리스토프에게 보여주고 싶지 않았다. 그녀는 천천히 등을 폈다. 통증이 조금 나아졌다. 몇 주 후 그녀는 쉰 살이 된다. 마음은 아직 청춘이지만 그간 몸을 생각하지 않고 무리한 대가를 톡톡히 치르는 중이다. 크리스토프와 그녀가 1월에 비르켄호프를 판 데는 그런 이유도 있었다. 물론 주요한 이유는 그녀가 더 이상 그곳에서 마음이 편하지 않다는 데 있었다. 두 번이나 침입이 있었다. 두 번째 침입은 작년 11월에 그녀가 혼자 집에 있을 때였다. 다행인 것은 바트조덴에 있는 크리스토프의 집을 연금담보로 산 사람들이 라인-마인 지역을 떠나게 돼 계약해지를 요구한 상태였다는 것이다. 크리스토프는 기꺼이 요구에 응했다. 피아에게는 비르켄호프를 팔고 떠나는 것이 어렵게만 느껴졌지만 결정은 생각보다 쉬웠다. 말들과 개들은 하나둘씩 무지개다리를 건너갔고 이제 남은 것은 고양이 한 마리뿐이었다. 고양이는 함께 데려가기로 했다. 비르켄호프의 매수인을 찾는 것은 전혀 어렵지 않았다. 사려는 사람이 많아서 골라야 할 정도였는데 결국 가장 높은 값을 부른 터키인 조경사에게 넘어갔다. 지난주 목요일 공증인에게서 에스크로(안전한 거래를 위해 판매자와 구매자 사이에서 제삼자가 물품, 금전의 거래를 중개하는 것—옮긴이) 계좌에 총액이 입금됐다는 이메일이 왔다. 이제 약속대로 내일 오후 6시에 매수인에게 열쇠를 인도하면 되었다.

부엌에 들어가니 크리스토프가 아일랜드 식탁에서 커피를 마시며 신문을 읽고 있었다. 흰 점박이 고양이는 구석 벤치에 앉아 오묘한 녹색 눈동자로 그의 일거수일투족을 주시하고 있었다.

"어제 짐 많이 날랐는데 허리 괜찮아?" 그가 돋보기 너머로 그녀를 살폈다.

"멀쩡해." 피아가 그에게 입맞춤하며 말했다. "갓 잡아올린 생선처럼 팔팔한걸."

"정말? 어젯밤에 많이 뒤척이던데?"

"이제 나도 이팔청춘은 아니잖아." 그녀는 찬장에서 커피잔을 꺼내 커피머신 밑에 놓고 '카페 크레마' 버튼을 누르며 말했다. "그래도 아주 잘 잤어."

그 말은 사실이었다. 독일에서 가장 통행량이 많은 고속도로 근처에서 12년을 살다가 자동차 소음 없이 자니 정말 좋았다. 크리스토프 또한 20년간 살았던 집에 다시 살게 된 것을 기뻐했다. 막내딸 안토니아도 남편 루카스, 두 어린아이와 함께 몇 집 건너에 산다. 석 달에 걸친 리모델링이 끝난 후 그들은 이삿짐을 싸고 농장을 치우느라 부활절 전주에 휴가를 냈다. 새 집주인이 트랙터, 비료살포기, 말 수송용 트레일러 같은 장비 일체를 함께 구입했고 심지어 피아의 낡은 SUV까지 사들였기 때문에 이사가 훨씬 수월해졌다. 이윽고 성목요일 아침 8시 정각에 트럭이 도착했고 이삿짐센터 사람들은 두 시간 만에 짐을 뚝딱 실어버렸다. 마지막으로 비르켄호프의 문을 잠글 때 피아는 서운함보다 후련함을 느꼈다. 이제 다시 새로운 삶을 시작할 때가 되었다고 생각했다. 12년 전 헤닝과 이혼한 후 비르켄호프를 사고 직업전선에 뛰어들었던 그때처럼.

피아는 뜨거운 커피 한 모금을 마시고 방금 크리스토프가 읽은 《회흐스터》지의 지역 코너를 넘긴 뒤 여느 때처럼 맨 뒤에 있는 부고란을 죽 훑었다.

"그거 알아?" 그녀가 남편에게 말했다. "아까 샤워할 때 생각난 건데, 그동안 가로등, 이웃, 교회 종소리, 걸어서 갈 수 있는 가게와 식당, 그런 걸 많이 그리워했던 것 같아. 비르켄호프를 이렇게 쉽게 잊다니, 나 정말 나쁘지 않아?"

"아니, 전혀." 크리스토프가 대답했다. "거기서 좋은 시간을 보냈고 이젠 여기서 새롭게 시작하는 거지. '자리를 털고 일어나 길을 떠날 수 있는 사람만이 삶을 마비시키는 습관을 떨쳐낼 수 있다.' 헤르만 헤세는 이미 옛날에 알고 있었다고."

피아는 가만히 미소를 지었다. 크리스토프는 언제나 정확히 문제의 핵심을 찌른다. 그녀는 커피를 다 마시고 잔을 식기세척기에 집어넣었다.

"저녁에 봐." 피아는 재킷과 가방을 챙긴 뒤 고양이에게 손을 흔들어주고 집을 나섰다. 새집에서의 첫 출근이었다.

***

K11수사반의 사무실은 한가했다. 당직표에 따르면 카트린 파힝어와 셈 알투나이는 휴가 중이고 수사반장 올리버 폰 보덴슈타인은 아직 휴가가 사흘 남았지만 여행을 떠나지 않았기 때문에 대기 상태였다. 자리를 지키고 있는 것은 타리크 오마리와 카이 오스터만뿐이었다. 사무실을 함께 쓰는 카이는 시나몬롤을 입안에 집어넣다가, 출근하는 피아에게 손을 흔들었다.

"부활절 잘 보냈어?" 카이가 우물거리며 물었다. 피아는 카이만큼 많이 먹으면서도 살이 찌지 않는 사람을 본 적이 없다. 부상으로 장애가 있어 운동하기 어려운데도 말이다. 다른 사람이라면 그렇게 칼로리를 많이 섭취하고 마른 체형을 유지하기 위해 운동깨나 해야 했을 것이다.

"응, 자기는?" 피아는 가방에서 부활절 달걀 모양 초콜릿 세 개와 토끼 모양 초콜릿 한 개를 꺼내 카이의 책상들 중 하나에 올려놓았다. "늦었지만 부활절 선물."

"오, 고마워라!"

"나보단 자기가 먹는 게 나을 것 같아서." 피아가 한쪽 눈을 찡긋하며 말했다. "난 먹는 족족 허벅지에 가서 붙거든."

예전에는 피아, 프랑크 벤케, 카이 오스터만 셋이서 한 책상을 나

뒤 쓰던 시절도 있었다. 하지만 벤케가 떠나고 피아가 부재중인 보덴슈타인 대신 반장실로 들어가자 카이는 책상 세 개를 U자 모양으로 붙여놓고 증권거래소처럼 모니터 네 대와 키보드 여러 개를 갖춘 작업실을 만들었다. 피아는 그가 어떻게 니콜라 엥엘 과장을 구워삶았는지 묻지 않았다. 물어봤어도 답해주진 않았겠지만.

"연휴 동안 잘 쉬었어?" 카이가 초콜릿을 서랍에 집어넣으며 물었다. 항상 간식거리로 꽉 찬 서랍이다. 카이가 무릎 나온 바지에 낡은 티셔츠, 기름 낀 포니테일로 돌아다니던 때는 지났다. 여자친구가 생긴 뒤로는 외모에 신경을 많이 썼다. 오늘도 짧게 자른 머리에 젤을 발라 뒤로 넘기고 짙은 청색 스키니 청바지에 새하얀 셔츠, 조끼 차림이다. 그의 이런 변화는 호프하임 경찰서 과장 니콜라 엥엘이 피아를 따로 불러 옷차림을 지적하는 결과를 초래하였다. 엥엘 과장은 임시반장직에 걸맞은 스타일로 옷을 입어라, 청바지, 후드점퍼, 운동화를 신기엔 나이가 너무 많다고 분명히 잘라 말했다. 피아는 사생활을 침범당했다고 느꼈고, 여태껏 입어온 방식을 그대로 이어가겠다고 밝혔으며, 실제로 그렇게 했다. 하지만 매일 아침 옷을 입을 때마다 그 대화가 떠올라 부담스러웠다. 작년에 돌아온 보덴슈타인에게 수사반장직을 이미 넘겼음에도 말이다. 만일 그저 직장 상사이기만 했다면 그렇게까지 속이 상하지는 않았을 텐데, 니콜라 엥엘은 5년 전부터 여동생 킴과 동반자 관계다. 피아의 올케가 된 것이다. 게다가 엥엘은 특유의 뻔뻔함을 발휘해 킴을 이 문제에 끌어들였다. 킴이 자기편을 들게 해서 결국 자매 사이를 갈라놓은 것이다.

"우리 이사했잖아." 피아가 서랍에 넣어둔 진통제를 찾으며 말했다. "이사하면서 쉰다는 건 불가능하지. 여긴 별일 없었어?"

"지난주엔 잠잠했다고 봐야지." 카이가 대답했다. "타리크가 지금 프랑크푸르트에 영장판사 만나러 가 있어. 어젯밤에 플뢰르스하임에 있는 난민보호소에서 칼부림이 일어나 사망자가 나왔거든."

"범인은 잡았어?"

"응, 거부당한 모로코 출신 난민신청자인데 사건 한 시간 뒤 전철역에서 붙잡혔고 다 실토했어."

3년 전부터 K11팀에서 함께 일하기 시작한 타리크 오마리는 아랍어를 유창하게 구사해 난민거주시설에서 범죄가 발생했을 경우 통역이 필요 없었다. 불행하게도 난민 관련 범죄는 점점 늘어가는 추세다.

"잘됐네." 피아는 이부프로펜을 찾아내 포장지에서 한 알을 빼냈다. "과장은 왔어?"

"아마도." 카이가 대답했다. "아까 보니까 주차장에 차는 있더라고."

피아는 컴퓨터를 켜고 지난주에 들어온 이메일을 확인했다. 외부에서 온 문의 몇 건, 퇴직하는 동료에 대한 온라인 설문조사, 업무상 소통 시 정해진 업무용 블랙베리만 사용하고 안전하지 않은 메신저 서비스 사용을 자제하라는 경찰서장의 경고성 공지문. 급한 용무는 전혀 없었다. 서류더미 위에 놓인 우편물을 막 집으려는 찰나 피아의 책상에 놓인 전화기가 울렸다.

"어이, 피아!" 출동센터의 동료였다. "일이 생겼어. 방금 신고가 들어왔는데 맘몰스하인에서 남성 변사체가 발견됐대. 순찰차는 이미 출동했어."

"발견한 사람은?" 피아가 물었다.

"신문배달부야. 우체통이 꽉 찬 걸 보고 이상해서 창문으로 들여다봤대. 죽은 지 좀 된 것 같아."

"알았어." 피아가 우편물을 내려놓으며 말했다. "지금 출발할게. 주소 있어?"

피아는 거리 이름과 번지수를 메모한 후 고맙다 말하고는 자리에서 일어섰다.

"맘몰스하인에 가봐야겠네." 피아가 카이에게 말했다. "방콕 시체하나 나온 것 같아."

"타리크한테 전화해서 그리로 가라고 할까?"

"아니, 잠깐 있어봐." 피아가 가방을 집어들며 말했다. "일단 가서보고 연락할게."

***

올리버 폰 보덴슈타인 경위는 내일 프랑크푸르트 지방법원 순회재판소에서 열리는 살인사건 재판에서 진술할 내용을 오전 내내 정리했다. 재판받는 사람은 56세 남성과 내연녀인 49세 여성으로 22년전 56세 남성의 아내를 공동으로 살해했다는 혐의를 받고 있다. 피살된 아내에게 돈이 많았고 현재 49세인 내연녀가 당시 이미 내연관계였기 때문에 재물에 대한 욕심과 치정이 살해동기로 지목되었다. 경찰은 22년간 그들의 범행을 증명할 수 없었다. 내연녀가 남편에게 알리바이를 제공했고, 경찰은 그 알리바이를 뒤집을 수 없었기 때문이다. 그들은 그동안 경찰의 눈치 보지 않고 죽은 아내의 돈으로 흥청망청 살았다. 하필이면 아내가 욕실에서 살해당한 그 집에서 말이다. 살해 당시 옆방에는 세 살짜리 딸이 자고 있었다. 독일에는 살인죄에 공소시효가 없기에 반년 전 확보된 단서들을 다시 조사하는 작업이 이루어졌다. 1995년 이후 과학수사 기술이 크게 발전했고 특히 유전자분석 분야에서 급진전했다. 덕분에 당시 시신 전체에서 접착식 테이프로 채취한 흔적을 분석한 결과 놀랄 만한 사실이 드러났다. 시신의 팔에서 내연녀의 유전자가 발견된 것이다. 즉, 그녀가 피살자의 집에 있지 않았다는 당시의 진술과 달리 사건 당일 그 집의 욕실에 있었고 피살자와 신체적으로 접촉했음을 말해주는 증거가 나온 것이다. 이로써 내연녀가 제공한 남편의 알리바이도 뒤집어졌다. 보덴슈타인은 두 사람을 넉 달 전에 체포했고 판사는 그들을 바로 미결감으로 보냈다. 그 재판이 내일로 다가왔다. 두 사람 모두 종신형을 받을 가능성이 컸다.

보덴슈타인은 이렇게 오래된 미제사건을 해결하고 뒤늦게나마 유족들의 한을 풀어주는 데서 큰 보람을 느꼈다. 그가 경찰로 돌아온 이유 중 하나도 그것이었다. 구조조정으로 장기 미제사건 담당부서가 호프하임 경찰서에 편입되었다. 따라서 지역범죄수사국과 긴밀하게 일할 수 있을 뿐 아니라 지역범죄수사국, 연방범죄수사국의 자료를 무제한 이용할 수 있게 되었다.

보덴슈타인은 3년 전 경찰 일을 완전히 접는 것에 대해 진지하게 고민했다. 한 사건을 수사하면서 정신적으로 한계를 느꼈고 소진상태에 이르렀기 때문이다. 당분간 일을 쉬는 게 좋겠다는 결론을 내렸다. 그리고 1년간 쉬면서 앞으로의 삶에 대해 찬찬히 생각해보았다. 장모가 제안한 재산관리인 일에는 딱히 마음이 가지 않았다. 결국 그를 경찰서로 돌아오도록 마음을 움직인 것은 그의 뒤를 이어 임시수사반장이 된 오랜 동료 피아 산더였다. 그는 딸과 아내와 더 많은 시간을 보내고 싶었으므로 피아, 엥엘 과장, 담당부서와 협상했다. 다시 K11팀을 이끌고 수반되는 모든 행정업무를 수행하겠지만 80퍼센트 파트타임으로 근무하겠다는 조건이었다.

보덴슈타인은 서류를 가방에 집어넣고 자리에서 일어섰다. 그리고 텔레비전 방으로 어슬렁어슬렁 걸어갔다. 카롤리네는 블라인드를 내려놓고 넷플릭스에서 드라마 몰아보기를 하고 있었다. 문턱에서 멈춰선 그는 화장기 없는 얼굴에 운동복 바지를 입은 채 소파에 널브러져 있는 아내의 모습에 가만히 미소를 지었다. 카롤리네의 열일곱 살짜리 딸 그레타는 2주 일정으로 아버지네 가족과 함께 플로리다로 떠났고, 소피아는 연휴를 맞아 엄마 집에서 금요일까지 있을 예정이었다. 그래서 이번 부활절 연휴는 바쁜 일 없이 아주 한가하게 보냈다. 부활절 당일 저녁에는 피시바흐에 사는 그의 부모님과 함께 교회에 갔지만 다른 날에는 소피아의 스타일로 표현하자면 그냥 '칠링'했다. 그가 안식년을 가지는 동안 카롤리네도 자신의 삶을 되돌아보는 기회를 가졌다. 그리고 오래전부터 지겨워했던 컨설팅회사를 그만두었다. 이어 보덴슈타인 대신 가브리엘라 폰 로트키르히의 재산관리인이 됐다. 그 분야는 그녀가 보덴슈타인보다 훨씬 잘 알고 있었기에 결국 모두에게 잘된 셈이었다. 보덴슈타인의 전 장모인 로트키르히 씨는 처음부터 카롤리네를 마음에 들어 했다. 두 사람은 백만 유로에 달하는 로트키르히 가문의 재산을 새롭게 여러 재단에 나누는 조정 작업을 성공적으로 마쳤다. 처음에는 사적인 욕심을 의심했던 코지마도 나중에는 카롤리네에게 가졌던 적개심을 내려놓았다. 코지마는 여전히 세계 곳곳을 누비며 기록영화를 만들고 있다. 보덴슈타인과는 적절한 거리를 두고 지내지만, 소피아를 돌보는 문제에 있어서는 분담이 잘 이루어지고 있다.

"벌써 7부 2회까지 봤어." 카롤리네가 늘어지게 기지개를 켜며 말했다. "이제 6회밖에 안 남아서 너무 아쉬워."

"다음 시리즈가 또 나오겠지." 그가 미소를 지으며 말했다.

"평일 아침부터 텔레비전 앞에 앉아 있으니 너무 게을러 보이지?" 그녀가 물었다.

"아니. 그래서 프리랜서가 좋은 거지." 그는 몸을 굽혀 그녀에게 입 맞췄다. 함께 소파에 누워 게으름을 피우고 싶은 맘이 간절했으나 유혹을 뿌리쳤다. "비 오기 전에 나가서 한 바퀴 돌고 올게."

"그래." 그녀가 그의 미소에 답했다. "잘 다녀와!"

그들은 작년에 결혼했다. 보덴슈타인 성에 온 가족이 모인 가운데 결혼식을 올리고는 친구 초대로 알가르브(포르투갈 남부지방—옮긴이)로 신혼여행을 다녀왔다. 여행에서 돌아온 날 주차장에는 깜짝 선물이 기다리고 있었다. 가브리엘라의 결혼선물이었다. 미리 알았더라면 절대로 받지 않았을 선물이었다. 가브리엘라도 그의 검소한 성품을 익히 아는 터라 미리 묻지 않았다. 꿈에 그리던 자동차를 눈앞에 마주한 보덴슈타인은 눈이 튀어나올 정도로 놀랐다. 베이지색 가죽시트에 듀얼클러치 변속기를 갖춘 나이트블랙 색상의 카레라4 GTS 카브리올레는 말문이 막힐 정도로 아름다웠다. 2년 전부터 엄격한 채식주의를 실천하고 있고 환경과 소비 문제에 있어 과격하게 진보적인 입장을 고수하는 그레타는 그 차로 인해 그가 생태계에 남기는 발자취가 아프리카 전체만 할 거라며 그가 새 아빠라는 사실이 친구들에게 너무 창피하다고 말했다. 이에 보덴슈타인은 그럼 네 아빠가 점보 항공기 조종사로서 환경에 끼치는 영향은 얼마나 되는지 계산해보라고 대꾸했다. 대화는 그렇게 마무리됐다. 요즘 그레타는 황송하게도 외출할 일이 있을 때 그의 포르쉐에 타주기도 하는데 친구들에게 신뢰를 잃지 않기 위해 항상 목적지 조금 못 가서 내린다.

보덴슈타인은 복도 옷걸이에서 재킷을 집어들고 서랍장 위에 놓인 차 열쇠를 챙겼다. 부엌에서 차고로 통하는 문을 열자 자동차가 시야에 들어왔다. 어릴 때부터 동경해온 차다. 그의 입가에 절로 미소가 떠올랐다. 그는 차고를 나가기 전 미리 지붕을 열었다. 자동 지붕이 뒤로 착착 접혔다. 그는 시트 뒤 바람막이를 세운 다음 엔진 소리와 함께 차고 밖으로 나갔다. 그리고 봄바람을 맞으며 힌터타우누스 방향으로 달렸다.

***

피아는 관용차 대신 자신의 차를 타고 맘몰스하인으로 향했다. 기름값만 많이 들고 굴리기 힘들었던 SUV를 13년간 타다 볼캐닉 오렌지 색상의 미니 컨버터블로 바꾸고 속도감을 즐기고 있다. 차 주인이 튀는 색깔에 금세 질려 몇 달 안 되어 처분한 차인지라 상당히 저렴한 가격에 살 수 있었다. 피아의 시선은 자꾸 속도계로 향했다. 미니의 날아갈 듯한 경쾌함에 익숙하지 않아 지난주에만 두 번이나 단속카메라에 찍혔기 때문이다. B519연방도로 쾨니히슈타인 방향으로 달리던 피아는 환상교차로 바로 앞에서 우회전한 뒤 커브 길로 접어들었다. 그다음에는 숲을 가로질러 쾨니히슈타인 맘몰스하인 지구로 내려가면 된다.

피아의 생각은 이미 목적지에서 기다리고 있을 시체에 가 있었다.

오랫동안 집 안에 방치되었던 시체는 보기에도 안 좋지만 무엇보다 사람을 우울하게 만든다. 시체가 방 안에서 썩었다는 건 그를 찾는 사람이 아무도 없었다는 뜻이고, 그것은 곧 사회적 통제의 완전한 실패를 의미한다. 집 안에서 부패한 시체가 발견되는 것은 냄새 때문이 아니라 문틈으로 기어나온 구더기 때문인 경우가 대부분이다. 그와 관련해 프랑크푸르트 괴테 대학 법의학연구소장이자 그녀의 전남편인 헤닝 키르히호프가 겪은 일 중에는 믿지 못할 일도 많았다. 어느 아파트에서 사람이 죽었는데 문틈으로 구더기가 기어나오자 이웃들이 담요와 신문지로 그저 막기만 했다는 것이다. 그러다 시신에서 흘러나온 부패액이 바닥에 스며들어 아랫집 천장을 적시자 그제야 긴급상황임을 의식했다고 한다. 죽은 노파는 60년간 그 집에 살았는데 6주 전에 죽은 상태로 발견되었다. 집세가 연금이 입금되는 계좌에서 자동으로 빠져나갔기에 관리사무소에서도 전혀 신경쓰지 않았다. 이런 비극은 생각보다 흔하게 일어난다. 유기체의 부패와 분해가 생물학적으로 일어나는 자연스러운 현상이라 해도, 모두가 나 몰라라 하는 사이 어디선가 방콕 시체가 썩어가고 있다고 상상할 때마다 피아는 사회적 패륜임을 생각하지 않을 수 없었다.

"200미터 전방에서 좌회전!" 차가 급커브를 돌자 내비게이션의 목소리가 명령했다. "목적지가 진입이 제한된 도로에 있습니다. 주의하세요!"

피아는 마을 어귀 100미터 전방에서 속도를 낮췄다. 그리고 숲을 통과해 마을로 내려가는 울퉁불퉁한 좁은 길로 들어섰다.

"목적지에 도착했습니다. 목적지는 왼쪽입니다."

마지막 나무를 지나니 마당을 중심으로 모인 큰 건물 여러 개가 나타났다. 자잘한 자연석이 깔린 마당에는 잡초가 무성했고 벽돌로 된 건물에는 비바람의 흔적이 역력했다. 커다란 녹슨 철문은 오래전부터 그렇게 닫혀 있었을 것만 같은 인상을 주었다. 건물 중 하나에 고풍스러운 서체로 'E. 라이펜라트&Cie—타우누스 광천수 주식회사. 1858년 설립'이라고 쓰인 팻말이 붙어 있었다.

"유턴하세요!" 내비게이션에서 명령하는 목소리가 흘러나왔다. 피아는 이를 무시하고 계속 전진했다. 모퉁이를 돌아가니 순찰차 한 대가 보였다. 제복 차림의 동료가 흙받이에 기대서 있다가 그녀의 차를 막아섰다. 피아는 운전석 창문을 내렸다.

"아, 안녕하세요!" 가까이서 보니 아는 경찰이었다. "차 바꾸셨어요? 그 탱크는 드디어 폐차처리 했나 보네요?"

"팔았어. 기름 절약해야지." 그녀가 싱긋 웃으며 말했다. "어디로 가면 돼?"

"정문 지나서 진입로 따라 계속 가세요."

피아는 고맙다 하고는 브레이크에서 발을 뗐다. 육중한 철문이 활짝 열려 있었고 구불구불한 아스팔트 길이 보였다. 먼저 전나무, 측백나무, 사람 허리까지 오는 철쭉나무가 무성한 으스스한 숲이 나타났다. 지난 몇 주간 해가 나고 비가 오기를 거듭한 탓에 자연의 생장은 가히 폭발적이라 할 만했다. 풀이 무성하게 자라고 지천에 수선화가 피었고, 막 연둣빛 새잎이 돋기 시작한 밤나무 아래에는 아네모네가 하얀 양탄자처럼 깔려 있었다. 모퉁이를 돌자 집이 보였다. 탑과 옥외 계단, 기둥 네 개가 지붕을 떠받치고 있는 회랑이 무척 웅장해 보였다. 가까이 가서 보니 세월의 흔적은 무시할 수 없었다. 회벽이 덩어리째 떨어져나갔고 이끼 가득한 지붕도 늙은 말의 등처럼 움푹 팬 곳이 많았다. 여기저기 이 빠진 듯 기왓장이 비었고 맨 위층 창문 중에는 유리 대신 널빤지를 대놓은 것도 여러 개 있었다. 피아는 자갈 깔린 앞마당에 차를 세웠다.

코르트 경장 옆에 한 여자가 서 있었다. 피아와 비슷한 연배로 짧은 쥐색 머리에 군데군데 염색을 했는데, 실력 없는 미용사의 작품으로 그녀의 마른 얼굴에는 어울리지 않았다. 그녀의 눈은 흥분으로 빛나고 있었다.

"여기 이분이 신고하신 분입니다." 코르트 경장이 설명했다. "이분성함이…… 에, 아침에 신문배달 하시는 분인데, 우편함이 꽉 찬 걸보고 이상하게 생각했답니다. 그래서 부엌 창문으로 들여다봤는데죽은 사람이 있었답니다."

그 여자는 자신이 보고 겪은 것을 어서 말해버리고 싶어 안달이 난표정이었다. 그리고 잠시나마 관심의 중심에 서고 싶어 안절부절못했다.

"발이요, 모니카 발." 그녀가 조급하게 말했다. "제가 이 동네에서 7년째 신문을 돌리고 있는데요. 라이펜라트 씨 댁은 제 코스의 마지막집이에요. 여기까지 돌리고 나면 우리 강아지 페피랑 저 밑에 크벨렌공원으로 산책하러 가요. 사실 휴가를 안 갔으면 이상하다는 걸 더일찍 알았을 텐데 제가 2주간 휴가를 가는 바람에……."

"천천히! 천천히요." 피아는 손을 들어 그녀의 수다를 제지했다. "어떻게 건물 안으로 들어갔죠? 대문이 열려 있었나요?"

"네, 그래서 이상하다 했죠." 발 씨가 말했다. "원래는 항상 닫혀있거든요! 길가에 차를 바짝 붙여 세워놓고 우리 페피 먼저 내리게한 다음 우편함에 신문 넣고 그다음에 한 바퀴 돌아요. 그런데 그날은 페피가 내리자마자 도망가버렸어요. 열린 대문 안으로 쏙 들어가 버린 거예요! 저도 걱정이 돼서 쫓아갔죠. 라이펜라트 씨도 개를 키우거든요. 그 왜 셰퍼드처럼 생긴 개 있잖아요, 벨기에산…… 말로니…… 밀라노…….

"말리노이즈요?" 피아가 거들었다.

"네, 그거요. 말리누이." 발 씨가 고개를 끄덕였다.

그녀는 긴 진입로를 따라 올라갔고 집 뒤쪽에서 개를 발견했다. 개는 흥분해서 발로 뒷문을 긁으며 여기저기 킁킁거리고 있었다고 한다. 부엌문을 두드렸지만 인기척이 없어서 부엌 창문으로 내부를 들여다봤고 시체를 발견한 것이다.

"집 안에 들어가진 않았다는 건가요?" 피아가 물었다.

"안 들어갔죠. 문이 잠겨 있었어요. 그래서 바로 휴대전화로 경찰에 신고한 거예요." 그녀는 잠시 멈칫했다. "제가 잘못한 거 아니죠?"

"당연하죠." 피아가 그녀를 안심시켰다. "죽은 사람 누군지 아시겠어요?"

"라이펜라트 씨인 것 같은데요. 벌써 여든이 훨씬 넘었을 거예요." 발 씨가 그렇게 말하고 몸을 부르르 떨었다. "그런데 아주 자세히 보진 못했어요."

"여기서 혼자 살았나요?"

"제가 알기론 그래요. 이 집에 다른 사람 있는 거 한 번도 못 봤거든요."

"어느 쪽으로 해서 집으로 들어갔는지, 어디서 시체를 발견했는지 한번 보여주시겠어요?"

신문배달부는 단호한 걸음으로 피아와 코르트 경장을 안내했다.

집을 약간 돌아가니 자갈콘크리트 포장이 깔린 좁은 길이 나왔다. 그 녀가 그 끝에 있는 쪽문을 가리켰다.

"저 안으로 보면 보여요." 그녀가 부엌 창문 두 개 중 하나를 가리 켰다. 그리고 멀찌감치 서서 더 이상 가까이 가려 하지 않았다. "사실 다시 보고 싶지는 않아요. 그런데 저 여기 더 있어야 하나요? 이제 가 봐야 하는데……."

"아니에요. 가셔도 돼요." 피아가 친절하게 웃으며 말했다. "그냥 지 나치지 않고 바로 연락해주셔서 감사해요."

칭찬을 들은 모니카 발은 뿌듯한 표정으로 얼굴을 붉혔다.

"이 동네에 이런 큰 건물이 있는 줄 몰랐네." 모니카 발이 간 뒤에 피아가 동료에게 말했다. 그리고 건물 벽면을 올려다보았다. "거의 작 은 성이라고 해도 되겠는데."

부엌문이 굳게 닫혀 있었기에 그들은 현관으로 갔다. 현관문은 열 려 있었고 개폐장치도 열려 있었다. 그건 이상할 게 없었다. 피아도 비르켄호프에 살 때 낮에 왔다 갔다 할 일이 많을 경우엔 그렇게 해 놓곤 했다. 피아는 집 안으로 들어가 문턱에 서서 냄새를 맡아보았다. 암모니아와 상한 치즈 냄새가 희미하게 콧속으로 파고들었다. 시체 특유의 냄새다. 그녀는 재킷 주머니에서 라텍스 장갑을 꺼내 끼었다.

"저도 같이 들어갈까요?" 코르트가 물었다.

방콕 시체가 썩 달갑지 않다는 표정이었다.

"아니, 됐어. 지원요청 하고 장의사에 연락해."

피아의 말에 그는 고맙다는 표정으로 고개를 끄덕였다. 피아는 홀 을 둘러보았다. 청교도적 검소함이 인상적인 공간이었다. 허리 높이 까지는 어두운 빛깔의 나무 패널로 둘려 있고 그 위로 커다란 나무

십자가 하나 걸린 것 외에는 맨 벽이었다. 유일하게 시선을 잡아끄는 것은 오른쪽에 놓인 어마어마한 크기의 청백색 타일 난로였다. 높은 천장에는 먼지 쌓인 샹들리에가 걸려 있고, 밝은색 돌로 된 넓은 계단이 홀 중앙에서부터 이층을 향해 나 있었다. 좌우 양방향으로 복도가 있고, 교회당 창문처럼 생긴 긴 납유리 창문 두 개에서 들어온 빛이 대리석 바닥에 다채로운 문양을 만들어냈다. 피아는 오른쪽 복도로 걸어 들어갔다. 공기는 차가웠고 복도 끝에 있는 문에 가까워질수록 시체 냄새는 점점 강해졌다. 피아는 골동품 히터 위에 살짝 손을 대보았다. 얼음처럼 차가웠다. 부엌문 앞에 이르자 입으로만 숨 쉬는 연습을 했다. 좀 지나면 코가 냄새에 익숙해진다. 너무 의식하지만 않으면 견딜 만하다. 온 집 안이 교회당처럼 고요했다. 유일한 소리는 부엌 창문 앞에서 파리가 날아다니는 소리였다.

부엌은 널찍한 직사각형 모양이었다. 창문이 없는 왼쪽 벽에 전형적인 1960년대식 지메틱 싱크대가 붙어 있었다. 청포도색이고 알루미늄 시트를 붙인 길쭉한 손잡이가 달려 있었다. 피아가 어릴 때 부모님 집에도 똑같은 싱크대가 있었다. 색깔만 좀 더 우중충했을 뿐. 맞은편 구석에는 긴 의자를 포함한 식탁 세트가 있었다. 포마이카 상판으로 된 식탁 위에는 신문이 펼쳐져 있고 아침식사를 하다 만 식기가 그대로 놓여 있었다. 커피잔에는 곰팡이가 피었고 베어 문 자국이 선명한 빵도 곰팡이가 핀 채 말라비틀어져 위로 휘어진 모양이었다. 신문배달부가 말한 말리노이즈의 존재를 알려주는 것은 빈 개밥그릇과 커다란 개 바구니뿐이었다. 정작 개의 모습은 보이지 않았다. 죽은 남자의 시신은 등받이 없는 긴 소파에 누운 자세였고 부패가 상당히 진행된 상태였다. 부패가스로 인해 신체가 기묘하게 부풀어올랐고 푸르스름하게 마블링이 생긴 피부에는 수포가 형성돼 있었다. 입속에는 검게 변한 혀가 부풀어올랐고, 적갈색으로 변한 얼굴과 허연 머리카락이 대비를 이루었다. 부엌 온도가 3, 4도만 높았어도 구더기가 들끓었으리라. 시체를 많이 보아온 피아에게도 오싹한 장면이었다. 검시관이 아닌 사람의 눈으로 봐도 엊그제 죽은 것 같지는 않았다. 하지만 왜 그동안 아무도 찾는 사람이 없었을까? 밖으로 나가는 문 옆에 외투 여러 벌과 개 목줄 하나가 걸려 있었고 그 아래 발매트 위에는 고무장화도 한 켤레 보였다. 얼핏 보기엔 자연사인 것 같았다. 어쩌면 아침식사를 하다 갑자기 속이 안 좋아서 소파에 누웠고 그대로 심장이 멈추었는지도 모른다. 80대 노인에게는 그런 일도 충분히 일어날 수 있다. 시신을 훑어보던 피아는 흠칫 놀라 동작을 멈추었다. 시신의 얼굴에 보이는 저것은 핏자국이 아닌가? 피아는 무릎을 굽히고 앉아 시신의 얼굴을 자세히 들여다보았다. 그건 분명 핏자국이었다! 왼쪽 눈썹 위에 상처가 있는 것 같았다. 맞아서 생긴 상처인지 어디에 부딪혀서 생긴 것인지는 전문가가 판단할 일이었다. 어쨌든 자연사라는 그녀의 이론이 흔들리는 찰나였다. 그녀는 주머니에서 휴대전화를 꺼내 전남편에게 전화를 걸었다.

"여보세요?" 헤닝은 신호음이 두 번 울린 뒤에 전화를 받았다.

"지금 연구실이야?" 피아가 거두절미하고 물었다.

"당연하지. 내가 딴 데 있는 거 봤어?" 약간 신경질적인 말투였다. "급한 일이야? 아니면 수다 떨려고 전화한 거야?"

"내가 언제 수다 떨려고 전화한 적 있어?" 피아도 질세라 맞받아쳤다. "검시관이 필요해서 전화한 거지."

헤닝의 태도는 점점 거칠어지고 있었다. 피아의 학창시절 친구 미리엄 호로비츠와 재혼했지만 그 관계도 1년 반 전 최종적으로 끝났다. 피아는 전남편에게는 행복한 결혼생활을 기원해줬지만 친구 미리엄에게는 감정이 좀 있었기에 일면 쌤통이라고 생각하고 있었다. 신혼 초반에 미리엄은 피아가 끝끝내 해내지 못한 일, 즉 헤닝의 업무시간을 정상화시키는 일을 문제없이 해냈다는 듯 굴었던 것이다. 그러나 헤닝 키르히호프는 일중독이 아닌 적이 없었고 여전히 변함없는 일중독이었다. 자기 일을 직업이라기보다 사명으로 여기며 사는 사람이었다. 결혼생활에 실패했음을 인정하고 집을 나온 피아와 달리, 미리엄은 매번 부부싸움을 벌이거나 보란 듯 집을 나왔다 들어가기를 반복했다. 결국 헤닝은 도망치듯 연구소 관사로 나왔고 그 이후로 35평방미터에서 생활하고 있었다.

"어, 그래?" 헤닝은 갑자기 관심이 생긴 듯했다. "시체야?"

"시체지, 그럼. 시체가 아니면 검시관이 왜 필요해?"

"난 또 내가 보고 싶어서 전화한 줄 알았지." 농담하던 헤닝은 피아가 시신의 상태를 설명하자 금세 진지해졌다.

"내가 직접 갈게." 그가 말했다. "내가 갈 때까지 아무것도 만지지마. 그리고 창문 열지 마!"

"나 초짜 아니거든." 피아는 헤닝에게 주소를 불러주고 시계를 흘긋 보았다. 막 11시가 지난 시각이었다. 피아는 부엌을 나가 다른 방들을 둘러보았다. 부엌 바로 옆방은 침실이었다. 호두나무로 만든 육중한 가구들이 포진해 있었다. 커다란 옷장, 머리맡과 발치 부분이 높은 침대, 침대 옆에는 협탁이 있고 그 위에 놓인 자명종은 10시 20분에서 멈춰 있었다. 대리석 상판으로 된 세면대 위에는 장미목 테두리속에 얼룩진 거울이 걸려 있고 양복걸이에는 얌전하게 접어놓은 바지, 체크무늬 셔츠, 초록색 스웨터가 걸려 있었다. 전체적으로 가구가 방에 비해 너무 컸다. 피아는 집주인이 쇠약해진 몸 때문에 일층에서만 생활하도록 행동반경이 제한된 것이리라 추측했다. 서랍장을 여는데 수상한 낌새가 느껴졌다. 뭔가 이상했다. 속옷과 양말이 마구 흐트러져 있었다. 옷장 문을 열어보았다. 옷들이 옷걸이에서 떨어져 옷장 바닥에 널브러져 있고 개켜져 있어야 할 셔츠들은 아무렇게나 구겨져 옷장 칸에 쑤셔 박혀 있었다. 맞은편은 욕실이었다. 욕실 수납장 문을 열어보니 여기도 마찬가지였다. 급히 꺼냈다가 대충 집어넣은 모양새였다. 면도기, 치약, 빗, 틀니접착제, 틀니세정제, 면봉, 애프터셰이브로션. 그 밖에 아스피린, 기침시럽, 목캔디, 오메프라졸, 베타차단제, ACE 억제제도 발견됐다. 죽은 노인에게 위장질환, 고혈압, 심장질환이 있었음을 추측하게 하는 대목이었다. 침실 옆방은 꽤 넓은데 서재 겸 텔레비전 시청실로 사용된 것 같았다. 텔레비전 앞의 안락의자는 집주인이 가장 아끼는 가구였던 듯 팔걸이와 머리 닿는 부분이 속이 드러날 정도로 닳아 있었다. 낡은 페르시아 카펫 위에는 개털이 흩어져 있고 벽에는 풍경 유화가 걸려 있는데 그리 값나가 보이지는 않았다. 변색된 낡은 벽지에 생긴 밝은 사각형은 누군가 그림 하나를 떼어냈다는 뜻이었다. 피아의 시선은 황동 손잡이가 달린 어두운색 마호가니 책상에서 제자리에서 살짝 밀려난 철제 캐비닛으로, 도둑들이 지레 겁먹을 법한 어마어마한 크기의 금고로 옮겨갔다. 손잡이를 흔들어보았지만 금고 문은 열리지 않았다. 캐비닛에는 강제로 문을 딴 흔적이 있었다. 피아는 책상서랍 안을 살펴본 뒤 다시 부엌으로 갔다. 그릇장과 외투 주머니를 다 뒤져봤지만 지갑이 없었다! 누군가 집을 뒤진 게 분명했다. 하지만 마약중독자들이 하듯 보석, 전자제품, 현금을 찾아 매트리스를 찢고 가구를 넘어뜨리고 서랍을 뒤집어엎은 게 아니라 조신하게 행동했다. 도둑이 집 안에 침입하자 노인이 놀랐고 그래서 죽인 걸까? 아니면 라이펜라트가 죽은 뒤에야 그 불청객이 침입한 걸까?

2017년 3월 19일, 취리히

그들은 카페의 탁한 공기를 뒤로하고 호숫가 산책로로 향했다. 젝세로이텐 광장을 지나고 보트 대여 선착장도 지났다. 보트 타는 손님이 있을 것 같지 않은 날씨였다. 잎이 달리지 않은 플라타너스 가지는 습기로 반짝거렸고 백조와 청둥오리 몇 마리가 물 위에 둥둥 떠 있었다.

"동료 소개로 크리스티네를 알게 됐어." 페르디난트는 그렇게 말문을 열었다. "그때가 1994년 여름이었는데 난 상황이 절박했어. 스위스 노동비자 기한이 지나서 독일로 돌아가야 했는데 난 절대 돌아가고 싶지 않았어. 우선 독일 국세청과 분쟁이 있는 상태였고, 또 지금 남편인 라파엘과 막 사귀기 시작했을 때거든."

그는 헛기침을 한번 하더니 코트 깃을 세웠다.

"크리스티네는 아기를 입양하려고 남편을 찾고 있었어." 페르디난트 피셔가 말을 이었다. "크리스티네는 인공수정으로 아이를 가지려고 몇 번 시도했지만 잘되지 않았고 첫 번째 남편이 그것에 질려 이혼했지. 아기를 가지려면 남편이 꼭 필요했어. 게다가 크리스티네에게는 정해진 조건이 있었어. 일단 딸이어야 했고 동양인이나 아프리카인 핏줄이 아니어야 했어. 그리고 지적인 부모에게서 난 아이라야 했지. 네가 생각해도 까다롭지?"

'정말 엄마답다'라고 피오나는 속으로 생각했다. 처음 받았던 충격은 누그러졌고 신선한 공기에 기분이 한결 나아졌다.

"크리스티네에겐 계획이 있었고 그걸 실행하는 데 남편이 필요했어. 크리스티네는 스위스 여자, 난 독일 남자잖아. 우린 계약을 맺었어. 일단 결혼을 하고 아기를 입양할 때까지 결혼 상태를 유지하기로 했어. 그런 다음 계약결혼이라는 게 들통나지 않도록 5년간 기다렸다가 서로에게 어떤 요구도 하지 않고 이혼하기로 한 거지. 크리스티네는 원하는 아기를 얻었고 난 스위스 영주권을 얻었고. 그렇게 끝난 거야."

"하지만 엄마의 유품 중에 입양기록 같은 건 전혀 없었어요." 피오나가 말했다.

"없는 게 당연하지." 페르디난트는 어두운 표정으로 걸음을 멈추었다. "크리스티네가 이제나저제나 하며 어느 지적인 백인 여자가 막 태어난 자기 딸을 베이비박스에 넣기를 기다리는 사이 운명의 손길이 다가왔거든."

피오나는 반쯤 홀린 상태로 이 믿기지 않는 사연에 귀를 기울였다. 페르디난트 피셔가 내뱉는 한마디 한마디에 그녀의 세계가 조금씩 깨져가고 있었다.

"어느 날 크리스티네에게 전화가 왔어. 취리히 의대 난임클리닉에서 온 전화였어. 크리스티네가 잘 아는 의사였는데, 크리스티네의 아기에 대한 집착을 잘 알고 있었어. 전화로는 아무 말도 안 하고 저녁에 집에 들른다고 했는데, 나도 그날 집에 있으면서 남편 역할을 해야 했지. 그 의사 이름은 생각이 안 나는데, 지인이 원하지 않는 임신을 했는데 너무 늦게 사실을 알아서 중절수술을 할 수 없다는 거야. 그날 저녁 두 여자가 계획을 짰어. 크리스티네에게는 더없이 완벽한 계획이었지. 몰래 아기를 낳은 후 새로운 엄마에게 넘겨준다는 계획이었어. 그 지인은 공식적인 기록을 남기고 싶지 않았기에 입양을 원하지 않았어. 어찌 됐든. 그 의사는 크리스티네에게 자기가 낳은 아기인 것처럼 하기 위해 실리콘 가짜 배를 구하라고 하더군. 그리고 아기수첩을 위조해줄 테니 그걸로 임신한 척하라고 했지."

"뭐라고요?" 피오나가 깜짝 놀라 중얼거렸다.

"사실 난 그 제안이 썩 내키지 않았어. 하지만 방식이야 어떻든 아기만 생기면 되는 거니까. 그리고 내겐 그 우스꽝스러운 상황을 곧 종결할 수 있다는 희망이 생겼다는 게 중요했어. 양측 모두 의사의 제안에 동의했고, 크리스티네는 호르몬 주사를 맞기 시작했어. 밤에도 가짜 배를 풀지 않고 자면서 임산부 역할을 훌륭하게 해냈지. 내 입장에선 아무리 좋게 말해도 그로테스크했지만."

피오나는 말이 없었다. 할 말이 없는 게 당연했다.

"일은 잘 진행됐어. 1995년 5월 4일 의사가 전화해서 아기가 태어났다고 알려왔어. 건강한 여자아기라고. 그날 저녁 9시 반쯤 의사가 스포츠백에 아기를 담아 가지고 왔어. 그로부터 1년 반 뒤 우린 헤어졌어. 약속대로 1999년에 이혼했고, 크리스티네는 행복에 겨웠지. 소원을 이뤘으니까. 아기 말이야. 오롯이 그녀만을 위한 아기."

***

"경위님!"

"응?" 피아는 복도를 지나 현관으로 나왔다. 코르트 경장이 문 앞에서 기다리고 있었고 그 옆에는 12살 정도 돼 보이는 여자아이가 서 있었다. 머리색이 짙은 여자아이는 호기심 가득한 눈으로 피아를 쳐다보았다.

"이 아이가 침입하려고 해서 막는 중이었습니다." 코르트가 말했다.

"침입하려던 거 아니거든요!" 아이가 소리 높여 항변했다. "아까 여행에서 돌아와서 테오 할아버지와 벡스에게 인사하러 온 거예요!"

"착하구나." 피아가 미소를 지으며 말했다. 그리고 장갑을 벗은 다음 아이에게 오른손을 내밀었다. "난 피아 산더야. 넌 이름이 뭐니?"

"욜란다 샤이트하우어요." 아이도 손을 내밀어 피아와 악수했다. "저기가 우리 집이에요." 아이가 뒤쪽을 어렴풋이 가리키며 말했다. 그리고 코를 킁킁거리면서 얼굴을 찡그렸다. "근데 이거 무슨 냄새예요? 그리고 벡스는 어디 있어요?"

"벡스가 누군데?" 피아는 대문 쪽으로 아이의 등을 부드럽게 밀었다.

"테오 할아버지 개요. 이름이 왜 벡스냐면 할아버지가 가장 좋아하는 맥주가 벡스라서 그렇게 지었대요. 진짜 웃기죠?"

"정말 그러네."

"아줌마도 경찰이에요?" 욜란다가 의심스러운 눈초리로 피아를 훑어보았다.

"응, 난 형사야." 피아가 대답했다.

"아아!" 욜란다는 형사의 방문이 무엇을 의미하는지 가늠해보는 듯했다. "테오 할아버지가 잘못을 저질렀나요?"

"아니, 그런 것 같진 않아." 피아가 고개를 저었다. "몇 가지 물어볼 게 있는데 부모님 계신 데서 했으면 좋겠거든. 엄마 전화번호 좀 가르쳐줄래?"

"그럼요." 욜란다는 전화번호를 불러주었다. 피아는 아이 어머니와 조용히 대화할 수 있도록 아이에게 순찰차 구경을 시켜주라고 코르트 경장에게 부탁했다.

10분 후 짙은 머리색에 아담한 체구를 가진 여자가 잔디밭을 가로질러 뛰어왔다. 그녀는 베티나 샤이트하우어라고 자신을 소개했다. 그녀는 이웃 노인이 죽었고 죽은 지 한참 지나서 발견됐다는 말을 듣자 침통한 표정을 지었다.

샤이트하우어 가족은 6년 전 맘몰스하인으로 이사 왔다. 욜란다는 어릴 때부터 이웃집들을 제집처럼 드나들었다고 한다. 퉁명스럽고 완고하기로 이름난 라이펜라트의 집도 예외는 아니었다. 처음에는 욜란다의 부모도 어린 딸이 늙은 고집불통 노인네의 집에 드나드는 것을 보며 불안해했는데 라이펜라트가 욜란다를 예뻐해서 아무 때나 와도 좋다고 장담했다는 것이다.

"저희 집 정원이 라이펜라트 씨네 땅과 붙어 있거든요." 샤이트하우어 씨가 말했다. 욜란다는 낡은 울타리에 난 구멍을 잘도 찾아내서 옆집으로 건너가곤 했다. 욜란다는 옆집 노인에게 허락을 받아 그를 '테오 할아버지'라 불렀고 정기적으로 방문했다. 그들은 함께 수제 레모네이드를 마시고 정원 일을 하거나 개와 놀기도 했다.

"라이펜라트 씨는 혼자 된 지 오래되셨어요." 욜란다의 어머니가 말했다. "개 한 마리만 데리고 이 집에서 혼자 사셨어요."

"그나저나 집이 엄청나게 크네요." 피아가 말했다.

"옛날엔 수녀원이었다고 하더라고요." 샤이트하우어 씨가 말했다. "일차대전 후에 수녀들이 장애아들을 데려다 키웠대요. 그런데 1930년 대 중반 나치가 아이들을 하다마르로 압송한 뒤에 교단이 수녀원을 내놓았다나 봐요. 기분 좋은 얘긴 아니죠. 라이펜라트 씨의 아버지가 교단으로부터 이 건물을 사들였어요. 라이펜라트 가문은 크론탈 광천을 대대로 소유하고 있는 부자였거든요."

욜란다는 피아와 어머니가 테오 할아버지의 죽음을 알리자 나름 차분하게 받아들였다.

"이제 다들 좋아하겠네." 욜란다가 슬픈 표정으로 말했다.

"그게 무슨 말이야?" 피아가 물었다. "누가 좋아해?"

"도둑들 말이에요." 욜란다가 어깨를 으쓱하며 말했다. "테오 할아 버지가 항상 말했거든요. 내가 죽으면 그 도둑들이 아주 좋아할 거라 면서."

"아, 그래? 그게 누구를 말하는 거였을까?"

"나도 잘은 몰라요. 아마 이방카 아니면 끈질긴 유산도둑 라모나겠 죠. 라이크 선생님이랑 요헨은 아닐 거예요. 하지만 이치일 수는 있어 요. 그 문신 새긴 동네걸레."

"욜란다!" 샤이트하우어 씨가 딸을 나무랐다.

"맞아!" 욜란다가 대들었다. "테오 할아버지가 항상 그렇게 불렀는 걸. 그게 이름 아니야?"

샤이트하우어 씨가 치통이라도 앓는 듯한 표정을 지었다.

"이 근방에서 발 관리 방문서비스를 하는 아가씨예요."

"아, 그래요. 그럼 이방카는 누구죠?" 피아가 물었다.

"테오 할아버지의 보물이에요." 욜란다가 대뜸 말했다.

"가사도우미 같은 분이에요." 샤이트하우어 씨가 통역해주었다. "라이펜라트 씨 댁에서 장보기, 빨래, 살림을 맡아 해요. 제가 알기론 일주일에 세 번 올 거예요. 라이크 선생님은 수의사 게르만 씨를 말하는 거고요."

"그리고 끈질긴 유산도둑 라모나하고……."

"이름만 말해도 돼." 샤이트하우어 씨가 욜란다의 말을 잘랐다.

"알았어. 라모나하고 요헨은요, 테오 할아버지의 아이들인데요. 그러니까 나 같은 아이들은 아니고요, 어른인데…… 엄마보다 나이가 더 많고…… 에…… 아줌마보다도 많아요. 조금 더 많을 거예요."

"테오 할아버지를 자주 찾아왔던 사람 중에 또 생각나는 사람 있니?" 피아는 칭찬인지 아닌지 모를 욜란다의 말을 건너뛰고 물었다.

"라모나 남편이요." 욜란다는 이마에 주름을 잡으며 말했다. "그리고 다른 할아버지들이 올 때도 있었어요. 테오 할아버지는 찾아오는 사람이 별로 없었어요. 항상 말하길, 다 엿 먹으라고 그래, 옛날엔 맘에 안 드는 사람 있으면 개를 풀어서 목을 물어뜯으라고 했대요. 하지만 벡스는 너무 착해서 그런 짓은 못 한대요. 프리츠가 테오 할아버지에게 버르장머리 없이 굴 때 손을 문 일이 한 번 있었지만."

"아, 그래?" 피아는 아이의 말에 귀를 기울였다. "프리츠가 누군지는 아니?"

"아니요, 몰라요. 그런데 테오 할아버지가 프리츠 때문에 엄청 화난 적이 있었어요." 욜란다는 잠시 엄마 눈치를 살폈다. "우연히 프리츠와 전화하는 걸 들었는데 아주 나쁜 말을 했어요."

"예를 들면 어떤 나쁜 말?" 피아가 캐물었다.

"내 눈앞에 얼씬도 하지 마. 넌 내 인생 최대의 실패야. 빌어먹을 이 기주의자 놈."

피아는 웃음이 삐져나오는 것을 참았다.

"테오 할아버지를 언제 마지막으로 봤는지 기억나니?"

"으음." 욜란다는 기억에 집중했다. "테게른제에 있는 할머니 할아버지 집에서 열 밤 자고 왔거든요. 가기 전에 본 것 같아요. 잔디 깎는 트랙터에 타고 있는 거요. 잔디 안 깎을 때도 항상 그거 타고 다니거든요. 아마 잘 걷지를 못해서 그런가 봐요."

"테오 할아버지에게 자동차가 있었니?"

"네, 은색 벤츠요." 욜란다는 몸을 돌려 마당 맞은편에 있는 차고와 증축건물을 가리켰다. "항상 저기 첫 번째 차고에 세워져 있었어요. 그런데 지금은 없네요."

차를 도둑맞은 걸까? 아니면 다른 평범한 이유가 있었을까? 차를 팔았을 수도 있고 빌려줬을 수도 있다. 아니면 카센터에 맡겼을지도 모른다. 피아는 일단 차가 중요한 건 아니라는 결론을 내렸다.

그때 검은색 볼보 SUV가 마당으로 들어와 순찰차 바로 옆에서 멈췄다.

"좋아, 오늘은 여기까지 얘기하자. 고맙다." 피아는 계속 얘기하려는 욜란다에게 말했다. "분명히 다음번에 또 물어볼 게 있을 거야."

"그런데 벡스는 어디 있어요?" 욜란다가 다시 물었다. 동그란 눈에 걱정이 가득했다. "벡스도 죽은 건 아니겠죠?"

"아직 못 찾았어." 피아가 사실대로 대답했다. "하지만 이제부터 경찰 아저씨들이 여기 다 뒤지면서 찾아볼 거야."

"그럼 제가 도울게요!" 욜란다가 단호한 목소리로 외쳤다. "여긴 제가 잘 알거든요!"

샤이트하우어 씨가 그래도 좋다고 허락했고 심지어 함께 찾아보겠다고 나섰다. 모녀는 코르트 경장과 함께 사라졌다.

그사이 차에서 내린 헤닝은 주위를 두리번거렸다.

"다들 어디 갔어?" 그가 물었다.

"누구 말이야?" 한동안 전남편을 보지 못한 피아는 개인사로 인한 근 몇 년간의 혼돈이 적어도 외적으로는 그에게 아무런 흔적도 남기지 않았다는 사실에 새삼 놀랐다. 흰 머리카락이 많아지고 단정하게 면도한 턱에 은빛 수염이 드문드문 섞여 있었지만 12년 전 헤어질 때와 비교해서 달라진 게 거의 없었다.

"감식반, 장의사, 당신 동료들……."

"당신한테 제일 먼저 연락한 건데." 피아가 말했다. "당신 판단에 따라 부를지 말지 결정할 거야."

"흠, 알겠어." 헤닝은 차 트렁크를 열고 장비가 든 알루미늄 가방 두 개를 꺼냈다.

"이사는 했어?" 헤닝이 오버올을 입고 장갑을 끼며 물었다.

"응, 정리할 거 정리하고 치울 거 치우고 다 했어." 피아가 대답했다. "내일 저녁에 새 주인에게 열쇠 넘길 거야."

"잘했어! 내가 다 속이 시원하네." 헤닝은 허리를 굽혀 구두 위에 파란색 덧신을 신었다. "고속도로 바로 옆에서 어떻게 참고 사는지 항상 심란했었는데. 나였다면 소음 때문에 벌써 미쳐버렸을 거야."

피아는 말을 아꼈다. 그녀가 비르켄호프의 어떤 점을 좋아했는지 헤닝은 어차피 이해하지 못할 것이다. 그리고 안쪽으로 쑥 들어가 있었기 때문에 집에서는 고속도로 소음이 거의 들리지 않았다. 더욱이 그런 불리한 위치가 아니었다면 비르켄호프를 그토록 싼 값에 살 수 없었을 것이고.

"자, 여긴 뭐가 어떻게 된 거라고?" 헤닝이 피아를 따라 홀과 복도를 지나 부엌으로 걸어가며 물었다.

"신문배달부가 시체를 발견했어." 피아가 대답했다. "아마 집주인인 것 같아. 팔순 넘은 노인인데 개만 데리고 혼자 살았나 봐."

헤닝은 가방을 복도에 내려놓고 풀었다. 그리고 부엌으로 들어가 휘 둘러보았다.

"사망시점 추정해줄까?" 그가 물었다.

"설마 검시도 안 하고 한번 딱 보고 알아맞히겠다는 거야?" 피아가 조롱 섞인 말투로 되물었다.

"그건 아니지. 하지만 여기 신문이 4월 7일자네." 헤닝이 빙긋 웃으며 식탁 위에 펼쳐져 있는 《타우누스신문》을 가리켰다.

"우리 형사님이 이보다는 감이 좋았을 때도 있었는데 말이야."

"미안하게 됐네요." 피아가 샐쭉해져 대꾸했다. "아무것도 만지지 말래서 자세히 안 본 것뿐이거든!"

헤닝은 부엌 곳곳의 기온과 습도를 재기 시작했다. 피아는 콧노래를 흥얼거리는 그를 빤히 쳐다보았다.

"기분 좋은가 봐?" 피아가 한마디 던졌다.

"지난 몇 개월간 시간 날 때마다 쓴 책이 있거든." 헤닝이 말했다. "어제저녁에 드디어 끝냈어."

"책? 그동안 전공서적 스무 권도 넘게 쓴 사람이 뭘 새삼스럽게?"

피아가 말했다. "전문 과학수사 잡지에 실린 논문은 또 어떻고? 일반인은 절대 이해하지 못할 논문이 수천 편은 될 텐데."

"과장도 정도껏 해. 그 정도까진 아니거든." 헤닝이 표에 숫자를 써넣으며 말했다. "그리고 이번엔 전공서적이 아니라 소설이야. 범죄소설."

"뭐?" 피아는 뜨악한 표정을 지었다. "그런 것도 할 줄 아는지는 몰랐네."

"사실 나도 몰랐어." 헤닝이 유쾌한 표정으로 말했다. "그런데 쓰다 보니 금방 400쪽짜리 책이 나오더라고. 담당 편집자도 엄청 만족해하고 있어."

"편집자? 그럼 출판사도 정해진 거야?"

피아는 부엌 문틀에 기대서서 전남편이 핀셋으로 시신 속에서 파리 애벌레를 끄집어내는 것을 지켜보았다. 이혼하기 전 대부분의 시간을 법의학연구소 지하에서 보내던 그때가 떠올랐다.

"그렇다니까. 이번 가을 프랑크푸르트 도서전에 맞춰서 빈터샤이트 출판사에서 출간하기로 했어. 그것도 대표작으로. 생각해봐, 이 출판사는 원래 문학 전문 출판사거든."

"와, 대단한데. 정말 축하해!"

"그거 알아, 피아?" 헤닝이 문득 일을 멈추고 말했다. 핀셋 속의 애벌레는 꼬물거리며 벗어나려고 발버둥쳤다. "내가 생각해봤는데 난 결혼에 맞는 사람이 아닌 것 같아. 난 내가 좋아하는 일을 할 때 가장 행복하거든. 시간이 몇 시든 상관없고, 누군가를 배려하거나 눈치보지 않아도 되고. 난 빌라도 필요 없고 펜트하우스도 싫어. 내가 필요한 건 자유, 내 책과 노트북과 일이야. 미리엄과 결혼한 건 큰 실수였어. 떼어내는 데 자그마치 5년이나 걸렸다고. 결혼계약을 잘해놨으니 다행이었지."

유쾌함도 그렇지만 이렇게 상대를 무장해제 시키는 솔직함은 그에게서 일찍이 찾아볼 수 없던 모습이었다.

"그래, 다행이지. 미리엄은 정말…… 뭐 이젠 상관할 일 없으니까." 피아는 혼자 콧방귀를 뀌었다. 10년 전 처음으로 크리스토프와 부부 동반으로 참석한 모임에서 우연히 만난 학창시절 친구 미리엄 호로비츠. 피아는 사람에게 그렇게 실망한 적이 없었다. "그러지 말고 소설 얘기나 좀 해봐."

"한번 읽어볼래?" 헤닝은 구더기를 작은 유리병에 넣었다. "PDF로 보내줄게."

"그래, 좋아!" 피아는 설렘을 감추지 않고 답했다. 다른 경찰관들처럼 피아도 범죄소설이라면 사족을 못 썼다. 물론 소설 속의 동료들이 기상천외한 우연에 힘입어 사건을 풀어가는 것을 보며 고개를 절레절레 흔들곤 하지만.

"주인공은 검시관과 이혼한 전처인데, 전처는 강력반 형사야." 헤닝이 유리병을 비닐봉투에 넣으며 한쪽 눈을 찡긋했다. "배경은 물론 프랑크푸르트고."

"생존해 있거나 사망하신 분들과의 유사성은 우연에 의한 것이며 전혀 의도된 것이 아닙니다, 뭐 그런 거?" 피아는 쿡쿡 웃으며 재미있어했다.

"기대해봐." 헤닝이 씩 웃으며 말했다.

"창문 열어도 돼?" 피아가 물었다.

"응, 실내기온 다 쟀어." 헤닝은 시체 옆에 앉아 검안을 시작했다.

피아는 부엌 창문 두 개를 다 열어젖히고 신선한 봄바람을 폐부 깊숙이 들이마셨다. 그리고 집 안을 구석구석 둘러봐야겠다고 마음먹었다. 어쩌면 개도 어느 방엔가 갇혀 있을지 몰랐다.

"강한 부패변화…… 부분적 미라화." 헤닝이 중얼거리는 소리를 들으며 그녀는 부엌을 나섰다. "복벽과 사지가 통 모양으로 팽창됨, 입과 코에서 부패액 방출……."

***

계단을 밟으며 이층으로 올라가던 피아는 자신이 걸을 때마다 먼지 위에 발자국이 찍힌다는 사실을 깨달았다. 아주 오랫동안 아무도 올라간 적이 없다는 뜻이었다. 이 집에 처음 들어왔을 때 느낀 불안감이 한 발 한 발 계단을 올라갈 때마다 더욱 강해졌다. 그녀는 걸음을 멈추었다. 그것은 그냥 느낌이었다. 사람을 불안하게 만드는 어렴풋한 느낌. 범죄의 배경이 된 현장에 가면 느끼곤 했다. 뭔가 잘못됐다는 느낌. 여기서 무슨 일이 일어난 걸까? 이 불안한 느낌은 이 집의 과거와 무슨 상관이 있을까?

계단을 다 올라가니 좌우로 뚫린 넓은 복도가 나왔다. 이층은 아래층보다 훨씬 더 추웠다. 피아는 한기에 떨며 오른쪽 복도로 들어섰다. 거의 불투명하다시피 한 격자창문으로 뿌연 햇빛이 들어와 낡은 돌바닥 타일 위에 떨어졌다. 피아는 개가 있나 보려고 문을 하나하나 열어보았다. 스파르타식으로 꾸며진 작은 방들은 병영이나 기숙사를 연상케 했다. 좁은 나무 침대와 협탁, 값싼 합판으로 만든 옷장, 책상, 그리고 1970년대 물건이 분명한 스탠드가 모두 두 개씩 있었고, 문

위 벽에는 십자가가 걸려 있었다. 오랫동안 환기하지 않은 듯 곰팡내가 났고 가구와 바닥 위에는 하얗게 먼지가 쌓여 있었다. 피아는 한 책상에서 잉크 자국과 낙서 흔적이 가득한 나무판을 들어보았다. 뒷면에는 단어와 짧은 문장, 하트와 이름 들이 칼로 새겨져 있었다. 그 밑에 있는 서랍에는 나무로 만든 자, 부서진 삼각자, 색연필, 탱탱볼, 투명한 비닐커버로 싼 수학책, 손때 묻은 청록색 미니카가 있었다. 이 것들은 과연 누구에게 소중했을까? 그녀는 손을 뒤로 더 뻗어보았다. 종이가 만져졌고 잡지 한 권이 나왔다. 꺼내보니 표지에서 인디언 추장 분장을 한 피에르 브라이스가 빤히 쳐다보고 있었다. 1982년 2월 18일자 〈브라보〉라니! 피아는 슬며시 웃음이 나왔다. 그 옛날 피아의 친구들 사이에서도 이 잡지는 최고 인기였다. 누군가 몰래 한 권 사오면 반 전체가 돌려 읽곤 했다. 특히 좀머 박사님의 야한 상담코너와 애인구함 코너를 읽을 때면 얼굴이 발그레해진 채 킥킥거리곤 했지.

피아는 잡지를 제자리에 돌려놓고 수학책을 꺼냈다. 또박또박 쓴 아이 글씨로 'R6b반 앙드레 돌'이라고 적혀 있었다. 책을 도로 내려놓으려는 순간 그 안에서 낙서투성이의 파란 종이 한 장이 바닥으로 떨어졌다. 피아는 종이를 주워 살펴본 뒤 접어서 재킷 주머니에 넣었다.

"앙드레 돌……." 피아는 입속으로 가만히 중얼거리며 30년도 더 전에 여기서 잠자고 숙제하고 생활했을 아이를 떠올렸다. 피아는 창가로 가 밖을 내다보았다. 공원처럼 넓은 정원 너머로 크론베르크 성이 보이고 왼쪽으로는 언덕을 이루며 올라가는 빽빽한 숲이 쾨니히슈타인까지 이어져 있는 게 보였다. 오펠 동물원도 거기서 멀지 않았다. 피아는 뒤돌아 맞은편 책상에 시선을 던졌다. 그러나 책상은 텅 비어 있었고 책상 주인에 대해 아무것도 말해주지 않았다.

복도 끝에는 세면장이 있었다. 넓은 공간에 천장까지 흰색 타일로 발라져 있어 차갑고 삭막해 보였다. 세면대 여러 개와 샤워꼭지 두 개, 그리고 골동품 수준인 욕조 하나가 덩그러니 놓여 있었다. 그것을 보자 피아의 불편한 감정이 가슴을 옥죄는 불길함으로 바뀌었다.

피아는 서둘러 계단참으로 돌아와 삐걱거리는 계단을 밟고 다락으로 올라갔다. 지붕의 경사를 이용해 높이를 만든 다락방 두 개가 나란히 붙어 있었다. 아래층의 썰렁한 방들에 비하면 훨씬 사람 사는 곳 같았다. 기본으로 갖춰진 침대, 책상, 옷장 외에 긴 소파, 책장, 안락의자도 있었고 천장과 벽은 나무 패널로 장식돼 있었다. 바닥에는 얼룩지고 낡았지만 한때는 괜찮았을 연회색 카펫이 깔려 있었고 맞은편은 욕실이었다. 샤워시설, 세면대, 지붕창 바로 옆에 욕조가 있고 벽과 바닥에는 체리색 타일이 깔려 있었다. 수도꼭지를 돌려보니 녹물이 졸졸 흘러나왔다. 욜란다는 라이펜라트에게 아이들이 많았다고 했다. 침대 수로 볼 때 꽤 많은 수였을 것이다. 어쩌면 수녀원의 전통을 따라 보육원으로 운영된 것이었을까? 그리고 이 다락방은 보육교사들을 위한 숙소였을까?

피아는 가파른 나무계단을 올라갔다. 지붕 바로 아래 다락이 있었다. 어둑한 공간에 낡은 가구, 돌돌 말아놓은 카펫, 이삿짐 상자 수십 개가 쌓여 있었다. 기대하진 않았지만 여기에도 개는 없었다. 피아는 일층 홀로 돌아왔다. 거대한 타일 난로 옆에 아까 보지 못한 작은 문이 있었다. 문을 열어보니 닳디닳은 돌계단 밑으로 길게 뚫린 창고가 있었다. 곰팡내가 확 끼쳤다. 나무궤짝 속에서 감자가 조용히 썩어가고 있었다. 피아는 창고 구석구석을 휴대전화 손전등으로 비추고 다니며 개를 불렀다. 하지만 개는 어디에도 없었다. 피아는 다시 가파른 계단을 올라왔다. 헤닝이 아직 검안 중이었으므로 테오도르 라이펜라트의 죽음을 알릴 만한 자녀나 친척을 찾을 수 있을까 하는 마음에 서재로 갔다. 죽은 사람의 개인공간을 뒤져야 할 때마다 불편함을 느끼지만 피할 수 없는 부분이었다. 책상 위에는 전등, 깔개, 자동응답기가 달린 전화기 외에는 아무것도 없었다. 컴퓨터는 원래부터 없는 것 같았다. 자동응답기에서 빨간 불이 깜박거렸다. 피아는 장갑 낀 손으로 재생 버튼을 눌렀다.

"새 메시지가 14개 있습니다." 기계음이 흘러나왔다. "첫 번째 메시지. 4월 9일 11시 26분."

'크론탈 가의 카첸마이어 박사인데요.' 교양 있어 보이는, 그러나 상당히 흥분한 남자 목소리였다. '개가 서른여섯 시간째 멈추지 않고 짖고 있는데 말입니다! 이제 더 이상 들어줄 수가 없어요! 도대체 왜 대회에 개를 데리고 가지 않는 겁니까? 제 생각엔 말입니다, 일부러 그런다고밖에 생각이 되지 않습니다! 이건 그냥 테러거든요! 계속 이러면 경찰에 신고할 수밖에 없습니다! 그럼 이만 끊겠습니다!'

"차라리 신고하지 그랬냐, 이 잘난 양반아……." 피아가 혼잣말로 중얼거렸다.

"경위님?" 누군가 복도에서 부르는 소리에 피아는 녹음기를 멈추었다.

"나 여기 서재에 있어!"

곧 코르트 경장의 벌게진 얼굴이 문가에 나타났다. 그는 흥분한 상태였지만 시체 냄새에 개의치 않는다는 듯 애써 표정을 관리하고 있었다.

"개 찾았습니다." 그가 말했다. "그런데 죽은 것 같아요."

***

"그 여자애가 뒤로 가면 있을지도 모른다고 해서 가봤거든요." 집을 빙 돌아 넓은 택지 뒤편으로 가면서 코르트 경장이 말했다. "처음엔 견사가 있는지도 몰랐어요. 완전히 풀로 뒤덮여 있었거든요."

집 뒤쪽으로 들판이 언덕을 이루며 숲 언저리까지 펼쳐져 있었다. 낮은 회양목 울타리를 따라 자갈 깔린 오솔길을 걸어가니 풀이 무성한 채소밭이 나왔다. 온실도 하나 있는데 창문이 깨졌거나 뿌연 먼지로 덮여 있어 을씨년스럽기 짝이 없었다.

"저기 저 집은 뭐지?" 피아가 가리킨 빨간 나무 지붕은 가지를 잘라주지 않아 엉망으로 자라난 포도 덩굴로 뒤덮여 있었다.

"물은 없고 낙엽과 쓰레기로 꽉 찬 수조가 있더라고요." 코르트가 말했다. "옛날에 풀장이었던 모양입니다."

견사는 커다란 철쭉나무 뒤에 있었다. 녹슨 철창에는 담쟁이와 블랙베리 덩굴이 무성했다. 견사 옆으로 약간 경사진 여유 공간이 있었고 녹색 철창으로 둘러쳐져 있었다. 거친 콘크리트 바닥 위에 나무로 만든 큰 개집도 있었지만 견사도 개집도 형편없이 낡은 상태였다.

"찾았어요! 벡스를 찾았어요!" 욜란다가 쪼르르 달려와 격앙된 표정으로 피아의 소맷자락을 잡아끌었다. "개집 안에 있는데 움직이질 않아요. 벡스가 살아날 수 있을까요?"

"어서 가서 보자." 피아는 손톱이 부러지지 않게 조심하면서 녹슨 철창의 빗장을 어렵사리 열었다. 견사 바닥에는 개똥과 먹다 만 뼈다귀가 여기저기 널려 있었고 그 사이에 구부러진 양은 개밥그릇 두 개가 뒹굴고 있었다. 사람이 들어와도 개는 꼼짝도 하지 않았다. 개집의 지저분한 담요 위에 엎드려 축 늘어진 모양이 가엾이 측은해 보였다. 윤기를 잃은 연갈색 털이 헝클어진 채, 앙상하게 드러난 갈비뼈와 골반뼈 위에 퍼져 있었다.

"죽었어요." 코르트 경장이 철창 밖에서 중얼거렸다.

"아니, 아직 살아 있어." 피아가 개의 가슴팍이 미약하게나마 호흡을 따라 오르내리는 것을 주시하며 말했다. "수의사 불러야겠어. 그리고 물도 좀 가져와. 빨리!"

"제가 가져올게요!" 엄마가 말릴 틈도 없이 욜란다가 재빨리 튀어나갔다. 코르트 경장은 동물병원을 검색하기 위해 휴대전화를 꺼냈다.

"아까 욜란다가 수의사 얘기 안 했나?" 피아가 기억을 더듬었다.

"맞아요. 라이크 게르만 선생님이요." 샤이트하우어 씨가 말했다. "병원은 크론베르크에 있지만 선생님 집은 여기 맘몰스하인이에요."

"수의사한테 전화해봐. 최대한 빨리 와달라고 하고."

피아는 개의 등에 손을 얹고 조용히 말을 걸기 시작했다. 피아는 짐승이 그런 상황에 처한 것을 볼 때면 사람 시신을 대할 때보다 더 애처로운 마음이 들곤 했다. 순간 개의 한쪽 눈이 열리더니 꼬리를 흔들려는 듯 살짝 힘이 들어갔다.

"우리 벡스 착하지?" 피아는 푸석푸석해진 귀밑털을 쓰다듬어주었다. "조금만 참자. 곧 괜찮아질 거야."

개는 고개를 들려 하면서도 너무 쇠약해져 그마저도 힘든지 한숨을 내쉬며 포기했다. 눈에 눈곱이 끼고 코끝은 바싹 마르고 뜨거운 상태였다. 흙투성이 발에는 피가 묻어 굳어 있고 발톱도 몇 개 빠져 있었다. 아마도 견사에서 빠져나가려고 고투를 벌인 듯싶었다. 철창 밖에서 코르트가 누군가와 대화하는 소리가 들렸다. 곧 욜란다가 숨이 턱에 닿도록 뛰어와 물을 채운 녹색 플라스틱 통을 내밀었다.

"아까 검은색 차 타고 온 변장한 아저씨가 줬어요." 욜란다가 거친 숨을 내쉬며 말했다. "괜찮아요?"

욜란다가 개 옆에 꿇어앉자 개가 아이를 알아본 듯 꼬리 끝을 살짝 흔들었다.

"그럼." 피아는 헤닝이 아일랜드 레프젠에서 직접 주문해 마시는 값비싼 발리고완 생수를 개에게 조금씩 떨어뜨려주었다. 벡스는 눈을 뜨고 물을 핥기 시작했다. 처음엔 천천히 핥기 시작하다 혀의 움직임이 점점 빨라졌다. 눈빛도 조금씩 살아나 보였다. 탈수 직전 상태였기에 당연한 일.

"라이펜라트 씨 자동응답기에 카첸마이어 박사라는 사람이 개 짖는 소리에 항의하는 내용이 녹음돼 있던데……." 피아가 샤이트하우어 씨에게 물었다. "아시는 분인가요?"

"이웃집 할아버지예요." 욜란다가 엄마 대신 답하며 눈알을 굴렸다. "우리가 정원에서 놀고 있으면 항상 뭐라고 했어요. 그리고 자기 부인한테 막 소리 질러요. 실업자라서 심심한가 봐요."

"실업자가 아니라 연금생활자야." 샤이트하우어 씨가 딸의 말을 정정했다. "카첸마이어 씨네는 부활절 전주에 여행을 떠났어요. 벡스가 한참 갇혀 있었다는 뜻이에요."

"아마 열흘쯤 됐겠네요." 피아가 말했다.

"수의사와 통화됐습니다." 코르트 경장이 다급하게 보고했다. "곧 온답니다."

"고마워." 피아가 고개를 끄덕였다. 그때 그녀의 휴대전화가 울렸다. 검안을 마친 헤닝이었다. 피아는 욜란다 모녀에게 벡스를 맡기고 일어섰다. 그리고 부엌문을 통한 지름길로 앞마당으로 갔다. 헤닝은 장비를 차 트렁크에 싣고 있었다.

"어때?" 피아가 물었다.

"안면골 이마 바로 아래에 외상 흔적이 있어." 그가 몸을 일으키며 말했다. "양측 외이도에 분비액 유출과 출혈이 있는 걸로 봐서 두개 저부 골절일 가능성이 있어. 그리고 코뼈 골절, 아마 광대뼈도 부러졌을 거야. 부패가 상당히 진행된 상태라서, 넘어져 생긴 상처인지 맞아서 생긴 상처인지, 지금은 확실히 말하기 힘들어. 넘어지면서 어딘가에 머리를 부딪쳤을 수도 있지만 폭행에 의한 외상일 가능성도 충분히 있어. 확실한 건 부검을 해봐야 알 것 같아."

그는 피아에게 사망진단서를 내밀었다. '사인 분명치 않음'에 체크 표시가 돼 있었다.

"알겠어." 피아가 고개를 끄덕였다. "정황상 도둑이 든 것 같아. 도둑이 놀라서 싸움이 붙은 게 아닌가 싶어."

"방어흔은 찾지 못했는데." 헤닝은 차 트렁크를 닫았다.

"검사한테 연락하고 감식반 부를게." 피아가 말했다. "빨리 와줘서 고마워."

"고맙긴." 헤닝이 고개를 끄덕였다. "그럼, 좋은 하루! 저녁에 원고 보낼게."

"기대되는데." 피아가 엄지를 척 들어올렸다.

남은 하루는 좋은 하루라기보다는 긴 하루가 될 것이었다. 불분명한 사인이라는 것은 잠재적 강력범죄에 요청되는 모든 장치가 가동되어야 함을 의미했다. 피아는 출동센터에 전화를 걸어 당직 검사에게 연락을 취해 당직 판사에게 압수수색영장을 신청하도록 부탁했다.

"현장 지휘는 직접 할 거야?" 출동센터 동료가 물었다. "아니면 경위 한 명 보낼까?"

"아니, 내가 직접 할게." 피아가 대답했다. "그런데 지원 필요하고, 교대 임박한 사람들 대체할 인력도 필요해."

"오케이."

"장의사는 어떡하지? 시신을 부검실로 옮겨야 하는데."

"프랑크푸르트에서 한 명 갈 거야."

피아가 막 통화를 마쳤을 때 작은 체구의 샤이트하우어 씨가 다가왔다. 시종일관 차분하고 이성적인 느낌을 풍겼던 그녀의 표정이 상당히 불안해 보였다.

"잔더 형사님, 죄송한데요, 잠깐 얘기 좀 할 수 있을까요?"

"네, 물론이죠. 무슨 일인데요?"

"방금 견사에 널려 있는 뼈다귀를 살펴봤는데요. 좀 이상한 게 있어서요."

"뭐가요?"

"제가 보기엔……." 욜란다의 어머니가 말했다. "인골인 것 같아요."

"인골이요?" 피아는 휴대전화 든 손을 내리며 그녀를 멍하니 쳐다보았다. "견사 안에 있는 그 뼈가요? 확실한가요?"

"제 전공이 고고학이거든요." 샤이트하우어 씨가 고개를 끄덕였다. "뼈에 대해서는 잘 알아요. 확실해요. 어깨뼈도 있었고 골반뼈, 흉골에 달린 갈비뼈도 봤어요……."

***

오늘 교대시간은 오후 2시였다. 사실 며칠간 관찰을 중단할 생각이었지만, 이게 흡연이나 음주와 마찬가지라 오늘 하루 종일 담배 한 대도 피우지 않겠다거나 술 한 모금도 마시지 않겠다고 결심한 순간부터 욕구가 더 강해져 결국 금연이나 금주를 포기하게 되는 것과 같았다. 그의 경우가 딱 그랬다. 지난 12시간 동안 그는 줄곧 그녀에 대해 생각했다. 다행히 그의 직업은 특근수당 덕에 벌이가 괜찮았고 그다지 할일도 많지 않았다. 동료들과 소통할 일도 거의 없었다. 게다가 동료들의 대부분은 독일어를 거의 말할 줄 몰랐다.

몇 년 전 프랑크푸르트 서부에 조성된 신시가지를 지나면서 그는 옛날 영화의 대사 한마디를 떠올렸다. "난 유혹 빼고는 뭐든지 이겨낼 수 있어." 속으로 쿡쿡 웃었다. 그에게 딱 들어맞는 말이었다. 뭐어때, 집에서 기다리는 사람도 없는데. 그리고 20년간 그와 부부였던 여자가 어느 구석으로 숨어들었는지도 이미 알아냈다. 새로 바꾼 전화번호는 물론이고. 그녀가 갑자기 어디로 사라지지는 않으니 걱정 없었다. 뭐든 좀 기다리는 맛이 있어야 더 재미있는 법이니까.

그러나 그에게도 이 건은 꽤 노력을 요하는 일이었다. 그녀가 사는 곳과 일하는 곳을 알아내는 것이 결코 쉬운 일은 아니었다. 그녀의 하루 일정과 동선을 파악하는 데만도 수 주일이 걸렸다. 타인의 삶을, 당사자가 전혀 모르게 하면서, 자세히 알아가는 일은 대단히 흥분되는 일이었다. 그녀는 누군가 자신을 관찰하리라고는 생각하지 못하는 것 같았다. 만일 그랬다면 평소와 다르게 행동했겠지. 그는 언제 어디서 그녀를 덮치게 될지 상상할 때마다 짜릿한 쾌감을 느꼈다. 그녀의 집은 몽골피에르 로에 새로 생긴 주택단지에 있었다. 8층 건물의 맨 위층이었다. 쿠발트 지구, 렙슈토크바트, 유럽 쿼터 사이에 새로 생긴 지구들은 모두 비행기 조종사들의 이름을 따서 지었다. 레오나르도 다빈치 가도 있고 라이트 형제 로, 캐트헨 파울루스 가도 있었다. 그 자신은 레토르트 식품 같은 신도시들이 썩 마음에 들지 않았지만 최근 라디오에서 들은 바에 의하면 신도시의 주택 물량이 모두 팔리거나 예약된 상태라고 했다. 프랑크푸르트의 주택 물량이 부족하기 때문에 렙슈토크는 위치상 확실히 매력이 있다. A648고속도로와 바로 연결되고 차로 15분이면 힘들게 시티를 관통하지 않고도 공항, 시내, 타우누스에 닿을 수 있다. 그의 입장에서 가장 큰 장점은 도시 전체가 아직도 커다란 공사장이라는 것이었다. 아직 도시 구성이 제대로 되어 있지 않고 낯선 사람을 바로 알아보는 매의 눈을 가진 할머니들도 없었다. 여기저기 인부들이 돌아다니고 대형트럭과 승합차가 서 있었다. 여기서 그는 전혀 눈에 띄지 않기 때문에 마음 놓고 그녀를 관찰할 수 있었다. 그녀는 손목에 애플워치를, 귀에는 흰색 헤드폰을 끼고 일주일에 세 번 조깅을 했다. 체력이 좋은 편이라 보통은 렙슈토크 공원까지 달리지만 유럽 쿼터까지 가는 경우도 많았다. 어디서 장을 보는지, 어느 미용실에서 금발 염색을 하는지, 어느 치과에 다니는지, 생수, 코크 제로, 바이오네이드를 배달해주는 가게가 어디인지도 알았다. 가끔 중국 음식을 포장해 갔지만 유럽 로의 스카이라인 플라자 쇼핑몰 맞은편의 이탈리아 식당에서 송아지고기 커틀릿과 생선을 먹는 것을 본 적도 있다. 그녀는 식당 사람들과 인사를 주고받는 사이였고 직원들은 항상 창가 옆자리로 그녀를 안내했다. 식사 중에는 보통 스마트폰을 보거나 메시지를 작성하곤 했다.

그녀의 차가 어떤 것인지도 알았다. 평소엔 그녀의 집 지하 주차장에 있지만 길가 주차구역에 세워진 걸 본 적도 있다. 그가 관찰하는 동안 그녀가 다른 여자와 있는 것을 본 적은 딱 두 번이었다. 그녀보다 나이가 많았지만 어머니뻘이라고 하기엔 젊은 여자였다. 그녀는 대부분의 시간을 혼자 보냈다. 그의 계획을 위해서는 더할 나위 없이 좋은 조건이었다. 아직 언제 덮칠지 시점을 정하진 않았지만 그녀, 그리고 나머지 두 여자까지 잡으면 어떻게 해야 할지 이미 다 생각해두었다. 절대로 급하게 죽이진 않으리라! 서서히 이성을 잃고 제발 죽여달라고 빌 때까지 천천히 고문하고 괴롭히리라. 그렇게 즐기면서 그들이 죽는 모습을 지켜보리라. 3년째 그가 꿈꿔온 일이었다.

***

"고마워요. 샤이트하우어 씨." 피아가 말했다. "아무것도 만지진 않았죠?"

"그럼요."

차가운 바람이 일었다. 타우누스 산봉우리에는 짙은 먹구름이 걸려 있었다. 곧 비가 되어 내릴 구름이었다.

"좋아요." 피아는 헤닝의 번호를 눌렀다. 다행히 헤닝은 바로 전화를 받았다. "미안한데 지금 어디쯤이야?"

"에슈보른 쥐트. 들어가기 직전인데, 왜?"

"다시 이리로 와줘야 할 것 같아. 견사에서 뼈가 발견됐는데 사람 뼈인 것 같아."

"알았어." 헤닝은 더 묻지도 투덜거리지도 않았다. "바로 차 돌려서 갈게."

이어 피아는 감식반장인 크리스티안 크뢰거 경장에게 전화를 걸었다. 당직표에서 아직 휴가 중이지만 대기 상태로 표시된 걸 봤기 때문이다. 만약 연락하지 않는다면 나중에 분명히 불평할 사람이었다.

"아, 드디어 왔구나!" 그가 전화기에 대고 속삭이듯 말했다. "연휴 내내 누가 나 좀 구해줬으면 했는데 드디어 왔네!"

"에, 뭐라고?" 처음에는 크뢰거가 자기를 다른 사람으로 착각한 줄 알았지만 그것은 아니었다.

"피아, 내가 필요한 거지? 제발 그렇다고 말해줘! 나 계속 이러고 있으면 돌아버릴 것 같아! 진짜 싫은 친척들이 와 있거든. 와이프가 부활절에도 나가면 이혼이라고 협박해서 붙어 있긴 했는데 이제 부활절도 지났잖아. 안 그래?"

피아는 웃지 않을 수 없었다.

"맞아, 오늘은 평일이고 대기근무 상태잖아."

"그렇지!" 휴일에 직장에서 오는 전화를 동료들 대부분은 달가워하지 않지만 크리스티안 크뢰거는 거의 행복감으로 어쩔 줄 몰라 했다. "자, 우리 팀을 기다리고 있는 일이 뭐야?"

"방콕 시체, 견사에서 발견된 인골, 방이 20개 정도 되는 주택, 대지가 천 평 정도?"

"총동원이군. 아주 좋아! 하늘이 내 기도를 들어주셨군. 한 불쌍한 자가 숟가락을 놓긴 했지만."

"그런데 그 불쌍한 사람이 숟가락을 놓은 지 한참 된 것 같아." 피아가 대꾸했다. "주소 보낼게."

"우리 직원들 다 긁어모아서 출발할게. 드디어 출동이다!" 그는 말이 끝나기가 무섭게 전화를 끊었다.

피아는 웃으면서 고개를 절레절레 흔들었다. 크뢰거 또한 그녀의 전남편 못지않은 일중독이다. 그의 지나친 정확성과 변덕 때문에 함께 일하기 힘들어하는 동료들도 있지만 피아는 그와 일하는 게 좋았다. 그의 꼼꼼함 덕분에 해결된 사건도 많았다.

자동차 두 대가 마당으로 들어왔다. 티 없이 깔끔한 먹색 장의사 차 뒤에 흙탕물이 마구 튄 지저분한 은색 콤비가 들어왔고 그 안에서 곰 같은 덩치가 내렸다. 라이크 게르만 박사였다. 관자놀이에 흰머리가 나기 시작한 금발의 50대 중반 남자가 걱정스러운 표정으로 피아에게 다가왔다.

"호프하임 강력반의 피아 산더라고 합니다. 이렇게 빨리 와주셔서 감사합니다."

"아닙니다. 모퉁이만 돌면 집인걸요." 낭랑한 저음의 목소리에 악수하는 손에서 온기와 힘이 느껴졌다. "장의사 차가……. 라이펜라트 씨에게 무슨 일이 생겼습니까?"

"네, 안타깝게도. 며칠 전에 사망하신 것 같습니다." 피아가 대답했다.

"세상에! 어떻게 그런 일이!" 수의사는 정말로 놀란 듯했다. "어쩌다 그런 일이 생긴 거죠? 왜 그동안 아무도 발견을 못 한 겁니까?"

"사망 정황에 대해서는 아직 아무것도 밝혀진 게 없습니다." 피아가 말했다. "그보다 라이펜라트 씨의 개를 봐주셔야겠어요. 한참 동안 견사에 갇혀 있었던 모양인데 상태가 아주 안 좋아요."

"벡스가 견사에요?" 게르만은 깜짝 놀란 얼굴이었다. "원래는 주인 뒤를 졸졸 따라다니고 잘 때도 침대 옆에서 자거든요."

"라이펜라트 씨가 사정이 있어서 가두지 않았을까요?"

"그랬을 수도 있죠." 그는 차문을 열고 허리를 굽혀 조수석에서 가방을 꺼냈다. "예외 없는 규칙은 없으니까요."

"라이펜라트 씨와는 잘 아는 사이였나요?" 피아가 물었다.

"어렸을 때부터 알고 지냈습니다. 저희 아버지와 친한 친구 사이셨거든요. 젊었을 때 두 분 다 열성적인 사육자셨어요. 작은 동물들을 키워서 대회에 내보냈죠. 18년 전 크론베르크에 있는 동물병원을 인수한 뒤로는 이 집 동물들을 제가 도맡아 진료해왔습니다. 몇 년 전까지만 해도 집토끼, 닭, 공작 여러 마리를 키워서 전시회에 데리고 나갔습니다. 개는 뭐 항상 있었고요. 한꺼번에 두세 마리씩 키울 때도 있었지요. 알긴 오래전부터 알았지만 친했다고 표현하기는 좀 그러네요. 아마 그렇게 말할 사람이 별로 없을걸요."

"왜요?"

"그게……." 게르만은 약간 주저했다. "테오는…… 상당히…… 특이한 데가 있었거든요. 감정 기복이 아주 심했습니다. 사람을 봐도 못 본 척하고 화난 표정으로 그냥 지나치기 일쑤인데 또 어떤 날은 말도 잘하고 친절했죠. 언제 어떤 상태일지 가늠하기 힘든 성격이었어요."

그들은 부엌문을 지나쳤다. 시체 냄새가 났지만 게르만은 아무 내색도 하지 않았다. 수의사라서 그런 일에 민감한 것 같지는 않았다.

욜란다는 철창 안 벡스 옆에 앉아 있었다. 개의 머리를 무릎에 뉘고 등을 쓰다듬으며 조용히 말을 걸고 있었다. 개는 아까보다 더 기력을 찾은 것처럼 보였다.

"라이크 선생님!" 아이가 수의사를 보고 외쳤다. "테오 할아버지가 죽었어요! 그리고 벡스도 많이 아파요. 꼭 살려주세요! 데려갈 사람 없으면 우리 집에서 키워도 된다고 엄마가 허락했어요."

"그래, 알았다, 욜란다." 게르만의 낭랑한 저음을 들은 벡스는 힘겹게 머리를 들고 꼬리를 살짝 흔들었다.

"게르만 씨를 알아보네요." 피아가 말했다.

"우리도 친구 사이거든요. 벡스는 아주 어린 강아지 때부터 알았습니다. 일 년에 한 번 예방접종하러 오고, 가끔 발톱 깎으러 오고, 건강 안 좋을 때도 종종 진료하러 왔죠." 게르만이 개 옆에 쭈그리고 앉자 개가 그의 손을 핥으려 했다. 그는 커다란 손으로 개의 머리를 부드럽게 쓰다듬었다.

"벡스, 어디 보자. 어디가 안 좋은지 한번 볼까?"

욜란다는 수의사를 보조하는 데 열중하느라 어머니가 슬며시 뼈다귀를 가리키는 것을 보지 못했다. 피아가 자세히 보니 샤이트하우어 씨의 말이 옳았다. 왜 아까는 그게 눈에 띄지 않았을까?

피아는 철창을 따라 죽 걸어보았다. 견사 자체는 길이 6미터 폭 4미터 정도 되는 콘크리트판 위에 세워져 있었다. 개는 문에 달린 개구멍을 통해 흙바닥으로 이어지는 놀이공간으로 나갈 수 있게 되어 있는데, 봄의 폭우로 흙이 패어 경사면이 약간 무너져 내렸다. 벡스는 철창을 벗어나려고 흙을 파낸 게 아니라 콘크리트판 밑으로 구멍을 판 것이었다. 피아는 이상한 기분이 들었다. 개가 아사 직전 상태에서 콘크리트판 밑으로부터 고기 냄새를 맡은 걸까?

피아는 욜란다의 어머니에게 명함을 주고 그녀의 전화번호를 휴대전화에 저장했다.

"제 생각에는 감식반 사람들이 오기 전에 욜란다는 집으로 돌아가는 게 좋겠어요." 피아가 말했다. "그리고 뼈에 대한 얘기는 자제해주시고요."

"물론이죠."

"주의해서 봐주신 덕에 알았네요. 전 뻔히 보면서도 몰랐어요."

"신경쓸 게 많으면 그럴 수 있죠." 그녀의 입꼬리가 살짝 올라갔다. "고고학을 하는 사람은 아주 작은 디테일도 놓쳐선 안 되거든요. 제 번호 아시니까 무슨 일 있으면 연락 주세요."

"아마 오늘 중으로, 아니면 내일 아침에 전화드릴 거예요. 욜란다가 라이펜라트 씨에 대해서 잘 알고 있고 생전 습관에도 익숙한 것 같습니다. 저희에겐 그런 것이 아주 중요할 때가 있거든요."

다른 사람이었다면 호기심에 질문을 했을 법도 한데 샤이트하우어 씨는 말없이 고개만 끄덕였다.

"어떤가요, 괜찮아질까요?" 피아가 이번에는 수의사를 향해 물었다.

"네, 괜찮아질 것 같습니다." 게르만이 청바지에 손을 닦으며 말했다. "탈수상태에 영양공급이 너무 안 됐어요. 그런데 발톱이 좀 걱정되네요. 상처 부분이 곪았거든요. 일단 제가 데려가는 게 좋겠습니다. 여기보다 집에서 치료하는 게 더 나으니까요."

"물론이죠." 피아가 고개를 끄덕였다. "운반하는 거 도와드릴까요?"

"아니요. 혼자 할 수 있습니다."

"나중에 한 번 더 연락드려도 되겠죠?"

"그럼요." 그는 진료가방에서 다 구겨진 명함을 찾아내 뒷면에 전화번호를 메모한 뒤 피아에게 내밀었다. 그리고 그 지저분한 담요에 개를 감싸 번쩍 안아 올린 뒤 막 내리기 시작한 빗속으로 걸어 나갔다. 욜란다 모녀가 양쪽에서 호위하듯 그를 따랐다.

***

피아는 그새 도착한 헤닝을 견사 있는 곳으로 데려갔다. 장의사 사람들은 테오 라이펜라트의 시신을 검은색 보디백에 집어넣었다. 시신의 상태로 볼 때 결코 쉬운 작업이 아니었음에도 모두 프로들답게 묵묵히 수행해냈다. 창문과 문을 열어놓아서 시체 냄새는 그다지 심하지 않았다. 하지만 부패액이 타일 틈새를 통해 시멘트 바닥으로 스며들었기에 시간이 지나도 그 냄새가 완전히 가시지는 않을 것이었다. 피아는 자동응답기에 남아 있는 13개의 음성메시지를 마저 다 듣고 전화한 사람의 이름과 번호를 메모했다. 여섯 번은 바로 끊겼고 세 번은 요아힘이라는 이름의 남자에게서 온 것이었다. 4월 12일 오전 늦게 전화를 걸었을 때 그는 교통사고로 아직 상트페테르부르크에 있으며 부활절이 지나야 병원에서 퇴원할 것 같다고 말했다. 나머지 두 번의 전화에서는 라이펜라트가 전화 받지 않는 것을 걱정하는 듯했다. 나머지 메시지는 이름을 밝히지 않은 여자가 남겼는데 아마 요아힘으로부터 라이펜라트가 전화를 받지 않으니 한번 들여다보라고 부탁을 받은 사람 같았다. 발신자 번호가 0034 국가번호로 시작된 것으로 보아 그녀 자신도 해외에서 휴가 중인 모양이었다. 그녀는 그사이 '이방카'가 돌아왔길 바란다며 말했다. '어유, 진짜! 전화 좀 받으셔! 그렇게 고집부려서 우리 휴가 기분 다 망치면 기분 좋아요? 지금 다들 걱정하고 있거든요! 여기 먼 데서 어떻게 할 수도 없잖아요. 황금연휴라 비행기 표도 못 구한다고요! 어쩌겠어요, 저흰 부활절 휴가 지나고 화요일에 도착해요.'

피아는 책상서랍을 열어보았다. 깔끔하게 오려놓은 신문기사들이 가득 들어 있었다. 애완동물 사육자협회의 활동내용에 관한 것들인데 그중에는 아주 오래된 기사도 있었다. 그 밖에 진지한 표정으로 카메라를 응시하고 있는 앳된 소녀의 사진, 손때 묻은 주소록 등이 있었다. 죽은 라이펜라트에 대해 피아는 아직 아무것도 모르는 것이나 마찬가지였다. 만약 그가, 샤이트하우어 모녀와 수의사가 말하듯 고집불통 노인네가 아니라 피해자를 견사 밑에 매장한 살인자라면 어떻게 되는 거지?

피아가 막 주소록을 들추려 할 때 밖에서 감식반의 폭스바겐 버스두 대가 들어오는 소리가 들렸다. 그녀는 동료들을 맞이하고 할일을 알려주기 위해 부엌문을 통해 밖으로 나갔다.

"시체도살자는 언제 온 거야?" 크리스티안 크뢰거가 고갯짓으로 헤닝의 검은색 볼보를 가리켰다.

"몇 시간 됐습니다, 존경하는 크뢰거 선생." 그의 등 뒤에서 헤닝의 목소리가 들렸다. "7 대 3으로 내가 이기고 있네요. 아직 4월인데!"

"나보다 한참 전에 연락을 받았네!" 크뢰거가 불퉁거렸다. "이런 걸두고 부정출발이라고 하는 거예요."

헤닝이 한쪽 눈썹을 치켜뜨고 그에게 대답하려는 순간.

"그 뼈들에 대해 어떻게 생각해?" 피아가 얼른 끼어들었다. 두 사람중 누가 먼저 시체에 접근하는가를 갖고 유치한 공방이 불붙기 전에.

"사람 거야. 확실해." 헤닝이 확신했다.

크뢰거와 감식반 직원들이 점점 굵어지는 빗줄기 속에서 버스 두대에서 장비를 꺼내고 옷을 갈아입는 동안 피아는 보덴슈타인 반장에게 전화를 걸었다. 통화가 안 되자 피아는 아침에 받은 공문 내용을 무시하고 휴대전화에서 초록색 수화기 모양의 왓츠앱을 터치했다. 물론 업무용 블랙베리에서도 단체대화방을 만들 수 있지만 휴대전화를 두 개씩 들고 다닌다는 게 현실적으로 너무 번거로웠다. 피아는 보덴슈타인에게 메시지를 보낸 뒤 팀 단체대화방에도 같은 내용을 올렸다. 미국 범죄드라마를 좋아하는 타리크 오마리가 '메이저 크라임스 스쿼드'라고 거창한 이름을 붙인 대화방에. '@모두에게 : 사건 발생. 국내에 있는 사람은 연락 바람. 휴가일수는 나중에 보상받을 수 있음! ☺'

그녀는 오리털점퍼 모자를 뒤집어쓰고 전화기를 청바지 뒷주머니에 꽂았다.

"어떤 식으로 진행할 생각이야?" 피아가 헤닝과 크뢰거에게 물었다.

그새 비는 장대비로 바뀌었고 쉽게 그칠 것 같지도 않았다.

"이런 날씨에는 괜히 손댔다가 더 망치는 수가 있어." 크뢰거가 이마를 찡그렸다. "견사와 그 옆으로 연결된 철창 위로 천막을 쳐놨다가 내일 아침에 보는 게 좋겠어. 그때까지는 땅이 좀 마르겠지."

"그게 낫지." 헤닝이 웬일로 크뢰거의 말에 호응했다. "나도 흙을 체로 쳐야 하는데 이런 진흙은, 게다가 여기서 더 축축해지면 불가능하거든."

"자, 뭣들 해? 어서 시작하자고!" 크뢰거가 감식반 직원들을 재촉했다. "감식은 집 안에서부터 하면 돼."

***

산드라 레커는 욕조에 등을 붙이고 양손으로 무릎을 감싼 채 타일

바닥에 웅크리고 앉아 치솟는 눈물을 꾹 참았다. 온몸이 떨리고 속이 뒤집어질 것처럼 메슥거렸다. 두려움이 가슴을 옥죄는 가운데, 과거에 매일같이 쑤셔오던 옆구리 통증이 다시 찾아왔다. 그녀는 몇 주 전 변호사로부터 전남편이 자유의 몸이 됐다는 소식을 들었다. 그가 그들을 찾아내는 건 시간문제임을 이미 알고 있었다. 그녀의 부모와 두 딸도 마음속으로 각오해온 일이었다. 지난 몇 년간 그녀는 다양한 상담치료사를 만나며 속내를 털어놓았고 그와의 파괴적 관계로 인해 피폐해진 마음을 보살피는 데 집중했다. 처음에는 오직 살아야겠다는 생각뿐이었고, 나중에는 치유와 새로운 시작을 위한 것이었다. 그러나 모든 것은 이론에 불과했다. 현실은 방금 전 엄청난 굉음과 함께 그녀를 따라잡았다. 어머니의 말티즈 수컷을 데리고 크벨렌 공원으로 저녁 산책 나갔다 돌아오는 길에. 그는 거짓말처럼 그녀의 눈앞에 서 있었다. 소테니아 동상이 있는 나무 구조물 뒤에서 걸어 나와 그녀를 빤히 쳐다보았다. 4년 전 그 끔찍한 저녁 이후 첫 대면이었다.

"다시 부모님 밑으로 기어들어갔나?" 그가 빈정거렸다. "나한테 뺏어간 돈으로 좀 더 나은 데를 찾아보지 그랬어?"

그녀는 할 말이 많았지만 두려움에 질려 입도 뗄 수 없었다. 20년 간의 결혼생활이 끝났을 때 그녀는 빈털터리였다. 빚이 너무 많아 집을 팔고도 남은 게 거의 없었다. 친정으로 들어오지 않았다면 딸들과 함께 길거리에 나앉는 신세가 됐을 것이다!

"나한테서 벗어났다고 생각한다면 큰 오산이야." 그가 악에 받친 목소리로 말했다. "너 때문에 내 인생이 어떻게 망가졌는데! 네가 나한테 한 짓을 전부 후회하게 해주겠어! 너, 그 정신감정 한 년. 판사 년. 너희 셋 앞으로 편하게 살긴 글렀어."

산드라는 평생을 살면서 사람 눈에 그토록 증오가 서린 것을 보지 못했다. 그녀는 잠시 마비된 듯 꼼짝도 하지 못했다. 머리가 터져버릴 듯 맥박이 요동치며 귓가를 때렸다. 그녀의 두려움을 알아챈 개가 낑낑거리며 자꾸만 줄을 끌어당겼다.

"경찰 부를 거야!" 그녀가 겨우 입을 열었다.

"그래, 불러." 그는 어깨를 으쓱하며 기분 나쁜 웃음소리를 냈다. "경찰은 항상 일 끝나야 오잖아."

산드라는 충격에 멍해진 상태로 집에 돌아왔다. 어떻게 집에 들어왔는지도 기억나지 않았다. 딸들에게 아빠가 나타났다는 말을 해야 할까? 아이들은 어떻게 반응할까? 그녀에게 한 짓과 별개로 그는 딸들에게 좋은 아빠였고 아이들도 아빠를 좋아했다. 그녀는 변호사에게 전화를 걸어봤으나 연결되지 않았다. 결국 경찰에 신고했지만 그가 말한 그대로였다. "죄송하지만 아무 일도 일어나지 않았다면 저희가 할 수 있는 일은 없습니다. 집 안에 계십시오."

"빌어먹을, 빌어먹을." 그녀는 입속으로 되뇌며 주먹 쥔 손으로 눈가를 눌렀다.

어떤 접촉시도도 무시할 것. 그녀의 심리상담사가 반복해서 강조하던 말이었다. 그의 잔인한 스토킹으로부터 도망쳤을 때 그녀의 변호사는 24시간 이내에 그에 대한 폭력방지조치를 발효시켰다. 담당 판사가 '지극히 위험하다'는 판단을 내리고 그를 교도소 대신 정신병원으로 보낸 지 거의 4년이 지났다. 산드라는 그때 형법 63조, 범죄를 저지른 자가 정신병으로 인해 심신미약 상태이나 그 상태가 지대한 위험을 초래할 경우 적용되는 법조항에 대해 처음 알았다.

"이제 안심하세요." 당시 변호사가 말했다. "남편은 아주 오랫동안 정신병원에 있을 겁니다. 어쩌면 평생 못 나올 수도 있어요."

실제로 그는 엘트빌 치료감호소 담 뒤로 사라졌다. 산드라는 두려움에 몸을 떨었다. 똑똑한 변호사들과 노련한 심리상담사들이 뭐라고 하든 그녀는 그가 언젠가 정신병원에서 나올 것을 알고 있었다. 그녀만큼 클라스를 잘 아는 사람은 없었다. 그가 어떻게 다른 사람의 마음을 사고 타인을 제 뜻대로 조종하는지 그들은 상상조차 못 할 것이다. 클라스가 무슨 짓을 할 수 있는 사람인지 그녀는 알았다. 그에게 사회적 규칙이라는 것은 아무런 의미가 없었다. 산드라는 울음을 터뜨리지 않으려고 주먹 쥔 손을 이로 꼭 물었다. 상담사의 조언대로 그때 아이들을 데리고 이 나라를, 아니, 유럽을 떴어야 했다. 그러기엔 늦어버렸지만 적어도 이곳을 떠나야 한다는 것은 분명했다. 이대로 있으면서 부모님과 아이들을 위험에 노출시킬 수는 없었다.

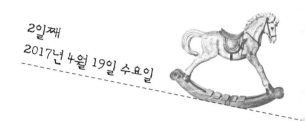

피아와 그녀의 상사 올리버 폰 보덴슈타인은 8시 직전 경찰서를
나섰다. 타리크는 칼부림 사건 때문에 외근 중이고 카트린과 셈은 주
말쯤에나 휴가지에서 돌아오기 때문에 아침회의에 참여한 사람은 몇
되지 않았다. 카이는 이미 테오도르 라이펜라트에 대한 정보조사에
착수했고 보덴슈타인은 언론에서 '스웨터 보풀 사건'이라고 부르는
재판에 출석하기 위해 9시 반까지 법원에 가야 했다. 피아는 차량관
리 담당자에게 관용차 열쇠와 서류를 받았다. 업무 시 개인 차량으로
움직이는 것을 안 좋게 보는 사람이 많고, 유류비 정산도 귀찮은 노
릇이기 때문이다. 출입통제 게이트를 통과하자마자 그녀는 휴대전화
를 놓고 온 것을 깨달았다.

"아, 참!" 피아가 멈춰 섰다. "두고 온 게 있어서 다시 올라갔다 와야
겠어요."

"그럼, 이따 봐!" 보덴슈타인이 앞서가며 손을 흔들었다. "법원 일 끝나는 대로 맘몰스하인으로 갈게!"

몇 분 후 피아가 다시 건물 밖으로 나왔을 때 민트색 피아트 500이 경찰서 안으로 들어오더니 민원인용 주차장으로 들어가 정문에서 가장 가까운 빈자리에 주차하는 것이 보였다. 저건 킴의 차가 아닌가? 그렇다! 운전석 문이 열리고 차에서 내린 사람은 피아의 여동생이었다. 킴은 건물 입구로 가지 않고 직원용 주차장으로 서둘러 걸음을 옮겼다. 킴이 자신을 만나러 온 것이 아니라는 사실에 순간 서운함을 느꼈다. 계단을 내려온 피아는 관용차 차고가 있는 왼쪽으로 꺾어 들었다. 킴을 마지막으로 본 것은 정확히 4개월 전이었다. 크리스마스 첫 휴일에 부모님 집에서 함께 점심을 먹었다. 이후로 킴은 피아의 연락에 반응하지 않았다. 심지어 새해 인사에도 아무 답장이 없었다. 3년 전에 크게 싸우고서 킴이 미안하다고 했지만 그 이후 자매 사이는 확실히 서먹서먹해져 그 거리를 좁히기가 힘들었다. 싸움의 계기는 니콜라 엥엘이 계속해서 잔소리하던 복장 문제였다. 피아는 킴이 엥엘을 말려주리라 기대했지만 킴은 오히려 엥엘 편을 들며 피아의 뒤통수를 쳤다. 피아가 화난 것은 킴이 말한 내용 때문만은 아니었다. 사실 틀린 말은 아니었으니. 피아를 정말 화나게 한 것은 킴의 오만한 태도였다.

그 일 뒤로 자매의 대화는 겉돌았고 개인적인 이야기는 기피하게 되었다. 피아는 예전처럼 둘의 관계가 끊기는 상황을 원하지 않았다. 킴은 10년도 넘게 잠수를 탔다가 5년 전 갑자기 피아에게 전화를 걸어서는 언니와 부모님과 함께 크리스마스를 보내겠다고 했다. 그러고는 함부르크에 있던 집과 직장을 정리하고 고향인 라인마인 지역으로 이사를 왔다. 새집을 구할 때까지 피아와 크리스토프가 사는 비르켄호프에서 함께 지냈다. 그 기간에 자매 사이는 어느 때보다 가까웠고 친밀했다. 피아는 정말로 기뻐했다. 그런데 킴이 하필 피아의 상관인 니콜라 엥엘과 커플이 되면서 연락을 끊었다. 전화를 걸어도 메시지를 보내도 답장이 늦거나 아예 무응답이었다. 피아는 여러 차례 동생을 집으로 초대했지만 항상 일이 있다며 거절했다. 니콜라 엥엘은 킴과 함께한 지 5년 남짓 되었지만 개인적인 만남에서조차 거리를 두려 했다. 한번은 와인이 몇 잔 들어간 뒤 크리스토프가 넉살 좋게 편하게 말을 놓자고 제안했지만, 엥엘은 나중에 피아의 상관이 아닐 때 놓자며 지금은 아니라고 딱 잘라 거절했다. 피아는 킴의 태도가 돌변한 게 엥엘의 영향이라고 그녀를 비난했다. 그러나 크리스토프는 엥엘의 거절을 마음에 두지 않았고, 킴의 태도가 엥엘 때문에 돌변한 건 아니라고 말했다.

· 피아가 차고가 있는 뜰로 들어서며 열쇠의 차량번호를 확인하려는 순간 어디선가 킴의 흥분한 목소리가 들려왔다. 엥엘 과장의 BMW 옆에 킴과 과장이 서 있었다. 말다툼을 하는 것 같았다. 피아는 뜰 한쪽에 심어진 사람 키만 한 주목 울타리에 몸을 숨긴 채 가지 사이로 그들을 엿보았다. 킴은 엄청나게 화난 상태였고 엥엘 과장은 언제나처럼 냉정을 유지하고 있었다. 무슨 말인지 전혀 알아들을 수 없었지만 피아는 이 다툼을 목격하는 것이 영 내키지 않았다. 어느 순간 엥엘 과장이 킴을 내버려두고 피아 쪽으로 성큼성큼 다가왔다. 피아는 얼른 울타리 밖으로 나가 시치미를 뚝 떼고 차고 쪽으로 걸음을 옮겼다.

"안녕하세요." 피아가 엥엘 과장에게 인사를 건넸다.

"아, 산더 형사." 엥엘은 인사를 받고는 그냥 지나갔다. 언제나처럼 평정을 잃지 않는 모습. 복잡한 개인사를 지녔으리라고는 도저히 상상하기 힘든 사람. 언젠가 엥엘을 두고 테플론 코팅이 된 사이보그라고 표현하는 걸 들었는데 그 말이 딱 맞았다.

피아는 차문을 열고 승차한 뒤 출발했다. 킴의 피아트가 막 고속도로 쪽으로 돌아가는 게 보였다. 피아는 어떻게 해야 할지 고민했다. 그냥 모른 척해야 할까? 아니면 킴에게 전화해서 무슨 일인지 물어봐야 할까? 아니, 그건 절대 하지 말아야 할 일이다. 킴은 아무리 좋은 의도로 던진 말이라 해도 사적인 질문은 간섭으로 받아들였다. 피아는 우회전 깜빡이를 켜고는 한숨을 내쉬었다. 그녀 역시 자기 고민을 여기저기 떠벌리고 다니거나 SNS에 게시하는 유형은 아니었지만 그래도 문제가 생기면 배우자나 동료나 가족에게 말하고 조언을 구했다. 킴은 한 번도 그런 적이 없었다. 그녀는 언제나 완벽한 사람이고자 했고, 자신이 세운 기준에서 벗어나는 것은 무엇이든 실패로 간주했다.

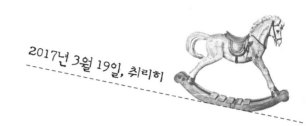

집으로 돌아가는 동안 피오나는 자신이 뿌리 뽑힌 나무와 같다고 생각했다. 나중에 돌아보니 잠시 쇼크 상태에 빠졌던 듯하다. 페르디난트 피셔와 어떻게 헤어졌는지, 어떻게 트램 정류장까지 갔는지 전혀 기억나지 않았기에. 그렇듯 정신없다 보니 한 정거장 전에 내려버렸다. 출생기록에 아버지로 이름이 올라 있는 남자의 말이 그녀의 삶을 송두리째 흔들어놓았다. 그녀에겐 상의할 사람이 없었다. 너무 오랫동안 소식을 끊고 살아 연락 닿는 친구도 한 사람 없었다. 실반? 아니, 그는 이제 그녀의 일에 관심이 없다. 오해의 여지 없이 분명하게 표현하지 않았던가. "네 어머니야, 나야?" 그렇게 물었다. 하필이면 어머니가 더 절실하게 그녀를 필요로 할 때였다. 그가 어머니와 그녀의 관계를 '병적'이라고 했을 때 그녀는 마음의 상처를 받았다. "너랑 어머니 관계는 공생관계야." 실반은 그렇게 말하곤 했다. 처음엔 놀리듯 웃으며 말했지만 나중엔 웃음 없는 진지한 표정으로.

"어머니 삶엔 너 말고 아무것도 없어. 네가 자신의 삶을 살도록 놓아주질 않는다고!" 그가 퍼부어댔다. "피오나, 보통 어머니들은 그렇게 하지 않아. 그래선 안 되는 거야. 너 지금 스물두 살이야. 어머니가 너에게 무슨 짓을 하고 있는지 이해가 안 되니?"

그녀도 그가 하는 말이 옳다는 것을 알았다. 하지만 어머니에 대한 의리로 사실을 인정할 수 없었다. 그녀는 그가 3개월 전 보낸 최후통첩에 아무 반응 없이 기한을 넘겼다. 그는 아무 말 없이 왓츠앱에서 그녀를 차단했고 이메일에도 답장을 보내지 않았다. 그보다 더 분명할 순 없었다.

피오나는 난장판이 된 머릿속을 정리하려고 생각하고 또 생각했다. 사실로 받아들이기엔 너무 엄청나고 말이 안 되는 이야기였다. 친모라는 사람은 도대체 어떻게 된 사람이기에 아기를 낳자마자 생판 모르는 남에게 내어줄 수 있었을까? 아니, 그건 차치하고라도, 그녀에게 이것은 무엇을 의미하는가? 정체성을 도둑맞은 듯한 배신감을 느꼈다. 사기당하고 속아넘어간 기분이었다. 울음이 걸려 목이 메었다.

"엄마, 엄마!" 그녀는 신음하는 소리로 중얼거렸다. "왜 나한테 한마디도 안 한 거야? 어떻게 나한테 이럴 수가 있어?"

흐느낌을 삼켰다. 그래, 실반의 말은 모두 옳았다! 그녀 자신도 이미 알고 있지 않았던가! 그녀를 그렇게 독점한 건 어머니의 잘못이었다. 감옥에 갇힌 느낌, 분노와 무기력을 경험한 것이 한두 번이었던가? 대학 공부를 위해 프리부르로 떠나리라 결심했을 때, 하필 그때 어머니의 병이 세 번째로 찾아왔고 이번에는 온몸으로 암이 퍼졌다.

척수, 골수, 뇌, 폐로 전이되었다. 어떻게 어머니를 혼자 둘 수 있었겠는가? 사랑하는 할머니, 하이디 이모, 어머니는 차례로 그 끔찍한 병에 시달리다 고통스럽게 죽었다. 그녀는 어릴 때부터 언젠가는 그 병이 그녀 자신을 덮치리라는 두려움을 갖고 살아왔다. 집안의 여자들에게 대단히 공격적인 형태의 유방암이나 난소암의 발병확률을 높이는 변형유전자가 대대로 전해 내려왔다. 8년 전 할머니가 돌아가셨을 때 주치의는 피오나에게 취리히 대학병원 인간유전학과에 가서 테스트를 받으라고 권했다. 그녀는 겁이 나서 용기를 내지 못했다. 그녀의 인생 전체가 병에 대한 두려움으로 그늘져 있었다 해도 과언이 아니다. 얼마나 음험하고 잔혹한 병인지 이미 세 번이나 옆에서 지켜보았다. 그녀가 그 병을 얼마나 두려워하는지 가장 잘 아는 사람은 어머니가 아니었던가! 그녀는 순간 걸음을 멈추었다. 이 어처구니없는 이야기가 그녀에게 무엇을 의미하는지 별안간 깨달은 것이다! 여태껏 꾹 참던 울음이 터져나와 눈물이 얼굴 위로 하염없이 흘러내렸다. 그녀는 고통스러움에 몸을 웅크렸다. 어머니에게 이용당했다는 사실, 아니, 그야말로 학대당했다는 사실을 인정하는 것이 못 견디도록 아팠다. 어머니는 그녀가 그 유전인자를 갖지 않았으리라는 사실을 알고 있었다. 그러면서도 그녀에게서 그 끔찍한 두려움을 덜어주기 위해 아무것도 하지 않았다!

"왜? 왜, 그랬어, 엄마?" 피오나는 흐느껴 울었다. "날 사랑했다면, 진심으로 날 사랑했다면 진실을 말해줘야 했던 거잖아! 어떻게 나한테 이럴 수가 있어?"

***

"콘크리트판을 통째로 들어내야겠어." 철창 안으로 들어가 개가 파 놓은 구멍을 들여다본 크리스티안 크뢰거가 말했다. "안에 뼈가 더 있어."

"혹시나 했는데……." 피아가 고개를 끄덕였다. "헤닝에게 전화해 서 좀 기다려보라고 해야겠네."

호프하임에서 맘몰스하인으로 오는 길에 피아는 줄곧 킴과 니콜 라 엥엘이 뭣 때문에 싸웠을까 생각했다. 지금은 일 때문에 동생 생 각을 할 수 없으니 도리어 다행이었다. 어제까지만 해도 유감스럽게 도 일상적으로 일어나는 고독사로 여겼던 사건이 꽤 큰 사안으로 확 대되어가고 있었다.

"제대로 콘크리트를 부어서 만든 게 아니야." 생각에 빠져 있던 피 아는 크뢰거의 말에 퍼뜩 정신이 들었다. 천막은 다시 걷혔고 견사 바닥의 개똥도 치워졌다. 철창은 해체됐고 개집도 사라졌다. 천막이 비를 막아준 덕에 땅이 많이 젖진 않았지만 모든 게 질척거리는 상태 였다.

"어떤 무식한 놈이 풀밭에다 콘크리트를 부어버렸군!" 크뢰거가 말했다. "그러니까 판이 이렇게 부스러지지."

"뭐, 노인네가 돈 많이 들일 필요 없다고 생각해서 직접 사다가 부 었나 보지." 피아가 추측했다.

"그럴 수도 있지. 아니면 콘크리트 부으려고 땅 파다 시체를 발견 할까 봐 자기가 직접 했을 수도 있고." 크뢰거는 장화에 들러붙은 진 흙을 잔디에 문질러 닦았다. "폐기물 담을 컨테이너하고 착암기가 있어야겠어. 그거 없이는 일 진행이 안 돼."

"알았어. 준비시킬게." 피아가 말했다. "준비될 동안 집 안에서 계속하면 되겠네."

감식반원들은 어제 이미 집안 감식에 착수했다. 테오도르 라이펜라트가 어떻게 죽었는지 확실히 밝혀지지 않는 한 그의 죽음은 잠재적 살인사건이었고 그가 죽은 집도 살인사건 현장으로 다뤄져야 했다.

피아는 한 시간도 안 되어 공사장비와 인부들을 준비시켰다. 그들은 크뢰거의 감독 아래 콘크리트를 조각조각 잘랐고, 소형트럭이 견사까지 들어갈 수 없었으므로 그 조각 덩어리들을 수레에 실어 날랐다.

오후 4시경이 되자 견사 바닥이 완전히 제거됐고 헤닝이 박사과정의 보조 두 사람을 데리고 나타났다.

해가 짙은 구름 뒤로 숨어 들어가자 비를 대비해 구덩이 위에 다시 천막을 쳤다. 작업이 밤까지 이어질 것을 생각해 헤드라이트도 설치했다. 감식반원 한 명이 작은 삽을 가지고 앉아 벡스가 파놓은 구멍을 조심스레 넓혀가고 있었고, 진흙투성이 오버올과 고무장화 차림의 헤닝은 그 옆에 무릎 꿇은 자세로 앉아 안을 들여다보고 있었다. 상체는 반쯤 구멍에 가려 보이지 않았다. 크뢰거의 직원 두 명은 콘크리트판을 들어낸 곳 반대편에서부터 조심스럽게 흙을 한 삽 한 삽 퍼내는 작업을 하고 있었다. 퍼낸 흙은 꼼꼼하게 체로 걸렀고 내용물을 나중에 살펴보기 위해 플라스틱 컵에 보관했다. 다른 감식반원은 현장 구석구석을 카메라에 담느라 바빴다. 열린 부엌문 앞에도 천막을 세워 도배용 탁자를 놓아두고 발견된 뼈를 정리해 늘어놓았다.

헤닝은 이 뼈들이 역사적 유물일 가능성은 전혀 없다고 확인해주었다. 피아는 당직 검사에게 연락을 취하도록 조치했다. 시간은 흘러가고 보덴슈타인, 피아, 로젠탈 부장검사 세 사람은 말없이 이 으스스한 발굴현장을 지켜보고 있었다. 헤닝이 잠깐 쉬려고 구덩이 밖으로 나왔을 때는 이미 사방이 어둑해지고 있었다.

"루카스, 나 지금 당장 커피 좀!" 헤닝이 보조 두 명 중 한 명에게 외쳤다. 그러자 호명된 청년이 부리나케 달려나갔다. 헤닝은 장갑을 벗고 천으로 안경을 닦았다. "저 밑에 시체가 최소한 두 구인데 하나는 개가 좀 뜯어먹었어. 하지만 나머지 시체는 꽤 잘 보관된 상태야."

"두 구?" 피아는 보덴슈타인과 걱정스러운 눈길을 주고받았다. 그도 같은 생각을 하고 있는 게 분명했다. 3년 전 슈발바흐에서 한 여성이 죽은 아버지의 차고를 정리하다 끔찍한 발견을 한 사건이 있었다. 그녀가 남편과 함께 아버지가 쓰던 임대 차고를 정리하는 중에 시체 부위들이 가득 든 통이 나왔고, 그 사건은 전국적으로 큰 화제가 됐다. 40년간 완벽한 이중생활을 한 그 아버지는 최소 다섯 명을 무자비하게 죽인 살인자로 판명되었다. 또 다른 네 건의 살인사건도 그의 소행으로 짐작됐지만 아직 확실히 증명되지 않은 상태였다.

"이게 또 다른 헤센 살인마 사건이 아니었으면 좋겠군." 보덴슈타인이 말했다.

"그러게 말이에요." 피아가 그 말을 받았다. 그녀도 시체의 신원을 확인하지 못하거나 책임을 물을 사람이 없어지는 상황을 우려했다. 범인은 이미 죽었고 비밀도 무덤 속에 함께 묻혀버린 상황, 모든 수사관들의 악몽이라 할 만했다.

"예전에 여기에 가족묘가 있었을지도 모르죠." 그녀는 실오라기 같은 희망을 품어보았다. 대대로 넓은 대지와 저택을 소유했던 집안들이 그 가문만의 전용 묘지를 소유한 경우가 더러 있었다. 물론 이렇게 집 가까이 둔 경우는 없지만. 그래도 지하공사를 하다가 느닷없이 무덤이 발견되는 경우가 종종 있지 않은가.

"그건 아니야." 김이 모락모락 나는 커피를 받아든 헤닝이 청년에게 고맙다는 고갯짓을 하며 말했다. "만일 이 집 안에 시신을 관에 넣지 않고 플라스틱랩에 싸는 관습이 있었다면 모르겠지만."

"플라스틱랩에 싸다니요?" 로젠탈 부장검사가 뜬금없다는 듯 물었다.

"루카스!" 헤닝이 손가락을 튀기며 말했다. "그거 한 조각만 가지고 와봐요!"

청년은 군소리 없이 구덩이 속으로 내려가 지저분한 비닐 한 조각을 가지고 와 헤닝에게 내밀었다. 크뢰거가 잽싸게 그것을 받아 이리저리 살펴보았다.

"접착제 없이 매끈한 표면이나 저희들끼리 서로 달라붙는 특수 점착성 비닐이야." 헤닝이 설명했다. "접착력이 생기는 건 끈적끈적한 중합체의 첨가나 고점착성 폴리이소부틸렌의……."

"사설이 길긴!" 크리스티안 크뢰거가 불쑥 끼어들었다. "이건 그냥 평범한 포장랩이잖아요. 아무 슈퍼마켓에나 파는 거."

"전화 왔어요!" 누군가 부엌문 앞에서 외쳤다. "여기 집 안이요!"

"제가 갈게요!" 피아는 보덴슈타인에게 자신이 마시던 커피잔을 들려주고 벌떡 일어나 뛰어갔다. 불현듯 어제 책상서랍에서 발견한 주소록이 떠올랐다. 수화기를 낚아챈 그녀는 숨을 헐떡이며 말했다. "여보세요?"

"이방카 아줌마?" 권위적인 남자 목소리였고 화가 난 말투였다. "테오는 대체 어떻게 된 거야? 왜 며칠째 아무도 전화를 안 받아? 내가 전화를 몇 번이나 한 줄 알아? 열 번도 넘게 했다고!"

"호프하임 경찰서 강력반의 산더 형사입니다." 피아가 말했다. "전화 거신 분은 누구시죠?"

몇 초간 침묵이 이어졌다.

"프리트요프 라이펜라트입니다." 이윽고 대답이 돌아왔다. "남의 집에서 지금 뭐 하는 겁니까?"

"전화로 말씀드리기는 좀 그렇고요. 시간이 늦었지만 이쪽으로 와주시는 게 좋겠습니다."

"그건 불가능합니다. 지금 로스앤젤레스에 있거든요. 우리 할아버지에게 무슨 일이 생겼습니까?"

"이런 말씀 드리게 되어 매우 유감입니다만, 어제 집 안에서 테오도르 라이펜라트 씨로 추정되는 시신이 발견됐습니다."

"어제요? 그런데 왜 나한테 바로 연락이 안 왔죠? 그리고 그 집에는 어떻게 들어간 겁니까? 그리고 우리 할아버지로 추정된다니, 그게 대체 무슨 뜻입니까?"

피아는 그동안 유족에게 가족의 죽음을 알리는 슬픈 임무를 수없이 수행해왔다. 유족의 반응은 천차만별이었지만 이번처럼 불친절하고 거만한 경우는 처음이었다. 피아는 이런 사람을 배려할 필요가 없다는 결론을 내렸다.

"지금까지 라이펜라트 씨의 가족을 찾아내지 못한 상태였습니다." 피아가 사무적으로 대꾸했다. "검시관 말로는 약 열흘 전에 사망한 것으로 보입니다. 시신의 부패가 꽤 진행된 상태입니다."

"어떻게 이런 일이 생겨?" 프리트요프 라이펜라트는 누구에게랄 것도 없이 화를 냈다. "이럴 거면 왜 비싼 돈 줘가면서 가정부를 고용하냐고? 노인네 돌보라고 있는 거 아니야!"

그제야 피아는 테오 할아버지가 눈앞에 얼씬도 말라고 했다는 그 '빌어먹을 이기주의자 놈' 프리츠를 상대하고 있다는 것을 직감했다.

"검안 과정에서 두부손상이 발견됐어요." 피아가 말을 이었다. "그래서 피해자가 범죄의 희생양이 되었을 가능성도 염두에 두고 있습니다."

"나, 참! 하필 지금 이런 일까지!" 프리트요프 라이펜라트에게서 죽은 할아버지에 대한 애도 같은 것은 느껴지지 않았다. 오히려 일이 복잡해져 짜증난다는 말투였다. "저기요, 아직 중요한 일정이 몇 개 남아서 빨라도 내일모레나 프랑크푸르트에 도착하거든요. 내가 다른 사람한테 전화해서 가보라고 할 테니까 연락처 주세요."

피아는 이름과 전화번호를 불러주고 전화를 끊었다. 그리고 주소록을 챙겨 들고 나가며 첫 장을 넘겨보았다. 첫 페이지에 적힌 이름과 전화번호 들이 노인이 자주 연락하던 사람들인 듯했다. 그 가운데 몇 개에는 줄이 그어져 있었다.

이방카 셰비치

앙드레 돌

이자벨 프뢸리히(이치)

게르만 박사, 수의사

빌라 게르만

라모나(+사샤) 린데만

클라스 레커

프리트요프 라이펜라트―응급시에만!!!

리히터 박사, 주치의

요아힘 보크트

"누구야, 전화 건 사람?" 견사로 돌아온 피아에게 보덴슈타인이 물었다.

"사망자의 손자요." 피아가 대답했다. "아주 기분 나쁜 사람이에요. 프리트요프라는 또라이인데 지금 로스앤젤레스에 있어서 올 수가 없대요." 순간 피아는 이 흔치 않은 이름을 어디선가 들어본 것 같다는 생각이 들었다. 그러나 언제 어디서인지 기억나지는 않았다.

"프리트요프 라이펜라트?" 보덴슈타인이 깜짝 놀랐다.

"네." 피아가 주소록을 펼치며 말했다. "이 프리트요프라는 이름 분명 어디서 들어본 것 같은데……?"

"그 사람이 내가 생각하는 그 프리트요프 라이펜라트라면 분명 들어봤을 거야." 보덴슈타인이 이마에 주름을 잡으며 말했다. "몇 주, 아니 몇 달째 언론에 등장하고 있거든."

"왜요?" 뜻밖의 사실에 피아는 눈을 둥그렇게 뜨고 보덴슈타인을 쳐다보았다.

"닥스 상장기업인 데하그 상업은행의 CEO." 보덴슈타인이 설명했다. "지난 몇 개월간 영국의 대형 투자은행과 합병하려는 시도를 공격적으로 추진했는데, 그 일환으로 본사를 프랑크푸르트에서 런던으로 옮기려다가 주주들의 항의와 브렉시트로 딜이 실패했어."

"그 와중에 라이펜라트가 금지된 내부거래를 했다는 사실이 밝혀졌고." 로젠탈 검사가 거들었다. "지금 상당히 곤란한 처지일걸. 그 사람이 아마 데하그의 최장기 집권 대표이사일 텐데."

"처음 듣는 얘기예요." 피아가 중얼거렸다.

"신문 안 읽어?" 보덴슈타인이 물었다.

"읽죠. 매일 아침 지역신문 읽어요. 지역 코너, 부고란, 맨 뒷장만."

"세상이 망해도 모르겠네." 보덴슈타인이 머리를 절레절레 흔들었다.

"에이, 왜 이러세요? 반장님도 장모님 재산관리 맡은 다음부터 경제란 읽기 시작했잖아요!"

"아니거든." 보덴슈타인이 반박했다. "물론 예전보다 신문 읽는 시간이 길어진 건 맞지만."

"그게 문제가 아니고요." 피아가 주소록을 덮으며 말했다. "신문 말고 다른 데서 들은 것 같은데 생각이 안 나네."

차에서 한숨 자고 난 장의사 직원들이 다시 불려와 새로 발굴된 시신을 옮겼다. 헤닝은 그들이 하는 일을 날카로운 눈으로 감시했다.

"어머, 이게 뭐예요?" 동료와 함께 지원 나온 순찰대 여직원이 여자 시체를 보고 기겁했다. 마담 투소의 밀랍인형이 좀 지저분해진 듯한 모양새였다. "꼭 좀비 같아요!"

"시랍화라고 하지요." 헤닝이 그녀의 표현을 고쳐주었다.

"세상에! 어떻게 저런 게 만들어지죠?" 그녀는 감탄과 혐오가 섞인 눈길로 시신을 바라보았다.

"시랍화된 시체는 독일 땅에 있는 묘지에서 흔히 발견됩니다." 보덴슈타인이 끼어들었다. "시체 발굴과정에서 종종 발견되는데, 흙이 너무 습하거나 아예 진흙이면 시체가 썩지 못하는 겁니다."

"게다가 이 시체들은 랩에 싸여 있어요. 랩이 부패를 지연시키거나 막는 역할을 하는 거죠." 헤닝이 설명을 이어갔다. "보통 땅속에 사는 벌레나 지렁이가 시체를 분해한다고 믿는데 그건 근거 없는 이야기예요. 시체는 장내세균 효소에 의해 부패합니다. 이상적인 조건에서 시체 온도는 30도까지 올라가요. 늦어도 5년쯤 지나면 백골만 남죠. 그런데 진흙땅에서는 습기가 냉각제 역할을 합니다. 그러면 효소의 활동이 멈추고 지방분자들이 떨어져나오죠. 그래서 시체의 피부밑에서 이렇게 바슬거리는 하얀 덩어리로 굳어집니다. 이른바 시랍, 혹은 시체지방이라고 부르는 것이 갑옷처럼 시체를 둘러싸게 되는 겁니다." 그 갑옷이 얼마나 단단한지 보여주기 위해 헤닝은 손으로 시체를 톡톡 두드렸다. "속이 텅 빈 소리가 나죠?"

"헤닝, 이제 그만해!" 피아가 눈치를 주었다. 헤닝의 으스스한 농담을 좋아하는 로젠탈만 혼자서 히죽거리고 있었다.

"난 몰라! 오늘 밤 꿈에 나올 것 같아요." 순찰대 여직원은 거의 울상이 되어 중얼거렸다. "정말 저렇게 끔찍한 모습으로 죽고 싶진 않네요!"

"그렇다면 확실한 방법이 하나 있어요." 장의사 직원 한 명이 보디백의 지퍼를 쭉 올리며 말했다. "섭씨 1000도에서 화장하면 됩니다."

그때 아래 구덩이에서 웅성거리는 소리가 들려왔다. 모두 하던 일을 멈추고 구덩이 쪽을 쳐다보았다.

"무슨 일이야?" 보덴슈타인이 물었다.

"시신이 더 있는 것 같아요!" 크뢰거가 알려왔다. "이거 완전 집단묘지 수준이네!"

"그렇게 함부로 집단묘지 들먹거리는 사람은 진짜 집단묘지를 본 적이 없는 거죠." 한동안 평화롭게 크뢰거와 어깨를 맞대고 일해온 헤닝이 포문을 열었다.

"들먹거리지 않았거든요!" 크뢰거가 발끈하고 나섰다. "함부로 말한 것도 없고요!"

감식반원들은, 또 시작이구나 하는 표정을 지을 뿐 싸움에 말려들기 싫어 아무도 끼어들지 않았다.

"내가 1995년에 스레브레니카, 또 1998년에⋯⋯." 헤닝이 운을 뗐지만 곧 크뢰거에 의해 제지당했다.

"설마 또 20년 전 영웅담으로 사람들을 고문할 생각입니까?" 크뢰거가 말했다. "난 그냥 은유법을 쓴 겁니다. 은유가 뭔지는 알죠? 어떻게 사람이 단어 하나하나를 액면 그대로 받아들이는지!"

"두 번째 시체가 얼마나 됐는지 추정할 수 있겠어?" 말다툼이 시작될 징조가 보이자 피아가 서둘러 둘을 갈라놓았다.

"아니." 헤닝은 새 장갑을 꺼내 끼었다. "불포화지방산이 포화지방산으로 완전히 변하는 데는 수개월에서 수년까지도 걸릴 수 있어. 아마 최소 2, 3년은 됐을 거야. 그보다 훨씬 오래됐을 수도 있고."

"흠, 여기 시체가 얼마나 더 널려 있을지 알 게 뭐람?" 피아는 절로 한숨이 났다. "땅이 이렇게 넓은데⋯⋯. 지오레이더와 시체수색견을 동원해서 쫙 한번 훑어야겠어요."

"그래, 내 생각에도 그게 최선의 방법이야." 커피잔을 입으로 가져가던 보덴슈타인은 커피가 차갑게 식어버린 것을 알고 얼굴을 찡그렸다.

"지금까지 집주인에 대해 알아낸 건 뭐가 있죠?" 로젠탈 검사가 물었다. "부엌에서 나온 시체가 집주인인가요?"

그때 피아의 휴대전화가 진동했다. 크리스토프였다! 진동은 두 번 울린 다음 바로 그쳤다. 크리스토프는 시간이 날 때 그녀가 바로 전화하리라는 것을 알기에 늘 그렇게 했다.

"네, 그런 것 같아요." 피아가 대답했다. "성명 테오도르 라이펜라트, 나이는 여든이 넘었고 배우자와는 사별했어요. 예전에 라이펜라트 집 안이 타우누스 광천의 소유주였다고 하더라고요. 죽기 전까지 개와 함께 다른 가족 없이 살았고요."

피아는 로젠탈에게 이웃집 아이가 종종 놀러와서 텃밭 일을 돕거나 개와 놀았다고 전했다. 그런 와중에, 누군가 개를 견사에 가두지 않았더라면 시체를 찾아내지 못했으리라는 사실을 깨달았다. 라이펜라트의 부패가 많이 진행된 것도 어쩌면 그저 사회적 관리가 실패한, 또 하나의 고독사 사건으로 치부되어 부검 없이 서류철 속으로 사라지고 말았으리라.

"만일 이 노인이 정말 누군가에게 죽임을 당한 것이라면 우리가 찾는 범인은 아마 연쇄살인범이겠죠." 피아가 어두운 표정으로 말했다.

"너무 비관적으로만 생각하지 말아요, 산더 형사." 로젠탈이 말했다. "법원에 낼 서류들은 내가 다 알아서 할 테니까 진행상황 그때그때 알려주고."

"물론이죠." 로젠탈이 악수를 하고 어둠 속으로 사라지자 피아는 크리스토프에게 전화를 걸었다. 새 주인에게 열쇠를 잘 전달했고 그 역시 만족해한다는 소식이었다.

"우리 어디 가서 저녁 먹고 비르켄호프를 추억하며 샴페인이나 한잔할까? 이제 걸어서 갈 수 있는 식당도 많은데."

"그러고 싶은데, 오늘 자정 안에 들어가기 어려울 것 같아." 피아가 안타까움을 담아 말했다. "일이 커졌어."

"응, 알았어." 크리스토프는 피아가 하는 일의 중요성을 이해했다. "그럼, 피자 사다 놓을 테니 배고프면 전자레인지에 데워 먹어."

헤드라이트 조명을 위해 설치한 발전기 소리에 귀청이 떨어져나갈 듯했지만, 하얀 오버올 차림의 감식반원들은 추위와 비에도 아랑곳없이 훈련된 집중력으로 작업에 몰두했다.

"누군가 개를 견사에 가두지 않았더라면 시체를 찾아내지 못했을 거예요." 피아가 보덴슈타인에게 말했다. "제발 더 많이 나오지 말아야 할 텐데!"

"아직은 알 수 없지." 보덴슈타인은 삐져나오려는 하품을 참으며 남은 커피를 풀숲에 던져버렸다. "지오레이더와 수색견은 이미 카이가 알아보고 있어."

그들은 집을 빙 돌아 앞마당으로 갔다. 내일 아침까지 정문에 붙여둘 봉인스티커가 차 안에 있었기에.

"이제 집에 들어가세요. 둘 다 새벽까지 남아 있을 필요는 없잖아요. 세 번째 시체가 발굴될 때까지 제가 있을게요."

"고마워. 그럼 내일 아침에 사무실에서 보자고." 보덴슈타인은 한쪽 구석에 세워둔 검은색 포르쉐의 리모컨을 눌렀다. "먼저 갈게."

"안녕히 가세요." 피아는 잠시 그대로 서서 그가 188센티미터의 장신을 납작한 스포츠카에 능숙하게 구겨 넣는 모습을 지켜보았다. 부르릉 소리와 함께 시동이 걸렸다. 보덴슈타인은 아이처럼 행복한 미소를 지었다. 다른 사람들 앞에서는 거만해 보이는 무표정 뒤로 그런 솔직한 감정을 숨겼지만 피아 앞에서는 그러지 않았다. 워낙 오래 알고 지낸 사이여서, 공무원 월급으로는 꿈도 못 꿀 그 차가 그의 비밀스러운 소망이었음을 피아는 잘 알고 있었다. 귀족 가문의 후손이면 당연히 부자일 거라고 생각하는 사람이 여전히 많지만 대개는 그렇지 않다. 물론 그의 전 부인 코지마라면 그 정도 차를 손쉽게 사주었을 테지만 그의 자존심이 허락하지 않았다. 그는 차를 돌렸다. 폭이 넓은 타이어 밑에서 자갈이 마찰음을 내자, 자동차가 우렁찬 엔진 소리를 내며 어둠 속으로 사라졌다.

"스포츠카가 그렇게 좋나?" 피아는 머리를 갸웃거렸다. "남자들은 정말 이해할 수가 없단 말이야."

피아가 문을 따고 들어와 배낭을 옷걸이에 걸고 신발을 벗은 것은 자정이 훨씬 지나서였다. 허리가 끊어질 듯 아팠고, 이른 오후에 점심을 먹은 뒤로는 아무것도 못 먹어 배가 고팠다. 이부프로펜 400밀리그램 두 알을 삼키기 전에, 다 식은 참치피자를 허겁지겁 집어먹었다. 그리고 이층으로 올라가 샤워를 했다. 피부와 머리카락에 들러붙은 시체 냄새를 없애기 위해서였다. 냄새가 밴 옷은 세탁실로 통하는 수직통로에 던져 넣었다. 크리스토프는 깊이 잠들어 있었다. 드라이어로 머리를 말리는데도 깨지 않았다. 그의 잠든 모습에 피아는 절로 미소가 지어졌다. 취침등이 켜져 있고, 돋보기는 코에 걸려 있고, 읽다 만 책은 가슴 위에 놓여 있었다. 책 제목은 '무덤 속 같은 와트의 침묵'이었다. 크리스토프도 추리소설 독자가 됐구나! 피아는 내일 아침에 일어나 헤닝의 야심작에 대해 얘기해줘야겠다고 생각했다. 안

경과 책을 치우고 남편의 볼에 입맞추고는 취침등을 껐다.

"어, 왔어?" 그가 잠에 취한 목소리로 중얼거렸다. "몇 시야?"

"1시 20분." 피아는 하품을 하며 그에게 안겼다. "미안, 아까 새 주인 만날 때 혼자 가게 해서."

"아니야, 괜찮아." 그는 눈을 감은 채 대꾸하고서 큰 숨을 내쉬며 왼쪽으로 돌아누웠다. 피아는 피곤했음에도 바로 잠이 오지 않았다. 크리스토프의 규칙적인 숨소리를 들으며 이런저런 생각을 해보았다. 수십 년간 완벽한 이중생활을 하며 아무도 모르게 범죄를 저지르는 게 과연 가능할까? 세계화와 SNS로 세계가 가까워지고 투명해진다고 다들 생각하는데 대단히 위험한 가설이다. 오히려 그 반대다. 인터넷 공간의 익명성은 이제까지 보지 못한 엄청난 변태와 냉담을 조장하고 있다. 누군가 살인자가 된다면 적어도 가족이나 친구는 알아채지 않을까? 사람들은 과연 자신의 남편, 반려자, 오빠, 제부에 대해 얼마나 알고 있을까? 자신의 할아버지가 집 뒷마당에 비닐에 싸인 여자 시체들을 묻어놨다면, 그리고 그게 세간에 알려진다면, 프리트요프 라이펜라트 같은 위치에 있는 사람에게 그건 무엇을 의미할까?

피아는 조금이라도 허리가 덜 아픈 자세를 잡기 위해 뒤척거렸다.

오늘 유해가 발견된 세 여자는 과연 누구일까? 어디 사는 사람들이었을까? 얼마나 사나운 팔자이기에 그런 죽임을 당하고 맘몰스하인의 견사 밑에 묻히게 된 걸까? 그리고 테오도르 라이펜라트, 열두 살짜리 이웃집 여자아이와 함께 레모네이드를 만들고 텃밭을 일구던 테오 할아버지는 실제로는 어떤 사람이었을까? 소설이나 영화, 미국 〈CSI〉 시리즈에는 연쇄살인범이 단골로 등장한다. 그러나 현실에서 연쇄살인범은 그리 흔하지 않다. 슈발바흐 사건에서 보듯 연쇄살인범이 특권을 누리지 못하는 소외계층이나 지능이 낮은 비주류층에서 나온다는 사회적 통념도 딱히 들어맞지 않는다. 피아는 계속 뒤척이다 새벽 2시경이 되어서야 머릿속이 어수선한 상태로 잠들었다. 그리고 겨우 네 시간이 지난 뒤에, 허벅지까지 시멘트에 빠진 꿈을 꾸다 깨어났다. 고양이가 그녀의 다리 위에 올라가 웅크리고 있었기 때문인 듯했다. 창밖에는 새벽을 알리는 새소리가 들려왔고, 착륙하는 비행기 엔진 소리도 희미하게 들려왔다. 라인-마인 지역에서 일상적인 소리였다.

30분 후 피아와 크리스토프는 식탁에 앉아 신문을 읽고 커피를 마시면서 어제 있었던 일에 대해 대화를 나누었다.

"어떻게 사람 셋을 죽여서 자기 집 마당에 묻어났는데 아무도 모를 수가 있어?" 피아는 그렇게 말하고 누텔라 토스트를 한입 베어 물었다.

"적극적 무관심이지." 크리스토프가 말했다. "화장실에 바덴-뷔르템베르크 연쇄살인범의 아내가 쓴 책이 있기에 한번 읽어봤지. 아무것도 모르고 있다가 남편이 체포될 때 깜짝 놀랐다고 하더군."

"그러게 말이야. 정말 끔찍하지 않아?" 피아도 카이가 빌려준 그 책을 기억하고 있었다. "그래도 어쩌겠어? 배우자에게 뭔가 이상한 점이 보이지 않으면 진지하게 관심 갖고 지켜보기가 어렵잖아."

"그건 자기부정, 진실이 밝혀지는 데 대한 두려움과 관련 있겠지." 크리스토프가 말했다. "일단 겉으로는 모든 게 정상인 것처럼 보일 것이고, 설명하려고만 든다면 뭐든 설명 못 하겠어?"

"난 당신이 밖에 나가 사람 죽이고 다니면 눈치챌 것 같은데, 그게 내 착각이라는 거야?"

"내가 정말 남편으로 보여?" 크리스토프는 이를 드러내며 괴물 흉내를 냈다. "내가 만일 어느 회의에 간다고 하면 당신은 내 말을 믿겠지. 나를 믿으니까." 그가 진지한 표정으로 말을 이었다. "하지만 난 절대 시체를 내 집 마당에 묻을 생각은 못 할 거야."

"만일 그것이 결정적인 만족감을 준다면 다르겠지." 피아가 생각에 잠긴 채 말했다. "여자 셋을 죽여서 마당에 묻는 사람은 사고방식 자체가 보통 사람들과 다르다는 말이야."

피아는 부엌 벽에 걸린 시계를 보았다.

"이제 가야겠다." 피아는 일어나 커피잔과 접시를 식기세척기에 집어넣었다. "오늘 7시 반에 팀 회의 있거든."

"그 사람도 아마 불우한 어린 시절을 보냈을 거야." 크리스토프도 남은 커피를 다 마시고 일어섰다. "사이코 범죄자가 감옥에 안 가고 정신병원에 갈 때 항상 그렇게 말하잖아."

"그 말이 틀리진 않아." 피아가 외투에 팔을 넣으며 말했다. "그리고 심각한 정신병자들은 교도소에 있다가 복역을 마치고 나중에 사회에 나오는 것보다 정신병원에 있는 편이 훨씬 더 안전해."

크리스토프는 어깨를 으쓱했다. 하지만 그의 표정에서 그녀와 의견이 다르다는 것을 읽을 수 있었다. 그는 좋은 하루 보내라는 인사가 오늘 그녀를 기다리고 있을 임무를 고려할 때 적합하지 않은 인사라고 생각하고는, 그녀를 한번 안아주고 입을 맞추었다.

"오늘 저녁에 봐." 그가 말했다. "조심하고."

"자기도." 그녀도 그에게 입을 맞춘 뒤에 차 열쇠와 가방을 챙겨 들고 집을 나섰다. 문을 나설 때 그에게 킴과 니콜라 엥엘의 다툼에 대해 얘기하지 않았다는 사실이 떠올랐다.

***

호프하임 경찰서 이층 강력반 7시 반 정각. 회의실에 모인 인원은 손에 꼽을 정도였다. 피아는 30분 일찍 나와서 테오도르 라이펜라트의 주소록을 카이 오스터만에게 넘겨주고 이제까지 알아낸 사실들을 그와 함께 정리해 화이트보드에 적었다. 카이는 노트북을 펼쳐놓고 U자 책상의 아랫부분에 앉아 있었다. 그는 보덴슈타인 반장이 공식적으로 요구하지 않았음에도 자발적으로 사무 관련 업무를 도맡았다. 아무도 그에게 경쟁상대가 될 수 없는 업무임을 잘 알고 있었기에. 장애 때문에 어차피 내근에만 업무가 제한된다는 점 외에도 그는 오랜 경험, 꼼꼼함, 컴퓨터 같은 기억력을 지님으로써 이 막중한 책임을 맡을 적임자였다. 모든 보고서와 조서가 그를 거쳐갔고 각종 수사 기록도 그의 담당이었다. 그 왼쪽에는 타리크 오마리 경사가 앉았고, 크리스티안 크뢰거는 U의 왼쪽 다리에, 보덴슈타인은 그 맞은편에 앉았다.

피아가 막 회의를 시작하려는 찰나 또각또각 복도를 걸어오는 소리가 들렸다. 피아는 창문에 비친 자신의 모습을 점검하고픈 유혹을 물리쳤다. 아침에 하루 종일 사건현장에서 일할 것을 감안해 적합한 옷을 골랐기 때문이다.

"안녕하세요들!" 니콜라 엥엘 과장은 모두에게 인사를 건넨 후 보덴슈타인 옆의 빈자리에 앉았다.

피아는 상황을 짧게 요약해서 설명하고 부검을 통해 반대 사실이 입증될 때까지는 테오도르 라이펜라트의 죽음을 범죄사건으로 다루어야 한다고 말했다.

"어젯밤 사망자의 자택에서 여성 유해 세 구가 발굴됐습니다." 피아가 전원을 둘러보며 말했다. "현재로선 이 여성들과 대지 소유주인 테오도르 라이펜라트 사이에 모종의 관계가 있었으리라고 볼 수밖에 없습니다."

"그 오래된 시신 세 구는 미사부에 넘기세요." 엥엘 과장이 스마트폰에서 눈을 떼지 않은 채 말했다.

"미사부?" 뜻밖에도 타리크가 모르는 단어가 나왔다. "그건 또 뭐예요?"

"미제사건 담당부서." 피아가 일러주었다. 경찰에서는 알아듣기 어려운 약어가 많이 쓰이는 편이고 엥엘 과장은 그것들을 특히 즐겨 사용했다.

"맞아요." 과장이 고개를 끄덕였다.

"그래도 되는데요, 그렇게 안 하려고요." 피아가 대답했다. "이건 우리 사건이고 연방범죄수사국 사람들에게 사사건건 간섭당하고 싶지 않습니다."

"반장 의견은?"

"저도 같은 생각입니다." 보덴슈타인이 짧게 답했다.

엥엘 과장은 스마트폰에서 고개를 들고 성난 눈빛으로 피아를 응시했다. 피아도 그녀의 눈길을 피하지 않았다. 과장은 조언을 가장한 자신의 명령이 먹히지 않는 것을 매우 싫어했다. 그럼에도 이런 일을 수차례 겪어왔기에 자기 의견을 계속 내세우지는 않았다. 피아의 고집보다도 더 싫어하는 게 있다면 대중이 보는 앞에서 지는 것이었기 때문이다.

"사망자는 누구죠?" 엥엘이 물었다.

"테오도르 에른스트 라이펜라트입니다." 카이 오스터만이 대답하고는 헛기침을 했다. "1930년 7월 12일 쾨니히슈타인에서 광천수 가공업자 콘라트 라이펜라트와 에디트 라이펜라트의 차남으로 출생, 1951년 리타 크라이들러와 결혼한 상태이고……"

"이웃 사람 말로는 부인과 사별했다던데?" 피아가 이의를 제기했다.

"주목해봐야 할 것이……" 카이가 의자에 등을 기대며 말했다. "견사 밑에서 여자 시체 세 구가 나왔는데 리타 라이펜라트는 1995년에 흔적도 없이 사라졌거든요. 자동차가 라인 강가에 있는 엘트빌의 한 주차장에서 발견됐고 자살이라는 추측이 있었죠. 리타 라이펜라트는 우울증 환자로 알려져 있었거든요. 실종 당시 라인 강에 잠수부가 투입되는 등 대대적인 수색작업이 있었고 물론 경찰수사도 있었습니다만 이렇다 할 결과는 나오지 않았습니다. 그래서 리타 라이펜라트는 현재까지도 실종된 것으로 돼 있습니다."

"실종 당시 몇 살이었는데?" 크리스티안 크뢰거가 물었다.

"잠깐만요……" 카이의 손가락이 노트북 자판 위를 바삐 오갔다. "1927년생이니까 70세네요."

"그럼 시체 세 구 중엔 없어. 발견된 시체들은 사망 당시 훨씬 젊었거든."

"테오도르 라이펜라트와 리타 라이펜라트 부부는 아이들을 무척 좋아했던 모양입니다." 카이가 보고를 계속했다. "약 20년 동안 수많은 아이들을 맡아 키웠는데 주로 마인-타우누스 지역과 프랑크푸르트의 보육원에서 데려왔습니다."

"그 집이 1920년대와 1930년대에는 수녀들이 운영하던 보육원이었대요. 나치가 해산시키기 전까지는요." 피아가 덧붙였다. "테오도르 라이펜라트의 아버지가 교단으로부터 건물을 사들였다나 봐요. 광천과 병입시설로 돈을 많이 벌었고 수십 년간 맘몰스하인 주민들의 일자리 제공자였다고 하더라고요."

"시체에 대한 정보는 확보된 게 있나요?" 엥엘 과장은 이마에 주름을 잡은 채 여전히 휴대전화를 들여다보고 있었다.

"아직 아무것도 없습니다." 피아가 대답했다. "키르히호프 박사가 곧 부검할 거고요, 저희는 우선 집안 감식을 계속할 생각입니다. 라이펜라트의 시체가 왜 열흘 동안이나 발견되지 않았는지, 누가 개를 견사에 가두었는지도 알아내야 하고……."

그때 엥엘 과장에게 전화가 왔다. 엥엘은 기다렸다는 듯 자리에서 일어섰다. 킴일까? 그사이 다시 화해했는지도 모를 일이다.

"수고했어요, 산더 형사." 엥엘이 말했다. "오늘 저녁에 진척상황 보고하세요. 그럼 모두 수고."

사실 K11팀의 팀장은 보덴슈타인이지만 니콜라 엥엘은 때때로 그를 전혀 안중에 두지 않았다. 피아가 알고 있는 바로는 보덴슈타인도 그것을 서운하게 여기지 않았고.

엥엘이 귀에 전화기를 댄 채 회의실을 나가자 피아는 동료들에게 프리트요프 라이펜라트와 나눈 전화통화에 대해 얘기했다. 사실 피아는 엥엘이 나가기를 기다렸다가 그 얘기를 꺼냈다. 그런 유명인의 이름이 나오면 엥엘 과장이 분명히 간섭하려 들 것이기 때문이었다. 그렇게 되면 경험상 일이 복잡해진다.

"지오레이더는 10시경에 오고……." 카이가 말했다. "수색견도 그때쯤 온대요."

"좋아." 피아가 고개를 끄덕였다. "그럼 감식반은 집을 계속 조사해 주세요. 반장님하고 난 욜란다 샤이트하우어와 다른 이웃들을 만나 볼게. 타리크는 맘몰스하인 탐문수사를 맡아주고."

"그럼 에슈보른 시체는 누가 담당하나요?" 타리크가 물었다.

"아, 참! 그것도 있었지." 피아는 잠시 생각했다. 에슈보른에 있는 한 호텔에서 시체가 신고된 것이다. 일명 '차가운 여행'으로 호텔방 자살을 가리키는 말이었다. 외로움이 견디기 힘들어지는 크리스마스 나 부활절 같은 명절에 종종 그런 자살사건이 일어난다. "좋아, 그럼, 거기 먼저 갔다가 끝나는 대로 합류해."

"비어 있는 다른 건물들은 어쩌지?" 크뢰거가 물었다. "거기도 다 감식해야 하나?"

"지금 중요한 건 본채야." 피아가 말했다. "수색견 도착하면 집 전체 돌아보라고 하면 되고. 다른 질문 있어요?"

그녀는 진지한 얼굴들을 빙 둘러보았다.

"그럼 나가봅시다. 오늘 저녁에 여기서 다시 모이는 거예요."

대부분의 강력범죄는 인간관계에서 일어나고 가해자와 피해자가 아는 사이인 경우가 많아 비교적 빨리 해결된다. 범죄가 희생자의 삶 에, 또는 살인이든 살해든 자살이든 유족들의 삶에 어떤 흔적을 남기 는지 잘 아는 피아에게 그녀의 일은 어떤 경우에도 단순하게 반복되 는 일상이 될 수 없었다. 그러나 그중에서도 특별히 신경쓰이는 사건 들이 있는데, 이 사건은 그 가운데 하나가 될 조짐을 보이고 있었다.

***

1988년 5월 12일, 아샤펜부르크

이 세상에 술 취한 여자보다 역겨운 건 없다. 그녀는 저녁 내내 맥주와 테킬라를 들이부었고 싸구려 창녀처럼 몇몇 미군들 목에 매달렸다. 경쟁도 치열하다. 펍에는 미군을 낚으려는 독일 여자들이 득시글거린다. 다른 여자들은 대부분 그녀보다 젊고 예쁘다. 아무도 그녀에게 넘어오지 않는다. 곧 자정이다. 헌병이 나타나기 전에 미군들은 펍을 뜨기 시작한다. 그에게는 잘된 일이다. 조금 전에 이 멍청한 여자가 자기 친구와 싸우다가 친구도 혼자 가버렸다. 나는 미군들이 다 가고 난 다음 움직일 생각이다. 되도록 눈에 띄지 않기 위해서다. 실제로 15분쯤 기다리자 뽀족구두를 신은 그녀가 위태로운 발걸음으로 걸어 나왔다. 술에 취해 고주망태가 된 상태였다. 나는 그녀가 담배에 불을 붙이는 모습을 지켜본다. 그녀는 좌우를 둘러보지만 개미새끼 한 마리 보이지 않는다. 버스도 끊긴 시간이다. 택시 탈 돈은 없는 듯하다. 그녀는 비틀거리며 보도블록을 따라 걷기 시작한다. 이윽고 나는 시동을 건다. 내 안 깊은 곳의 흥분으로 몸이 떨린다. 나는 오랫동안 계획을 다듬고 또 다듬었다. 모든 것을 최대한 완벽하게 준비했고 만약의 상황도 계산에 넣었다. 이제 때가 왔다. 그토록 고대했던 순간이다.

"안녕!" 나는 조수석 창문을 내리고 그녀의 걸음 속도에 맞춰 천천히 차를 움직인다. 그녀는 걸음을 멈추고 내 차에 기대선다. 취기에 번들번들해진 눈동자로 나를 훑어본다. 화장이 다 지워졌다.

"아까 펍에서 봤나?"

"맞아요. 태워줄까요?"

"바이터슈타트로 가야 하는데."

"나도 어차피 다름슈타트로 가야 해요."

그녀는 너무도 취한 나머지 조심하지도 경계하지도 않는다.

"좋아요." 그녀는 차문을 열고 시트에 풀썩 주저앉는다. 술 냄새, 땀 냄새, 담배 냄새가 차 안에 가득찬다. 나는 백미러를 통해 아무도 본 사람이 없음을 확인하고 차를 출발시킨다.

"강간하거나 그러진 않을 거죠?" 그녀가 불분명한 소리로 중얼거린다. 미친년. 여드름 난 미군들한테는 덥석 안길 거면서 난 부족하다 이거냐! 그녀에 대한 증오심이 내 안에서 폭발한다. 그러나 평정을 유지한다. 사실 나는 이 여자를 전혀 미워하지 않는다. 그녀는 그저 껍데기일 뿐이다. 다른 누구로도 대체될 수 있다. 일이 끝나면 그녀의 이름도 생각나지 않을 것을.

"큰일날 소릴!" 나는 미소를 짓는다. 그녀도 웃는다. 술 취한 사람의 흐리멍덩한 미소. 그녀는 내게 관심이 없다. 왜? 나는 미군이 아니니까. 그녀는 내가 누군지 모른다. 하지만 몇 시간 후면 내가 어떤 사람인지 알게 될 것이다.

***

이런 작은 마을에서는 소문이 빠르게 퍼진다. 피아와 보덴슈타인이 8시 반쯤 현장에 도착했을 때 라이펜라트 저택으로 들어가는 좁은 아스팔트길에는 이미 구경꾼들이 모여 있었다. 낡은 초록색 펜트

트랙터가 덜덜거리며 길 한가운데 서 있고 화난 불도그 인상의 70대 백발노인 운전자가 길을 막고 있는 순찰대원들에게 잔뜩 흥분한 몸짓으로 언성을 높이고 있었다. 마을에서 이곳까지 산을 내려오는 수고를 마다하지 않은 몇몇 노인들 무리에 지팡이를 든 여자들, 개를 데리고 지나가던 여자들까지 합류해 목을 길게 빼고 무슨 일이 일어났는지를 파악하는 중이었다. 언론은 아직 냄새를 맡지 못한 모양이었다.

"아니나 다를까." 보덴슈타인이 혼잣말로 중얼거리며 트랙터 뒤에 차를 세웠다. "경찰통제선만 쳤다 하면 자석에 쇠붙이 달라붙듯 모여든다니까."

"잠깐 기다리세요." 피아가 말했다. "제가 해결하고 올게요."

차에서 내린 피아는 오리털점퍼 지퍼를 쭉 올리고 순찰대원들에게 다가갔다. 농부는 '저 건너편'에 있다는 자신의 과수원에 당장 가봐야겠다고 고집을 부리고 있었고, 여자들은 아침의 산책로인 이 공공도로를 오늘 역시 포기할 수 없다며 항의하고 있었다. 피아는 그 순찰대원들의 입장이 아닌 게 다행이다 싶었다.

"통과시켜주고 정문 바로 앞으로 옮기는 게 좋겠는데." 피아가 순찰대원들에게 말했다. "안 그러면 여기서 내내 쓸데없이 힘 빼고 있어야 하잖아."

피아의 제안대로 막혔던 길이 뚫렸다. 그녀가 다시 관용차 쪽으로 걸음을 옮기자 새파란 운동복을 입은 작은 체구의 남성이 크벨렌 공원 쪽에서 모퉁이를 돌아 나왔다. 그는 잠시 멈춰 좌우로 고개를 돌리며 주위를 살피더니 정찰기처럼 턱을 쭉 내밀고 잰걸음으로 피아를 향해 돌진해왔다. 그리고 정확히 선 1미터 앞에서 멈추었다. 대머리에 곱슬거리는 흰 턱수염을 길렀고 둥근 무테안경을 꼈는데 동작의 민첩성에 비해 나이가 꽤 들어 보였다.

"안녕하십니까?" 피아는 과장된 액센트의 자동응답기 속 목소리를 기억해냈다.

"안녕하세요, 카첸마이어 박사님." 그는 피아의 말에 깜짝 놀랐으나 곧 자연스러운 표정으로 돌아갔다.

"아, 내가 누군지 이미 알고 계시는군요." 그가 카랑카랑한 목소리로 말했다.

"목소리가 기억나네요." 피아가 솔직히 말했다. "이웃인 라이펜라트 씨에게 전화 걸어 개 짖는 소리에 항의하는 메시지를 남기셨죠?"

"맞아요." 그는 고어텍스점퍼에서 손수건을 꺼내 이마와 대머리에 난 땀을 닦았다. "개가 몇 시간씩 짖어대서 경찰을 부를 뻔했는데 아내가 말려서 참았지."

"경찰을 부르시는 게 나을 뻔했어요." 피아는 대꾸하고서 그가 혹시 군에서 근무하지 않았을까 생각해봤다. 군에도 박사 학위를 받는 장교가 있던가?

"뭐, 내 생각도 그래요." 그는 피아의 말에 내포된 비난을 눈 하나 깜짝 않고 받아들였다. 보덴슈타인은 무슨 일인가 싶어 주차하고 차에서 내렸다.

"저희 반장님이세요. 호프하임 강력반의 폰 보덴슈타인 경위님." 피아가 그를 소개했다.

"칼-하인츠 카첸마이어 박사입니다. 화학자입니다. 의사는 아니고요. 듣자 하니 우리 이웃이 운명을 달리했다는데. 경찰, 특히 강력반이 출동한 걸로 봐서 천륜을 거스르는 일이 있었다는 의심을 하지 않

115

을 수가 없습니다만."

"라이펜라트 씨의 사망원인은 저희도 아직 알지 못합니다. 어제 처음 시신을 발견했습니다." 피아가 말했다. "온전한 시신이라고 할 수도 없지만."

그 말에 카첸마이어는 의아하다는 듯 눈썹을 치켜세웠다.

"부엌에서 쓰러지고 수일간 방치된 것 같은데, 왜 그동안 아무도 발견하지 못했는지 모르겠어요."

"그러게 말이에요. 참 이상하네요." 카첸마이어는 팔짱을 낀 상태에서 한쪽 팔을 다른 팔로 괴고 검지로 턱을 받쳤다. 피아는 만화영화에나 나올 법한 자세라고 생각했다. "제가 알기로 라이펜라트 씨에게는 가사를 돌보는 인력이 있었어요. 크로아티아 여자인데 일주일에 세 번 왔을걸요? 그다지 규칙적이진 않아도 양자양녀들 가운데 가끔 들여다보는 사람도 있었고."

"어제 제가 또 다른 라이펜라트 씨와 통화했는데, 프리트요프 라이펜라트라는 분 아세요?" 피아가 물었다.

"그럼요!" 카첸마이어가 고개를 끄덕였다. "라이펜라트 씨 손자예요. 그 애 엄마, 그러니까 그 집 외동딸이 어디 가서 어떻게 됐는지는 모르겠지만."

깐깐해 보이는 이웃 카첸마이어 박사는 알고 보니 꽤 유용한 정보통이었다. 그는 1976년 라이펜라트로부터 크론탈러 가에 있는 땅을 사서 집을 짓고 이후로 그곳에서 쭉 아내와 함께 살고 있었다.

"테오도르 라이펜라트 씨와의 관계는 어땠습니까?" 보덴슈타인이 물었다.

"그냥 인사만 나누는 사이였지요. 내가 매일 아침 조깅을 하는데

116

일주일 내내 얼굴이 안 보일 때도 있었어요. 전에도 독불장군이었지만 부인이 죽은 뒤로는 아예 집 안에 틀어박혔죠. 그동안 우리의 이웃 관계를 표현하자면 평화로운 공존이었다고 할 수 있을 겁니다."

"라이펜라트 씨는 혼자 살았습니까?"

"네, 함께 어울리기 힘든 사람이었어요. 사람보다는 애완동물들하고 더 친했죠."

"광천수 공장은 어떻게 된 건가요?" 피아가 물었다. "언제 문을 닫은 거죠?"

"한참 됐어요. 오래전부터 징후가 있었는데 결국 1990년대 초반에 파산했어요. 파산한 뒤엔 건물 몇 개를 임대하기도 했죠. 양자 두 명이 카센터를 차렸는데 무슨 문제가 생겨 그만뒀어요. 그러고 나선 죄다 팔아버렸어요. 병입시설은 2005년까지 가동됐는데 그 후엔 그것마저 문을 닫았죠."

"문제가 있었다고 하셨는데, 무슨 문제였나요?" 호기심이 발동한 피아가 물었다.

"그에 대해선 아는 바 없어요." 카첸마이어는 손목에 찬 피트니스 시계를 확인했다. "이제 가봐야겠네요." 그는 팔을 움직이며 제자리에서 뛰기 시작했다. "마르타 크니크푸스한테 한번 가보시죠?" 그가 갑자기 떠오른 듯 말했다. "마을에선 아직도 '신부'라고 부르죠. 라이펜라트의 형이 전쟁 막판에 죽었는데 죽은 형의 약혼녀였어요. 평생을 광천수 공장에서 일했죠." 그가 키득거렸다. "원래는 사모님이 될 생각이었겠지만 결국 경리가 됐지요. 라이펜라트 집 안을 그 여자보다 잘 아는 사람은 없을걸요."

그의 말투에서 약간의 조롱이 느껴졌다.

"알려주셔서 고맙습니다." 보덴슈타인이 고개를 끄덕였다. "그분 어디 사는지 아십니까?"

"저 위 보른 가에 있는 노란색 전통가옥이에요." 그는 손을 흔들어 인사하고 빠른 속도로 달려갔다.

"특이한 사람이네요." 피아는 그의 뒷모습을 보며 머리를 흔들었다. "심술 한번 부리면 장난 아니겠어요."

"그렇긴 한데 저런 사람들이야말로 주변에 무슨 일이 일어나는지 귀신같이 알거든."

"학교 다닐 때 카첸마이어라는 수학선생님이 있었거든요." 차로 가는 길에 피아가 생각난 듯 말했다. "정말 악몽 그 자체였는데! 아까 그 꼰대랑 한 가족이라고 해도 이상하지 않을 거예요."

보덴슈타인이 차문을 열어주자 피아가 시트에 풀썩 주저앉았다.

"아직 9시밖에 안 됐네요." 피아가 말했다. "지오레이더는 좀 기다려야 올 거고 감식반장은 우리가 현장에서 돌아다니면 걸리적거린다고 싫어하니까 그 크니크푸스 씨한테 한번 가보죠. 나이 든 사람들은 새벽같이 일어나잖아요."

***

그녀는 부엌에서 커피머신 필터에 커피분말을 떠 넣으며 무심코 창밖을 바라보다 우연히 그를 발견했다. 클라스는 크벨렌 공원의 벤치에 앉아 그녀의 집을 올려다보고 있었다. 그녀는 놀란 나머지 손에 든 커피통을 떨어뜨릴 뻔했다. 재빨리 뒤로 물러섰다. 한때 사랑했던 남자의 눈에 서려 있던 증오가 다시 떠올라 몸이 부르르 떨렸다. 변호사에게서는 전화가 오지 않았고 왓츠앱도 읽지 않은 상태였다. 경찰은 아무 소용이 없었다. 경찰에 전화해서 뭐라고 한단 말인가? 전 남편이 공원에 앉아 우리 집을 쳐다보고 있다고?

클라스를 처음 만났을 때 그녀는 스무 살이었고 그는 서른아홉 살이었다. 바트조덴의 스파 공원에서 열린 와인축제에서 그녀는 그와 눈이 마주친 순간 심장이 쿵 내려앉았다. 그는 자신을 엔지니어라고 소개하며 신축 공항터미널의 책임자라고 했다. 그녀보다 나이가 거의 두 배나 많았지만 그녀는 개의치 않았고 순식간에 사랑에 빠졌다. 그의 전 부인의 경고가 있었지만 그녀는 질투와 심술이라고 단정했다. 8개월도 채 안 되어 그들은 결혼했다. 그는 그녀를 여왕처럼 떠받들었고 표정만 보고도 심기를 파악했다. 그는 제2터미널이 완공되자 직장을 그만두고 그녀에게도 학교를 그만두고 그가 개업한 카센터 일을 도우라고 설득했다. 부모와 자매와 친구들이 그렇게 클라스에게만 의존해서는 안 된다고 만류했지만 그녀는 차츰 가족과 옛 친구들을 멀리 밀어냈다. 클라스는 보육원과 양부모 밑에서 자라며 사랑을 모르는 불우한 어린 시절을 보냈다. 그녀는 자신이 그를 변화시켜 행복하게 만들 수 있으리라 굳게 믿었다. 그와의 관계가 나빠졌을 때도 현실을 인정하지 않고 다시 괜찮아질 거라고 믿었다. 아이들이 그를 예전의 그 매력적이고 대범하고 자상한 남자로 되돌려놓을지 모른다는 희망을 가졌다. 그녀의 부모님도 한번 실패했다고 바로 포기하지 말라고 가르치지 않았던가. 그의 절제되지 않은 분노가 그녀를 향해 폭발하는 일이 점점 잦아지는데도 그녀는 참고 견뎠다. 그가 그녀를 기만하고 모욕하고 가족과 친구들로부터 격리시키고 무시하는데도 이를 악물고 참았다. 자신의 요구는 뒷전으로 미루면서 버텼다.

결국 몸이 상해 요가를 시작했다. 그는 비웃었고, 나중에는 운동을 못 나가도록 잔소리하며 괴롭혔고 그마저도 성과가 없자 질투하기 시작했다. 그때 처음으로 맞았다. 뺨 한 대로써 그에게 장애물이 사라졌다. 그는 점점 포악해졌다. 그러던 어느 날 우연히 인터넷에서 나르시시스트 학대 피해자에 대한 기사를 읽었다. 살기 위해서는 그를 떠나야만 한다는 것이 분명해졌다. 갑자기 눈물이 솟구쳤다. 한때 사랑한다고 믿었던 남자에게 쫓기면서 평생을 살아야 하는가? 아니면 일상이 되어버린 이 두려움 없이 살게 될 날이 언젠가 올 것인가?

***

마르타 크니크푸스는 새벽같이 일어났을 뿐 아니라 이미 버스를 타고 쾨니히슈타인에 가서 장을 봐 돌아오는 중이었다. 맘몰스하인에는 가게가 없었다. 하다못해 빵집 하나, 가판대 하나도 없었다. 보른 가로 간 피아와 보덴슈타인이 노란색 전통가옥의 초인종을 누른 순간 그녀가 길모퉁이에서 트롤리를 끌고 나타났다. 그녀는 자기관리를 잘한 듯 보이는 단정한 노부인이었다. 숱 많고 윤기 나는 백발을 유행하는 보브컷으로 자른 헤어스타일은 물론이고 검은색 청바지, 검은색 패딩점퍼, 스니커즈 차림도 그녀를 실제보다 젊어 보이게 했다.

"나 찾아왔어요?" 그녀가 호기심 어린 표정으로 물었다. 목소리는 노쇠한 듯해도 눈빛만큼은 매처럼 날카로웠다. "경찰이시죠?"

"네, 그렇습니다." 보덴슈타인이 미소를 지었다. "저는 올리버 폰 보덴슈타인이라고 합니다. 이쪽은 동료인 피아 산더 형사이고요. 호프하임 강력반에서 나왔습니다."

"아, 그래요?" 마르타 크니크푸스는 보덴슈타인과 피아를 차례로 쳐다보았다. "테오가 죽었다는 말을 듣고 언제든 경찰이 나한테도 찾아오겠구나 생각했죠. 그래도 신분증은 좀 봤으면 좋겠네요."

보덴슈타인과 피아는 신분증을 꺼내 보여주었다. 마르타 크니크푸스는 사진과 얼굴을 꼼꼼히 대조하며 확인했다.

"잘 봤어요." 그녀는 점퍼 주머니에서 열쇠꾸러미를 꺼내 대문을 열었다. "요즘은 노인들 등쳐먹으려는 사람이 많아 조심하지 않을 수가 없어요. 남의 돈 채가려고 별의별 사기를 다 치니까요."

"맞는 말씀입니다." 보덴슈타인이 맞장구를 쳤다. "장바구니 들어드릴까요?"

"그럴래요? 고마워요, 젊은 양반." 노부인이 미소를 지었다. "이 나이가 되면 작은 도움이라도 고맙지요."

계단 세 개를 지나 집 안으로 들어간 보덴슈타인은 크니크푸스 씨가 시키는 대로 부엌으로 향했다. 180센티미터 넘는 사람이 드물던 시절에 지어졌는지 부엌 문틀이 낮아 그는 고개를 숙이고 들어가야 했다. 피아는 집 안을 휘 둘러보았다. 가구 위에는 먼지 하나 없었고 유리창은 막 닦아놓은 듯 깨끗했다.

"여기서 혼자 사세요?" 피아가 물었다.

"그럼요. 1969년에 어머니 돌아가신 뒤로는 쭉 혼자 살았지." 그녀는 장 본 것들을 냉장고 안에 집어넣었다. "난 아직도 살림을 다 직접 해요. 내 나이가 아흔하나인데! 이렇게 자꾸 움직여줘야 건강관리가 돼. 커피 마실래요? 셰리 마시기엔 너무 이르지?"

그녀는 장식적인 고가구들로 가득찬 거실로 그들을 안내했다. 소파 등받이에는 아기자기한 덮개가 덮였고 그 위에 앙증맞은 쿠션들을 포개놓아 고가구들마저 소시민적으로 보였다. 벽난로 위에는 온갖 장식품들이 줄지어 있었다. 크니크푸스 씨가 자리를 권했다. 그들은 노부인의 맞은편 소파에 앉았다. 그녀의 눈이 호기심으로 번뜩였다.

"아마도 라이펜라트 씨네 이야기를 들으러 왔을 텐데?"

"네, 맞습니다." 보덴슈타인이 고개를 끄덕였다. "부인께서 그 집 안을 아주 잘 아신다고 들었습니다."

"그렇다고 할 수 있지! 거의 그 집 사람이 될 뻔했으니까!" 마르타 크니크푸스가 살짝 웃었다. "그런데 그럴 운명이 아니어서 40년간 그 회사에서 경리 일을 했다우. 정말이지 나도 할 만큼 다 해봤는데 테오가 회사 말아먹는 건 못 막겠더라고."

그녀는 몸을 돌려 상장을 두른 흑백사진 한 장을 가리켰다. 육중한 검은색 마호가니 장식장 한가운데 올려져 있는. 그녀의 미소에 우수가 어렸다.

"에두아르트예요." 사진 속에는 군복을 입은 젊고 잘생긴 남자가 지금보다 70살쯤 어린 마르타의 어깨에 손을 올리고 있었다. 두 사람은 행복한 표정으로 카메라를 응시하고 있었다.

"전쟁 끝나기 이틀 전에 러시아 놈들의 총에 맞았어요." 그녀가 한숨을 푹 내쉬었다. 72년의 세월도 그 아픔을 덜어내지 못한 듯했다. "그런데 내가 그 사람 죽었다는 말을 들은 뒤로 쭉 후회한 게 뭔지 알아요?"

"그게 뭐였나요?" 피아가 커피를 한 모금 마시며 진지하게 물었다.

"참 멍청하게도 한 번도 그 사람과 잠자리를 같이하지 않았다는 거예요." 노부인이 건조하게 답했다.

피아가 커피를 마시다 사레들려 기침으로 얼굴이 벌게지자 보덴슈타인은 말없이 웃음을 삼켰다.

"그렇게 평생을 처녀로 살았어요. 잘만 했으면 그 사람 아이라도 하나 얻었을 텐데……." 마르타 크니크푸스는 사랑 넘치는 표정으로 사진을 바라보았다. 그 모습에 보덴슈타인은 마음 한구석이 짠해졌다.

"하지만 이렇게 아름다우신걸요." 그가 말했다. "남자들이 줄을 섰겠는데요."

"형사 양반이 거짓말도 참 잘하시네!" 마르타 크니크푸스는 내숭 섞인 웃음을 지으며 손을 내둘렀다. 나이로 흐릿해진 파란색 눈에 돌연 짓궂은 빛이 돌았다. "그래도 우리 에두아르트를 따라올 사람은 없었지! 차선으로 만족하기엔 내가 너무 자존심이 셌어. 부양해줄 남편을 얻자고 그러긴 싫었지! 그리고 솔직히 말하면 난 늙은 남자들이 정말 싫었거든. 내가 좋아하지도 않는 사람인데, 웬 할아버지와 함께 늙는 걸 생각하니 도저히 안 되겠더라고." 그녀가 해맑게 웃었다. "에구, 내 인생사 들으러 온 건 아닐 텐데. 자, 뭘 알고 싶어요?"

"저희는 테오도르 라이펜라트 씨에 대해 더 알고 싶습니다. 어떤 사람이었습니까?"

"테오!" 그녀는 소파에 등을 기대며 머리를 설레설레 흔들었다. "자기 형과는 완전 딴판이었어요. 에두아르트는 매너도 좋고 교양도 있었는데 테오는 루저에다 야만적이기까지 했어요." 그녀는 코를 찡그렸다. "나름 약삭빠른 구석이 있긴 했지만 그다지 똑똑하지도 않았고. 아마 그래서 자기보다 더 멍청한 사람들하고만 어울렸겠지. 아버

123

지 회사를 물려받을 생각도 전혀 없었고 금속공예 도제를 시작했는데 그것도 중간에 그만뒀고. 젊었을 때는 어머니가 테오 때문에 걱정이 이만저만이 아니었어요. 허구한 날 술에 툭하면 쌈박질하고 말썽이란 말썽은 다 부렸거든. 그런데 어머니가 하필이면 또 전혀 안 맞는 여자를 신붓감으로 골라줬네. 리타는 원래 루르 지역 출신인데 전쟁 때 프랑크푸르트로 왔어요. 처음엔 신생아 보육원에서 일하다가 1950년대에 맘몰스회에 요양원이라고 폐병 걸린 아이들 치료해주는 병원에 간호사로 왔어요. 그 게으른 테오가 주인을 제대로 만났지! 한번은 테오가 리타를 때리려고 했어. 다른 여자들 사귈 때도 항상 그랬거든. 그런데 리타가 같이 때린 거야. 야, 정말!" 마르타 크니크푸스는 생각하면 지금도 우습다는 듯 쿡쿡거렸다. "리타가 키도 크고 완력이 있었거든. 손도 프라이팬처럼 크고 한 덩치 했지. 게다가 욱하는 성질이었어! 리타가 테오를 두들겨 패는데 머리가 깨질 뻔해서 병원에 가야 할 정도였다니까. 다른 사람들한테는 병입시설에서 사고 났다고 했지만 뭐 소문이 쫙 퍼졌지. 그다음부터는 리타를 절대 안 건드렸지. 토끼 키우는 친구들한테나 허풍 떨고 술집에서나 떠벌렸지 집에서는 찍소리도 못 했어."

"리타와 테오 사이에 딸이 하나 있었지요?"

"응, 브룬힐데라고 딸내미 하나 있었지. 여자아이 이름이 브룬힐데라니 안 됐지!" 마르타는 경멸하듯 코웃음을 쳤다. "테오는 딸을 아주 예뻐했어. 그런 부모한테서 나온 게 신기할 정도로 작고 예쁜 아이였지. 테오는 어디든 그 아이를 데리고 다녔어. 사육장에도 데려가고 회사에도 데려가고. 리타가 엄청 샘을 냈어. 내 생각엔 그래서 양자들을 받기 시작한 거야. 제 마음대로 휘두를 수 있는 대상이 필요해서.

1962년에 처음으로 그 가엾은 아이가 들어왔어. 여덟 살, 아홉 살쯤 된 남자아이였을 거야, 아마."

"브룬힐데는 어떻게 됐어요?" 피아가 물었다.

"아이가 무척 예민해서 무서운 엄마 밑에서 숨도 못 쉬고 아빠 때문에 창피해하고 그랬지." 마르타 크니크푸스가 대답했다. "열다섯 살 때 처음으로 집을 나갔고 열여섯에 다시 가출했어. 그리고 몇 해 동안 아무 소식도 없었어. 그러다 아이를 낳았다는 걸 알게 됐지. 아들이었어. 그 애가 세 살 때쯤 리타와 테오가 가서 데려왔지."

"프리트요프군요." 보덴슈타인이 말했다.

"맞아요. 베를린 아동복지국이 쓰레기로 난장판이 된 집에서 그 아이를 찾아내 보육원에 데려갔어. 테오와 리타에게 연락이 되자 가서 데려온 거고. 지금은 대단한 사람이 됐지. 신문에서는 재계 거물이라더군. 그 아이가 어떻게 살아났는지 알고 나면 참 믿기 힘든 일이야."

"아이 엄마는 어떻게 됐죠?"

"베를린의 어느 역 화장실에서 헤로인 과다복용으로 죽었어. 프리트요프는 정말 하늘이 도운 거야. 그때 안 데려왔으면 아마 잘못된 길을 갔을 거야."

"리타 라이펜라트가 자살한 이유는 뭐라고 생각하세요?" 피아가 물었다.

마르타 크니크푸스는 고개를 갸우뚱하며 그녀를 쳐다보았다.

"내가 리타에 대해 좋은 말 할 건 없지." 그녀가 말했다. "우린 서로 좋아하지 않았어. 어쩌면 내가 좀 시기했을 수도 있어. 내가 가지고 싶었던 걸 리타는 가졌으니까. 그런데도 그걸 가지고 잘해보려고 하지도 않았으니까. 리타 편을 들자면 그 사람도 참 기구한 운명이었어. 눈앞에서 온 가족이 집에 깔려 죽고, 첫 번째 약혼자가 동부 전선에서 전사했는데 두 번째 약혼자는 또 프랑스에서 전사했어. 그래서 테오를 만났을 때는 나이가 이미 스물여섯이었지. 그때 스물여섯이면 혼기가 꽉 찬 나이였거든. 아마 고르고 자시고 할 것 없이 아무하고나 결혼해야 할 상황이었을 거야." 그녀는 깊은 한숨을 내쉬었다. "만나야 할 사람이 있고 절대 만나지 말아야 할 사람이 있는 법이거든. 리타는 테오보다 머리가 좋았어. 대놓고 테오를 무시했지. 테오는 그것 때문에 리타를 싫어했고, 어느 정도 사실이기도 했지만, 브룬힐데가 가출한 걸 리타 탓으로 돌렸어. 난 지금도 리타가 자살했다고 생각하지 않아. 더 이상 리타를 견딜 수 없게 된 테오가 죽였을 거라고 생각해."

***

샤이트하우어 가족의 집도 이층으로 올리기 전에는 이웃인 카첸마이어의 집처럼 방갈로였던 것 같았다. 천연석 담장 안 앞뜰에 샛노란 개나리가 피어 있는 게 보였다. 집까지 이어지는 길 옆에 놓인 화분들은 모두 비어 있었지만 집 벽에는 원예용 흙 여러 포대가 기대져 있었다. 대문 옆에는 밀가루반죽으로 직접 만든 문패가 달려 있었다. 피아가 초인종을 누르자 잠시 후 샤이트하우어 씨가 나와 문을 열어주었다.

"이른 시간인데 방문을 허락해주셔서 감사해요." 피아가 말했다.

"욜란다에게 전화해놨어요." 보덴슈타인과 인사를 나눈 후 그녀가 말했다. "벡스를 꼭 봐야겠다면서 꼭두새벽부터 게르만 박사님 댁에 갔지 뭐예요. 들어오세요."

그들은 샤이트하우어 씨를 따라 방충망을 통과해 집 안으로 들어갔다. 벽에 외투가 잔뜩 걸려 있고 고무장화, 크록스 등 열 켤레도 넘는 신발들이 널린 현관을 지나자 시원스러운 정원이 내다보이는 널찍한 거실이 나왔다. 식탁 위에는 노트북이 펼쳐져 있고 그 옆에 책, 서류, 메모지 등이 쌓여 있었다.

"앉으세요. 커피 드실래요?"

"전 괜찮아요." 피아가 웃으며 말했다. "오늘 벌써 석 잔이나 마셔서 한 모금만 더 마셔도 카페인 과다복용이에요."

"저는 주십시오. 블랙이면 더욱 좋겠습니다." 보덴슈타인이 식탁에 앉으며 말했다.

"책은 그냥 옆으로 밀어놓으세요." 베티나 샤이트하우어는 커피머신을 켜고 찬장에서 잔을 꺼냈다. 그라인더가 돌아가기 시작했고 맛있는 커피 냄새가 집 안에 퍼졌다.

"개가 회복되면 정말 데려올 생각이세요?" 피아가 물었다.

"네, 가능하면 그렇게 하고 싶어요." 그녀가 정원 쪽을 가리키며 말했다. "공간도 충분하고 남편이 출장 갔을 때 개가 있으면 저랑 딸들도 훨씬 든든할 것 같아요."

"여기서 몇 년이나 사셨습니까?" 이번에는 보덴슈타인이 물었다.

"6년이요." 자그마한 체구의 베티나 샤이트하우어가 대답했다.

"라이펜라트 씨와는 어느 정도 아는 사이였습니까?"

"어제저녁에 그 생각을 한참 해봤어요." 그녀가 보덴슈타인에게 커피를 내오며 말했다. "사실 전혀 알지 못했어요. 몇 번 전화통화 한 적이 있고 욜란다가 시간을 잊고 놀고 있을 때 그 집으로 데리러 간 적도 몇 번 있지만 사실상 그분에 대해 아는 건 전혀 없어요."

"어제 욜란다가 말한 사람들은요?" 피아가 물었다. "프리츠, 라모나, 요헨, 이방카. 이 사람들은 아시나요?"

"이방카는 가사도우미 같은 사람이에요." 샤이트하우어 씨가 말했다. "크론베르크에 사는데 제가 알기론 20년 전부터 그 집에서 일했어요." 그녀는 이마에 주름을 잡으며 생각하는 표정을 지었다. "라모나는 그 집 딸이에요. 그런데 욜란다에게 들은 것 말고는 몰라요. 다른 형제들도 마찬가지고요. 진짜 형제는 아니고요. 라이펜라트 씨 부부가 예전에 양자를 많이 들였거든요. 마을에서 하는 얘기를 들어보면 한 30명 됐다나 봐요."

"30명이요?" 막 커피를 마시려던 보덴슈타인이 깜짝 놀라며 커피잔을 내려놓았다.

"물론 한꺼번에는 아니고요." 샤이트하우어 씨가 미소를 지었다. 그리고 진지한 표정으로 다시 말을 이었다. "20년 아니면 그보다 좀 더 긴 기간 동안요. 맘몰스하인에는 아직도 라이펜라트 부인에 대해 존경심을 가지고 말하는 사람이 많아요. 돌아가신 지 그렇게 오래됐는데도 말이에요. 얼마 전에는 도로에 그 부인 이름을 붙이자는 말도 나왔는걸요."

피아와 보덴슈타인은 재빨리 눈길을 주고받았다.

"리타 라이펜라트가 정말 죽었는지에 대해서는 현재까지 밝혀진 게 없어요." 피아가 말했다. "1995년부터 실종된 상태예요."

그 말뜻을 바로 알아들은 베티나 샤이트하우어는 눈을 휘둥그레 뜬 채 낯빛이 창백해졌다. "견사 밑에서 나온 뼈! 너무 끔찍해요! 욜란다가 그 근처에서 논 적도 많았는데! 세상에!"

그때 초인종이 울렸다. 샤이트하우어 씨는 실례하겠다고 말하고 문을 열러 갔다. 그리고 잠시 후 가쁜 숨을 몰아쉬는 욜란다와 함께 돌아왔다. 욜란다는 벡스가 수액주사와 영양주사 덕에 기운을 되찾았고 벡스와 함께 수의사 집 정원을 잠시 산책했다며 거기서 찍어온 동영상을 엄마와 피아에게 얼른 보여주고 싶어 안달이었다.

피아는 동영상을 보면서 라모나, 요헨, 이방카, 프리츠에 대해 슬며시 물어보았다. 욜란다는 기다리고 있었다는 듯 이야기하기 시작했다. 테오 할아버지는 라모나와 그녀의 남편 사샤를 좋아하지 않았는데, 항상 이거 하지 마라 저거 하지 마라 잔소리를 해대서였고, 프리츠는 거의 집에 오지 않았고 전화만 걸었다, 욜란다 자신도 그를 본 적이 없다, 요헨은 원래 이름이 요아힘이고 캔디라는 이름의 루마니아산 잡종견을 키웠는데, 벡스와 캔디가 친했다, 요헨은 노인이 하기 힘든 일이나 꺼리는 일을 테오 할아버지 대신 처리해주었다는 내용이었다.

"언젠가 한번 요헨이 찾아왔을 때 테오 할아버지가 저놈 면상은 꼴도 보기 싫다고 했어요. 사실 보기 싫게 생긴 건 아닌데."

피아는 웃음이 나오려는 것을 지그시 누르고는 설명했다. "그 말은 못생겼다는 게 아니라 그 사람을 별로 안 좋아한다는 뜻이야. 네가 보기엔 요헨이 어땠는데?"

"뭐, 괜찮았어요." 욜란다는 어깨를 으쓱했다. "그런데 요헨이 오면 항상 저를 집으로 보냈어요. 엄청나게 중요한 얘기를 해야 한다면서요."

아이는 그 밖에 몇몇 다른 양자들의 이름도 기억해냈지만 그들을 알아서가 아니라 다락방에 있는 상자에 이름들이 쓰여 있었기 때문이었다.

"그런데 테오 할아버지한테 휴대전화도 있었니?" 피아가 물었다.

"아니요." 욜란다가 대답했다. "라모나가 항상 휴대전화 한 대 사시라고 했지만 사지 않았어요. 그러다 라모나가 완전 멋진 걸로 하나 사왔어요. 아이폰 S6요! 그런데 테오 할아버지가 그걸 이방카한테 선물로 줘가지고 라모나가 엄청 화났어요. 사샤 아저씨한테 하는 말을 제가 들었거든요. '이제 저 유고슬라비아 아줌마가 나보다 더 좋은 폰을 쓰잖아. 언젠가는 저 노인네 유산할 거 아니야?'라고요."

"혹시 '유산 상속'할 거라고 했니?" 피아가 물었다.

"네, 그런 것 같기도 해요."

그 말에 보덴슈타인은 말없이 미소를 지었다. 그러나 샤이트하우어 씨는 도저히 웃을 기분이 아니었다. 그녀의 머릿속에서는 끔찍한 공포 시나리오가 펼쳐지고 있었다. 모르고 한 일이긴 해도 혹시 연쇄 살인범의 손에 욜란다를 맡겼던 게 아닐까 하여 속으로 자신을 탓하고 있었다.

보덴슈타인이 자리에서 일어섰다. 샤이트하우어 씨는 문 앞까지 그들을 배웅했다. 막 인사를 나누고 헤어지는데 갑자기 욜란다가 뛰어왔다.

"저 또 뭔가 떠올랐어요!" 그녀가 외쳤다. "몇 주 전에 이상한 아저씨가 테오 할아버지를 찾아왔었어요. 그 아저씨가 테오 할아버지 집에 와서 살겠다고 하니까 할아버지가 안 된다고 했어요. 처음에는 둘이 맥주를 마셨는데 나중에는 서로 소리 지르면서 대판 싸웠어요."

"아, 그래? 그게 언제였니?"

"정확히는 모르겠어요. 그런데 밖에 아직 눈이 있었던 건 기억나요."

"어떻게 생긴 사람이었어?" 피아가 물었다. "그 아저씨 이름이 기억 나니?"

"나이 많았어요. 한 오십 살은 됐을걸요. 아니면 더 많을 수도 있어요." 욜란다가 대답했다. "테오 할아버지가 클라우스라고 한 것 같아요. 처음엔 진짜 친절했는데 나중에 보니까 완전 나쁜 아저씨였어요!"

샤이트하우어 씨는 가엾게도 체념한 표정이었다. 어제부터 알게된 사실들을 감안해본다면, 계속해서 자기 딸이 맘대로 마을을 쏘다니는 걸 용인하지 않을 것 같았다.

"그 아저씨가 어떻게 했는데?" 피아가 물었다.

"테오 할아버지를 세게 밀어서 할아버지가 바닥에 쓰러졌어요. 그리고 벡스도 발로 걷어찼어요!" 욜란다가 분한 표정으로 말했다.

"뭣 때문이었는지 아니?"

"돈 때문이었던 것 같아요." 아이가 말했다. "그 아저씨가 금고에서 뭔가 꺼냈는데 할아버지가 그러지 말라고 했거든요."

"그 아저씨가 어떻게 금고를 열 수 있었어?" 피아가 물었다.

"그거야 당연히 손잡이로 열었죠."

"손잡이로 여는데 먼저 숫자를 눌러야 문이 열리는 거 아니야?"

"아니에요. 테오 할아버지가, 어차피 그 안에 중요한 것도 안 들었는데 도둑이 좋은 금고 안 부수게 차라리 열어놓는 게 낫다고 그랬어요." 욜란다가 씩 웃었다. "문이 살짝 비뚤어졌거든요. 손잡이를 완전히 왼쪽으로 돌린 다음 앞뒤로 흔들면 열려요."

2017년 4월 7일, 취리히

피오나는 어머니의 관이 집 밖으로 나간 뒤부터 지옥과 악몽 사이를 헤매는 기분이었다. 세포 깊숙이 피로감이 파고들어 정신이 멍해진 상태로 살아왔다. 그 무기력이 어느 정도 가시자 그녀는 그동안 미뤄왔던 일을 해치우기 시작했다. 관청에도 전부 다녀왔고 어머니의 회사와 건강보험공단에도 사망사실을 알렸다. 생명보험과 상해보험 회사에는 사망진단서 복사본을 등기로 보냈다. 오늘은 주택보험과 자동차보험에 전화해 명의를 변경했다. 무엇보다 중요한 것은 은행이다. 어머니 통장에서 돈을 인출하지 못하면 곧 빈털터리가 되기 때문이다. 피오나는 페르디난트 피셔의 이야기를 뒷받침해줄 증거를 찾아 온 집 안을 뒤졌다. 그러나 아무것도 발견하지 못했다. 그녀가 태어나기 전에 어머니가 인공수정으로 임신을 시도했다는 사실을 알려주는 계산서 영수증도, 페르디난트 피셔가 이름을 기억하지 못하는 그 이상한 의사와 연락한 흔적도, 페르디난트 피셔와 어머니가 맺은 결혼계약서도 없었다. 만약 이 모든 게 근거 없는 이야기라면? 그러나 어머니와 이혼한 그 남자가 어째서 이런 허무맹랑한 이야기를 지어냈겠는가?

시간 가는 줄 모르고 일에 열중하던 피오나는 책상에서 일어나 뻐근한 몸을 쭉 뻗었다. 창밖에는 이미 짙은 어둠이 깔려 있었다. 허리도 아프고 눈도 침침했다. 오늘은 이만하고 잠자리에 들기로 했다. 자기 전에 빨래나 돌려놓을 생각이었다.

그녀는 하품을 하며 가파른 계단을 따라 지하실로 내려갔다. 세탁실 바닥에는 빨아야 할 옷들이 산더미처럼 쌓여 있었다. 다리미판 위의 형광등은 수명을 다한 지 오래됐다. 그녀는 천장의 백열전구가 던지는 어슴푸레한 빛 속에서 흰 빨래와 색깔 빨래를 구분하여 세탁조를 채웠다. 이번에는 세탁세제 통이 비어 있었다. 그녀는 투덜거리며 벽 수납장에 세제가 남아 있는지 확인했다. 빨래집게, 섬유유연제, 다림질용 풀, 얼룩제거제, 빨랫비누 열댓 개가 있고 그 옆에 낡은 수건과 행주가 쌓여 있었다. 수납장 안쪽 깊숙한 곳에 사각 철제 통이 보였다. 할머니가 살아 계실 때 크리스마스 쿠키를 담아두던 통. 왜 이게 여기 있지? 통을 꺼내려니 묵직했다. 손톱이 부러질 뻔했지만 결국 뚜껑이 열렸다. 떨리는 손으로 가죽양장의 납작한 책을 집었다. 표지에 '족보'라고 쓰여 있었다. 그토록 찾아 헤매던 것을 드디어 찾은 것이다!

피오나는 무거운 철제 통을 들고 서둘러 계단을 올라갔다. 부엌 식탁 위에 내용물을 쏟아부었다. 족보 외에도 어머니의 일기장과 파란색 마분지로 된 서류철이 보이자 가슴이 쿵쾅거렸다. 서류철은 구멍을 뚫어 고무줄 두 개로 묶어놓았다. 그녀의 이름이 쓰인 손때 묻은 편지봉투 안에 셀로판 봉투가 들어 있었고, 그 안에 머리카락 한 줌과 젖니 몇 개가 들어 있었다. 다른 봉투에는 UBS은행의 체크카드와 신용카드가 들어 있었다. 어머니 이름이 적혔고 유효기간은 2021년까지였다. 은행 온라인뱅킹 패스워드와 보안키도 있었는데 가장 오래된 것이 2011년 6월에 받은 것이었다. 부모 대부터 취리히 칸톤 은행의 오랜 고객이었던 어머니가 UBS은행에 계좌를 갖고 있었다니! 왜 한 번도 그런 얘기를 안 했을까?

그녀는 고무줄을 벗기고 서류철을 펼쳤다. 그녀가 찾던 것들이 모조리 여기에 있었다! 자신의 출생기록, 아기수첩, 첫 번째 이혼판결문……. 단 그 의사의 이름만은 어디에서도 찾을 수 없었다. 심지어 가짜 아기수첩에 찍힌 취리히 대학병원 도장 아래의 서명마저도 휘갈겨놓아 읽을 수 없었다. 들키면 의사면허가 취소될 일이기에 일부러 흔적을 안 남기려 한 것 같았다.

왜 어머니는 이것들을 그토록 꽁꽁 숨겨왔을까? 피오나가 진실을 알게 되면 등을 돌릴까 두려워한 걸까? 어머니가 죽음을 눈앞에 둔 순간까지도 진실을 숨겼다는 것, 무엇보다도 그것이 피오나를 고통스럽게 했다. 그 배신감이 너무도 컸다.

***

누군가 정문 앞 우편함을 비워 신문과 편지봉투 들을 천막 밑에 나란히 늘어놓았다. 광고전단을 골라내니 남는 것은 편지봉투 두 개였다. 은행거래 내역과 통신요금 고지서. 통화 내역이 많지 않으니 누가 전화했는지 알아내기는 어렵지 않을 것이다. 더 흥미로운 것은 은행 거래 내역이었다. 테오도르 라이펜라트는 타우누스 저축은행에 적금 계좌와 예금계좌를 하나씩 가지고 있었다. 4월 초만 해도 예금계좌에 50,000유로 조금 못 되는 돈이 들어 있었는데 4월 10일부터 거의 매일 네 자릿수의 금액이 빠져나가기 시작했다. 모두 합해 25,000유로였다.

"누군가 테오도르 라이펜라트의 카드를 사용했어요." 피아가 말했다. "비밀번호를 안다는 뜻이에요."

"매번 다른 현금자동인출기에서 돈을 찾았어." 보덴슈타인이 말했다. "노이엔하인, 오버우르젤, 발라우, 하터스하임, 슈타인바흐, 에슈보른, 프랑크푸르트 회히스트. 800유로였다가 2,000유로였다가 2,500유로, 3,000유로. 의심받지 않을 정도의 금액이야."

피아는 거래 내역을 죽 늘어놓고 한 장 한 장 사진을 찍어 카이에게 보낸 다음 각 은행에 연락해보라고 했다. 운이 좋으면 감시카메라 영상을 받아 도둑을 잡아낼 수 있을지도 모른다.

피아와 보덴슈타인은 흰색 오버올과 덧신을 신고 집 안으로 들어갔다. 1층에는 아직도 단내 비슷한 시체 냄새가 남아 있었다. 감식반원들은 1층에서 작업 중이었다. 테오도르 라이펜라트가 쓰러져 있던 긴 소파 아래 바닥은 갈색으로 변색돼 있었다.

"라이펜라트가 마지막으로 읽은 신문은 4월 7일 금요일 자인데……." 피아가 혼잣말처럼 중얼거렸다. "예금인출은 4월 10일부터 시작됐다. 왜 월요일까지 기다렸을까? 현금지급기는 주말에도 사용할 수 있는데."

"기회가 도둑을 만든다는 말도 있잖아." 보덴슈타인이 말했다. "누군가 집에 들어왔다가 시체를 보고 기회다 싶었을 수도 있지. 조용히 집 안을 뒤지려고 개를 견사에 가두었고 나중에 차를 훔쳐서 달아난 거지."

"누군가 우연히 이 집에 들어왔다는 거예요?" 피아는 믿기지 않는 표정으로 그를 쳐다보았다.

"그럴 수도 있지. 이리 와. 집 안이나 둘러보자고. 여기 서 있으면 어차피 방해만 돼."

"잠깐! 기다려요!" 막 계단을 내려오던 크리스티안 크뢰거가 외쳤다. "AFIS(지문자동검색 시스템)에 하나 걸렸어요! 큰 거예요, 큰 거!" 그는 그들을 지나쳐 부엌으로 들어갔다. 그리고 장갑을 벗은 뒤 식탁 위에 있던 그의 태블릿에서 사진을 찾아내 보여주었다. "여기요! 이 거 한번 보라니까요!"

피아와 보덴슈타인은 어두운 금발의 꽤 잘생긴 남자 사진을 들여다보았다. 나이는 쉰 살 정도 돼 보였다.

"누구야?" 피아가 물었다.

"클라스 레커라는 사람인데 아내에 대한 감금, 폭행, 스토킹으로 2014년에 재판을 받았어. 판결이 났는데, 교도소로 가지 않고 치료감호소로 보내졌더라고."

"음, 그 일 기억나." 보덴슈타인이 고개를 끄덕였다.

"정신병원에 갇혀 있는 사람의 지문이 어떻게 이 집에서 발견돼? 말이 안 되잖아." 피아가 반박했다.

"그 사람 분명 여기 왔다니까!" 크리스티안 크뢰거는 현대적 과학기술에 대한 맹목적인 신봉을 여과 없이 드러냈다. "이 스캐너는 틀리는 법이 없어!"

"나도 말 좀 해도 돼?" 보덴슈타인이 끼어들었다. "레커는 올해 초에 집행유예 없이 풀려났어. 담당 변호사가 자기 의뢰인의 판결에 오류가 있었다는 주장을 설득력 있게 폈거든."

"아, 그거 생각나요!" 피아가 고개를 끄덕였다. "그리고 레커의 이름은 죽은 라이펜라트의 주소록에도 있었어요. 이름 위에 두 줄이 그어져 있었고요."

"집 안 구석구석에 레커의 지문이 다 찍혀 있어요." 크뢰거가 말했다. "침실, 서재…… 서재의 매끈한 표면에서는 거의 다 나왔어요. 일층 다른 방에서도 발견됐고요. 이층은 이제 막 시작해서 아직 모르겠지만. 문제는 이 소프트웨어가 얼마나 오래된 지문인지를 분석하지 못한다는 건데, 내가 보기엔 그리 오래되지 않았어요. 지워진 부분 없이 온전한 지문이거든요."

"눈 녹기 전에 왔을 거야." 보덴슈타인이 느긋하게 말했다.

"그걸 어떻게 아세요?" 피아가 놀라서 물었다.

"아까 욜란다가 말해줬잖아." 보덴슈타인이 대답했다. "테오 라이펜라트와 싸운 뒤에 온 집 안을 뒤진 거지. 욜란다가 클라우스라고 한 거 기억 안 나? 클라우스, 클라스, 비슷하지 않아?"

"맞네요!" 피아가 신기한 듯 맞장구를 쳤다. "와, 장난 아닌데요. 재계 거물에 재판 스캔들 피해자까지……. 엥엘 과장이 알면 입에 거품을 물겠어요!"

"참, 금고는 어떡하죠?" 크뢰거가 물었다. "아무리 해도 열리지 않네요. 그렇다고 불끈 들어서 옮길 수 있는 물건도 아니고……."

"아마 열려 있을걸." 피아가 말했다. "옆집 아이 말로는 라이펜라트가 평소에 금고를 잠그지 않았대."

그들은 함께 옆방으로 갔다.

"문이 약간 비뚤어져 있다고 한 것 같은데." 보덴슈타인이 말했다.

크리스티안 크뢰거는 있는 힘껏 문을 열어보려고 했지만 무거운 콘크리트 문은 열릴 생각도 하지 않았다.

"절대 안 열려요!" 그가 힘겹게 내뱉었다.

"내가 한번 해볼게." 보덴슈타인이 나섰다.

"반장님이 저보다 힘이 세다면 한번 해보시죠!" 크뢰거는 한 걸음 뒤로 물러나 허리춤에 양손을 턱 얹었다. 피아는 말없이 웃으며 보덴슈타인이 하는 행동을 지켜보았다. 그는 욜란다가 말한 대로 금고 손잡이를 딸각 소리가 날 때까지 완전히 왼쪽으로 돌린 다음 앞뒤로 몇 번 흔들었다. 그랬더니 거친 마찰음과 함께 육중한 문이 열리는 것이 아닌가.

"봤어?" 보덴슈타인이 씩 웃으며 크뢰거를 쳐다보았다. "이런 건 힘으로 하는 게 아니라 느낌으로 하는 거라고."

두 남자가 금고 안을 살펴보고 있을 때 피아의 휴대전화가 울렸다. 정문 앞을 지키는 순찰대원이 시체수색견과 지구물리학 연구소의 전문가들이 도착했다고 알려왔다. 그때 마침 다른 전화가 와서 피아는 순찰대원의 말을 반밖에 듣지 못했다.

"……괜찮습니까?"

"당연하지. 통과시켜." 피아는 그렇게 말하고 전화를 끊은 다음 두 번째 전화를 받았다.

"왜 이렇게 오래 걸려?" 헤닝이 인사도 없이 불퉁거렸다. "당신한테 전화할 때마다 그 식상한 멜로디 듣고 있는 것도 지겨워. 내가 그렇게 한가한 사람인 줄 알아?"

"아, 잘 지냈냐고? 잘 지냈지!" 피아는 그렇게 받아치며 복도로 나갔다. "뭐가 그렇게 급해서 그래?"

"신원 하나 나왔어!" 상기된 말투였다. "시랍화된 시체 둘 중 하나가 누구인지 알아냈다니까, 피아!"

"뭐?" 피아는 심호흡을 하며 어깨를 쫙 폈다. "부검 내일 한다고 하지 않았어? 오늘 무슨······."

"그래 맞아, 부검 아직 안 했어." 헤닝이 성급하게 그녀의 말을 잘랐다. "글쎄, 방금 레머가 그 시체를 보더니 '세상에! 12번 시체 누군지 아세요?'라고 놀라는 거야. 무슨 소린가 싶어 '내가 어떻게 알겠어요?'라고 대꾸했더니 레머가 대학 시절 학교 가는 버스 기다릴 때 버스정류장 포스터에서 일 년 내내 봤다는 거야. 그래서 내가······."

"그래서? 좀 짧게 말해봐!" 피아가 두서없는 말을 끊었다.

"알았어. 안네그레트 뮌히라는 여자인데 스튜어디스였고 1993년 5월에 실종됐어."

순간 피아는 말문이 막혔다.

"진담으로 하는 말 맞아?" 피아가 멍한 상태로 물었다.

"진담! 진짜야! 굉장하지 않아? 잠깐 끊지 말고 기다려봐!" 헤닝이 레머를 불렀다. 잠시 후 프레데릭 레머 박사가 전화를 받았다. 원래 웬만한 일에는 감정변화가 전혀 없는 사람인데 상당히 흥분해 있었다.

"당시 그 사건이 꽤 충격적이었거든요." 레머 박사는 헤닝이 방금 요약한 것을 다시 반복했다. "제가 어렸을 때 발도르프에 살았는데 그 여자의 아이들과 같은 학교에 다녔어요! 게다가 우리 집 남매가 그 집 형제와 비슷한 또래여서 우리 어머니가 직접 친분이 없었을 뿐이지 그 집과 잘 아는 사이였어요. 실종 사실이 알려지자 온 마을이 발칵 뒤집어졌죠. 그 집 부부는 사이가 좋은 편은 아니었어요. 그래서 여자가 다른 남자와 바람나서 도망갔다는 소문이 돌았고 남편이 살인용의자로 지목됐어요. 유치장에 갇히기까지 했으니 그 가족들에겐 고통스러운 시절이었죠. 그런데 얼마 있다 자동차가 발견된 겁니다. 차 안에 가방과 휴대전화도 있었고요. 그제야 무슨 일을 당했구나 하고 대대적인 수색이 벌어졌어요. 텔레비전 수사 프로그램에도 여러 번 나왔었죠. 성과는 없었지만요. 조금 전에 지퍼를 열고 시체 얼굴을 보는 순간 심장이 덜컹했습니다. 검시관 노릇 한 지 오래됐지만 아는 얼굴이 부검대에 올라온 일은 한 번도 없었거든요. 그런데 이런 일이 생길 줄이야!"

"정말 믿기지 않는 이야기네요." 피아가 말했다. 말수 적은 레머 박사가 그렇게 말을 많이 한 건 처음이었다.

"남편은 아마 몇 년 전에 죽었을 겁니다. 그 집 아들들은 저와 비슷한 나이예요. 지금까지도 어머니의 생사를 확신하지 못한 채 살고 있을 것 아닙니까?"

"그 사람이 확실한가요?" 그가 잠시 숨을 돌리는 틈을 타 피아가 물었다.

"확실합니다!" 그가 자신 있게 답했다. "그래도 철저히 하기 위해서 유전자분석과 지문 확인은 해봐야겠죠."

"알겠어요. 고맙습니다!" 피아도 내면에서 솟구치는 흥분으로 떨림을 느꼈다. 이 새로운 사실을 어서 보덴슈타인 반장에게 알려야 한다는 생각에 마음이 급해졌다. 레머 박사의 말대로 그 시랍화된 시체가 정말 오래전에 실종된 여자라면 그것만으로도 이미 성과를 거둔 셈이었다. 사망자의 신원이 확실치 않은 사망사건의 경우 그 신원이 아예 밝혀지지 않을 가능성이 매우 크기 때문이다. 48시간 내에 이름이 나왔다는 것은 수사에 있어 엄청난 진전이었다. 어쩌면 처음에 걱정했던 것보다 사건이 빨리 해결될지도 모른다. 피아는 잊어버리기 전에 카이에게 전화를 걸어 테오도르 라이펜라트의 벤츠를 수배해달라고 부탁했다.

"아, 그리고 가정부 이방카 세비치에게 연락됐어." 카이가 말했다. "4월 4일부터 크로아티아에 머물고 있대. 딸 결혼식 때문에."

"반응은 어땠어?" 피아가 물었다.

"깜짝 놀라더라고. 그리고 조금 울었어." 카이가 대답했다. "라이펜라트가 꽤 정정해서 며칠간 혼자 지내는 건 괜찮았대. 아들 중에…… 음…… 요아힘 보크트가 4월 7일에 출장 갔다 와서 들여다볼 거라고 생각하고 있었대."

"알았어." 피아는 고개를 끄덕이고 레머 박사가 발견한 사실을 전달했다.

"안네그레트 뮌히……." 카이가 이름을 되뇌었고 곧 자판 두드리는 소리가 들렸다. "그 사건 나도 기억나. 1990년대 언젠가였는데……. 아, 잠깐만, 여기 있다! 실종 당시 32세였고 스튜어디스였어. 실종 당일 아침 상하이발 장기노선으로 도착했고 저녁에 친구들과 약속이 있었어. 그런데 약속장소에 나오지 않았고, 마지막으로 목격된 건 그날 오후 5시 30분 발도르프 소재의 한 주유소에서 기름을 가득 채울 때였어. 그녀가 탔던 OF-AM112 번호의 차량 은색 혼다 시빅은 그로부터 2주 후인 1993년 5월 23일 라인가우에 있는 에버바흐 수도원 근처 숲에서 문이 잠긴 채 발견됐어. 차 트렁크에 가방과 휴대전

화가 있었고 지갑 속에는 각종 신분증과 현금 380마르크가 들어 있
었어."

"리타 라이펜라트의 차가 발견된 곳도 라인가우 아니었나?" 피아
가 기억을 더듬었다.

"맞아. 라인가우 엘트빌이었어."

"흠."

"지금 찾은 것들 다 휴대전화로 보내줄게." 카이가 말했다.

보덴슈타인은 부엌 앞에 쳐놓은 천막 안에 있었다. 어제 헤닝이 뼛
조각을 늘어놓았던 천막 아래 탁자에는 라이펜라트의 집에서 찾아낸
갖가지 물건들이 놓여 있었다. 크뢰거의 감식반이 분석실로 가져가
려고 모아둔 것이었다.

피아가 막 안네그레트 뮌히에 대해 얘기하려는데 쉰 살 정도 돼 보
이는 뚱뚱한 여자가 쿵쿵거리며 다가왔다. 그녀는 잠시 걸음을 멈추
더니 감식반원 두 명 사이를 비집고 들어와 양손을 허리춤에 올리고
섰다.

"누가 산더 형사예요?" 그녀가 전시 사령관이라도 되는 듯한 말투
로 물었다.

피아, 보덴슈타인, 크뢰거는 소리 나는 쪽으로 일제히 고개를 돌
렸다.

"전데요." 피아가 휴대전화 든 손을 내리며 물었다. "그러는 그쪽은
누구시죠?"

"라모나 린데만이에요. 여기서 뭐 하는 건지 좀 물어봐도 될까요?
그리고 우리 아버지는 어디 계시죠?"

'끈질긴 유산도둑 라모나'라는 말이 피아의 뇌리를 스치고 지나갔

다. 아마 가족이라고 하니까 정문에서 통과시켜준 모양이었다. "이런 소식을 전하게 돼서 유감이지만 부친은 돌아가셨어요."

"아니! 그런데 왜 연락도 안 해준 거죠?" 이중턱에 볼이 빵빵한 그녀의 둥근 얼굴은 짙은 화장으로 덮여 있었고 하나로 묶은 염색 금발은 마치 금색 투구처럼 얼굴을 감싸고 있었다. 뚱뚱한 몸매를 더욱 부각시키는 반짝이는 청색 레깅스에 긴 기장의 흰색 블라우스, 그 위에 걸친 황토색 인조가죽 코트와 황토색 앵클부츠가 어울리려면 키가 20센티미터는 더 커야 할 것 같았다. 그녀는 마치 야콥 시스터즈(1960년대에 활동하던 독일의 4인조 여성 그룹—옮긴이) 멤버처럼 보였다.

"어제 라이펜라트 씨의 손자와 통화했는데 그분이 전달하겠다고 하시던데요."

"프리트요프! 어쨌든 난 연락 못 받았어요! 프리트요프가 하는 일이 다 그렇지!" 라모나 린데만이 콧방귀를 뀌었다.

"라이펜라트 씨는 이미 열흘쯤 전에 사망하셨는데 어제야 발견됐어요."

"뭐요?" 그녀는 믿기지 않는다는 듯 외쳤다. "어떻게 그럴 수가 있어요! 여보? 여보!"

그녀 뒤에서 한 남자가 나타났다. 그녀의 '여보'는 피아보다 키가 약간 작았고 운동을 그만두어 근육이 살로 변해버린 레슬러 몸매의 소유자였다. 머리색이 회색이었지만 아무리 봐도 40대 초반이나 중반 정도로밖에는 안 보였다. 얼굴선이 부드럽고 속눈썹이 길어서 살진 얼굴에 난 파르스름한 수염 자국이 아니었다면 여성스러운 인상일 것 같았다.

"어디 있는 거야?" 끈질긴 유산도둑이 버럭 짜증을 냈다. "세상에, 아버지가 돌아가셨대! 그리고 이 여자 형사 말로는 2주 전에 돌아가셨대! 이런 일이 가능하다고 생각해? 참, 이쪽은 제 남편이에요."

"안녕하세요, 린데만이라고 합니다." 그는 피아의 얼굴을 제대로 쳐다보지 못했다. 비뚜름하게 청바지 주머니에 손을 찌르고 있는 모습이 전체적으로 무척 어색하고 불편해 보였다. 그의 시선은 천막을 지나 견사 쪽을 향하고 있었다.

"저희도 왜 아무도 찾는 사람이 없었을까 의아해하는 참이었어요." 피아가 말을 시작했지만 곧 라모나 린데만이 훅 치고 들어왔다.

"우린 연휴에 일주일간 스페인에 갔었어요. 휴가지에서 계속 아버지에게 전화했는데 통화가 돼야 말이죠. 오빠 요아힘도 마찬가지고! 뭐 교통사고가 나서 병원에 입원했다나!" 그녀는 모든 게 못마땅한 듯했고 놀람이나 슬픔 같은 것도 느끼지 않는 듯했다. "난 당연히 이 방카가 집에 있을 줄 알았죠. 그런데 하필이면 부활절에 집에 가버린 거예요! 아니, 사람 없을 때나 집에 붙어 있으면 좀 좋아? 이럴 거면 뭐하러 돈 주고 가정부를 고용해! 결혼식 좀 하는데 4주씩이나 집을 비울 건 또 뭐람? 며칠이면 되잖아요, 안 그래요?"

그녀는 반향을 찾아 도전적으로 주위를 둘러보았다. 그러나 그녀에게 호응해주는 사람은 아무도 없었다. 그녀의 '여보'마저도 침묵했다.

"검시관 의견으로는 이미 4월 7일에 사망하셨어요." 피아는 그제야 말을 이었다. 누군가 지난 2주간 테오도르 라이펜라트의 통장에서 25,000유로를 인출했다는 말은 일부러 하지 않았다. "그런데 부패가 진행된 관계로 현재까지는 자연스러운 사망인지 외부 폭력에 의한 것인지 알 수가 없습니다. 일단 내일 부검결과가 나올 때까지 기다려 봐야 해요. 그때까지는 이 집도 사건현장으로 봐야 합니다."

"외부 폭력이요? 그 말은 살해당했을 수도 있다는 거예요?" 라모나 린데만은 눈이 휘둥그레졌다. "그런데 개는 어디 있어요? 그 개가 얼마나 비싼 건데! 벨기에 최고 사육자가 키운 말리노이즈 순종이에요. 아버지가 그 개를 살 때 3,000유로로 가까이 들었다고요!"

"개는 수의사 게르만 박사 댁에 있어요." 피아가 대답했다. "견사에 갇혀 있더라고요. 개가 항상 아버님을 졸졸 따라다녔다고 하던데, 벡스를 가둘 만한 사람이 누가 있었을까요?"

"소시지 한 조각만 있으면 누구나 가둘 수 있을걸요." 린데만이 말했다. "겉으로 보기에만 무섭지 사실은 순둥이거든요."

"아버지가 우리 자식들보다 훨씬 더 애지중지했던 건 맞지!" 라모나 린데만이 비꼬았다.

"실례합니다." 린데만 뒤로 정복경찰이 다가와 말했다. "지면레이더가 준비됐다고 어디서부터 할지 묻는데요. 개도 준비됐답니다."

"견사에서부터 시작하라고 해." 보덴슈타인이 지시했다. "우리도 금방 갈 거야."

"지면레이더? 개?" 라모나 린데만이 눈을 가늘게 뜨고 미심쩍은 표정으로 물었다. "이게 다 무슨 소리예요?"

"어제 견사 밑에서 썩 유쾌하지 않은 발견을 했는데 앞으로 수사가 필요할 것 같습니다." 피아가 대답했다. "벡스가 땅을 파지 않았다면 아마 거기 뼈가 묻혀 있는지 전혀 몰랐을 거예요."

린데만 부부는 눈을 둥그렇게 뜨고 피아를 쳐다보았다.

"뼈요?" 린데만은 자기 목소리가 믿기지 않는 듯 헛기침을 몇 번

했다.

"이 집 땅 밑에는 뼈다귀들이 널려 있어요." 라모나 린데만이 대수롭지 않다는 듯 손을 내둘렀다. "아버지가 애완동물들 죽으면 여기저기 묻어놔서 땅 밑이 온통 다 뼈다귀예요."

피아는 '뼈'라는 말에 라모나의 남편 얼굴이 허옇게 변하는 것을 놓치지 않았다.

"제가 말하는 건 짐승 뼈가 아니라 인골이에요." 피아가 말했다.

"뭐요?" 라모나 린데만의 얼굴이 굳어졌다.

"견사 밑에서 유해 세 구가 발견됐어요. 현재로서는 부친께서 이 일과 무관하지 않으리라 추측됩니다."

"아니에요. 그럴 리가!" 라모나 린데만은 처음으로 충격을 받은 얼굴이었다.

"시체 세 구는 견사의 콘크리트판 밑에 있었어요." 피아가 말을 이었다. "언제 콘크리트를 부었는지, 그리고 누가 그 일을 했는지 안다면 수사에 많은 도움이 되겠습니다."

잠시 침묵이 이어졌다. 이제 그들 부부도 피아의 말이 무엇을 뜻하는지 파악한 것 같았다.

"제 기억엔 요아힘인 것 같습니다." 이윽고 린데만이 입을 열었다.

"언제쯤인지 기억하십니까?" 보덴슈타인이 물었다.

"아주 오래전이라 잘 기억이 안 납니다." 그는 속눈썹이 긴 눈으로 보덴슈타인을 쳐다보았다. 범죄자가 사형집행인을 보는 듯한 시선에 피아는 수상한 느낌을 지울 수 없었다. 린데만은 아내 쪽으로 몸을 돌렸다. "테오의 셰퍼드가 강아지 두 마리 낳았을 때 아니었어?"

"그래, 맞아. 미로와 조니." 라모나 린데만이 수긍했다. "최소 20년은 됐지. 20년 넘었을 수도 있고. 벡스가 그 두 마리 간 다음 두 번째로 들인 개잖아!" 그녀는 상상만으로도 우습다는 듯 쿡쿡 웃어댔다. "요아힘이 그 소리를 들으면 기겁하겠네. 프리트요프는 말할 것도 없고! 참!"

"아직 부친이 관련돼 있는지 아닌지 확실치 않습니다." 보덴슈타인이 한마디했다.

"그럼 시체가 어떻게 세 구씩이나 견사 밑으로 들어가요? 그러고도 남지! 옛날에 우리가 그렇게 살려달라고 빌었는데도 고양이를 물에 빠뜨려 죽였는데!" 그녀의 거친 말투에서 아직도 아물지 않은 오래된 상처가 느껴졌다. "눈 하나 깜짝 안 하고 닭 모가지 토끼 모가지 비틀 수 있는 사람이면 사람도 죽일 수 있죠."

사실 그녀의 말이 틀린 것은 아니었다. 연쇄살인범 중엔 처음 범죄를 저지르기 시작할 때 동물을 괴롭히는 가학적인 특성을 보이는 경우가 많다. 그러나 피아는 테오도르 라이펜라트가 재미로 짐승을 죽이지는 않았으리라 믿었다. 도살업자라고 해서 자동적으로 잠재적 연쇄살인범이 되는 건 아니지 않은가.

"클라스 레커라는 사람 아십니까?" 보덴슈타인이 린데만 부부에게 물었다.

"당연히 알죠." 라모나 린데만이 대답했다. 그리고 비꼬듯 다음 말을 덧붙였다. "끔찍한 보육원에서 구출된 우리 행운아들 중 하나죠. 클라스는 왜 물어요? 사고 쳤어요?"

보덴슈타인은 그 질문에는 답하지 않고 다른 것을 물었다.

"그런데 왜 양아버지를 돌봐드렸나요? 제가 보기엔 별로 사이가 좋았던 것 같지는 않은데."

"아니, 무슨 그런 소리를 하세요?" 라모나 린데만은 들킨 것이 민망한지 발끈했다.

"라이펜라트 씨에 대해서 별로 좋은 말은 안 하셨잖아요." 피아가 거들었다. "게다가 라이펜라트 씨가 남들 다 듣는 데서 부인을 칭하는 별명이 있었다고 하던데요. 끈질긴 유산도둑이라던가?"

피아의 도발은 효과가 있었다. 라모나는 얼굴이 시뻘게지면서 입술을 질끈 깨물었다. 남편 린데만은 피아를 째려보며 아내의 어깨에 팔을 두르고 위로하려 했지만 라모나는 그 팔을 밀어냈다. 순간 피아는 라모나가 평생에 걸쳐 양아버지의 인정을 받으려 투쟁했으며 그 투쟁이 그의 죽음과 함께 패배로 끝났다는 것, 그리고 그녀의 맹목적인 충성에도 불구하고 라이펜라트가 그녀의 노력을 알아주지 않고 오히려 경멸했다는 사실을 어렴풋이 짐작할 수 있었다.

"교활한 노인네한테 이용만 당했네, 바보 같은 년!" 라모나는 헛헛하게 웃었다. "아주 바보짓이란 바보짓은 다 했어! 남들이 안 하는 거 내가 나서서 하고 열심히 노력하면 언젠가는 좋아해줄 줄 알았더니……."

그녀는 눈에 맺힌 눈물을 떨쳐내려고 자꾸만 눈을 깜박거렸다. 피아는 자신의 말이 심했다 싶어 사과하려고 했지만 라모나 린데만은 손사래를 쳤다.

"라이펜라트 씨의 양녀로 왔을 때 몇 살이었습니까?" 보덴슈타인이 물었다.

"네 살이었어요. 친부모는 미성년 마약중독자였고요. 아무도 입양하려는 사람이 없었죠. 누가 그렇게 태어난 아이를 데려가겠어요!" 그녀의 말에는 회한이 가득했다. "테오와 리타는 내가 아는 유일한 부모였어요. 다른 아이들과 나눠야 했지만 그래도 부모니까 좋아했던 것 같아요. 언제나 인정받으려고 노력했고 칭찬 한마디 들으려고 별짓을 다 했어요. 날 귀찮아한다는 걸 알았지만 어쩔 수 없었어요."

"양자, 양녀가 몇 명이나 됐습니까? 몇 년간이나 아이들을 받았죠?"보덴슈타인이 물었다.

"1960년대 초부터 1980년대 말까지였고 아이들은 많았어요. 정확한 수는 몰라요." 라모나 린데만은 다시 평정을 되찾아갔다. "몇 달, 또는 일 년만 있다 나가는 애들도 있었고 어릴 때 들어와서 다 자랄 때까지 계속 사는 애들도 있었어요."

"클라스 레커는요?"

"클라스는 그렇게 오래 있진 않았어요. 한 4, 5년 있었을 거예요. 사고 때문에 나갔거든요. 그 사고가 있고 나선 리타가 그애 꼴을 못 보더라고요."

"무슨 사고였는데요?" 피아가 물었다.

"1981년 여름에 마을에 사는 여자아이가 물에 빠져 죽었어요. 저기 숲에 개구리 연못이라는 데가 있거든요." 라모나 린데만이 기억을 더듬었다. "노라 바르텔스라는 아이였는데 마지막으로 함께 있던 사람이 클라스였어요. 우린 집 밖에 나가면 안 됐거든요. 특히 혼자 나가는 건 절대 안 됐어요. 개구리 연못에 가는 건 절대금지였고요. 무슨 일이 일어났는지 아는 사람은 아무도 없었어요. 어쨌든 노라는 죽었고, 뒤집힌 뗏목이 호수에 떠다녔고 클라스 침대 밑에서 젖은 옷가지 숨겨놓은 게 나왔어요. 증거가 없어서 클라스는 무사했는데, 리타는 쫓아낼 핑곗거리가 생겨서 좋아했죠."

"그때 부인은 몇 살이었죠?" 피아가 물었다.

"열세 살이요."

"그럼 기억이 꽤 뚜렷하겠네요?"

"어제 일처럼 생생해요." 라모나 린데만이 고개를 끄덕였다. "끔찍했어요. 우리 모두 노라를 알았거든요. 학교에서 같은 반이었고 이 근처에 살아서 가끔 놀러오기도 했어요. 그 사고 이후론 모든 게 달라졌어요. 리타는 원래도 엄하게 아이들을 단속했는데 사고 뒤론 정말 감옥이 따로 없었어요. 그때 우린 열 명이었어요. 클라스와 브리타가 열다섯 살로 가장 나이가 많았고, 티모는 열네 살, 요헨, 프리트요프, 저는 열세 살, 나머지 아이들은 더 어렸어요. 우리는 한 명씩 불려가 질문을 받았는데, 노라의 아버지가 경찰이어서 경찰관들이 엄청 무섭게 했어요."

"다른 용의자는 없었나요?" 피아는 수학책 속에서 떨어진 종이를 떠올렸다. '앙드레&노라.'

"심각하게 의심받은 사람은 없었어요." 라모나 린데만은 고개를 저었다. "클라스는 절대 아니라면서 다른 아이들에게 죄를 뒤집어씌우려고 했어요. 어린 동생들에게도요. 하지만 증거가 너무 확실했어요. 젖은 옷가지며 얼굴과 팔에 난 상처며……. 그 상처는 노라의 손톱자국이었거든요."

"그래서 어떻게 됐나요?"

"어느 날 갑자기 떠났어요. 어디로 갔는지도 모르게요. 아마 전에 있던 보육원은 아니었을 거예요. 절대 안 받아줬을 테니까."

"왜요?"

"뭐, 문제아였으니까요. 분노 조절이 안 돼서 갑자기 폭력적으로 변하곤 했어요. 우린 모두 클라스 앞에선 벌벌 떨었어요. 시키는 대로 하지 않으면 뒷감당하기 힘들었어요."

"예를 들면요?" 보덴슈타인은 어릴 때 무서워하던 친구 페터 레싱을 떠올렸다. 두려운 마음에 잠 못 이루고 다음 날 아침 신경성 복통을 안고 학교에 가는 기분이 어떤 것인지 그는 잘 알았다.

"어렸을 땐 자기 것으로 가질 수 있는 게 별로 없었어요. 클라스는 상대가 가장 아끼는 게 뭔지 알아내고 바로 그걸 망가뜨렸어요. 물건 훔치고 다른 애한테 뒤집어씌운 다음 그 애가 벌 받는 모습을 즐겼고요. 가장 좋아했던 건 목욕실에 갑자기 나타나 사람을 욕조에 빠뜨려 숨을 못 쉬게 하는 거였어요. 밤에는 우리가 자는 방에 들어와 비닐봉지를 머리에 씌우기도 했고요." 그녀는 끔찍했던 기억에 몸을 부르르 떨었다. "동생들을 아이스박스에 가두는 것도 좋아했어요. 한번은 어떤 애를 가뒀는데 꺼내주는 걸 잊어버린 적도 있었어요. 아마 요헨이나 앙드레였을 거예요. 클라스가 유일하게 무서워하는 사람은 리타였어요. 클라스가 우리한테 하는 건 리타가 클라스에게 했던 것과 똑같았거든요."

"양어머니가 아이들을 아이스박스에 가뒀다는 말씀이세요?" 피아가 믿기지 않는 듯 물었다.

"네, 특히 옷이 젖은 상태에서요." 라모나 린데만이 대답했다. "누군가 뭘 몰래 꺼내먹기라도 하면 욕조에 거꾸로 처박았어요. 죽을 것 같아서 바지에 오줌을 쌀 때까지요. 그런 다음 욕실을 청소하고 젖은 옷을 입은 상태로 밤새 복도에 서 있어야 했어요. 가끔은 물 한 병 주고 깜깜한 굴 속에 가두기도 했고요. 가장 끔찍한 건 언제 그 날벼락이 떨어질지 모른다는 거였어요. 기분이 좋아서 잘해주다가도 별 이유 없이 발광하곤 했거든요. 우린 언제 날벼락이 떨어질지 몰라 늘

가슴을 졸여야 했어요. 가끔은 그런 생각도 들었어요. 사실은 우리를 미워하고 단지 우리한테 권력 휘두르는 걸 좋아하는 게 아닌가 하는."

피아와 보덴슈타인은 재빨리 시선을 주고받았다. 도로 이름에 그녀의 이름을 붙이려 하는 맘몰스하인 사람들은 과연 그런 사실을 알고 있을까?

"다정하고 포근한 엄마와 텔레비전에나 나오는 자상한 아버지를 상상하지 마세요! 리타와 테오는 서로 못 잡아먹어서 안달인 이기주의자들이었어요." 라모나 린데만은 콧김을 내뿜었다. "우리를 데려온 것도 정부에서 지원금을 많이 받을 수 있기 때문이었어요. 그 사람들 자기네 손자나 끔찍이 생각했지 우리에겐 아무 관심도 없었어요. 손자는 아주 상전처럼 떠받들었지!"

"리타 라이펜라트는 현재까지 실종상태입니다." 보덴슈타인이 말했다. "아직 시체가 발견되지 않았거든요."

"네, 끔찍한 일이죠." 린데만 부인은 급격히 말수가 줄었다. 지금까지의 수다스러움이 별안간 사라졌다. 아내 뒤에 말없이 서 있던 린데만이 답답하다는 듯 머리를 흔들었다. "어휴, 모니, 그때 본 거 경찰한테 말해버려!" 그가 아내를 재촉했다. "이제 테오도 죽었으니까 상관없잖아."

라모나 린데만은 잠시 주저하다 입을 열었다.

"제 생각엔 테오가 리타를 죽인 것 같아요. 시체를 치울 때 클라스가 도와줬고요."

***

"어떻게 생각하세요, 반장님?" 린데만 부부가 돌아간 뒤 피아가 물었다. 클라스 레커가 어디 사는지는 그들도 몰랐고 오랫동안 연락이 없었다고 했다.

"크니크푸스 씨도 리타 라이펜라트가 자살한 건 아닐 거라고 했잖아." 보덴슈타인이 대답했다. "그리고 그동안 알아낸 것만 봐도 자살 같은 거 할 사람은 아니었던 것 같아."

"테오 라이펜라트는 아내에게 꽉 잡혀 살았어요." 피아가 말했다. "그리고 그전에는 형의 그늘 아래 있었고요. 어머니가 신붓감을 골라 줬다는 것만 봐도 알 만하잖아요."

가까운 관계에서 일어나는 사건에서는 반복적으로 상대의 자존감을 깎아내려 상처 준 일이 큰 영향을 끼친다. 오랜 세월에 걸쳐 쌓인 감정이 한꺼번에 터지면서 폭력의 산사태가 일어나는 것이다. 거기에는 대체로 알코올이 빠지지 않았다. 라모나 린데만의 말로는 1995년 5월 어머니날에 몇몇 자녀들이 가족동반으로 찾아왔고 리타가 커피와 케이크를 준비했으며 시종일관 화기애애한 분위기였다. 딱 한 시간만 낮술 마시고 온다던 테오가 귀가하기 전까지. 그는 오후 늦게야 고주망태가 되어 클라스 레커를 꽁무니에 매달고 돌아왔다. 클라스가 그를 태우고 온 것이었다. 리타와 테오 라이펜라트 사이에는 큰 다툼이 있었다. 다음 날 라모나 린데만은 자기가 빌려주었던 케이크판 두 개를 찾으러 다시 들렀을 때 부엌에서 피가 튄 자국을 목격했다. 오랫동안 아내에게 모욕을 당하며 살아온 테오 라이펜라트가 자녀들이 돌아간 뒤에 아내를 죽였을까?

"참!" 피아는 아까 카이가 전화로 안네그레트 뮌히의 실종에 대해 말해준 것이 떠올라 걸음을 멈췄다. "깜빡 잊을 뻔했네! 시랍 시체 신원 하나 나왔어요!"

피아는 급히 레머 박사에게 들은 이야기를 들려주었다. 보덴슈타인도 꽤 놀란 듯했다. 20년도 넘었지만 그도 그 수수께끼 같은 사건을 기억하고 있었다. 수사가 미궁에 빠지면서 담당수사관들에게 악몽이 된 사건이었다. 호프하임 강력반이 미제사건까지 담당하게 되면서 보덴슈타인은 은퇴한 동료들에게 문의를 받는 일이 많아졌다. 자신들이 끝끝내 밝혀내지 못한 살인사건이나 실종사건에 진척이 있는지 물어오는 것이다. 인간의 추악한 밑바닥과 대면하면서도 매번 앞으로 나아갈 힘을 주는 것, 보덴슈타인에게 그것은 정의에 대한 갈망이었다. 죽임을 당한 피해자들에게 이름을 찾아주고 수십 년 전 일어난 강력사건을 해결해 유족에게 확신을 주는 것, 그는 거기서 보람을 느꼈다. 수사관이 아닌 다른 직업에서는 찾기 힘든 보람이었다. 안식년을 갖는 동안 형사 일을 그만두고 다른 일을 할까 고민해봤지만 아무리 봐도 강력범죄 해결만큼 의미 있고 중요한 일은 없었다. 특히 다른 형사들이 달라붙었다 실패한 미제사건들, 차갑게 식어버린 오래된 사건들은 어려운 도전이었다. 그런데 사건수사 중 이런 콜드케이스가 슬슬 드러날 조짐을 보이니 더 흥분되지 않을 수 없었다.

"레머 박사가 확실하대?" 그가 물었다.

"백 퍼센트 확실하대요." 피아가 대답했다. "카이가 사건파일을 읽어보더니 기억난다고 하더라고요. 그리고 안네그레트 뮌히도 어머니 날에 실종됐어요. 리타 라이펜라트가 실종되기 2년 전이에요!"

"그건 우연일 수도 있지." 보덴슈타인이 말했다.

"라이펜라트의 범행동기일 수도 있죠!" 피아가 반박했다. "아까 린데만 부인도 그랬잖아요. 리타 라이펜라트는 어머니날을 크리스마스나 생일보다 더 챙겼다고요. 그리고 테오 라이펜라트는 그걸 엄청나게 싫어했고요. 자녀들이 다 커서 나간 뒤에도 어머니날에 모두를 초대했다잖아요. 옛날에 그 아이들에게 한 짓을 생각하면 거의 미친 행동이지만요."

"만약 그 말이 다 맞다 쳐도 심리학을 모르는 우리가 섣불리 판단할 일은 아니야. 전문가를 불러서 의견을 듣는 게 좋겠어." 보덴슈타인이 말했다. "동생한테 물어보는 게 어때? 전화 한번 해봐."

피아가 두려워하던 질문이었다. 안 된다고 해야 하는데 마땅히 댈핑곗거리가 없었다. 보덴슈타인과 오랫동안 함께했고 허물없는 사이였지만 그녀에게도 말 못 할 사정이 있었고 동생과의 불화가 그런 사정 가운데 하나였다.

보덴슈타인이 지역범죄수사국의 범죄분석팀이 아니라 킴을 먼저 떠올린 데는 다 그만한 이유가 있었다. 범죄분석팀과 일할 때 좋지 않은 경험을 했고, 더욱이 몇 년 전 킴이 두 건이나 도와준 적이 있기 때문이다. 킴은 인정받는 범죄심리학자일 뿐 아니라 미국 FBI에서 범죄행동분석을 맡아본 적도 있는 독일 최고의 프로파일러 중 한 사람이었다.

"연락해볼게요." 피아가 어쩔 수 없이 약속했다. "그런데 라이펜라트의 주소록에 있는 사람들과 얘기해보는 게 급선무예요. 라모나 린데만이 먼저 연락하기 전에요."

"그렇지." 보덴슈타인은 손목시계로 시간을 확인했다. "견사 밑에 콘크리트 기초를 만들었다는, 그 요헨인지 요아힘인지 하는 사람부터 만나보자고. 내가 보기엔 그 사람이 테오 라이펜라트와 가장 가까 운 관계였던 것 같아."

***

요아힘 보크트의 집은 호프하임의 다섯 지역 중 가장 작은 빌트작 센의 숲 바로 옆 막다른 길목에 있었다. 보덴슈타인이 가파른 도로 끝에 차를 세웠을 때 집 앞에 세워진 은색 SUV에서 웬 키 큰 남자가 어정쩡한 자세로 빠져나오고 있었다. 그는 차 뒤로 가서 작은 여행용 트렁크를 꺼내다가 보덴슈타인과 피아 쪽을 돌아보았다. 귀밑이 회 색으로 세기 시작한 짙은색 머리는 군인처럼 짧았고 관자놀이에서 뺨까지 왼쪽 얼굴 반 정도는 빨갛게 부어올라 있었다. 창백한 피부 위에서 피처럼 붉은 상처가 도드라져 보였다.

"절 찾아오셨습니까?"

"저희는 요아힘 보크트 씨를 찾아왔습니다만."

"제가 요아힘 보크트입니다." 그가 미심쩍은 얼굴로 그들을 쳐다보 았다. "누구시죠?"

"호프하임 경찰서 강력반에서 나왔습니다." 보덴슈타인은 주머니 에서 공무원증을 꺼내 보여주었다. 그러나 그는 거기에 눈길도 주지 않았다.

"전 보덴슈타인이고 이쪽은 동료인 산더 형사입니다."

"저희 양아버지 일로 오셨겠군요." 보크트가 얼굴에서 의심을 거두 며 말했다. "어제 형제에게 전화로 연락받았습니다. 전 그동안 상트페 테르부르크에 있었습니다."

"얼굴이 안 좋아 보이는데 휴가 다녀오신 건 아닌 것 같네요." 피아가 말했다.

"네, 비즈니스 출장이었습니다." 보크트는 들고 있는 트렁크 손잡이에 몸을 의지했다. "공항에 도착해서 호텔로 가는 중이었는데 제가 탄 택시가 트럭에 치였습니다. 차가 언덕 아래로 굴렀는데 다행히 뒷좌석에 앉았고 안전벨트도 매고 있어서 뇌진탕, 피멍, 몇 군데 찢어진 것 외엔 크게 다치지 않았습니다."

날이 많이 덥지 않은데도 그의 얼굴에 땀이 송송 배어나 있었고 눈은 열기로 번들거렸다. 몸 상태가 좋지 않은 게 분명했다.

"형제분과 통화할 때 아버님 시체가 열흘 이상 방치되어 있었다는 얘기도 들으셨습니까? 왜 그동안 들여다보는 사람이 아무도 없었을까요?"

"원래 제가 금요일에 도착해서 가볼 생각이었습니다. 가정부 이방카는 크로아티아에 갔고 전 사고 때문에 연락이 안 된 거죠." 그는 그제야 손님을 이렇게 대접해선 안 된다고 생각했는지, 아니면 이웃집 차고에서 목을 길게 빼고 쳐다보는 여자를 의식해서인지 집 안으로 들어갈 것을 권했다.

"길가에 서 있지 말고 들어오시죠."

그가 대문을 열고 앞장서자 피아와 보덴슈타인도 이끼 낀 콘크리트 보도로 그의 뒤를 따랐다. 집은 키 큰 전나무와 소나무에 가려져 있었다. 차고 옆에는 말 수송용 트레일러가 한 대 있었는데, 폴리에스테르 지붕 위에 전나무 낙엽이 두껍게 쌓인 걸로 봐서 오랫동안 사용하지 않은 듯했다. 정원 너머로는 작은 구조물이 멀리 보였다. 얼핏 보면 온실 같기도 했다.

"저게 뭐죠?" 피아가 물었다.

"잉어 연못입니다. 겨울에 태양광에너지로 난방을 하죠." 그는 미소를 지으려 했지만 상처 때문에 우거지상이 되고 말았다. "아내와 딸이 저기에다 거의 동물원을 차리다시피 했었죠. 고양이 네 마리, 앵무새 한 마리, 잉어, 개 한 마리, 말 한 마리."

보크트가 열쇠로 현관문을 열었다.

"어떤 직업에 종사하십니까?" 보덴슈타인이 물었다.

"공항 정보기술 부서에서 일하고 있습니다. 협력사 담당업무라 출장이 잦은 편입니다."

보크트가 문을 열자 검은 고양이 한 마리가 야옹거리며 널찍한 복도를 기어왔다. 그러나 모르는 사람들이 함께 있는 걸 보자 홱 돌아 캣타워 두 개 중 하나로 폴짝 뛰어 올라가버렸다. 보크트는 여행용 트렁크를 복도에 세워두고 부엌으로 갔다.

"출장 가시면 개는 어떻게 합니까?"

"우리 큰딸이 독립할 때 데리고 나가서 여기 없습니다. 개가 없어지니 허전하긴 한데 개에게는 잘된 일이죠. 마실 것 좀 드릴까요?"

보덴슈타인은 사양했고 피아는 고개를 끄덕였다.

"물 있으면 한잔 주세요."

보크트가 찬장에서 컵을 내리고 냉장고에서 물병을 꺼내는 동안 피아는 집 안을 유심히 살폈다. 보크트는 지중해식 라이프스타일을 선호하는 듯했다. 바닥에는 테라코타 타일이 깔려 있고 천장에는 지중해식 대들보, 부엌은 올리브나무로 만든 컨트리풍이었다. 벽에는 오렌지와 레몬을 그린 정물화 한 점과 캔버스에 사진을 인쇄한 액자가 여럿 걸려 있었다. 토스카나의 풍경, 라벤더 들판, 갈기가 멋진 안

달루시아 말 사진 등이었다. 거실에서 가장 시선을 끄는 것은 검은색 그랜드피아노였는데 그 위에 사진액자들이 즐비했다.

"안 그래도 테오에게 연락이 안 돼서 걱정하던 참이었습니다." 보크트는 목이 말랐던 듯 물을 벌컥벌컥 들이켠 후 말했다. "며칠씩 전화를 안 받는 일이 있긴 했는데 이번엔 메시지를 남겨도 다시 전화가 오지 않아서 이상하다 했습니다. 그래서 라모나에게 전화를 걸어서 한번 들여다보라고 할 생각이었는데 그 집도 휴가를 갔더라고요. 앙드레도 마찬가지였고요."

"정황상 도둑이 들었던 것 같아요." 피아가 말했다. "차도 사라졌거든요."

"시신의 부패상태가 심해서 아직 얘기할 수 있는 게 많지는 않습니다만 외인사일 가능성도 있습니다." 보덴슈타인이 덧붙였다. "어쨌든 개를 견사에 가둔 사람이 있을 테니까요."

"세상에, 어떻게 그런 일이!" 보크트는 꽤 놀란 기색이었다. "테오를 발견한 사람은 누구입니까?"

"신문배달부요." 피아가 대답했다.

"벡스는 지금 어디 있습니까? 살아 있습니까?"

"거의 아사상태로 견사에 갇혀 있는 걸 발견했어요." 피아가 말했다. "게르만 박사가 데려가서 돌봐주고 있어요."

"불행 중 다행이군요." 보크트는 한숨을 내쉬며 부엌 의자에 앉았다. "아버지는 어디서 발견된 겁니까?"

"부엌에 있는 긴 소파에서요." 피아가 대답했다.

"가엾은 양반……. 고통스럽게 가신 게 아니었으면 좋겠군요. 죽음은 두렵지 않지만 죽는 일이 두렵다 하셨죠."

그는 눈가에 이슬이 맺힌 채 고개를 돌리고 감정을 추스르려 애썼다. 라모나 린데만, 프리트요프 라이펜라트와 달리 양아버지의 죽음을 진심으로 슬퍼하고 있었다.

"테오 라이펜라트 씨를 살뜰히 보살피신 것 같은데……." 보덴슈타인이 물었다. "친아들은 아니시죠?"

"아닙니다. 라이펜라트 집안엔 딸 하나뿐이었는데 아주 젊은 나이로 죽었습니다. 전 직업상 이곳저곳을 많이 돌아다녀야 해서 테오와 거의 연락을 못 하고 지냈습니다. 생일과 크리스마스에 전화만 했었죠. 테오는 사실 편하게 대할 수 있는 사람이 아니었습니다. 고집이 세고 사람을 잘 믿지 못합니다."

"그런데 보크트 씨는 예외였단 말이죠?"

"어쩔 수 없는 면도 있었지만 몇 년 전부터는 그런 셈이었죠. 나이가 드시니까 여기저기 도움이 필요하단 걸 깨달으신 겁니다. 예를 들어 세금, 은행 관련한 일과 관공서 가는 걸 귀찮아하셨거든요."

"라이펜라트 씨의 양자로 온 게 몇 살 때였습니까?"

"다섯 살이었습니다." 보크트가 대답했다. "신생아 때 바로 입양되지 않으면 나이가 들수록 입양기회가 점점 줄어듭니다. 저도 라이펜라트 씨 댁에서 받아주지 않았다면 유년기와 청소년기를 보육원에서 보내야 했을 겁니다. 전 잘 지냈습니다. 적어도 보육원보다는 나았어요. 인문계 고등학교에도 진학했고 졸업시험에 합격해서 대학공부도 할 수 있었습니다. 가족, 부모라는 걸 가질 수 있었던 것에 대해 지금도 테오와 리타에게 감사히 여기고 있습니다."

"함께 자란 형제들과는 연락하십니까?"

"대부분은 연락이 안 됩니다. 가끔이라도 테오를 찾아가는 사람은 라모나, 사샤, 앙드레, 저 정도입니다."

"프리트요프 라이펜라트는요?"

"프리트요프는 모든 비용을 댑니다. 이방카의 월급도 포함해서요."

"프리트요프 라이펜라트와 사이가 좋습니까?"

"그럼요. 어릴 땐 가장 친한 친구였는걸요. 나이도 같고 초등학교 때부터 고등학교 졸업할 때까지 계속 같은 반이었습니다. 지금도 좋은 친구이긴 합니다만 예전처럼 자주 만나진 못하죠."

"금고 비밀번호 아십니까?"

"비밀번호는 필요 없습니다." 그의 입가에 살짝 미소가 번졌다. "항상 열려 있거든요. 제가 걱정된다고 하니까 어차피 중요한 것도 안 들었고 도둑은 개가 쫓아주니 괜찮다고 하시더라고요."

"그럼 라이펜라트 씨는 값나가는 물건을 어디에 보관했습니까?"

"테오에게 값나가는 물건이 있는지 모르겠네요." 보크트가 어깨를 으쓱했다. "땅 판 돈은 은행에 들어 있습니다."

"아마 많이 남아 있진 않을 겁니다. 며칠 새 예금계좌에서 25,000 유로가 인출됐거든요. 카드 비밀번호를 아는 사람이 누가 있을까요?"

"이방카요. 주기적으로 은행 심부름을 했거든요." 보크트가 대답했다. "그리고 쪽지에 적어서 지갑에 넣고 다니기도 했습니다."

세상엔 그렇게 경솔하게 행동하는 사람이 많다. 피아가 본 사람 중에는 실제로 카드에 유성매직으로 비밀번호를 적어놓은 사람도 있었다.

"견사 밑에 콘크리트판 말입니다." 보덴슈타인이 화제를 바꿨다. "린데만 씨 말로는 거기 콘크리트를 부은 사람이 보크트 씨일 거라고 하던데요?"

갑자기 화제가 바뀌자 보크트는 피아와 보덴슈타인을 번갈아 쳐다보았다.

"네, 그렇긴 한데 아주 오래전 일입니다."

"그게 언제입니까? 기억나십니까?"

"여름이었습니다. 막 휴가지에서 돌아온 다음이었어요. 아이들도 아직 어렸고요." 그가 기억을 더듬으며 말했다. "그런데 그걸 왜 물으시죠?"

"콘크리트 바닥 밑에서 시체 세 구를 발견했습니다." 보덴슈타인이 대답했다.

"네?" 요아힘 보크트는 이해가 안 간다는 듯 상대를 쳐다보았다. 잠시 침묵이 이어졌다. 곧이어 그는 한 손으로 자신의 입을 틀어막았다. 그의 표정은 당황스러움에서 상황파악으로, 그러고는 경악으로 바뀌었다.

"그래서 지금 저를 의심……? 세상에!"

"아직 아무도 의심하지 않습니다. 하지만 현재로선 테오 라이펜라트 씨가 관련돼 있다고 볼 수밖에 없습니다."

보크트는 충격에서 헤어나려 애쓰는 표정이었다.

"처음으로 이탈리아에 여행 갔을 때였습니다. 토스카나였습니다. 1998년이었을 겁니다. 아니면 1997년이었을 수도 있겠네요. 이건 아내에게 물어봐야 확실히 알겠습니다. 돌아올 때 테오에게 줄 올리브 오일과 레드와인 한 상자를 사왔습니다. 그래서 차에서 짐을 내리자마자 테오에게 갔습니다." 보크트는 잠시 말을 멈추고 기억에 집중했다. 시간이 지나 되돌아보면 사소한 사건 하나도 완전히 다른 의미로 다가올 때가 있다. 그는 갈라진 목소리로 다시 입을 열었다. "테오가 절 쳐다보지도 않기에 다시 집으로 가려고 했던 기억이 납니다. 그러다 갑자기 테오가 말하더군요. 예전부터 넓은 놀이공간이 딸린 견사를 갖고 싶었다고요. 그때까지는 개들을 항상 회사 마당에 풀어놓았었거든요. 그런데 회사부지를 임대할 생각이고 개들을 집 가까운 데 두고 싶다고 했습니다. 그래서 제가 차고에 만들면 되겠다고 했죠. 바닥이 콘크리트로 돼 있으니 철망만 치면 되니까요. 그런데 테오는 개들을 부엌 쪽에 두고 싶다고 했습니다. 사샤와 앙드레가 이미 철쭉나무를 옮겨 심고 구덩이를 파기 시작했는데 갑자기 나타나질 않는다면서 혼자 어떻게 하느냐고 투덜댔습니다. 이미 혼합 시멘트가루, 콘크리트 형틀, 철제 울타리까지 다 배달된 상태였고요. 제가 설명했습니다. 콘크리트는 그냥 땅 위에 막 붓는 게 아니라고요. 전 테오가 왜 그렇게 서두르는지 이해할 수가 없었습니다. 사람 불러서 제대로 하자고 설득하다가 거의 싸울 뻔했죠. 테오가 한번 고집을 부리면 아무도 못 막거든요." 그는 말을 멈추고 어쩔 줄 모르겠다는 듯 손짓했다. 눈가가 다시 촉촉이 젖어 있었다. "정말 믿을 수가 없네요! 제가 땅에 콘크리트 붓는 걸 보면서 도대체 무슨 생각을 했을까요?"

잘 안다고 생각했던 사람이 무슨 짓을 저질렀는지 알게 됐을 때 살인자들의 가족이 느끼는 씁쓸한 배신감을 피아는 새삼 확인할 수 있었다. 사람들의 동정심은 피해자의 유족에게로 한정될 뿐 살인자의 가족에게는 해당되지 않는다. 그들은 그 황당함과 수치심을 오롯이 홀로 견뎌내야 한다.

"아버님이 그 시체들과 연관이 있는지 아직 확실히는 모릅니다." 보덴슈타인이 한마디했다.

"그럼 대체 누가…… 누가 거기 가서 그런 짓을 했단 말입니까?"

보크트의 손이 떨렸다.

"보크트 씨, 물 좀 드세요." 피아가 말했다. 그의 상태가 좋아 보이지 않았다. "아니면 집에 뭐 다른 게 있나요? 코냑을 드시면 좀 나을 텐데."

"코냑이요?" 보크트는 마치 마비되었다 풀린 사람처럼 피아를 쳐다보았다. "아, 그렇지, 거실에 가시면 고양이 스크래처 옆 장식장에 있습니다."

장식장 안에는 다양한 종류의 술이 진열되어 있었다. 피아는 프랑스산 코냑 한 병을 들고 부엌으로 돌아왔다.

"글쎄요……. 시체를 묻는 데 시간이 얼마나 드는지는 모르겠지만 하루 종일 걸리진 않을 거 아닙니까?" 보크트가 한창 얘기하는 중이었다. "당시엔 테오가 이따금 바깥출입을 할 때였습니다. 테오가 집을 비운 사이 누군가 들어가서 묻고 나왔을 수도 있죠." 양아버지에 대한 의심을 덜려는 요량으로, 피아와 보덴슈타인에게라기보다 자기 자신에게 하는 말이었다. 가까운 사람이 크게 의심받게 될 때 사람들이 보이는 전형적인 반응이었다. 피아는 찬장에서 꺼낸 잔에 손가락 두 마디만큼 술을 따라 요아힘 보크트 앞에 내밀었다.

"드세요." 피아가 말했다. "좀 나을 거예요."

"고맙습니다." 보크트는 단숨에 술잔을 비운 다음 눈을 질끈 감았다. "실례했습니다."

"괜찮아요." 피아는 그렇게 말하고 다시 보덴슈타인 옆자리에 앉았다. "질문 몇 가지 더 해도 될까요?"

"네, 네, 물론입니다." 코냑의 효능이 나타나는지 그의 얼굴에 약간 화색이 돌았다. "프리트요프는 알고 있습니까?"

"아직 얘기 안 했어요. 내일 로스앤젤레스에서 돌아온다고 하니 그때 얘기해야죠."

그들은 보크트가 정신을 차리도록 잠시 더 시간을 주었다.

"열쇠를 가지고 주기적으로 라이펜라트 씨를 찾아간 사람은 누구였나요?" 피아가 물었다.

"제가 하나 가지고 있고요." 보크트가 대답했다. "프리트요프, 그리고 물론 이방카도 가지고 있습니다. 아마 빌리 게르만에게도 하나 있을 겁니다."

"게르만이요? 빌리 게르만이 수의사 게르만 씨와 가족인가요?"

"네, 빌리는 수의사 라이크의 아버지입니다. 테오의 가장 친한 친구였죠."

"라이펜라트 씨 땅에 출입할 수 있는 사람은 누구누구였나요? 제 말은 현재 상황뿐 아니라 지난 25년간이요."

"25년간이요?" 그 숫자의 의미를 깨달은 보크트의 얼굴에 다시금 충격의 그림자가 비쳤다. "글쎄요……. 정확히는 모르겠습니다. 테오의 사육자 친구들이 들락거렸고 한동안은 병입시설도 임대했었으니까요."

"리타 라이펜라트는 지금까지 실종상태입니다." 보덴슈타인이 말했다. "아직도 유해가 발견되지 않았어요."

"그 말씀은…… 그러니까 견사 밑에 그 시체가……?" 그는 차마 말을 맺지 못했다.

피아는 정신적 충격을 받은 사람에게 질문을 계속하여 마음을 헤집어놓는 것을 부당하다고 여기곤 했다. 그러나 다른 한편으로는 바로 그럴 때, 즉 이성이 정보를 여과시키지 못할 때 가장 참된 정보를 얻을 수 있다는 것도 알았다.

"리타 라이펜라트가 실종된 날을 기억하시나요?" 보크트가 이미 그들이 알고 있는 몇몇 이름을 언급한 뒤에 피아가 물었다.

"아니요. 전 그날 거기 없었습니다." 그가 답변했다. "그때 전 슈투트가르트에 살고 있었는데 전화해서 못 간다고 하니 실망하더군요. 리타는 어머니날에 모두 모이는 걸 좋아했거든요. 세월이 지나면서 어머니날이 되면 자녀 몇 명이 가족동반으로 모여 커피타임을 가지는 게 관례처럼 됐죠. 프리트요프가 오라고 했는데 슈투트가르트에서 타우누스까지 먼 길을 가기가 싫더군요. 그날 리타와 테오가 싸웠나 보더라고요. 원래도 두 사람 사이엔 싸움이 끊이지 않았어요. 테오가 술집에 틀어박혀 종일 낮술을 마셔서 리타가 엄청나게 화났다고 들었습니다. 며칠 뒤 프리트요프에게 전화가 왔는데, 그날 밤 리타가 자살했다는 말을 듣고 믿지 못했습니다." 보아하니 리타 라이펜라트의 자살을 믿는 사람은 아무도 없는 듯했다. 피아는 사건파일을 요청해서 당시 담당자를 찾아내야겠다고 마음먹었다. "린데만 부인은 그다음 날 부엌에서 피가 튄 자국을 봤다고 하던데요."

"우리 모두에게 그렇게 말했었죠." 보크트는 손사래를 치며 말을 이었다. "그럼 리타의 자동차가 왜 다른 곳에서 발견됐는지 설명이 안 되지 않습니까?"

"테오에게 도움을 준 사람이 있었을 수도 있지요." 보덴슈타인이 말했다. "예를 들어 클라스 레커 같은 사람이요."

"클라스요?" 보크트는 깜짝 놀란 눈빛으로 그를 쳐다보았다. "맞습니다. 그날 클라스도 거기 있었습니다. 출입금지 상태였는데도 말이에요."

"익사한 여자아이 때문에요?"

"이미 많이 알고 오셨군요." 보크트가 고개를 끄덕였다. "네, 리타는 당시 그 익사와 클라스가 관련 있다고 믿었습니다."

"그럼 테오는요?"

"글쎄요." 보크트는 어깨를 으쓱했다. "클라스는 어려서부터 테오의 비위를 잘 맞췄습니다. 맘만 먹으면 아주 상냥하게 굴거든요. 오랫동안 공항에서 엔지니어로 일했는데 테오가 보기엔 괜찮아 보였던 모양입니다. 리타가 자살한 뒤에는 주기적으로 테오를 찾아갔습니다. 알고 보니 그동안 쭉 연락하고 있었더라고요."

"실제로 라이펜라트 씨 댁에 오래 있진 않았었죠?"

"네, 몇 년 안 있었죠." 보크트가 수긍했다. "라모나나 저처럼 오래 있진 않았습니다. 하지만 우리와 마찬가지로 친아버지가 누군지 몰랐어요. 우리에게 테오는 유일한 아버지 캐릭터였습니다. 어쨌든 테오는 클라스를 좋아했어요. 그래서 나중에 클라스와 앙드레가 카센터를 차린다고 했을 때 병입공장을 임대해준 겁니다."

"클라스 레커는 엔지니어라고 하지 않았나요?"

"맡고 있던 프로젝트가 끝나자 직장을 그만뒀습니다. 클라스와 앙드레는 어려서부터 낡은 자동차 뜯는 걸 좋아했거든요. 어른이 되어서도 그걸 밥벌이로 삼은 거죠. 올드타이머를 전문으로 하는 카센터였는데 앙드레는 지금도 하고 있어요. 꽤 성공했다고 들었습니다."

그때 휴대전화의 진동음이 났다. 피아는 액정화면을 확인했다.

카이였다. '수색대가 유해 한 구 더 발견. 현장으로 가주기 바람.' 도대체 얼마나 많은 시체가 더 나올까 하는 생각에 피아는 등골이 서늘해졌다.

"알았어. 여기 거의 끝나가. 우리 갈 때까지 발굴하지 말고 기다리라고 해줘."

피아는 답장을 보낸 후 보덴슈타인에게 카이의 메시지를 보여주었다. 보덴슈타인은 표정 변화 없이 그것을 읽었다.

"형제들 사이에 다툼도 곧잘 있었다고 들었습니다." 보덴슈타인이 보크트에게 말했다. "그에 관해 뭐 아시는 거 있습니까?"

"네, 클라스 주변엔 늘 분란이 끊이지 않았습니다."

"어떤 면에서요?"

"앞뒤 가리지 않는 성격입니다. 규칙 같은 것도 전혀 개의치 않고요. 자기중심적으로 사고하기 때문에 타인의 감정 같은 건 안중에도 없습니다."

"클라스 레커에게 괴롭힘을 당한 사람도 많았다던데……." 피아가 말했다. "레커보다 나이가 어리시죠? 본인도 당한 적이 있나요?"

보크트는 어깨를 으쓱했다.

"네, 아이스박스에 갇힌 적이 있습니다."

"왜요?"

"모릅니다." 보크트는 얼굴을 찡그렸다. "클라스에게 이유 같은 건 없었습니다. 그냥 하고 싶은 게 있으면 앞뒤 안 보고 일을 벌이는 유형입니다. 아무도 자기를 건드릴 수 없고 자기가 하는 일은 무조건 옳다고 생각하죠. 아마 그래서 정신병원에 가게 됐겠지만요."

"지금은 레커와 어떤 관계인가요?"

"별로 좋아하지 않습니다. 클라스도 마찬가지고요." 보크트는 생각에 잠긴 표정으로 입술을 다물었다. "하지만 정신병원에서 나온 다음 잘 데가 없다고 전화가 와서 며칠 저희 집에 묵게 해줬습니다."

"그런 일을 당했는데도요?" 피아가 놀라서 물었다.

"30년 전 일인걸요."

"사람의 핵심적인 본성은 변하지 않습니다." 보덴슈타인이 말했다. "오히려 시간이 지나면서 긍정적인 면보다 부정적인 면이 더 발달하는 경향이 있지요. 혹시 아직도 레커에 대한 두려움이 남아 있어서 부탁을 거절하지 못한 건 아닙니까?"

피아는 3년 전 루퍼츠하인에서 일어난 사건을 떠올리지 않을 수 없었다. 보덴슈타인이 과거와 맞닥뜨리게 된 사건이었다. 그때 피아는 어릴 적 친구들과 관련해 보덴슈타인에게 비슷한 의심을 품은 적이 있다. 그래서 보크트의 반응이 더 궁금했다. 그는 짙은 눈동자를 보덴슈타인에게 고정한 채 생각에 잠겨 있었다.

"프리트요프도 똑같이 말했었죠." 이윽고 그가 입을 열었다. "어쩌면 그 말이 옳을 겁니다. 클라스 같은 사람을 적으로 두고 싶은 사람은 없으니까요. 그리고 클라스가 무슨 짓을 할 수 있는 사람인지 잘 아니까요."

***

유골은 풀밭에 있는 구덩이 속에 웅크리고 앉은 자세로 발견됐다. 벽돌마감을 한 둥글고 긴 구덩이였다. 구덩이 위에는 철제 구조물이 세워져 있고 그 위로 넝쿨장미가 뻗어 있었다. 구멍을 덮은 육중한 무쇠 뚜껑 위에는 20센티미터도 넘는 흙이 쌓여 있었고 풀이 무성하게 덮여 있었다. 감식반은 그것들을 조심스럽게 들어냈다.

"이게 뭡니까?" 보덴슈타인이 물었다.

"오래된 우물이에요." 20대 후반의 지오레이더 기술자가 껌을 씹으며 대답했다. 꽁지머리에 안경을 쓰고 덥수룩한 수염을 길렀으며 플란넬 셔츠에 두꺼운 가죽군화 차림이었다. "이런 거 자주 나옵니다."

그는 유골을 보고서도 아무렇지 않은 표정이었다. 그건 타리크 오마리 경사에게 GPR 모니터를 가리키며 기계의 성능을 떠들어대고 있는 그의 동료도 마찬가지였다. 그는 2차대전 당시의 폭탄, 수도관, 지하 케이블, 불법 무덤 등 지표면의 모든 변화를 지하 40미터까지 감지해낼 수 있다고 주워섬겼다.

저 냉소적인 젊은이들을 감동시킬 수 있는 게 과연 이 세상에 존재할까? 피아는 팀 동료 중 그런 사람이 없는 게 다행이라 여기며 법의학연구소에 전화를 걸어 누군가 받기를 기다렸다.

"얼마나 오래된 우물일까요?" 보덴슈타인이 물었다.

"몰라요." 안경 쓴 남자가 말했다. "엄청 오래됐겠죠, 뭐. 저 밑에 보면 다 말랐잖아요."

"그 장난감 같은 거 가지고 다른 데로 좀 가요!" 크뢰거가 터프가이 차림의 남자들을 쫓으며 팔을 내둘렀다. "구덩이 위에 천막을 쳐야 한다고!"

"장난감이라니? 이건 그 유명한 GPR TX……." 안경 쓴 수염이 열받을 참이었으나 크뢰거가 대꾸도 없이 다른 곳으로 가버리자 이내 머쓱해져 입을 다물었다. 그리고 혼자 입속으로 욕설을 섞어 중얼거리기 시작했다. 피아는 쌤통이다 싶으면서도 괜스레 다행스럽게 느껴졌다. 상처받은 허영심의 표현이라도 그가 감정을 드러낼 줄 안다는 것이 반가웠기 때문이다. 그녀는 요즘 젊은이들이 작은 것도 참지 못하고 즉각 반응한다고 느낀 적이 많았다. 안경 쓴 수염도 겉으로는 터프한 척해도 실상 예민하고 소심한 청년일 따름이었다.

"서둘러!" 크뢰거가 감식반원을 재촉했다. "저기 벌써 드론이 떴잖아!"

"웬 드론?" 피아가 헤닝의 휴대전화로 다시 전화를 걸며 물었다.

"요즘 구경꾼들은 멀리서 찍는 폰 사진으로는 만족을 못 해요. 교통사고 나거나 화재 발생했을 때 어딘지 소방관들 얘기 들어보면 아주 가관이라니까!" 크뢰거가 씩씩거리며 하늘을 가리켰다. "저기! 저기 하나 떴네!"

실제로 작은 비행물체가 산봉우리 위에서 윙윙거리고 있었다.

"타리크!" 피아가 동료를 불렀다. "저 드론 좀 못 날리게 해봐!"

그녀는 천막이 다 쳐지길 기다렸다가 흰색 오버올을 입고 옛 우물 속으로 내려갔다. 녹슨 철계단이 열 개쯤 벽돌 벽에 박혀 있었다. 피아는 체중을 싣기 전 계단 하나하나를 점검하듯 밟아보며 천천히 내려갔다. 콘크리트 바닥은 1.5미터 정도 됐다. 그녀는 허리를 굽혀 바닥의 거친 표면을 만져보았다.

"완전히 말랐네." 그녀가 말했다. 뒤따라온 크리스티안 크뢰거는 손전등으로 바닥과 벽을 여기저기 비추었다.

그녀는 유골 옆에 바짝 쭈그리고 앉았다.

"여기 좀 비춰줘!"

허연 유골 옆에 먼지가 잔뜩 낀 병이 놓여 있었다. 피아는 라텍스 장갑을 끼고 조심스럽게 병을 들었다. 그리고 라벨이 보이도록 돌렸다.

"가끔은 멈(프랑스산 샴페인―옮긴이)이 필요할 때도 있지." 크뢰거의 농담에도 피아는 웃을 수 없었다. 그녀는 더 깊이 몸을 숙이고 유골의 손가락 마디 사이를 찬찬히 살폈다. 이윽고 원하던 것을 발견했다.

"누군가 이 여자를 무덤에 처넣으면서 샴페인 한 병을 들려준 거야?" 피아는 일어나 청바지에 묻은 먼지를 털었다. "인간적으로 너무했네!"

"여자한테?" 크뢰거가 물었다.

"내 생각엔 리타 라이펜라트를 찾은 것 같아." 피아가 말했다. 그리고 손바닥을 펼쳐 먼지 낀 금반지를 보여주었다. "여기 결혼반지."

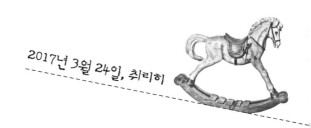

2017년 3월 24일, 취리히

　정말 내키지 않았지만 피오나는 어머니가 남긴 일기장을 읽어보았다. 절로 한숨이 나왔다. 아기를 갖고자 하는 어머니의 소망은 거의 집착에 가까웠다. 임신하기 위해 안 해본 짓이 없었다. 그러다 이 평생의 소원을 들어줄 의사를 취리히 대학병원에서 만나게 됐다. 문제는 그 방법이 평범하지 않다는 데 있었다.

　"정말 너무해!" 피오나는 1994년 11월 11일 일기에서 신생아였던 그녀를 어머니에게 넘겨준 의사의 이름을 드디어 찾아냈지만 바로 절망하며 한숨을 내쉬었다. 마르티나 슈미트! 이보다 더 평범한 이름이 있을까! 검색엔진에 돌려보니 4백만 개의 결과가 나왔다. 뒤에 박사를 붙여도 1백만이 줄어들 뿐이었다. 혹시 진짜 이름이 아니라면? 불법 행동이 탄로 날까 봐 어머니와 의사가 짜고 가짜 이름을 사용한 게 아닐까? 피오나는 난감한 표정으로 컴퓨터 화면을 응시했다.

갈 곳을 찾지 못한 손가락이 자판 위를 헤맸다. 잠시 궁리했다. 그리고 검색어에 취리히 대학병원, 산부인과를 추가했다. 그러자 결과가 3만 개 정도로 줄어들었다. 그러나 딱 맞는 결과는 없었다. 이번에는 '마르티나 슈미트 박사', '산부인과', '재생의학'으로 해보았다. 허탕이었다! 인터넷은 별 도움이 되지 않았다. 해킹 같은 건 할 줄도 몰랐다. 어차피 1994년에는 아직 웹사이트가 없었으리라. 의사의 실명이 마르티나 슈미트인지 확신할 수 없는 상태에서 이러고 있는 건 시간 낭비다. 그녀는 한동안 식탁 앞에 멍하니 앉아 있었다. 그리고 그냥 취리히 대학병원에 물어보기로 결정했다. 운이 좋다면 23년 전부터 병원에 근무해온 사람을 만날 수도 있으리라. 만일 이번에 찾지 못하게 된다면 친부모 찾는 일을 일찌감치 포기하고 그냥 자신의 삶을 살 생각이었다. 취리히 플룬테른에서 태어난 피오나 피셔로서의 삶을.

30분 뒤 피오나는 취리히 대학병원 산부인과 건물에 들어섰다. 그 건물은 취리히에서 흔히 볼 수 없는 고층건물이었고 대학부지가 경사진 곳에 위치한 덕분에 취리히에서 가장 인상적인 건물 중 하나로 꼽혔다. 취리히베르크에서 걸어서 내려오는 길에 피오나는 좋은 생각이 떠올랐다. 이렇게 하면 그 의문의 마르티나 슈미트 박사를 찾을 가능성이 더 커질 것 같았다. 접수처 직원은 푸근한 인상의 60대 여자로 코리나 맨들리라는 이름표를 달고 있었다. 피오나는 2주 전에 어머니가 돌아가셨는데 유품 중에 마르티나 슈미트 박사 앞으로 된 편지가 나왔다, 어머니의 삶에서 아주 중요한 분이라 편지를 꼭 전달하고 싶다고 말했다. 피오나의 사연을 들은 코리나 맨들리는 매우 협조적으로 나왔다.

"저희 엄마가 아기를 못 가져서 이 병원에 다니셨거든요." 피오나가 말했다. "그런데 마르티나 슈미트 박사님 도움으로 마침내 아기를 가질 수 있게 됐고 그 결과물이 바로 저예요." 그녀는 슬픈 미소를 지으며 한숨을 푹 쉬었다. "인터넷으로 찾아보려고 했는데 도저히 안 되겠더라고요."

"그렇죠, 워낙 흔한 이름이니까." 코리나 맨들리가 고개를 끄덕였다. "그분이 언제 여기서 근무하셨다고 했죠?"

"제가 1995년에 태어났으니까 1994년은 확실해요." 피오나가 말했다. "그전부터 계셨을 수도 있고요."

"그럼 내가 알았을 텐데. 내가 여기서 근무하기 시작한 게 1993년 3월이거든요. 그런데 이름만 듣고서는 생각이 안 나네." 코리나 맨들리는 잠시 생각하더니 전화번호 목록을 들여다보고는 수화기를 들고 짧은 번호를 눌렀다. 그녀는 누군가와 통화를 했고 주위에서 다른 전화기들이 끊임없이 울리는데도 개의치 않고 다른 번호로 연결될 때까지 기다렸다. 그리고 통화 상대에게 피오나가 지어낸 이야기를 전하기를 두 번 더 반복했다. 갑자기 그녀의 표정이 밝아졌다. 그녀는 피오나에게 한쪽 눈을 찡긋하며 엄지손가락을 추켜세웠다.

"아, 그래?" 그녀가 수화기에 대고 말했다. "확실한 거야? 음…… 그럼 알지. 그게 언제였는지도 기억나? 아, 그래…… 알았어. 메르시."

희망이 보였다. 피오나는 조바심이 나는 것을 꾹 참고 겸손한 미소에 인상이 일그러지지 않도록 애썼다.

"작은 도움은 줄 수 있겠네요." 코리나 맨들리가 만족스러운 미소를 지으며 말했다. "당시 슈미트 박사님은 우리 병원에서 산부인과 전문의과정을 밟고 있었어요. 1995년 여름에는 바젤란트에 있는 재생의학 및 여성 내분비내과 전문 개인병원으로 옮겼고요. 아직도 거기 근무하시는지는 모르겠네요.”

“그건 제가 알아볼게요! 정말 큰 도움이 됐어요.”피오나가 말했다.
“고맙습니다, 정말 고맙습니다!”

“도움이 돼서 다행이에요. 그리고 어머니는 돌아가셨지만 힘내요.”

코리나 맨들리는 그 개인병원의 주소를 찾아주었다. 커다란 진전
이었다. 피오나는 집으로 가는 길에 친어머니를 상상해보았다. 나와
생김새가 닮았을까? 무슨 이유로 생판 모르는 사람에게 자기 자식을
줘버렸을까? 그녀의 삶에 무작정 쳐들어가도 되는 걸까? 그녀에게
다른 가족이 있고 그 가족이 자신에 대해 전혀 모른다면? 형제자매
가 있을지도 모른다는 생각에 피오나는 가슴이 뛰었다. 여동생을 갖
는 게 평생소원이었는데, 그 소원이 정말로 이루어질지도 모른다!

✳✳✳

“언니, 여기 전화 잘 안 터져.”킴은 잘 지내냐는 인사도 없이 불쑥
말했다. 어쨌든 피아의 전화번호를 지우지는 않은 모양이었다. “가다
보면 아예 연결이 끊길지도 몰라.”

“괜찮아.”사실 피아는 킴이 전화를 받으리라고 기대하지도 않았
다. “잘 지내니?”

“응.”킴의 대답이 돌아왔다. “뭐 도와줄 거 있어?”

그녀의 말투는 콜센터 여직원만큼 사무적이었다. 킴이 별로 자기
얘기를 하고 싶어 하지 않는 것 같아 피아는 바로 본론으로 들어갔다.

“사건이 하나 터졌는데 너랑 얘기해보고 싶어서 전화했어.”

“무슨 사건인데?”

피아는 언쟁이 있기 전에 킴과 함께 사건에 대해 상의하곤 했었다. 어떻게 접근해야 할지 감을 잡지 못할 경우 킴은 좋은 의논 상대였다. 피아는 킴의 객관적이고 분석적인 사고와 범죄심리학에서 쌓은 경험을 높이 평가했다. 수사에 옳은 방향을 제시하는 결정적인 조언도 여러 번 받았다.

"아무래도 연쇄살인범인 것 같아. 25년간 최소 세 명의 여자를 죽인 사람이야."

"아, 그래." 킴이 짧게 대꾸했다.

"화요일에 자기 집에서 죽은 지 2주 된 노인을 발견했거든." 피아가 설명했다. "그 집 땅 밑에서 유해 세 구가 나왔어. 그중 두 구는 시랍화된 시체인데 아마 랩으로 싸서 그리된 것 같아. 그리고 아까 옛 우물 속에서 유골이 나왔어."

"음."

보아하니 적극적인 대화로 발전되기는 힘들어 보였다. 아니면 옆에 사람이 있어서 통화하기 힘든 걸까?

"오늘이나 내일 한 시간 정도 시간 있니?" 피아가 물었다.

"쏘리, 안 되겠는데." 킴이 딱 잘라 말했다. "책상에 일이 산더미처럼 쌓였어."

아무리 바쁘다 해도 지나치게 분명한 거절이었다. 게다가 어제 아침 호프하임에 왔던 일에 대해선 일언반구도 없었다.

"그래, 알았어. 할 수 없지." 피아는 실망한 티를 내지 않으려 했다. 두 사람 사이에 안 좋은 일이 있었는데 킴이 모든 걸 제쳐두고 시간을 내주리라고 생각한 게 잘못이었다. 은근히 그래주길 속으로 바랐지만.

"쏘리, 요새 너무 생각할 게 많아서 그래." 킴이 말했다.

"괜찮아." 피아가 말했다. 그녀는 말끝마다 '쏘리, 쏘리' 하는 걸 무척 싫어했다. "저기 근데……."

"나 지금 전화 들어와, 쏘리. 끊을게."

"알았어. 시간 날 때 크리스토프랑……." 피아는 더 이상 통화 상대가 없음을 깨닫고 말을 멈췄다. 킴은 이미 전화를 끊은 뒤였다. 피아는 괜히 보덴슈타인의 말을 듣고 전화했다 싶어 짜증이 났다. 몇 년 전까지만 해도 킴은 수사에 조언자로 나서길 주저하지 않았다. 큰 화제가 됐던 타우누스 스나이퍼 사건이 났을 때는 수사에 적극 개입해서 지역범죄수사국 조언자였던 안드레아스 네프의 코를 납작하게 해준 바 있다. 킴은 어려서부터 아는 것을 숨기는 법이 없어서 잘난 체한다는 말을 많이 들었다. 피아 자신도 동생의 그런 태도가 마뜩잖음에도 불구하고 학교에서나 친구들 사이에서 동생이 놀림당하지 않도록 늘 변호해야 할 정도였다. 전화하러 밖으로 나왔던 피아는 뒷문을 통해 안으로 들어갔다. 탈의실이 있는 지하에서 사복 차림 경찰 몇 명이 올라오고 있었다. 피아는 고갯짓으로 인사하며 길을 양보했다. 킴이 그토록 야멸치게 거절한 것은 킴 자신의 뜻이 아니라 니콜라 엥엘 때문인지도 모른다! 그렇다 해도 그렇게까지 딱 잘라 말할 필요는 없었지만.

피아는 회의실로 들어갔다.

"어떻게 됐어?" 보덴슈타인이 읽던 서류에서 눈을 떼고 물었다. "통화했어?"

"시간이 안 된대요." 피아는 점퍼를 벗어 의자 등받이에 걸었다. "신호가 잘 안 터져서 길게 얘기 못 했어요."

그녀는 보덴슈타인이 자기를 살피는 시선을 느꼈지만 모르는 척했다. 뭔가 숨기고 있다는 걸 눈치챈 것이리라. 킴과의 불화에 대해서는 크리스토프에게만 얘기했지만 보덴슈타인은 눈이 날카로운 사람이다. 아마도 짐작하고 있을 것임에도 꼬치꼬치 캐묻지 않는 건 그가 점잖은 사람이기 때문이다.

"제가 엥엘 과장에게 OFA에 연락해달라고 할게요." 피아가 보덴슈타인의 눈길을 피하며 말했다. "어차피 킴이 참여한다고 하면 싫어하시잖아요."

"과장님 지금 안 계시는데." 카이가 불쑥 말했다. "내가 한번 연락해볼게."

"카이, 테오 라이펜라트의 주소록 가지고 있어?"

"응, 거기 책상 위에." 카이가 대답했다.

피아는 낡은 수첩을 펼쳤다. 아까 요아힘 보크트가 사샤라는 이름을 언급했을 때부터 어디서 들어본 이름인데 싶었다. "그렇지! 라모나 린데만 남편 이름이 사샤였지!"

"그런데?"

"아까 요아힘 보크트가 견사 밑에 기초공사 할 때 사샤와 앙드레가 도와줬다고 했거든. 앙드레는 아마 앙드레 돌인 것 같고."

피아는 그렇게 설명하고 주소록에 있는 번호로 보크트에게 전화를 걸었다. 그는 여러 번 신호가 간 뒤에 전화를 받았고 사샤가 라모나의 남편임을 확인해주었다.

"옛날에 사샤 린데만이 라이펜라트 집안과 무슨 상관이 있었나요?"

"사샤도 양자로 들어온 아이였고 거기서 자랐습니다."

피아는 고맙다고 하고 전화를 끊었다. 사샤 린데만은 처음부터 자꾸 견사 쪽을 힐끔거려 피아의 눈길을 끌었다.

"사샤 린데만과 다시 얘기 좀 해봐야겠네요." 피아가 보덴슈타인과 카이에게 말했다. "앙드레 돌도 마찬가지고요. 둘 다 라이펜라트 집안의 양자였고 눈에 띄지 않게 현장에 드나들 수 있었어요."

그때 크리스티안 크뢰거와 타리크 오마리가 들어와 앉았다. 저축은행 지점에서는 감시카메라 비디오들을 볼 수 있게 해주었다. 테오 라이펜라트의 현금카드로 돈을 찾은 사람은 남자였는데 야구모자와 스키마스크 같은 것을 두르고 있어 얼굴을 알아볼 수 없었다. 그는 매번 늦은 저녁시간에 현금자동인출기 앞에 나타났다. 인적이 뜸할 때를 노린 것이리라. 옷과 신발은 아무 표시가 없는 검은색이었다. 카이는 그 비디오들을 바로 지역범죄수사국에 넘겼다. 여러 매개변수를 이용해 신장을 측정하기 위해서였다.

"안네그레트 뮌히 사건파일을 검찰에 요청했고요, 증거물보관실에 증거물도 보내달라고 했습니다." 카이가 말했다. "당시 사건이 종결된 상태가 아니어서 중요하다고 생각되는 물건은 가족에게 내주지 않았어요. 남겨놓은 건 핸드백 안의 내용물이 전부입니다. 열쇠꾸러미, 루프트한자 승무원증, 자동차등록증, 그 밖에 여자들이 가지고 다니는 소지품들이요. 당시로선 흔하지 않았던 휴대전화도 있어요. 노키아 1011모델이요. 맨 처음으로 나온 GSM 휴대전화였죠."

"GSM? 그게 뭐야?" 첨단기술 분야에 어두운 보덴슈타인이 물었다.

"글로벌 시스템 포 모바일 커뮤니케이션." 타리크가 설명했다. "이동통신망 주파수표준입니다. 오늘날 사용하고 있는 UMTS, GPRS, LTE가 모두 GSM에 기반하고 있죠. GSM으로 인해……."

"고마워. 그거면 됐네." 보덴슈타인이 길어지려는 설명을 잘랐다.

"내가 알고 싶은 건 당시에도 통화기록 내역을 알 수 있었느냐 이 거야."

"물론입니다." 타리크가 고개를 끄덕였다. "통신데이터 조회가 가 능했습니다. 완전히 익명성이 보장된 선결제카드는 1995년에야 시 장에 나왔으니까요. 첫 번째로 나온 게 일명 지벨스 프리페이드 카 드였습니다. 그로부터 1년 뒤 지금의 포다폰인 마네스만 아코르에서 콜야 카드를 출시했고요."

"어떻게 그런 걸 다 알아?" 피아가 감탄하며 말했다. "정말 걸어다 니는 지식 데이터뱅크라니까."

타리크는 어깨를 으쓱할 뿐이었지만 칭찬에 기분이 좋아진 것 같 았다.

"안네그레트 뮌히의 가족은 2004년 실종선고를 신청했습니다." 카 이가 보고를 계속했다. "실종법에 따르면 실종 후 10년이 지나야 신 청할 수 있고, 가족은 생명보험금을 수령할 때 이 서류가 필요합니 다. 뮌히 부인은 실종되기 몇 달 전 아들들 앞으로 1백만 마르크가 넘 는 금액의 생명보험을 들어놓았기 때문에 이때 수사가 재개됐습니 다. 보험사에서도 직접 조사를 벌였고요. 하지만 다른 특이한 결과가 없어 2005년 10월 보험금을 지급했습니다. 남편인 베른하르트 뮌히 는 1993년에 체포됐고 한동안 미결감에 수감되기도 했고요. 두 사람 은 결혼생활에 위기를 맞은 상태였고 별거 중이었다고 합니다. 뮌히 부인은 랑엔에서 따로 살고 있었는데 남편 몰래 만나는 남자가 있었 습니다. 그리고 변호사 사무실을 찾아가 이혼서류를 제출했다고 합 니다. 당시 수사관들은 남편이 아내를 죽여 시체를 숨겼다고 봤습니 다. 집이 아내와 공동명의로 돼 있으니 집을 잃을까 봐서요. 범행을 증명할 수 없어 기소되지는 않았지만 계속 의심받고 있었습니다. 그러다 안네그레트 뮌히의 어머니가 딸이 실종된 지 11년이 지난 후 실종선고를 신청했고 베른하르트 뮌히는 목을 매어 자살했습니다. 유서에는 더 이상 의심을 견딜 수 없다고 씌어 있었어요."

"실종 당시 아이들은 몇 살이었어?"

"잠깐만요……." 카이는 서류를 들춰보았다. "열한 살, 아홉 살이었습니다. 원래 아버지가 키웠어야 하는데 미결감에 수감되는 바람에 조부모에게 맡겨졌습니다."

"가족 모두에게 비극이었구먼." 보덴슈타인의 목소리에서 동정심이 묻어났다. 죄 없는 사람이 살해혐의를 뒤집어썼으니 그 고통은 말로 표현할 수 없었을 것이다. 살인사건은 인간관계에서 발생하는 범죄이므로 대개 범인은 피해자의 가족 범위에서 나오긴 하지만.

"뮌히 사건을 조사한 건 총 네 번입니다." 카이가 말했다. "마지막이 2013년이었고요."

"집 안은 어디까지 끝났어요?" 피아가 크뢰거에게 물었다.

"내일 창고하고 지하실 차례야. 지오레이더 친구들이 더 발견한 건 없었고 수색견은 공장 한번 훑으러 내일 다시 올 거야. 그런데 도살 장비가 다 갖춰진 헛간을 하나 발견했어. 아이스박스 세 개에 미개봉 상태의 자로골트 신선랩도 일곱 통이나 있었어. 3미터에 30센티미터짜리."

"세상에!" 피아가 낮은 비명을 내뱉었다. 죽은 노인이 피해여성들을 묻기 전에 랩을 두르고 있었을 것을 상상하니 가슴이 옥죄어왔다. 형사 생활을 하면서 인간의 악행이 어디까지 갈 수 있는지 충분히 봐왔다고 생각했지만 매번 새로이 바닥을 치는 일이 생기곤 했다.

"아이스박스들은 분석실로 가는 중이고, 또 다른 흥미로운 발견이 있었어. 우물에서 발견된 유골의 허리뼈에 탄환이 박혀 있었어. 22구경짜리."

"그럼 리타 라이펜라트는 총에 맞아 죽은 거네!" 피아가 외쳤다.

"어쨌든 누군가가 총을 쏜 건 분명해." 크뢰거가 대꾸했다.

"금고에는 뭐가 들어 있었어?" 보덴슈타인이 물었다.

"족보, 보험증서, 땅문서, 보석함, 손목시계 세 개, 회중시계, 등기부등본, 사망선택유언, 2016년 8월 17일 자 자필유서 한 장, 동물 혈통보증서 여러 장." 크뢰거가 생각나는 대로 읊어댔다.

"유서 읽어봤어요?" 카이가 물었다.

"응, 봉투가 열려 있었어. 사망선택유언과 건강관리 대리인 위임장은 라이크 게르만 앞으로 돼 있었고, 유산상속자도 역시 라이크 게르만이었어. 프리트요프 라이펜라트는 유류분만 받게 돼 있었어."

"라이크 게르만? 수의사?" 피아가 놀란 표정으로 고개를 들었다. "왜 그 사람이야?"

"라이크 게르만 아버지가 테오 라이펜라트와 절친이었잖아. 아마 양자들보다 친구 아들에게 의지했던 모양이지."

"재산을 물려주는 사람이 연쇄살인범일 수도 있다는 걸 알면 과연 상속인이 되고 싶을까요?" 타리크가 재미있다는 듯 말했다.

"이상하네. 내가 테오 라이펜라트를 잘 아느냐고 물었을 때 잘 알지만 친하다고 할 수는 없다고 했었는데?" 피아가 기억을 되살려 말했다. "개도 거의 아사상태였는데 게르만을 보더니 좋아하더라고. 게르만 말로는 일 년에 한두 번씩 예방접종하고 발톱 깎아주러 오기 때문이라는데……."

"그런데?" 카이가 물었다. "그게 왜 이상해?"

"일 년에 한두 번 보는 사람을 개가 좋아할까?" 피아가 누구에게랄 것도 없이 물었다. 동료들은 호기심 어린 표정으로 그녀를 쳐다보았다. "테오 라이펜라트는 자기 집 땅에 여자 시체 세 구를 묻어놓았어. 그럼 자기가 죽은 뒤에 누군가 그걸 실수로 파내지 않길 바랐겠지? 그렇다면 비밀을 아는 사람에게 집과 땅을 물려주지 않았을까?"

*****

1991년 5월 12일, 만하임

너무 쉬워서 믿기지 않을 정도였다. 요즘은 부모들이 딸에게 낯선 남자 차에 타지 말라고 가르치지 않나? 나는 새어 나오려는 미소를 꾹 참았다. 몇 달 전부터 모든 걸 완벽하게 계획했고 그 어느 것도 우연에 맡기지 않았지만, 혹시라도 마지막 순간에 그녀가 마음을 바꿀까 걱정했었다. 그러나 그녀는 한 치의 망설임도 없이 내 차에 올라탔다. 생판 모르는 남인데도 말이다. 그녀는 쉽게 사람을 믿은 죄로 곧 삶을 마감하게 될 것이다. 아직 그 사실을 모른 채 깔깔거리며 별 재미도 없는 이야기를 늘어놓고 있다. 만일 살 시간이 몇 시간밖에 남지 않았다는 걸 안다면 저런 시답잖은 이야기를 지껄이고 싶지 않을 텐데. 아마 비명을 지르거나 살려달라고 빌겠지. 아니면 아예 믿으려 들지 않거나. 젊은 사람들은 살날이 무궁무진하다고 생각하곤 하니까. 나는 그녀의 이야기에 귀를 기울이지 않는다. 그저 가끔 추임새를 넣을 뿐 머릿속으로는 그녀가 얼마나 무거울까, 남의 눈에 띄지 않고 차 트렁크에 집어넣을 수 있을까 등을 생각한다. 그녀의 작센 사투리에 그만 진저리가 나고 만다. 십 분쯤 가다 보니 머릿속에 드는 생각은 오직 하나다. 제발 저 입 좀 다물어줬으면! 말을 많이 했으니 목이 마르길 기대할 뿐이다. 나는 그녀에게 콜라 한 병을 내민다.

"대박." 그녀는 눈을 반짝인다.

어서 콜라를 마시고 싶은 생각에 병뚜껑이 열린 것에 괘념치 않는다. 그녀는 콜라 반병을 쭉 들이켠다. 착하기도 하지! 나는 흥분으로 손에 땀이 찬다. 처음에는 약을 사용하지 않았었다. 첫 번째 여자는 알아서 스스로 잠들었기 때문에 수고로울 일이 없었다. 너무 쉬워서 허무할 정도였다. 그러나 취기가 가시고 곧 죽을 것을 알아챘을 때 그녀가 드러낸 두려움은 어마어마했다. 짜릿했다. 정말이지 크나큰 기쁨이었다.

그러니까 동독 출신 맨디가 내 첫 번째 약물실험이었던 셈이다. 그동안은 약물이 효과를 지녔는지, 어떤 효과를 지녔는지 알아보기 위해 개에게만 실험했었다. 거의 벤스하임에 다다르자 그녀는 떠벌리기를 멈추었다. 나는 옆자리를 힐끗 쳐다보았다.

"괜찮아요?" 내가 짐짓 걱정스레 물었다.

그녀는 알아들을 수 없는 말을 중얼거렸다. 곧 눈꺼풀이 감겼고 고개가 옆으로 툭 떨어졌다. 나는 그녀의 손에서 조심스레 콜라병을 빼내고는 운전을 계속한다. 이제 가장 위험한 대목이 남아 있다. 물론 오는 길에 있는 주차장을 모두 둘러보고 내게 딱 맞는 두 군데를 봐두었다. 제하임-유겐하임에서 고속도로를 벗어나 몇백 미터쯤 가자 숲이 나타난다. 심장이 쿵쾅쿵쾅 뛴다. 나는 즐거움으로 설렌다. 이제 그녀를 잘 포장해서 트렁크에 싣고 다시 돌아가 그녀의 차를 꾸미면 된다. 그다음은 식은 죽 먹기다.

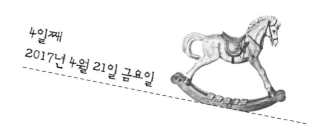

"혹시 최근에 왓츠앱에서 소피아가 포스팅한 거 본 적 있어?" 카롤리네가 아침 식탁에서 물었다.

"아니." 보덴슈타인이 베이컨과 파가 들어간 오믈렛을 집으며 말했다. 아내가 곡물과 당도 높은 식품을 식단에서 제외하는 저탄수화물 식이요법에 빠져 있는 요즘 그는 아침식사가 즐겁다. 과일 들어간 통곡물 시리얼이나 코티지치즈를 바른 호밀빵을 그다지 좋아하지 않았던 그로서는 아침 식탁에 오르는 파르메산치즈가 들어간 스크램블드에그와 소시지구이, 혹은 베이컨과 달걀을 곁들인 아보카도가 반가웠다. "요즘 바빠서 못 봤는데. 왜, 무슨 일 있어?"

"코지마에게 간 뒤로 너무 지루해하는 것 같아." 카롤리네가 말했다. "그 립싱크 뮤직비디오만 계속 올리고 식상한 질문 같은 것만 하고 있어."

"아마 코지마가 원래 하던 대로 하는 모양이지. 사무실에 데려다놓고 방치하는 거. 이제 월요일부터 다시 학교에 가니 다행이네!"

한창 사춘기인 딸 하나와 이제 막 사춘기에 접어든 또 다른 딸 하나로 속이 터지는 부모이지만 막상 아이들이 없으면 허전했다.

보덴슈타인의 전화기가 진동음을 냈다. 카이 오스터만이었다.

"좋은 아침." 보덴슈타인이 입안의 음식을 오물거리며 말했다. "아침 6시 반부터 사무실에서 뭐 해?"

"늦으면 잠이 없어진다잖아요. 그리고 수면은 과도하게 평가절상되고 있습니다." 카이가 천연덕스럽게 대꾸했다. "반장님, 제가 연방범죄수사국 실종자 및 무연고자 데이터뱅크에 들어가서 검색어 치고 결과를 뽑아봤는데요, 어떤 결과가 나왔는지 아세요? 라인란트-팔츠의 베른카스텔-비틀리히 지구에서 발생한 미제살인사건이 있었거든요. 2014년 5월 베른카스텔-쿠에스에 있는 포도밭에서 림부르크 출신의 23세 여성 야나 베커의 시체가 발견된 바 있습니다."

"음, 그런데?"

"야나 베커는 2014년 5월 10일에 실종됐습니다." 카이가 말을 이었다. "22년 전 안네그레트 뮌히가 사라진 날과 거의 일치해요. 그런데 문제는 바로 이겁니다. 시체가 머리끝부터 발끝까지 랩으로 싸여 있었어요!"

순간 보덴슈타인은 입맛이 싹 달아났다. 그는 포크를 내려놓고 일어나 창가로 갔다.

"사인은?"

"담당수사관들에겐 그게 수수께끼였나 봐요. 부검결과는 익사였습니다."

✳✳✳

아침 8시처럼 시내에 나가기에 안 좋은 시간도 없을 것이다. 하지만 유해 세 구의 부검이 9시 정각으로 잡혀 어쩔 수 없었다. A648고속도로는 이미 뢰델하임까지 밀리고 있었다.

"반장님, A5고속도로로 가다가 니더라트에서 빠지는 게 가장 낫습니다." 타리크 오마리가 말했다. "거기도 밀리긴 마찬가지지만 마인츠 국도까지 길게 밀리진 않거든요."

"그래, 그게 낫겠어." 보덴슈타인은 방향지시등을 넣고 오른쪽 차선으로 끼어들었다.

전날 저녁 그는 니콜라 엥엘 과장에게 보고 전화를 했다. 별 내용이 없는 수사 진척상황을 짧게 언급한 뒤 지역범죄수사국 범죄분석팀의 지원이 필요하다고 말했는데 그녀는 그 말을 듣자마자 다짜고짜 역정부터 냈다. 범인이 이미 확정됐고 사망한 상태인데 프로파일러가 왜 필요하냐며 화를 내고는 그의 설명은 들으려고도 하지 않았다. 이제까지 본 적이 없는 까칠한 반응이었다. 그녀를 오랫동안 알아온 보덴슈타인은 이럴 때 얘기해봐야 아무것도 얻을 게 없다는 결론을 내리고는 알았다며 최대한 빨리 통화를 끝냈다. 어제까지만 해도 그는 그녀와 같은 생각이었다. 세 여자를 죽여 땅에 파묻은 사람은 테오도르 라이펜라트라고 믿었다. 견사의 콘크리트판이 1990년대 말에 만들어졌다고 했으니 세 여자가 죽은 것도 그만큼 오래전이리라고 짐작했다. 그런데 수의사 게르만이 시체에 대해 알고 있을지도 모르고 심지어 공범일 가능성도 있다는 피아의 말을 들으니 의심이 생겼다. 게다가 사샤 린데만, 앙드레 돌, 요아힘 보크트도 시체에 대해 알고 있을 가능성이 있다. 수사 초기에는 모든 방향으로 가능성을 열어놔야 한다. 게다가 라이펜라트의 소유지에서 발견된 시체들과 2014년 랩에 싸여 발견된 시체와의 공통점을 생각하면 전혀 과한 추리도 아니었다. 피해자를 랩에 싸는 데 흥미를 느낀 다른 살인자가 있었던 걸까? 2014년에 테오도르 라이펜라트는 이미 연로한 노인이었다. 팔십 대 노인이 젊고 튼튼한 여자를 제압하기에는 힘이 달렸을 것이다. 만약 공범이 있었다면? 이 사건이 연쇄살인사건이고 아직 끝나지 않았다면? 그렇게 생각하니 등골이 오싹했다. 이제라도 범인 프로필 작성에 도움을 줄 전문가를 빨리 찾아야 한다. 킴 프라이탁이 안 된다면 지역범죄수사국에 도움을 청할 수밖에 없었다.

9시 5분 전 보덴슈타인의 차가 파울-에를리히 가로 들어섰다. 케네디 로의 유겐트슈틸 빌라에 자리잡은 법의학연구소 주차장에는 다행히 빈자리가 있었다. 헤닝 키르히호프의 사무실은 나무 패널로 마감된 벽을 따라가다 보면 복도 왼쪽의 첫 번째 방이다. 바로 앞에 자그마한 비서실이 붙어 있다. 보덴슈타인과 오마리 형사는 크론라게 교수 시절부터 사무실 살림을 맡아하는 비서 레기네 킨더의 방으로 들어갔다.

"소장님은 이미 내려가셨어요." 킨더 씨가 미소 띤 얼굴로 말했다. "어딘지는 아시죠?"

지하에 있는 두 개의 부검실 중 첫 번째 방에 가보니 로니 뵈메가 우물에서 나온 유골을 해부학적으로 바르게 맞추고 있었다. 그는 방에 들어서는 보덴슈타인과 오마리를 보더니 오른손에 들고 있던 갈비뼈를 들어 인사를 대신했다.

"어서 오십시오!"

"오랜만이야, 뵈메." 보넨슈타인이 화답했다.

인사말을 몇 마디 주고받으려니 레머 박사가 들어왔다. 파란색 가운에 두건 차림이었고 턱 밑에는 마스크가 대롱대롱 매달려 있었다. 레머의 숱 많은 콧수염과 매끈하게 밀어버린 머리, 우람한 체격은 볼 때마다 거인족을 연상케 했다.

"유골은 리타 라이펜라트의 것이 맞습니다." 그가 말했다. "치과 주치의에게 뢴트겐 사진을 받아서 대조해봤는데 유골의 치열과 일치합니다. 유전자대조는 안 해도 되겠어요."

"아, 잘됐네요." 보덴슈타인이 고개를 끄덕였다.

그 옆 부검대 위에는 부분적으로 맞춰진 뼈들과 벡스가 뜯어먹은 시체가 놓여 있었다. 타리크 오마리는 그것들을 흥미롭게 관찰했다.

"어째서 이 시체는 부분적으로만 뼈가 남아 있고 다른 시체는 안 그런 거죠?" 그가 물었다.

"아마 지질변화로 시체에 산소가 접촉해서 그런 것 같습니다." 레머가 설명했다. "그러면 개가 부패한 조직 냄새를 맡고 땅을 판 것도 설명이 됩니다."

"이 시체는 거의 온전해요." 로니 뵈메가 말했다. "가운뎃손가락 마디뼈 몇 개만 없는데 어쩌면 개가 삼켰거나 소장님이 체 치다가 놓쳤을 수도 있죠." 그는 자신의 농담에 혼자 킥킥거렸다.

"거기 상박골에 있는 건 뭔가요?" 타리크가 물었다.

"이건 아주 좋은 소식입니다." 레머 박사의 얼굴이 환해졌다. "이른바 금속판 고정술이라는 건데 이런 고정판을 이용한 수술의 가장 흔한 징후는 관절을 포함한 골절 혹은 개방골절입니다. 이 시체의 경우는 후자일 가능성이 큽니다. 삽입된 금속물질의 제거는 빨라도 수술

후 12개월부터, 늦어도 18개월 전에는 이뤄져야 합니다. 그렇지 않으면 금속나사가 뼛속에 묻히게 됩니다."

"그러니까 이 부인이 죽기 일 년 전쯤 오른쪽 팔이 부러졌었단 말이죠?"

"맞습니다." 레머 박사는 상박골을 조심스럽게 들어 보덴슈타인과 오마리에게 보여주었다.

"두 번째 좋은 소식은 이 삽입물들 하나하나에 제조사의 일련번호가 새겨져 있다는 겁니다. 그리고 이 번호들은 수술기록에 기재되는 게 일반적입니다. 무슨 말인지 아시겠죠?"

"대박인데요." 타리크 오마리가 휴대전화를 꺼내며 말했다. "사진 찍어서 카이에게 보내줘야겠어요. 어떻습니까, 반장님, 잘하면 데이터뱅크에서 찾아낼 수 있을 것 같은데요? 이렇게 하면 이 부인이 누군지 알아낼 수 있지 않겠습니까?"

"그래, 어서 보내." 보덴슈타인이 말했다. "뭐든 해봐야지."

현재 지역범죄수사국의 실종 담당부서에는 신원미상 시체 97건이 접수돼 있다. 그중에는 시체뿐 아니라 헤센 지역 여기저기서 발견된 두개골, 뼈, 잘린 팔다리 같은 유해도 있다. 최소 17건이 강력범죄에 의한 사망이고 49건은 대조샘플이 있다면 유전자로 신원확인이 가능하다. 또 22건은 치아 상태를 알 수 있어서 실종신고 서류에 치과 기록이 있는 경우 신원을 확인하는 데 큰 도움이 된다. 그러나 치과 기록이 항상 확보돼 있는 것은 아니다. 연방범죄수사국의 실종자/신원불상자 데이터뱅크에는 총 16,300명이 등록돼 있고 여기에 외국에서 실종된 독일인 2,000명이 더해진다. 실종으로 신고된 사람 중 1년 이상 실종상태로 머무는 경우는 3퍼센트 정도밖에 되지 않는다고 한다. 이 이름들은 1992년 이후 운영되고 있는 데이터뱅크에 30년간 올라 있게 된다. 강력범죄가 의심되는 경우는 그 기간이 더 길어진다.

"올리버! 오랜만이에요!" 헤닝 키르히호프 교수가 다른 부검의 두 명을 이끌고 들어왔다. 모두의 시선이 그에게 쏠렸다. "안녕하십니까, 오말리 형사!" 헤닝은 타리크에게도 인사를 건넸다.

"오마리입니다." 타리크가 차분하게 응수했다.

"아, 그렇지, 인도인이었죠?"

"시리아요. 정확히 말하면 독일인이지만."

"아, 맞아! 시리아, 시리아! 잊어버리지 않게 잘 기억해놔야겠네." 헤닝이 두 손바닥을 문지르며 말했다. 평소에 볼 수 없는 흥분된 모습이었다.

"자, 일을 시작해볼까요. 할일이 많습니다."

"소장님, 전 오늘 특별히 칼퇴근 좀 하겠습니다." 로니 뵈메가 말했다. "오늘은 축구 봐야 해서 무슨 일이 있어도 정시퇴근입니다. 머리 세 개 달린 화성인이 부검대에 올라온다 해도 양보 못 합니다."

"그래, 쾰른 대 호펜하임 경기가 있지." 부검의 한 명이 맞장구를 쳤다. "나도 처음엔 안 보려고 했는데 유로스포츠 구독권이 생겨서 금요일 경기랑 월요일 경기는 보려고."

"그럼 오늘 축구경기 잘 관람할 수 있도록 집중해서 일하라고." 헤닝은 점수, 선수, 순위에 대한 축구 토론이 시작되려는 조짐이 있자 바로 싹을 잘랐다.

"참, 올리버, 뼈가 부분적으로 맞춰진 시체는 랩이 찢어진 상태였어요. 이건 아마 개가 찢은 것 같고 나머지 두 구는 머리끝에서 발끝까지 거의 진공상태로 감겨 있었어요."

"그것 때문에 시랍화된 건가요?" 타리크가 물었다.

"그것도 영향을 끼쳤을 겁니다." 헤닝은 장갑을 끼고 마스크를 썼다. "몇 년 전에 스위스에서 오래된 공동묘지를 지나는 구간에 철길을 놓은 적이 있었거든요. 그때 250구 넘는 시랍화 시체가 포클레인에 의해 떠올려져 나온 적이 있었어요." 헤닝이 재미있는 이야기라도 하듯 좌중을 둘러보았다. "어릴 때 울면서 관 속의 할아버지, 할머니에게 작별인사를 했던 손주들은 썩지도 않고 그대로인 시체를 보고 놀라 뒤로 나자빠졌죠."

"그런 이야기에 겁먹을 사람 없거든요, 소장님." 로니 뵈메가 핀잔을 주었다. "이제 슬슬 시작하시죠."

"일은 나눠서 동시에 진행하자고." 헤닝이 제안했다. "뵈메, 썩은 시체는 냄새나니까 여기 그대로 두고……."

"말 안 하셔도 압니다, 소장님." 뵈메가 불퉁거리며 냉장보관함 앞으로 갔다. "네 구 다 방사선, CT 촬영 끝냈고요. 냄새나는 시체는 여기 그대로 있고 상태 좋은 여성 두 분만 옆방으로 모셔놨습니다."

"음, 이제 말 안 해도 알아서 척척이네." 헤닝은 넉살좋게 말하다가 뵈메의 따가운 눈총을 받았다. 헤닝은 함께 온 부검의 두 명에게 가자는 손짓을 했다. "썩은 시체와 맞추다 만 유골은 레머와 뵈메가 맡고 우린 옆방으로 가지."

"당연히 그러셔야죠." 뵈메가 구시렁거렸다. "물에 불어터지고 썩은 시체들은 왜 만날 내 부검대에만 올라오는지……. 더럽고 힘든 일은 다 내 차지지. 아유, 지겨워."

"머리 셋 달린 화성인 시체 들어오면 그것도 자네 줄게." 헤닝은 그렇게 말하고 히죽 웃으며 방을 나갔다.

194

뵈메는 냉장보관함을 홱 열어젖히고 서랍을 하나 빼냈다. 테오도르 라이펜라트의 시체는 보디백 속에 들어 있었지만 시취(시체 썩는 냄새—옮긴이)가 엄청났다. 보덴슈타인은 수많은 부검을 참관해봤고 각오도 단단히 하고 왔지만 순간적으로 욕지기가 이는 것은 어쩔 수 없었다. 그러나 단련된 정신력으로 금세 극복해냈다.

타리크는 시랍화된 시체에 매료된 듯 눈을 떼지 못했다.

"이 정도면 육안으로도 사망원인이 뭔지 알아낼 수 있겠는데요!" 그가 레머 박사에게 말했다.

"외적으로 드러난 흔적이 있다면요." 뵈메가 레머 대신 대답했다. "안을 열어보면 다진 고기 구운 거랑 비슷해요. 어느 내장기관인지 알아볼 수 없게 뒤섞여 있거든요."

"안타깝지만 그 말이 맞습니다." 레머가 거들었다. "하지만 조직검사를 해보면 아마 도움 되는 결과가 나올 겁니다. 그리고 외관이 멀쩡하다는 건 신원을 빨리 확인할 수 있다는 뜻이니까 희망적이죠."

***

테오도르 라이펜라트의 시체에서는 광대뼈와 코뼈, 눈두덩에 골절이 발견됐다. 안면을 강하게 얻어맞았거나 넘어져서 생긴 상처였다.

"강한 외상으로 인해 안면골뿐 아니라 두개저부에도 골절이 있었습니다." 부검을 마친 프레데릭 레머 박사가 말했다. "뇌기저동맥 파열로 인해 뇌척수액이 있는 지주막하 공간에 출혈이 생겼고 내압상승이 초래됐습니다. 최종 사인은 뇌경색입니다. 제 생각엔 넘어지면서 얼굴에 외상을 입은 것 같습니다. 오른쪽 손목골절도 생긴 지 얼

195

마 안 됐는데 그때 생긴 것 같고요. 출혈이 매우 심해서 아마 바로 의식을 잃고 뇌사상태가 됐을 겁니다. 그다음에 다발성 장기부전 및 사망에 이른 겁니다."

로니 뵈메는 어느새 냉각서랍을 닫고 온전치 못한 두 번째 시체의 해부를 준비했다.

"외인사일 가능성은 전혀 없습니까?" 보덴슈타인이 물었다.

"물론 안면을 강하게 타격당할 경우 이런 상처가 생길 수 있습니다. 하지만 오른쪽 손목골절로 봐서는 아닌 것 같아요. 넘어지지 않으려고 손으로 받칠 때 생기는 전형적인 상처거든요. 눈썹 위 열상을 제외하고는 다른 피부손상도 찾아볼 수 없습니다. 85세 노인이라면 기력이 달려서 쓰러졌을 수도 있고 잠시 의식을 잃으면서 낙상한 걸수도 있습니다. 내장기관의 상태로 보아 딱히 건강한 생활을 한 사람은 아니었습니다. 심장마비를 여러 번 겪었고 그로 인한 심각한 좌심방 비대증, 간지방, 대장 게실염 등도 발견됩니다. 부검보고서에 다 기재될 겁니다."

보덴슈타인은 고맙다고 말하고 피아에게 메시지를 보냈다. 오랫동안 이런 식의 의사소통에 거부감을 가지고 있었지만 어느 순간 보니 가족 간에 일어나는 일을 그 혼자만 모르고 있었다. 구순이 다 되어가는 장모로부터 시작해 아내, 전처, 다 큰 자식들, 형제자매, 조카들, 열두 살짜리 딸 소피아에 이르기까지 모두 무료 메신저앱을 사용하고 있었다. 그들은 전화하는 대신 이 앱으로 채팅을 하고 사진, 문자메시지, 동영상을 주고받았다. 결국 그도 카롤리네의 초대로 왓츠앱에 들어갔고 막상 들어가 보니 거의 모든 지인들이 그 앱을 사용하고 있었다. 절대 사용하지 않으리라 짐작했던 사람들까지도 목록에 나와 있었다. 이 앱이 그의 일상에 얼마나 필수적인 부분이 됐는지 생각하면 놀랍기만 했다.

'알겠어요. 임플란트 일련번호 덕분에 두 번째 시체 신원도 확인됐어요.' 피아에게 답장이 왔다. '부분유골 시체는 맨디 시몬, 21세, 1991년 5월 12일 만하임에서 실종됐어요.'

곧이어 카메라를 향해 환하게 웃고 있는 젊은 여성의 사진이 도착했다. 보덴슈타인은 놀랄 정도로 잘 보존된 시체의 얼굴을 내려다보았다. 그 짧은 메시지에 이렇게 등골이 오싹해지다니! 분명 맨디 시몬이었다. 광대뼈 위에 난 점까지도 똑같았다.

"생전엔 꽤 미인이었겠는데요." 뵈메가 숙연한 표정으로 덧붙였다. "지금 살아 있다면 사십 대 중반일 겁니다."

이제 유족을 찾아내 이 슬픈 죽음을 확인시켜주어야 한다. 26년이나 지났는데 가족이 남아 있을까? 보덴슈타인은 이 임무를 그냥 관할경찰서에 넘겨버리고 싶지 않았다. 실종자의 생사를 확인하지 못한 가족들의 고통이 얼마나 큰지, 사랑하는 가족이 왜 죽어야 했는지 밝히는 일이 그들에게 실존적으로 얼마나 중요한 일인지 잘 알기 때문이다. 특히 범죄로 자식을 잃은 부모들은 수십 년이 지난 뒤에도 범죄가 낱낱이 밝혀지기를 바랐고 그 희망 하나로 살아가는 경우도 많다.

보덴슈타인은 다른 부검실이 있는 옆방으로 갔다. 여기서는 이미 검안 단계에서 중요한 단서가 확보된 상태였다. 아직 신원을 모르는 세 번째 여성 시체의 오른쪽 팔뚝에 눈에 띄는 문신이 발견된 것이다. 자기 꼬리를 무는 뱀을 형상화한 문신이었다. 타리크는 일명 우로보로스의 상징을 바로 알아보았다. 기하학적, 미학적으로 널리 인기를 얻고 있는 모티프였다. 그는 문신 사진을 찍어 카이에게 보냈다.

"올리버, 좋은 소식인데요!" 책상 앞에 앉아 현미경을 들여다보고 있던 헤닝이 외쳤다. "완전한 지문이 나왔어요! 증거능력이 충분한 순수 유전자물질을 확보했다는 뜻이죠."

"잘됐네요." 보덴슈타인이 반갑게 고개를 끄덕였다. 유전자분석결과를 받아보는 데 하루 종일, 심지어 일주일씩 걸리던 시대는 지났다. 요즘은 전문가들이 휴대용 분석기를 가지고 다니며 한 시간도 안되어 결과를 내놓는다.

보덴슈타인과 타리크는 한동안 부검의들이 하는 일을 말없이 지켜보았다. 그들은 여러 방향과 각도에서 시체의 사진을 찍고 신장, 체중, 다른 신체특징을 기록하고 조직검사용 표본을 떼어내며 입으로는 알아들을 수 없는 전문용어를 쏟아냈다. 헤닝은 현미경 앞에 앉아 조직표본을 검사했다.

"세상에!" 그가 동료들에게 외쳤다. "여기도 똑같아!"

"뭔데요? 나도 좀 압시다." 보덴슈타인이 자신의 존재를 상기시켰다.

"이런 건 처음 봐요!" 헤닝이 눈을 반짝반짝 빛내며 고개를 들었다. "이 두 시체는 매장되기 전에 얼어 있었어요!"

"그걸 어떻게 압니까?"

"현미경으로 보면 보여요. 얼 때 세포에 얼음결정이 생기는데 이게 세포조직을 뚫기 때문에 조직이 파열됩니다. 생수병을 냉동실에 넣고 잊어버리면 나중에 터지잖아요!" 헤닝이 설명했다. "여기서 정말 놀라운 건 시체들의 상태가 좋다는 겁니다. 원래는 냉동으로 인해 세포파열이 일어나면 해동 후 부패가 더 빠르게 진행되거든요. 부패박

테리아들이 파열된 조직에서 더 빠르게 퍼지기 때문이죠."

"혹시 시체들이 생각만큼 오래 땅속에 있지 않았던 건 아닐까요?" 보덴슈타인이 물었다. "아니면 랩이 빨리 부패되는 걸 막았을 수도 있고."

"시랍화가 저 정도 진행되려면 수년이 걸려요." 헤닝은 이마에 주름을 잡으며 생각하는 표정을 지었다. "시랍화 시체는 산소가 시체에 침투할 수 없는 조건에서 만들어집니다. 예를 들어 진흙땅이라거나 관이 방수되는 것이었다거나 합성섬유로 된 옷을 입었다거나 하는 경우죠."

"콘크리트판을 부은 건 1997년 아니면 1998년 여름이라고 했어요." 보덴슈타인이 피아의 메시지 내용을 참고하며 말했다. "이 아가씨는 1991년 5월에 실종됐거든요. 다른 시체가 안네그레트 뮌히라고 가정하면 그로부터 2년 뒤에 죽은 거죠. 한 명씩 따로 묻은 다음 한꺼번에 콘크리트판으로 덮어버리려고 한 걸까요?"

"아마 그때까지 다른 곳에 보관했을 겁니다." 타리크가 끼어들었다. "아마 아이스박스 같은 곳에요."

"만약 베른카스텔-쿠에스에서 나온 시체도 동일범의 소행이라면 범인이 작업방식을 바꿨다는 건데……?" 보덴슈타인이 혼잣말처럼 중얼거렸다. "왜 그랬을까?"

"집으로 가져가서 묻는 게 너무 위험해졌기 때문이 아닐까요?" 타리크가 의견을 말했다. "아니면 너무 힘들었든지요. 차에 싣고 가다가 아무 데나 버리거나 현장에 그대로 놔두는 게 더 쉬울 테니까요."

보덴슈타인의 시선은 천이 담긴 비닐봉투에 머물렀다.

"저건 뭡니까?"

"옷이요." 헤닝이 대답했다.

"옷을 입은 상태였어요?" 보덴슈타인이 뜻밖이라는 듯 물었다.

"네, 다 입고 있었어요. 속옷, 티셔츠, 원피스, 청바지, 양말…… 신선랩 덕분에 보존상태가 아주 좋습니다."

보덴슈타인은 밝은색 옷감이 든 비닐봉투 하나를 들어 내용물을 살펴보았다. 그것이 분홍색 면 팬티임을 안 순간 그는 슬픔에 휩싸이고 말았다. 속옷의 주인은 죽은 날 아침 옷장서랍에서 이것을 꺼내 입었으리라. 언제나 그랬듯이. 그날이 마지막 날이 될지는 꿈에도 모른 채. 얼마나 많이 세탁하고 다림질했을까? 그녀는 그날 왜 하필 이 속옷을 골랐을까? 옷을 고를 때 무슨 생각을 하고 무엇을 느꼈을까? 그에게 사건이 개인적인 일로 다가오는 순간은 바로 이런 사소한 것들에서 비롯되었다. 누군가 그녀를 죽이기로 결심하기 전까지는 눈앞에 누워 있는 이 시체도 멀쩡히 살아 숨쉬는 인간이었을 터였다.

"사인은 나왔나요?" 그가 잠긴 목소리로 물었다.

"네, 그런데 이 부분이 또 상당히 특이해요." 등받이 없는 의자에 앉아 있던 헤닝이 일어서며 말했다. "두 시체 모두 입술에 뭔가 허연 게 묻어 있더라고요. 이제부터 하는 얘기는 다 추측이란 걸 감안하고 들으셔야 합니다. 이 주장을 뒷받침하려면 내장기관을 봐야 하는데 이 시체들에는 검사할 수 있는 내장기관이 없거든요. 잘 들어봐요. 사람이 물에 빠지면 자동적으로 숨을 멈춥니다. 그러면 이산화탄소가 많아져서 호흡중추를 자극하게 되고 더 이상 자의로 숨을 참을 수 없게 됩니다. 그러면 들숨과 기침 같은 날숨이 따르죠. 그다음 3단계에서는 경련이 일어납니다. 4단계에서는 일단 죽기 전의 호흡정지상태가 나타납니다. 이 익사의 마지막 단계는 심정지로 끝나는데 그때까지

혈액순환은 여전히 되는 상태입니다. 그리고 시체를 물 밖으로 꺼내면 폐가 줄어들면서 공기, 물, 기관지 내 점액이 섞여 입과 코에 백색 거품이 생기게 됩니다. 이 거품은 아주 미세한 거품이에요. 면도크림을 생각하시면 됩니다. 그리고 흔히 피가 섞여 있기도 해요."

"그러니까 저 두 사람이 익사한 거란 말이죠?"보덴슈타인이 물었다.

"그럴 가능성이 있어요."헤닝이 이마에 주름을 잡으며 대답했다. "냉동되기 전에 익사했을 수도 있어요. 몸에 별다른 외상의 흔적이 없어요. 손목과 발목에 묶은 자국 빼고는요. 방어흔도 없고 손톱 밑에서 타인의 세포조직이 발견되지도 않았어요. 강간, 고문, 학대의 흔적도 없고요. 타인의 유전자가 있는지 알아보기 위해 옷도 분석실로 보낼 겁니다. 레머! 거긴 어때요?"

잠시 후 레머 박사가 열린 문 사이로 나타났다.

"입에 똑같은 거품 흔적이 있습니다."그가 말했다.

익사. 냉동. 랩으로 싸기.

보덴슈타인은 라모나 린데만이 했던 말을 떠올렸다. 욕조에 처박고 아이스박스에 가두고. 우연을 믿기엔 그가 형사로 살아온 세월이 너무 길었다.

***

"아니요, 라이펜라트 씨가 여기 호프하임으로 직접 오셔야 합니다."피아가 딱 잘라 말했다. 프리트요프 라이펜라트의 비서가 전화해서 경찰에게 프랑크푸르트 사무실로 와달라고 부탁하던 참이었다.

자기 상사가 탄 비행기가 한 시간 연착하게 됐는데 오후 1시에 매우 중요한 일정이 잡혀 있다는 것이다. "여기 일정도 매우 중요하다고 상사에게 전해주세요. 만일 다른 의견이시라면 구인장을 청구할 수도 있고요."

피아는 전화를 끊으며 머리를 절레절레 흔들었다. 프리트요프 라이펜라트 정도의 위치에 있는 사람이라면 분명 혼 서클멤버일 것이고 일등석을 이용할 것이다. 그리고 장담컨대 어제오늘 그녀보다 일이 많지는 않았을 것이다. 피아는 1유로짜리 동전을 자동판매기에 넣고 코크 제로 버튼을 눌렀다. 그리고 콜라를 꺼내들고 사무실로 올라갔다.

그녀가 들어오자 카이가 고개를 번쩍 들었다.

"세 번째 시체 이름 알아냈어!" 그가 외쳤다. "그 문신이 열쇠였어! 내가 말했잖아, 연방범죄수사국 데이터뱅크에 접근권한이 생긴 건 정말 대박이라니까!"

그가 흐뭇하게 웃었다. 예상보다 빨리 얻은 성과에 기쁨을 감추지 못하는 표정이었다. 이런 식이라면 사건이 생각보다 빨리 해결될지도 모른다.

"이름은 유타 슈미츠, 실종 당시 42세였어." 카이는 직접 그린 그림을 엄마에게 보여주는 아이처럼 으쓱해져 인쇄된 종이 세 장을 내밀었다. "1996년 5월 11일 카르스트에서 실종."

피아는 자신의 책상으로 가서 돋보기를 쓴 다음 눈으로 인쇄물을 죽 훑어 내렸다.

"카르스트? 여기가 어디야?" 피아는 신속한 사건 해결에 대한 기대가 불안한 긴장감으로 바뀌는 것을 느꼈다. 실종신고서에 첨부된 사진을 보자 그 느낌은 더욱 강해졌다. 사진 속의 유타 슈미츠는 번쩍거리는 할리데이비슨에 탄 채 활짝 웃고 있었다. 흰색 민소매셔츠를 입고 있어서 팔뚝의 문신이 잘 보였다. 그녀는 키가 크고 늘씬하며 탈색한 금발은 스포츠머리처럼 짧았다. 아무리 봐도 세 여자 간에 공통점이 없었다. 유타 슈미츠는 선이 굵은 얼굴에 거의 남성적으로 보이는 터프한 유형이었고, 안네그레트 뮌히는 역시 금발이지만 완전히 반대였다. 오똑한 콧날에 완벽한 대칭을 이루는 얼굴, 입술이 도톰한 전형적인 미인상이었다. 여성적인 매력이 넘쳤고 그녀 자신도 그것을 아는 듯 카메라를 쳐다보는 표정이 다분히 도발적이었다.

"반면 맨디 시몬은 머리색이 짙었고 예쁘장한 얼굴에 야무진 인상이었다. 피아의 어머니는 이런 유형의 여자를 야물딱지다고 표현하곤 했었다. 살짝 들린 귀여운 코에 복숭앗빛 피부, 볼우물이 팬 얼굴에 운동을 많이 한 듯 탄력 있는 몸매의 소유자였다.

"뒤셀도르프 근처야." 카이가 피아의 질문에 답했다. "실종되고 사흘 후 이케아 주차장에서 차가 발견됐어. 스바루 포레스터였는데 문은 잠겨 있었고 트렁크에 배낭이 들어 있었어. 배낭에서 휴대전화, 지갑, 신분증이 발견됐는데 차 열쇠는 없었어."

"안네그레트 뮌히, 리타 라이펜라트 때와 똑같네."

"맨디 시몬도 마찬가지야." 카이가 고개를 끄덕였다. "구형 파사트였는데 친구가 차량도난신고를 하고 일주일 후 만하임 네카라우 국철 근처 주차장에서 발견됐어. 열쇠꾸러미와 신분증이 든 가방이 트렁크에서 발견됐지만 차 열쇠는 없었어."

세 여자의 사진을 응시하던 피아는 점점 기분이 이상해지며 등줄기에 소름이 돋았다. 세 경우 모두 차가 잠겨 있었고 트렁크 속에 피해자의 가방이 들어 있었다. 그것은 결코 우연이 아니었다. 범인의 작업방식, 범인의 필체! 이제 의심의 여지가 없었다. 그들이 상대하고 있는 범인은 아무 흔적도 없이 살인을 저지르는 연쇄살인범이었다. 조금 전 보덴슈타인이 전화로 말했듯 범인은 피해자를 토막 내는 짓 같은 것은 하지 않았다. 범인이 혼란스러운 유형이 아니라 치밀한 계획을 세우고 흔적을 남기지 않기 위해 노력하는 조심스러운 유형이라는 뜻이었다. 과연 테오도르 라이펜라트가 범인일까?

"왜 그렇게 우거지상을 하고 있어?" 카이가 핀잔 섞인 말투로 물었다. "시체 세 구 다 신원확인 됐고 범인도 알아냈잖아. 그것도 사건 발생 나흘 만에!"

피아가 고개를 들자 기대에 차 있던 카이의 얼굴에서 웃음기가 사라졌다.

"사건이 너무 쉽게 해결된다 싶으면 내 의심병 도지는 거 알잖아." 그녀가 말했다. 그녀라고 왜 사건이 해결되기를 바라지 않겠는가. 그러나 경험상 첫눈에 그래 보였던 것이 사실로 판명난 적은 거의 없었다.

"어쨌든 잘했어, 카이."

"그런데?"

"그런데 우리가 진짜 범인을 찾은 것 같진 않아." 피아가 말했다.

"왜?"

"안 맞는 게 너무 많아." 피아는 의자 깊숙이 등을 기대고 머리 뒤로 손깍지를 꼈다.

"부검한 결과 유타 슈미츠, 맨디 시몬, 안네그레트 뮌히 모두 익사했을 가능성이 있대. 그리고 매장되기 전 세 사람 모두 냉동됐어."

기쁨에 들떠 있던 동료의 표정이 점차 실망으로 일그러지는 것을 보자 피아는 미안한 마음이 들었다.

"냉동됐다고?" 카이가 놀라서 되물었다.

"그렇다나 봐." 피아가 대답했다. "이제는……."

"잠깐만." 카이가 그녀의 말을 끊고 키보드를 두드리더니 야나 베커의 전자 사건파일을 불러냈다.

"사인 익사…… 랩…… 여기 있다. 젠장, 야나 베커도 냉동됐어!"

"차는? 차 있었어?"

"응, 뽑은 지 얼마 안 된 기아 스포티지." 카이가 고개를 들었다. "A3고속도로변 바트 캄베르크에 있는 통근자 주차장에서 발견됐어. 문이 잠긴 채로."

"그리고 트렁크에는 야나 베커의 가방이 들어 있었고?"

"맞아."

"맞네." 추측이 사실로 변하는 순간이었다. "범인의 네 번째 피해자야. 팔십 대 노인이 어떻게 그런 일을 해낼 수 있겠어? 난 도저히 상상이 안 돼."

"정말?" 카이가 어두운 표정으로 한숨을 쉬었다. "사실 나도 그래."

2017년 4월 6일, 취리히

마르티나 슈미트 박사를 찾는 일은 처음에는 희망차게 시작됐으나 한동안 진척되지 못하고 지지부진했다. 피오나는 바젤란트 클리닉에서 오전 내내 기다렸다. 그녀의 차례가 되자 사정을 털어놓았지만 시큰둥한 반응과 마주해야 했다. 스위스인들은 원래가 격의 없이 대하는 것과는 거리가 먼 족속인 데다 의사들은 더 말할 것도 없었다. 그러나 돌아가신 어머니가 남긴 편지에 얽힌 애절한 사연은 결국 그들의 마음을 녹였고 오래된 서류를 들춰보게 했다. 현재 근무하는 사람 중에 마르티나 슈미트를 기억하는 사람은 아무도 없었다. 이 의사는 어디서도 오래 머무는 법이 없었던지 이 개인 클리닉에서도 2년 근무하고 1999년 가을에 다른 곳으로 옮겼다고 했다. 옮긴 곳이 어디인지 물었지만 바젤란트의 친절한 사람들도 답을 주지 못했다. 그동안 전 직원이 통째로 바뀌는 일이 여러 차례 있었기 때문이었다.

피오나는 고맙다는 인사를 하고 떠나기 전 만약의 경우를 위해 자신의 이메일주소를 남겼다. 실망을 안고 취리히로 돌아온 그녀는 곧장 자기 일로 뛰어들었다. 관공서와 관계된 일을 모두 처리했고 유산상속 확인증도 받았다. 이제 어머니의 공식적인 유산상속인이 된 것이다. 크리스티네 피셔는 그녀에게 막대한 유산을 남겼다. UBS 은행의 비밀계좌뿐 아니라 취리히 칸톤 은행의 적금계좌에도 큰 액수의 돈이 들어 있었고 금화도 꽤 있었다. 전에 사둔 주식도 많이 올라서 값어치가 상당했다. 이제 돈 걱정은 하지 않아도 된다는 뜻이다. 일단 집은 팔지 않기로 했다. 피오나는 폐기물업체를 불러 지하실에서 다락까지 온 집 안을 깨끗이 비웠다. 골동품 몇 점과 추억이 될 만한 물건들, 세탁기, 건조기, 일층에 있는 부엌, 피오나 자신의 방만 빼고 나머지는 모두 컨테이너 속으로 사라졌다. 그동안 한 번도 집수리 같은 걸 해본 적 없는 피오나였지만 한번 도전해보기로 했다. 잘못될 게 뭐 있겠는가? 이제는 그녀 소유의 집이니 수리하다 망친다 해도 따로 변상하거나 책임져야 할 일도 없었다. 저녁이면 온몸이 쑤셔, 붙어 있는지조차 몰랐던 근육의 존재를 열렬히 실감해야 했지만 그날 작업한 결과물을 보는 마음은 뿌듯하기만 했다. 그녀는 벽지를 긁어내고 타일을 뜯어냈다. 오래되어 벗겨진 창틀 페인트를 제거하고 미장하는 법도 배웠다. 막 이층 부엌 벽을 은은한 분홍 톤의 회색으로 칠하고 있을 때였다. 새로 산 식탁 위에 놓인 노트북에서 경쾌한 알림음이 세 번 울렸다. 위생설비업체에서 연락 올 게 있었던 터라 피오나는 일손을 멈추고 페인트투성이 손을 헝겊에 닦은 뒤 식탁 앞에 앉았다. 그러나 이메일은 주테를뤼티 회사가 아니라 난임클리닉 원장 한스베르너 바우만 박사로부터 온 것이었다.

'존경하는 피셔 씨에게'로 시작하는 메일이었다. '우리 클리닉에 방문해 전에 근무하던 직원을 찾으셨단 말을 들었습니다. 원래는 개인적으로 알지 못하는 분께 정보를 제공하지 않지만 찾으시는 분이 이 분야에서 워낙 명성이 자자한 분이라 1999년 독일로 돌아가 결혼하셨다는 사실을 알려도 무방하리라는 생각이 듭니다. 마르티나 지베르트 박사는 시험관아기 시술 분야의 전문가이며 최근까지 프랑크푸르트 암 마인 대학병원에서 교편을 잡고 계신 걸로 압니다······.'

"좋아!" 피오나는 주먹을 불끈 쥐었다. "지베르트 박사, 드디어 찾았어! 자, 이제 만나러 갑니다. 다 털어놓기 전까진 한 발짝도 안 움직일 테니까 각오하세요!"

***

책상 위의 전화기가 울렸다. 보안게이트 앞에 프리트요프 라이펜라트가 와서 기다리고 있다는 소식이었다. 피아는 그를 만나는 자리에 보덴슈타인이 함께 있었으면 했으나 아직 법의학연구소에서 돌아오지 않았으므로 대신 셈을 찾아 나섰다.

"피아, 잠깐 기다려봐!" 카이가 부르는 소리에 피아는 걸음을 멈추었다.

"프리트요프 라이펜라트에 대해 정보 좀 뽑아봤어. 읽어보고 들어가면 도움이 될 거야."

그는 프린터에서 종이를 뽑아 피아에게 건넸다.

"그럼, 도움 되고말고." 피아가 웃으며 말했다. "고마워."

"별말씀을."

피아는 아래층으로 내려가며 카이가 준 정보를 죽 훑었다. 어떻게 해냈는지는 모르겠지만 프리트요프 라이펜라트는 타우누스 촌구석을 벗어나 큰 세상으로 나가는 데 성공한 사람이었다. 엘트빌에 있는 유럽비즈니스스쿨에서 경영학을 전공한 후 미국으로 건너가 박사과정을 밟았고 심지어 피아도 들어본 적 있는 유명 은행에서 임원을 지냈으며 런던경영대학원과 펜실베이니아 와튼 스쿨에 초빙교수로 있었다. 스위스의 큰 은행에서 공동사장을 거쳐 체어맨과 CEO가 되었고 결국 데하그의 대표이사가 됐다. 그는 주황색 플라스틱 의자에 앉아 창틀에 쌓여 있는 범죄예방 홍보전단을 읽고 있었다. 옆에는 꾀죄죄해 보이는 청년이 손목에 수갑을 찬 채 앉아 있었고 교도관도 있었다. 피아가 버튼을 누르자 철컥 소리와 함께 자동문이 열렸다. '빌어먹을 이기주의자 놈 프리츠'는 알고 보니 꽤 매력적인 남자였다. 190센티미터쯤 돼 보이는 훤칠한 키에 호리호리한 체구, 숱 많은 금발은 짧게 잘라 완벽하게 스타일링했다. 옷은 맞춤정장인 것 같고, 새하얀 와이셔츠에 그의 눈동자 톤과 같은 푸른색 장식단추와 넥타이까지 모든 게 완벽했다. 그는 그 푸른 눈으로 스캔하듯 재빨리 피아를 위아래로 훑어보았다. 피아는 그의 느긋해진 표정에서 스캔 결과를 읽을 수 있었다. 더 이상 젊다고 할 수 없는 나이에 하나로 질끈 묶은 금발, 몸에 붙는 물 빠진 청바지, 회색 후드티에 닳아빠진 카우보이 부츠를 신은 그녀를 위험하지 않다고 판단한 것 같았다.

"어서 오세요, 라이펜라트 씨." 피아가 웃으며 문을 열어주었다. "바쁘신데 이렇게 와주셔서 감사합니다. 전 피아 산더 형사라고 합니다. 수요일에 통화했었죠?"

"지난번엔 예의 없이 굴어 죄송했습니다." 그가 사과했다. 악수하는 그의 손에는 힘이 들어 있었고 촉감은 산뜻했다. 시선 처리는 직선적이었다. 그의 상황은 절대 좋지 않았다. 직장을 잃을 수도 있고 이제까지 쌓아온 명성이 실추될 위험에 처해 있었지만 불안하거나 당황한 기색은 전혀 보이지 않았다. 강력계 형사들과 만날 일이 없는 일반인들에게서 보이는 긴장감 같은 것도 전혀 없었다.

"괜찮습니다." 피아가 대꾸했다. "할아버지 일은 정말 유감입니다."

"네, 고맙습니다." 라이펜라트가 고개를 끄덕였다. "열흘간이나 아무도 할아버지를 찾지 않았다는 게 너무 화가 나고 죄송스러웠습니다. 저를 포함해서요. 쾨니히슈타인에 살 때는 자주 찾아뵈었는데 일 년 반 전 저희 가족이 런던으로 이사한 뒤로는 통 찾아뵙지 못했습니다."

피아는 그가 만일 수요일에 통화할 때처럼 권위적이고 오만하게 굴면 지하에 있는 네 개의 조사실 중 가장 작고 시설이 안 좋은 방에 몇 시간 처박아둘 작정이었지만 그렇지 않은 관계로 계획을 조정했다.

"제 사무실로 가실까요?" 피아가 제안하듯 말했다. "커피? 아니면 다른 걸로 하실래요?"

"커피로 하겠습니다." 그가 말했다. "블랙으로 부탁합니다."

피아는 양해를 구하고 잠깐 경비초소에 들러, 셈에게 지하가 아닌 그녀의 방으로 5분 후에 오라고 전해달라고 했다. 그리고 노란색 유성페인트가 칠해진 벽과 리놀륨 장판이 깔린 긴 복도를 지나 이층으로 그를 안내했다. 가면서 확인해보니 라이펜라트는 아직 요아힘 보크트나 라모나 린데만과 연락할 시간이 없어 시체가 발견된 것을 모르고 있었다. 그녀에게는 잘된 일이었다.

"조금 전에 할아버지의 부검이 있었어요." 피아가 말했다. "할아버지는 자연사하신 것으로 나왔습니다."

"자연사가 아니라고 생각하셨나요?" 라이펜라트가 뜻밖이라는 표정으로 물었다. 그녀는 왜 처음에 강력범죄를 의심했는지 설명해주었다. 사무실에 도착해서도 그녀는 자신의 책상이 주는 심리적 안정감을 포기하고 회의탁자에 그와 마주앉았다. 그녀는 녹음기를 켜고 날짜 · 시간 · 사건번호 · 참석자 이름을 말했다.

"할아버지의 자동차가 사라졌고 계좌에서 25,000유로가 빠져나갔는데 매번 다른 현금자동인출기에서 인출됐어요." 피아가 말했다. "그리고 집 안 곳곳에서 한 남자의 지문이 발견됐는데 아마 아는 사람일 거예요. 클라스 레커라고."

그 이름을 듣자마자 라이펜라트의 눈썹이 치켜 올라갔다.

"당연히 알죠." 그가 대답했다. "옛날에 저희 집에 양자로 들어왔던 사람입니다. 돈과 차를 훔쳤다면 분명 그 사람 짓입니다."

그는 경멸스럽다는 듯 고개를 흔들더니 커피를 한 모금 마셨다. 그때 문 두드리는 소리가 나고 셈 알투나이가 들어왔다. 라이펜라트의 태도는 순간적으로 바뀌었다. 셈의 영화배우 같은 외모, 말끔한 정장, 값비싼 실크넥타이, 번쩍번쩍 광이 나는 구두를 보더니 넉살 좋게 편안한 태도를 취하던 그가 경계심을 드러내며 바짝 긴장했다. 셈은 사람들이 보통 상상하는 형사의 모습과는 판이하게 달랐고 그 점이 라이펜라트를 불안하게 만든 것 같았다.

"누군가 할아버지의 개를 견사에 가둬놨더군요." 피아가 그동안 말한 것은 전초전에 불과했다. 이제 그녀는 인정사정없이 직구를 날릴 작정이었다. "개를 발견했을 때 견사 안에 뼈다귀가 있었는데 알고 보니 사람의 유해였어요."

순간적으로 라이펜라트의 표정이 굳어졌고 손으로 의자 손잡이를 꽉 잡는 바람에 잘 그을린 피부 밑으로 하얀 손가락마디가 도드라졌다. 눈빛도 잠시 번뜩이는 것 같았다. 저건 뭐지? 두려움?

"사람의 유해라고요?" 그는 충격적이라는 듯 피아와 셈을 번갈아 쳐다보았다. 이 식상한 반응만 아니었더라면 그의 놀람은 매우 자연스러워 보였을지 모른다. 그러나 그는 상장기업 중 독일에서 내로라하는 금융기업의 대표이사가 된 사람이다. 사람 좋은 것만으로는 그 자리까지 올라갈 수 없다는 사실쯤은 피아도 잘 알고 있었다. 그는 탁월한 전략가였고 처세에 능한 사람임에 틀림없었다.

"견사 콘크리트판 밑에 여자 시체 세 구가 묻혀 있었습니다. 저희는 현재 할아버지가 연쇄살인범이었으리라고 추정하고 있습니다." 피아는 돌려 말하지 않고 일부러 이 단어를 사용했다.

"연쇄살인범이요? 우리 할아버지가요?" 라이펜라트가 믿기지 않는다는 듯 되뇌었다. "설마 진심으로 하는 말은 아니겠죠?"

"진심입니다."

순간 방 안에 정적이 감돌았다. 밖에서 전화벨 울리는 소리, 복도를 지나는 발소리와 말소리가 들렸다. 프리트요프 라이펜라트는 마비된 듯 꼼짝도 하지 않았고 표정으로 드러나는 것도 없었다. 무슨 꿍꿍이일까? 그는 무슨 생각을 하고 있을까? 이 뉴스가 그의 앞날에 어떤 영향을 끼칠지 생각하고 있을까? 아니면 절대 내보일 수 없는 다른 뭔가가 숨겨져 있는 걸까?

피아는 셈에게 이어서 계속하라는 신호를 보냈다.

"라이펜라트 씨, 할아버지와 다른 가족에 대해 얘기해주시죠." 셈이 말했다. "조속한 사건 해결을 위해 가족에 대해 더 알아야 할 필요가 있습니다."

"뭘 알고 싶으신데요?"

"라이펜라트 씨가 유일한 친손자입니까?"

"제가 아는 한에서는 그렇습니다." 라이펜라트가 대답했다. "어머니가 일찍 돌아가셔서 조부모님 밑에서 자랐습니다."

"이력서에 보면 베를린에서 출생한 걸로 되어 있네요."

"네, 어머니가 열여섯인가 열일곱 살쯤 되었을 때 가출했습니다. 아버지에 대해선 아는 바가 없고요. 세 살 때 아동복지국이 저를 발견해 보육원으로 보냈습니다. 그다음엔 유일한 친족인 조부모님을 찾아냈고요."

그가 자신의 출생을 자랑스럽게 여기지 않는 것은 당연했다. 그래서 맘몰스하인에서의 유년기를 쏙 빼고 대학에서부터 시작되는 좀 더 괜찮아 보이는 새로운 이력을 만들어낸 것이리라.

"조부모님과의 관계는 어땠습니까? 실제로 할아버지 할머니로 부르셨습니까, 아니면 부모 호칭을 쓰셨나요?"

"엄마 아빠로 부르라고 하셨지만 제겐 조부모님이었습니다." 프리트요프 라이펜라트가 말했다. "딸에게 다 못 해준 걸 제게 해주려고 하신 것 같습니다. 전 부족함 없이 자랐고 뭐든 제 뜻대로 할 수 있었습니다."

어제 라모나 린데만이 한 말을 확인시켜주는 말이었다. 라이펜라트 부부는 위탁 자녀들과 달리 손자를 특별대우했을 뿐 아니라 응석받이로 키운 것 같았다.

"위탁 자녀들보다 훨씬 많은 자유를 누렸다는 거죠?" 피아가 떠보

듯 물었다.

"당연히 제겐 특권이 있었습니다. 예를 들자면 제 방도 따로 있었고 욕실도 따로 썼고요." 라이펜라트는 왼쪽 다리를 오른쪽 무릎 위에 올리고 까딱거렸다.

피아는 지붕 밑 다락방 두 개와 체리색 욕실을 떠올렸다. 둘 중 하나가 프리트요프의 방이었다면 나머지 방의 주인은 누구였을까?

"다른 형제들과 함께 사는 데 불만은 없었습니까?" 셈이 물었다. "어찌 됐든 조부모님의 관심을 독차지하지 못했을 텐데요."

"아니요, 전혀요. 항상 그렇게 살았는걸요."

"할머니가 라이펜라트 씨를 아이스박스에 가두거나 욕조에 거꾸로 처박은 적은 없었나요?" 피아가 불쑥 물었다.

"무슨 질문이 그렇습니까?" 라이펜라트는 발을 바닥에 내려놓고 가지런히 모으며 못마땅하다는 듯 혀를 찼다. "마치 우리 할머니가 항상 그런 행동을 했다는 것처럼 들리는군요."

"저희는 그렇게 들었는데요." 피아가 대꾸했다. "그런 일이 일상적으로 일어났다고 하던데요?"

"말도 안 됩니다!" 라이펜라트가 반박하며 상체를 약간 앞으로 내밀었다. "저도 할머니의 교육방식을 미화하고 싶지는 않습니다. 하지만 때때로 과했을 뿐 상습적이었던 건 아닙니다. 그리고 저희 할머니 할아버지가 받아들인 아이들이 어떤 부류의 아이들이었는지도 감안하셔야죠! 어느 하나 멀쩡한 아이가 없었습니다. 지극히 불우한 환경에서 자랐거나 평생을 보육원에서 보낸 아이들이었습니다. 하나같이 문제가 있었고 개중에는 대단히 폭력적인 아이들도 있었습니다. 특히나 머리가 좀 커진 아이들은 규칙이고 뭐고 안중에도 없어요. 사실

교육학적, 심리학적 전문지식이 없는 일반가정에서 선한 마음만으로 키울 수 있는 아이들이 아니었습니다. 통째로 전문교육시설 같은 데 집어넣어야 할 아이들이었습니다. 그리고 저희 조부모님이 다른 방법을 몰라서 한 행동이 있기는 합니다만 다들 잘 자라서 제 몫을 하고 있지 않습니까?"

욜란다의 말에 따르면 프리트요프 라이펜라트는 할아버지와 사이가 좋지 않았다. 그리고 할아버지의 사망 소식에 전혀 슬퍼하는 기색도 없었다. 그런 그가 이제는 조부모를 옹호하고 그들이 한 짓을 변호하려 애쓰고 있다. 왜일까? 그가 아닌 라이크 게르만이 단독으로 유산을 상속하게 됐다는 걸 알면 그는 과연 어떤 반응을 보일까?

"조부모님이 가장 열악한 환경의 아이들만 받아들인 게 혹시 요구 조건이 까다롭지 않고 데려가는 사람이 없어서 그런 거였나요?" 피아가 물었다.

"물론 순수한 마음으로만 그런 건 아닙니다. 겉으로는 그런 척하셨지만 사실은 급히 돈이 필요했기 때문이었습니다. 할아버지가 부친에게서 물려받은 회사는 파산상태였고 그 집은 원래 보육원이었던 건물입니다. 그러니 해결책은 딱 나와 있었던 거죠."

"조부모님에게 형제자매들이 괴롭힘당하는 걸 보고 어떤 생각이 들었습니까?" 셈이 물었다.

"형제자매가 아닙니다." 라이펜라트가 고쳐 말했다. "그냥 양자, 양녀였습니다. 잠시 우리 집에 살다 나가는 타인이었습니다. 그건 엄연히 다릅니다. 그리고 '괴롭힘'이라니요? 할머니는 반항심은 힘으로 다스려야 한다는 권위적인 생각을 가진 사람이었습니다만 상습적으로 학대한 건 아닙니다."

"조부모님과 이에 대해 얘기해본 적이 있습니까?"

라이펜라트는 대답하기 직전 거의 눈치채지 못할 정도로 일순간 망설였다. 다른 아이들의 존재에 불만이 없었다는 진술이 거짓으로 입증되는 대목이었다.

"거만하게 들릴 수도 있지만 언제부턴가 집 안에 온통 문제아들이 득실거리는 게 싫었습니다. 학교 다니는 동안 제 친구를 한 번도 집에 데려갈 수 없었어요. 누가 언제 미친 짓을 할지 알 수가 있어야죠! 그래서 대학에 간 뒤로는 집과 연락을 끊고 지냈습니다. 장학금을 받았기 때문에 손 벌릴 일도 없었고요. 하지만 돈을 벌게 된 뒤로는 재정적으로 집에 도움을 드렸습니다. 보육원 아이들 그만 받으시라고요. 그리고 실제로도 그렇게 됐습니다. 1980년대 말부터는 더 이상 양자를 받지 않았습니다."

"최근까지도 재정적으로 할아버지를 돌보셨는데요, 예를 들면 가정부 고용하는 거요. 왜 그러셨죠?"

"제가 할 수 있는 일이 그것뿐이었으니까요." 라이펜라트는 어깨를 으쓱했다. "할아버지는 제가 회사를 물려받거나 적어도 맘몰스하인에 살기를 바라셨습니다. 하지만 제 입장에서 그건 불가능했습니다. 할머니가 자살하신 뒤로 할아버지는 많이 변하셨어요. 그리고 어른이 되어서 보니 할아버지에게 고마움이 느껴졌습니다. 그때 저를 베를린의 보육원에서 꺼내오지 않았다면 지금 어떻게 됐을지 알 수 없지요."

라이펜라트는 조부모에 대해 나쁜 말을 전혀 하지 않으려 했지만 피아는 그 말을 액면 그대로 믿지 않았다. 미리 욜란다 샤이트하우어와 통화하고 난 뒤라 더욱 그랬다. 욜란다는 몇 주 전 테오 라이펜라트와 손자가 나눴던 통화내용을 꽤 정확히 기억하고 있었다. 아이가 지어냈다고 보기는 어려운 내용이었다. 그중 피아에게 특히 수상하게 다가온 부분은 프리트요프가 테오 라이펜라트에게 쓰레기 같은 짐을 맡겨놓고 외국으로 튀었다, 약속과 다르지 않느냐고 했다는 대목이었다. 시체가 나온 마당에 이것이 무엇을 의미하겠는가? 프리트요프 라이펜라트가 시체에 대해 알고 있었거나 어쩌면 살인에 관여했다는 것 외에 달리 해석할 길이 없었다. 방금 전 그가 보인 반응도 이 해석을 뒷받침한다고 볼 수 있었다. 어쨌든 노인의 말에서 알 수 있는 것은 할아버지와 손자의 사이가 전혀 좋지 않았다는 것이다. 그러나 피아는 일단 혼자만 알고 있는 게 낫겠다는 판단을 내렸다.

"25년 전에 실종된 여성들의 시체가 발견됐어요." 피아가 말했다. "할아버지 말고 또 누가 그 땅에 드나들 수 있었나요? 할아버지와 가까이 지낸 사람들이 누가 있죠?"

"접니다." 라이펜라트는 눈 하나 깜짝하지 않고 피아를 응시했다. "요아힘, 라모나, 그리고 앙드레 돌이라고 할아버지의 차와 잔디 깎는 기계를 손봐주는 다른 양자가 있습니다. 그리고 애완동물 사육자협회의 옛 친구들. 클라스도 있고요. 클라스는 한때 앙드레와 함께 옛 공장부지에서 올드타이머 카센터를 운영하기도 했습니다."

"보크트 씨는 할머니가 자살하신 게 아닐 거라고 하더군요. 그렇게 말하는 사람이 보크트 씨 하나뿐인 것도 아니고요."

"저도 압니다." 라이펜라트는 마지못해 수긍하는 표정이었다. "하지만 말도 안 되는 소립니다. 할머니는 조울증이었습니다. 자살하신 날 파티가 있었는데 할아버지가 클라스를 데리고 와서 아주 심하게 다퉜죠."

"어머니날 파티였죠?"

"맞습니다." 라이펜라트는 피아를 빤히 쳐다보았다. 그녀가 무엇을 알고 있고 무엇을 모르는지 가늠해보려는 듯했다. "할머니는 클라스가 집에 발도 들여놓지 못하게 했었죠."

"노라 바르텔스 일 때문에요?"

다시 찰나의 망설임.

"그것 때문이기도 했고 다른 이유도 많았습니다. 할머니는 클라스를 보면 붉은 천을 본 황소처럼 흥분했고 할아버지는 그걸 알고 있었습니다."

"오늘 우연히 오래된 우물구멍을 발견했어요." 피아는 그렇게 말하고 라이펜라트의 반응을 기다렸다. 그러나 어떤 반응도 없었다. 겉으로 보기엔 아무렇지도 않아 보였다. "어떤 건지 아시나요?"

"그럼요. 옛날에 수도관이 들어오기 전엔 거기가 우물이었죠."

"시청에 문의해보니 50년도 넘었더군요." 셈이 말했다.

"그런데요?" 라이펜라트는 잠시 손목시계를 확인한 후 혼란과 호기심이 적절히 섞인 눈빛으로 형사들을 쳐다보았다. 신빙성 있는 반응이었다. 그의 태도에는 한 치의 흔들림도 없었고 인골이 발견됐다고 했을 때 잠시 망설인 것 빼고는 꼬투리 잡힐 만한 반응도 보이지 않았다. 그는 과연 진실을 말한 걸까? 아니면 위장술의 대가인 걸까?

피아의 휴대전화에서 진동음이 났다. 보덴슈타인의 메시지였다.

'헤닝이 우물 유해 검안하고 덴탈 차트 대조했는데 리타 R.로 나옴. 시랍화 시체 지문대조 후 모든 신원 확인됨.'

그녀는 셈에게도 메시지 내용을 보여주었다.

"시간 내주셔서 정말 감사합니다, 라이펜라트 씨. 이제 끝났습니다.

가셔도 좋습니다. 제 동료가 아래층으로 안내해드릴 겁니다." 피아가 웃으며 말했다. 라이펜라트도 안도의 빛이 섞인 표정으로 그녀의 미소에 화답했다. 그는 왜 그에게 우물구멍에 대해 물어봤는지 궁금해하지도 않았고 할아버지의 시신을 어떻게 해야 하는지, 앞으로 어떻게 수사가 진행될 건지도 묻지 않았다.

"참, 하나 빠뜨린 게 있네요." 그가 거의 문 앞에 다다랐을 때 피아가 말했다. 엥엘 과장에게 배운 기술이었다. "우물구멍에서 해골이 발견됐어요."

작별인사를 하던 친절한 미소가 사라졌다. 그의 얼굴에 뭐라 꼬집어 말하기 힘든 표정이 나타났다.

"그 해골이 돌아가신 할머니의 유해라는군요. 놀라셨나요?"

순간적으로 그의 얼굴이 벌겋게 달아올랐다. 이 급격한 감정변화는 프리트요프 라이펜라트가 뭔가 숨기고 있었음을 보여주는 명확한 증거였다. 안면홍조는 얼굴이 창백해지는 것과 마찬가지로 사람이 자의로 만들어낼 수 없는 신체반응이다. 그는 강철 같은 자제력으로 다시 평정을 되찾았다. 그러나 목젖은 분주히 움직이며 내면의 소요를 반영했다.

"도대체 나한테 원하는 게 뭡니까?" 전화통화에서 듣던 그 성마른 외침이었다. 뭔가 마음에 들지 않을 때 아랫사람들에게도 이 말투를 쓰겠지. 이런 불편한 질문에 답변해야 할 일이 그에게 얼마나 자주 있겠는가.

"진실이겠죠." 피아가 나긋나긋한 음성으로 답했다.

"원하는 게 뭔지 말하라고요!" 그의 말투는 더욱 공격적으로 변했다. "열네시간 동안 비행기를 타고 왔고 저녁에 얼마나 중요한 일정이 있는지 압니까! 이런 시답잖은 일로 내 시간을 잡아먹어야 직성이 풀리겠어요?"

"시체 네 구와 할아버지의 죽음이 라이펜라트 씨에겐 시답잖은 일 인가요?" 피아가 눈썹을 치켜뜨며 그를 똑바로 쳐다보았다. "아니면 그쪽 전문용어로 '피너츠'인가요?"

"물론 아닙니다!" 라이펜라트는 피아를 너무 쉽게 봤다는 생각에, 그리고 이 문제에 너무 안이하게 대처했다는 것에 스스로 화가 난 듯 했다. "뭐라고 말해야 할지 모르겠군요. 네, 할머니가 옛 우물자리에 서 발견됐단 말에 놀랐습니다! 전 할머니가 자살하셨다고만 믿고 있 었거든요!"

피아는 말없이 그를 살폈다. 침묵은 사람을 불안하게 만드는 방법 중 하나다. 대부분의 사람들은 그 상황이 너무 불편해서 말하지 않고 는 못 배기는 것이다. 프리트요프 라이펜라트도 예외는 아니었다.

"이제 가도 됩니까?" 그가 참을성 없이 물었다.

"그럼요." 피아가 대답했다. "그전에 지문채취만 좀 하고 가시죠. 요 즘은 잉크 없이 하니까 걱정 마시고요."

"그건 또 왜요?" 그는 짜증이 폭발할 듯했다.

"할머니 유해 옆에서 샴페인 병이 발견됐는데 그 병에 주인을 알 수 없는 지문이 있었거든요. 라이펜라트 씨 것이 아니라는 걸 확인하 기 위한 거예요."

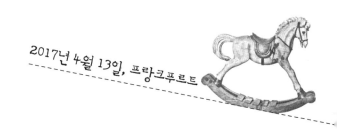

2017년 4월 13일, 프랑크푸르트

"17유로 80센트요." 택시운전사가 말했다.

중앙역에서 프랑을 유로로 환전할 때 피오나는 뭔가 국제적인 사람이 된 것 같은 기분이었다. 그녀는 20유로 지폐를 꺼내 운전수에게 내밀었다.

"잔돈은 됐어요." 그녀가 말했다. 택시비가 취리히에서 프랑크푸르트까지 오는 버스비만큼이나 들었지만 차를 가져오지 않은 건 여전히 잘한 일이라고 생각하고 있었다. 가까운 바젤란트에 다녀오면서 자신이 정말 운전을 못한다는 사실을 깨달았고 속도제한이 없는 독일 아우토반에 대해 들은 얘기라곤 온통 무서운 것들뿐이었기 때문이다. 그래서 20프랑 조금 안 되는 버스비를 지불하고서 아침 7시에 초록색 버스에 올라 오후 2시가 좀 못 된 시각에 프랑크푸르트에 도착했다. 숙소는 이따가 역 근처에 가서 찾아보면 될 일이었다. 일이 잘 안 될 경우 내일 다시 스위스로 돌아가는 버스를 타야 할 테지만 어느 정도 운이 따라준다면 곧 자신의 출생의 비밀을 알게 될 것이다. 그녀는 그 여의사가 자신을 도와주리라 믿었다.

넓은 대학병원 부지에서 부인과 건물을 찾는 데는 조금 시간이 걸렸다. 피오나는 진작에 민간의료보험 가입자로 예약을 해놓았다. 그렇게 하지 않으면 진료를 받는 데 몇 주나 기다려야 했다. 예약할 때 나이를 말하지 않은 까닭에 접수처 직원은 의아하다는 눈초리로 그녀를 쳐다보았다. 20대 초반의 여자가 난임 문제로 병원을 찾는 일은 드물었다. 그녀는 진료신청서·병력기록·진료비 납부 동의서를 작성하고 서명한 뒤 무미건조한 대기실 의자에 앉아 작은 탁자에 놓인 모서리가 해진 잡지와 병원 홍보전단을 뒤적거렸다. 그녀 외에는 십 대 청소년들처럼 손을 꼭 잡고 서로 속닥거리는 남녀 한 쌍이 있었다. 그 모습을 보니 실반이 떠올라 마음이 찌릿하니 아파왔다. 다시 그에게 편지를 쓰고 싶은 생각이 들었다. 그때 문이 열리고 흰 가운 차림의 자그마한 여자가 나타났다. 흰머리가 드문드문 섞인 갈색 단발머리에 반지도 매니큐어도 하지 않은 수수한 차림, 신뢰감과 호감이 느껴지는 얼굴. 그녀다! 대학병원 웹사이트에서 본 사진과 똑같았다. 피오나는 가슴이 두방망이질 치는 것을 느꼈다. 방금 전까지만 해도 병이 나거나 무슨 일이 생겨 지베르트 박사가 출근을 못 했으면 어쩌나, 멀리서 왔는데 허탕치게 될까 봐 걱정하던 참이었다.

"피셔 씨?" 지베르트 박사의 호명에 피오나는 벌떡 일어서다가 탁자에 걸려 넘어질 뻔했다. "들어오세요!"

그녀의 방은 널찍하고 환했다. 사생활보호를 위한 칸막이 뒤에 검사용 의자가 보였다. 창밖으로 보이는 마인 강과 금융지구의 고층건물 풍경도 장관이었다. 한쪽 벽에는 신생아들의 콜라주 사진이 걸려 있었고 탁자 위에는 커다란 꽃다발 두 개, 와인, 샴페인, 선물상자가 쌓여 있었다.

"어머! 오늘 생일이신가 봐요?" 피오나가 물었다.

"아니에요. 작별선물들이에요." 의사가 웃으며 대답했다. "이번 주가 여기서 일하는 마지막 주거든요. 프랑크푸르트에서 15년 있었는데 이제 옮기게 됐어요."

"제가 운이 좋았네요." 피오나가 대꾸했다.

"후임으로 오시는 분도 잘 돌봐주실 거예요. 자, 앉으세요."

"그렇진 않을 것 같은데요." 피오나가 말했다.

지베르트 박사는 책상 뒤에, 피오나는 맞은편에 놓인 의자에 앉았다.

"어째서요?" 의사가 이상하다는 표정으로 물었다.

"왜냐하면⋯⋯." 피오나는 마른침을 꼴깍 삼켰다. 이 의사를 만나면 뭐라고 말할지 며칠간이나 연습했건만 막상 그녀와 마주앉고 보니 한 단어도 떠오르지 않았다. "왜냐하면⋯⋯ 왜냐하면 전 다른 이유 때문에 왔거든요. 제가⋯⋯ 박사님이⋯⋯ 전 취리히에 살았던 크리스티네 피셔의 딸이에요."

"아, 그래요?" 지베르트 박사는 그 이름을 기억하지 못했다. 피오나는 순간적으로 사람을 잘못 찾은 건 아닌지 의심이 들었다. 뭔가 착각한 걸까?

"그⋯⋯ 그게 워낙 오래된 일이라⋯⋯." 그녀는 얼굴을 붉히며 말을 더듬었다. "정확하게 23년이나 지난 일인데 어머니가 아이를 갖지 못해서 박사님한테 진료를 받았고, 그러다⋯⋯ 그러다 입양을 기다리고 있었는데…… 박사님이 제안하셨어요."

의사는 아무것도 기억하지 못하는 듯 미소 띤 표정 그대로였다.

"표준 독일어로 얘기해주시면 좋겠네요." 그녀가 웃으며 말했다.
"제가 스위스 독일어는 할 줄 몰라서……."

"아, 죄송해요." 피오나는 긴장한 나머지 자신도 모르게 스위스 독
일어로 말하고 있었다. 그녀는 입술을 깨물었다. "저희 어머니……
어머니는…… 인공수정이 잘 안 돼서 아이를 입양하기로 하셨어요.
그런데 그때 박사님이 제안하셨대요. 박사님 친구가 임신했는데 아
이를 원치 않는다면서, 그런데 지우기에는 너무 늦었다고요. 그래
서 박사님이 저희 어머니에게 임신한 척하는 것도 도와주고 입양 없
이 아기를 넘기겠다고 하셨어요. 어머니는 동의하셨고요. 박사님은
1995년 5월 4일 밤 새로 태어난 아기, 그러니까 저를 어머니한테 데
려오셨어요."

지베르트 박사는 더 이상 웃고 있지 않았다.

"어째서 내가 그런 짓을 했다고 생각하는 거죠?" 그녀가 차가운 목
소리로 물었다. "이 방에서 나가주세요, 당장!"

"전 친부모가 누군지 알고 싶을 뿐이에요!" 피오나가 간절함을 담
아 말했다. 이렇게 막무가내로 밀어붙이는 게 아니었는데……. 망했
다! "어머니는 2주 전에 암으로 돌아가셨어요. 그리고 이건 제가 아
버지라고 믿었던 사람에게서 들은 이야기예요!"

"난 도와줄 수 없어요." 지베르트 박사는 자리에서 일어서더니 팔
을 뻗어 문을 가리켰다. "나가요!"

끝났다. 피오나는 그녀에게 주어진 유일한 기회를 망쳐버렸다고
자책했다. 울상이 된 그녀는 가방을 어깨에 둘러메고 트렁크 손잡이

를 당겼다. 그러다 문 앞에서 걸음을 멈추었다. 이제 그녀에게 남은 길은 모든 것을 한 방에 거는 것이었다.

"증거가 있어요." 그녀는 자신의 목소리가 낯설어 속삭이듯 말했다. 온몸이 덜덜 떨렸다. "엄마의 아기수첩도 있고 아버지도 진술서를 써주실 거예요. 박사님이 절 데려오셨을 때 아버지도 그 자리에 있었으니까요. 그걸로 의사윤리위원회에 제보할 거고 SNS에도 퍼뜨릴 거예요. 이런 일 너무 자주 하셔서 제 일을 기억 못 하시는 것 같은데, 아마 다음 직장에서 알면 좋아하진 않을걸요."

피오나는 어디서 났는지 모를 배짱에 스스로도 놀랐다. 그 말이 효과가 있었는지 지베르트 박사의 얼굴이 창백하게 변했다.

"잠깐만요." 그녀가 얼음장 같은 목소리로 말했다. "이리 와서 다시 앉으세요!"

***

노크 소리가 난 후 카이와 피아가 나눠 쓰는 사무실 문이 열리고 보덴슈타인이 들어왔을 때 피아는 마르타 크니크푸스 보고서 작성을 막 끝낸 참이었다.

"어서 오세요, 반장님." 피아가 보고서를 저장하며 말했다. "프로파일러 문제는 어떻게 하죠? 아무래도 범죄분석팀에 요청해야겠죠?"

"꼭 그렇진 않아." 보덴슈타인이 답했다. "카이, 작년에 나랑 같이 갔던 '범인 프로필과 범죄분석' 세미나 기억나?"

"그럼요." 카이가 고개를 끄덕이며 말했다. "제 인생 최고의 세미나였는걸요."

"그때 강연자가 데이비드 하딩 박사라고 전 FBI 범죄행동분석팀 팀장이었어." 보덴슈타인이 피아에게 말했다.

"킴이 미국에 있을 때 상관이었어요!" 피아가 알은체했다. "FBI에 있을 때 멘토 같은 역할을 해줬던 것 같더라고요."

자매 사이가 아직 좋았을 때 킴은 하딩 박사에게서 일자리 제의가 왔다고 말한 적이 있었다. 하딩 박사가 FBI 은퇴 후 워싱턴에 개인 자문회사를 차렸는데 거기 와서 일하라는 거였다. 당시 킴은 막 뮌헨 대학에 교수로 채용됐을 때라 그의 제안을 거절했다. 그렇지만 개인적으로 친분을 계속 유지했고 조언이 필요할 때마다 연락하곤 했다.

"하딩 박사가 지금 낭독회 때문에 유럽 투어 중이거든. 그 사람이 직접 개발한 프로파일링 기법에 대한 책이 최근 독일에서도 나왔고. 그때 받은 명함이 있어서 아까 그냥 한번 전화해봤는데 나를 기억하고 있더라고. 그때 여러 번 얘기 나눴었거든. 우리 사건에 대해 얘기 했더니 관심 있대!"

"오, 대박!" 카이가 감탄한 표정으로 씩 웃었다.

"에이, 잊어버리세요." 피아가 손을 내둘렀다. "그렇게 대단한 사람이면 자문비용을 엄청나게 요구할 텐데 엥엘이 그런 큰돈을 내주겠어요? 지금도 돈 아끼라고 난린데."

"게다가 과장님은 사건이 해결됐다고 믿고 있으니까." 보덴슈타인이 말했다. "좀 전에 복도에서 만났어."

"왜 혼자 믿고 난리람? 세부사항도 모르면서!"

"아마 과장님도 니어호프 병에 걸렸나 보지." 보덴슈타인이 전임 과장 니어호프를 상기시켰다. 사건을 빨리 해결함으로써 윗사람들의 점수를 따려 혈안이 돼 있었던 사람이다. "과장님이 우리 둘 다 방으로 오래. 하딩 박사가 꼭 필요하다고 설득해볼 생각이야."

"글쎄요. 잘 되려나?" 피아는 회의에 필요한 서류를 챙겨 일어섰다.

"우리의 무기는 프리트요프 라이펜라트야. 이제 보면 알 거야." 보덴슈타인이 피아에게 문을 열어주며 말했다. 그들은 복도로 나갔다. "니콜라는 욕심이 많아. 하지만 언론에 실수가 드러나는 건 절대 용납 못 하지. 그런데 이 사건은 언론이 엄청나게 꼬일 사건이야. 특히나 유명 은행 대표이사의 할아버지가 연쇄살인범일 수도 있다는 말이 새어나가면 말 다 한 거지."

"그게 먹히기만 한다면야 좋겠지만요."

그들은 복도를 지나 엥엘 과장의 집무실로 들어갔다. 비서는 막 퇴근할 준비를 하고 있다가 그들을 들여보냈다. 니콜라 엥엘의 책상 위에는 각을 맞춘 서류가 반듯하게 쌓여 있었고 엥엘 과장은 그 뒤에 서서 서류가방을 뒤적이고 있었다. 그들이 들어서자 고개를 들어 힐끗 쳐다봤지만 일손을 멈추지 않았다. 그녀는 차가운 톤의 회색 투피스 차림이었고 화장과 헤어스타일은 긴 하루가 지났음에도 완벽했다.

"아! 산더 형사, 보덴슈타인 반장! 들리는 말에 의하면 사건이 거의 해결됐다고요? 앉아요. 그리고 간략하게 보고하세요. 10분 뒤에 중요한 전화 올 게 있어서."

"사건 전혀 해결되지 않는데요." 피아가 바로 맞받아쳤다. "지금까지 알아낸 건 피해자들 신원뿐이고요. 바로 이게 테오도르 라이펜라트가 범인이라는 걸 의심하게 하는 부분입니다."

"어째서 그렇죠?"

"견사 밑에 묻혀 있던 유해와 옛 우물에서 발견된 유골은 여성 네

명의 것입니다. 안네그레트 뮌히는 1993년 5월 이후 실종상태고요, 사망한 테오도르 라이펜라트의 처 리타 라이펜라트는 1995년 5월, 유타 슈미츠는 1996년 5월, 맨디 시몬은 1991년 5월에 실종됐습니다." 피아는 잠시 숨을 돌렸다. 피해자들이 모두 같은 달, 즉 5월에 실종됐다는 공통점이 그제야 눈에 들어왔다. "실종사건 기록에 의하면 실종 며칠 후 피해자들의 차가 손상되지 않은 상태로 잠긴 채 발견됐고 차 트렁크 안에는 항상 피해자들의 소지품이 든 가방이 들어 있었습니다."

"그래서요? 결론이 뭐죠?" 니콜라 엥엘이 물었다.

"아직 나온 결론은 없습니다." 피아는 요즘 니콜라 엥엘이 얄미워 죽을 지경이었다. 자기 맘 내킬 때나 일정이 빌 때는 사사건건 끼어들어 간섭을 해대다가 정작 중요한 사건이 터졌을 때는 거의 관심을 두지 않기 때문이다. "범인이나 범행과정을 추론하기에는 아직 정보가 너무 부족합니다."

"그리고 2014년에 발생한 미제살인사건에서 범인 고유의 작업방식이 엿보입니다." 보덴슈타인이 거들었다.

"그리고 80대 노인이 23세 여성을 제압해서 다른 곳으로 옮긴다는 것도 상상이 잘 안 되고요." 피아가 말했다.

"범인 고유의 작업방식?" 엥엘 과장은 마땅찮다는 표정을 지었다. 그때 그녀의 휴대전화에서 알림음이 났고 그녀는 바로 전화기를 들어 메시지를 확인했다.

피아는 보덴슈타인과 눈길을 주고받았다.

"저희 생각엔 상대가 사이코패스 성향의 연쇄살인범이 아닐까 싶어요."

"사이코패스 성향의 연쇄살인범이라고요?" 니콜라 엥엘이 비아냥거리는 톤으로 되물었다. "산더 형사, 좀 더 기괴한 건 없어요?"

"뭐가 기괴해요?" 피아는 벌써부터 속이 부글부글 끓었다. "슈발바흐 젤 사건 때도 제가 옳았던 거 기억 안 나세요? 테오도르 라이펜라트의 소유지에서 시체 네 구가 발견됐어요! 그중 세 구는 사망 후 냉동됐고 랩에 싸여 있었습니다. 그리고 세 사람 모두 사인이 익사인 게 거의 확실시되고 있고요! 오스터만이 지금 연방범죄수사국 데이터뱅크와 비클라스(ViCLAS, Violent Crime Linkage Analysis System, 강력범죄연계분석시스템)에서 잠재적 피해자를 검색하는 중이라고요."

니콜라 엥엘은 표정 하나 바뀌지 않고 피아를 응시했다.

"계속해봐요."

"원래 한번 냉동됐다 해동된 조직은 더 빨리 부패합니다." 보덴슈타인이 바통을 이어받아 설명했다. "그래서 키르히호프 교수는 범인이 아이스박스에서 시체를 꺼내자마자 바로 흙 속에 묻었을 것으로 추측하고 있습니다. 랩과 토질 때문에 시체는 썩지 않고 시랍화됐습니다. 테오도르 라이펜라트 소유지에서 아이스박스 세 개가 발견됐는데, 그중 두 개는 창고에 있었습니다."

"아이스박스 두 개는 지금 분석실로 보내서 검사 중이에요." 피아가 다시 말을 이었다. "창고 하나는 도축장비가 갖춰진 도축시설이었어요. 거기서 크뢰거 반장이 랩 일곱 통을 발견했어요."

니콜라 엥엘은 그제야 경청하는 태도를 보였다. 그녀는 서류가방을 닫고 자리에 앉으며 두 사람에게도 맞은편 의자에 앉으라는 손짓을 했다.

"옛 우물구멍에서 1995년 5월 실종된 걸로 알려진 리타 라이펜라트의 해골을 발견했습니다. 주변에서는 자살로 추측하고 있었고요."
보덴슈타인이 설명을 계속했다. "해골 옆에서 샴페인 병 하나가 발견
됐고 척추에 22구경 탄환이 박혀 있었습니다. 라이펜라트 집 안을 오
래전부터 알아온 주민 한 명과 라이펜라트의 양자 두 명은 타살이라
고 의심하고 있었습니다. 적당한 기회가 주어지자 테오 라이펜라트
가 죽었을 거라면서요."

"테오도르 라이펜라트의 단독범행이 아니라는 단서는 없나요?" 엥
엘 과장이 물었다.

"딱히 없습니다." 피아가 솔직히 대답했다. "양자로 들어왔던 사람
중에 13세 소녀 살인사건과 관련된 사람이 한 명 있어요. 맘몰스하
인에 사는 노라 바르텔스라는 학생이 1981년 여름에 라이펜라트 저
택 근처 연못에서 익사체로 발견됐는데 당시 15세였던 클라스 레커
가 범인으로 지목됐습니다. 레커는 2014년 아내에 대한 협박, 폭행,
감금 혐의로 법정에 섰는데 교도소가 아니라 치료감호소로 보내졌습
니다. 3년간 여러 정신병원에 있었는데 진단은 편집증적 사이코패스
로 나왔어요. 당시 프랑크푸르트 지방법원은 판결문에서 그를 '극히
위험하다'고 표현했어요. 2월에 재심이 있었는데 무죄가 나와서 바로
정신병원에서 나왔습니다."

"그 건은 나도 들어본 적 있어요." 엥엘 과장이 말했다. "왜 레커가
이 사건과 관련이 있을 거라고 생각하죠?"

"현재로선 모든 가능성을 열어두고 있습니다." 피아는 흔들림 없이
꿋꿋했다. "어쨌든 폭력적 성향이 있는 것은 확실해 보입니다." 피아
는 라모나 린데만에게 들은 레커의 괴롭힘과 리타 라이펜라트의 심
각한 처벌에 대해 보고했다. "그리고 30년 전 그 여학생을 물에 빠뜨

려 죽였을 수도 있습니다."

"무슨 말인지 알겠어요." 니콜라 엥엘은 그녀가 말하려는 바를 바로 이해했다. 다른 건 몰라도 이해력 하나는 날카로운 사람이다.

"레커와 다른 양자들을 찾아낼 생각입니다." 피아가 말했다. "레커는 정신병원에서 나올 때 주소지를 증명해야 했습니다. 한동안 양형제의 집에서 지냈고 전입신고는 테오도르 라이펜라트의 주소로 돼 있지만 거기 살지 않는 건 확실합니다. 찾아내는 대로 데려다 얘기할 겁니다."

"라이펜라트 집 안에 들어온 아이들은 어디서 온 아이들이죠?" 엥엘이 물었다.

"보육원에서 데려온 아이들입니다." 보덴슈타인이 대답했다. "라이펜라트 부부는 가장 문제 많은 아이들만 받았습니다. 아무도 데려가지 않는 아이들, 이미 다른 가정에 입양됐다가 거절당한 아이들이었습니다. 이상행동을 보이거나 다른 이유로 입양되지 못한 아이들도 있고 데려갈 친척이 전혀 없는 아이들입니다."

"피해자로는 완벽하군." 엥엘이 알겠다는 듯 고개를 끄덕였다.

"라이펜라트 부부에겐 친딸도 하나 있었는데 일찍 죽은 이유로 그 딸이 낳은 아들을 데려다 키웠습니다." 피아가 설명했다. "오늘 그 사람과 얘기를 했는데 좀 성가시게 됐더라고요. 그 손자가 데하그 대표이사인 프리트요프 라이펜라트거든요."

"그래서 이름이 귀에 익었었군!" 엥엘은 잘 손질된 눈썹을 치켜떴다. 걱정스러워하는 눈빛이었다. 보덴슈타인의 말이 옳았다. 니콜라 엥엘은 프리트요프 라이펜라트가 정치계에 인맥이 닿아 있는 영향력 있는 경영자임을 잘 알고 있었다. "그럼 앞으로 어떻게 진행할 생각이에요?"

"최대한 빨리 프로파일러를 투입할 생각입니다. 살해동기가 뭔지 전혀 드러나지 않고 있거든요." 보덴슈타인이 말했다. "작년에 미국의 유명한 프로파일러인 데이비드 하딩 박사의 세미나에 참석해서 하딩 박사를 알게 됐는데요, 현재 유럽에 와 있고 우리 사건에 관심을 보이고 있습니다."

"하딩 박사는 킴이 FBI에 있을 때 멘토였습니다." 피아가 한마디 더 보탰다. 지역범죄수사국 범죄분석팀과 공조하라며 보덴슈타인의 제안을 바로 거절할 줄 알았는데 엥엘의 반응은 달랐다. 그녀는 의자 깊숙이 등을 기대며 한숨을 내쉬었다. 그리고 엄지와 검지로 미간을 문지르며 생각에 집중했다.

"외부 자문을 들일 예산이 없다는 건 저희도 아는데요……." 피아가 조심스럽게 운을 뗐다.

"예산은 내가 알아서 할 문제니까 상관 말고. 보덴슈타인 반장, 그 박사에게 전화해요." 니콜라 엥엘이 피아의 말을 끊고 지시했다. "이제부터 실수하면 안 돼요. 그랬다간 지역범죄수사국에서 전문요원을 보낼 거고 그럼 우린 끝장이에요. 그렇게 되지 않으려면 완벽한 전략을 써야 해. 그건 내가 알아서 할게요. 아마 당분간은 라이펜라트의 이름이 언론에 새어나가지 않게 막을 수 있을 거예요."

***

1993년 5월 9일

지금까지 여자들 중에 가장 예쁜 여자다. 반반한 얼굴에 입이
특히 예쁘다. 그리고 염색 금발이 아닌 진짜 금발이다. 약간 그레
이스 켈리를 닮았다. 다시 한 번 웃는 얼굴을 보고 싶지만 잠에서
깨어나 상황파악을 하게 되면 웃는 모습을 보기는 어려울 것이다.
그녀를 처음 본 순간부터 이 순간을 기다려왔다. 그녀가 미끼를
물 때까지 기다리는 데 수주가 걸렸지만 그 정도는 감수할 수 있
다. 난 기다리는 기쁨을 즐기니까. 임박한 죽음의 상황을 깨닫고
몸부림치는 그들의 모습을 상상하며 잠드는 것만큼 황홀한 것은
없다. 나는 다음 단계로 넘어가기 전에 그들을 아주 자세히 관찰
한다. 머릿속으로는 해야 할 일 목록에 체크를 해나간다. 그들을
이 주차장으로 꾀어오는 일은 너무 쉬워서 허무할 지경이었다. 이
렇게 쉽게 넘어오다니! 처음 두 명은 너무 쉬웠고 여기 이 여자도
아마 그럴 것 같다. 앞으로는 그들이 온전히 정신이 돌아온 뒤에
물가로 데려갈 작정이다. 반쯤 몽롱한 상태에서는 그 순간을 제대
로 느낄 수 없을 것이다. 나는 하나하나 배워가고 있다. 매번 더 나
아지고 점점 더 완벽에, 궁극적 희열에 가까워진다. 그 생각을 하
면 얼마나 흥분되는지……. 그만! 몽상에 젖어선 안 된다. 자정까
지는 다섯 시간 정도밖에 남지 않았다. 나는 그녀의 얼굴이 잘 보
이도록 간이의자를 그녀의 머리맡에 놓았다. 그녀는 차츰 정신이
드는 모양이다. 머리와 팔을 움직여보려 하지만 움직일 수 없다

는 것을 깨닫는다! 그녀는 가늘게 눈을 뜨고 눈부신 불빛과 마주
한다. 나는 그녀의 얼굴 위로 떠오르는 생각을 모두 읽을 수 있다!
서서히 공포에 휩싸여가는 저 표정! 소리를 지르려 하지만 지를
수 없고 움직이려 하지만 움직일 수 없다. 나는 2번 여자가 친구
를 기다리고 있는 아이스박스 위로 시선을 돌린다. 시계는 8시 20
분을 가리키고 있다. 아직 너무 밝다. 빨라도 10시나 되어야 물가
로 데려갈 수 있을 것이다. 3번 여자는 엄청나게 빨리 정신을 차렸
다. 그 아름다운 푸른 눈을 희번덕거리며 애원하듯 울고 있다. 나
는 카메라를 들어 눈 사진을 찍는다. 빛이 충분한지 신경쓰며 촬
영한다. 그리고 그녀의 존재가 내게 얼마나 무의미한지 새삼 깨닫
는다. 이름조차 기억나지 않는다. 이름 같은 건 중요하지 않다.

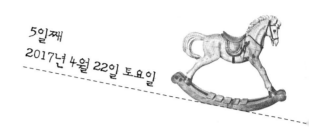

"좋은 아침!" 피아가 사무실에 도착한 것은 6시 10분이었다.

"하이!" 카이는 모니터 세 개 중 가운데 모니터 위에서 얼굴을 쏙 내밀었다. "왜 이렇게 일찍 나왔어?"

"잠 잘 자고 왔어. 자기는 벌써 나온 거야, 아니면 아직 안 들어간 거야?"

"나 가끔 집에 다녀오기도 해. 커피 마실래? 막 새로 내리는 중인데. 심지어 깨끗한 컵도 있어."

피아는 오래된 커피머신을 흘긋 쳐다봤다. 키 작은 캐비닛 위에 떡하니 앉아 쿨렁쿨렁 소리를 내는 커피머신에서는 시커먼 액체가 유리주전자 안으로 방울방울 떨어지고 있었다. 이 진득한 액체는 경찰서 전체에서 악명이 높았다. 타리크의 표현에 따르면 카이의 이 스페셜 블렌딩의 효과는 레드불 다섯 병에 맞먹었다.

"난 그냥 밖에서 하나 뽑아올게." 피아가 말했다.

"그런 자동판매기에서 나오는 설거지물 같은 걸 무슨 맛으로 마시는지 모르겠어." 카이는 혼자 불퉁거리며 다시 키보드 위로 몸을 숙였다. 그제야 피아는 책상 앞에 의자가 하나 더 있는 것을 발견했다. 모니터 하나도 옆으로 돌려져 있었다.

"타리크도 벌써 나온 거야?"

"예스." 카이가 대답했다. "실종/신원불상 파일들을 복사하는 중이야."

"파일들?" 피아가 심상치 않은 표정으로 되물었다. "우리 똘똘한 데이터뱅크가 밤새 뭔가 토해낸 거야?"

"암, 토해냈지. 우리가 바라던 것보다 훨씬 많이." 카이가 대꾸했다. "일단 가서 커피 먼저 뽑아와."

복도 건너편에 있는 작은 휴게실 찬장에서 자신의 컵을 찾아 카이가 자동판매기라고 폄하하는 세코 피코바리스토 밑에 놓고 카푸치노 버튼을 눌렀다. 견사 밑에서 시체 세 구가 나왔을 때 그녀는 이미 이 사건이 손바닥 뒤집듯 쉽게 해결될 문제가 아니라고 예감했다. 그리고 이후 위협적인 미래가 한 발 한 발 다가오는 느낌을 떨칠 수 없었다. 마치 큰비 오기 전이나 지진 나기 전에 개들이 불안해하는 것과 같았다. 어젯밤 잠들기 전에 그녀는 왜 자신이 사실과의 연관관계에 집중하지 못하고 자꾸 감정적으로 치닫는지 곰곰이 생각해보았다. 도대체 무엇이 그녀의 내면에 파문을 일으킨 걸까? 어디서 감지된 위험일까? 겉으로 보기엔 너무 멀쩡한 시체들의 끔찍한 모습 때문이었을까? 테오 라이펜라트의 집 이층 목욕실에서 휩싸인 불길한 느낌 때문에? 틀림없이 뭔가 있는데 도통 떠오르지 않는 프리트요프 라이펜라트의 이름에 얽힌 기억은 또 뭘까?

피아는 입김을 불어가며 커피를 한 모금 마셨다. 바로 정신이 맑아지는 느낌이었다. 보통 간밤에 꿈을 꾸었어도 아침에 일어나면 그 내용을 기억하지 못했다. 그런데 어젯밤에 꾼 꿈은 마치 실제로 겪은 것처럼 기억이 생생했다. 비르켄호프 집 앞 계단에 웬 남자아이 하나가 앉아 울고 있었다. 피아는 아직도 그 모습이 눈에 선했다. 눈물로 얼룩진 앳된 얼굴, 스누피가 그려진 빨간 티셔츠, 파란 반바지, 통통한 팔다리, 헝클어진 금발. 처음에는 안 보였지만 대여섯 살 정도밖에 안 돼 보이는 아이의 손에는 종이쪽지 한 장이 들려 있었다. 피아는 아이 앞에 쭈그리고 앉아 부모님은 어디 계시느냐고 물었다. 아이는 고개를 들고 그녀를 빤히 쳐다보더니 말했다. '누군가 엄마를 죽였어요. 이 세상엔 사람들이 생각하는 것보다 훨씬 많은 고아들이 있어요.'

그런 다음 아이는 팔을 들어 그녀 뒤를 가리켰다. 그녀는 뒤를 돌아보고 깜짝 놀랐다. 커다란 호두나무가 있는 마당에 아이들이 가득했던 것이다. 그들은 우두커니 서서 말없이, 비난에 찬 눈동자로 그녀를 응시했다. 손에는 모두 숫자가 적힌 종이쪽지를 들고 있었다. 그녀가 다시 아이에게 몸을 돌리자 아이는 사라지고 웬 성인 남자가 앉아 있었다. 손에 들린 종이에는 '42'라고 쓰여 있었다. 그는 라이크 게르만처럼 생기지 않았지만 그녀는 그가 라이크 게르만임을 알 수 있었다.

'피해자가 42명인가요?' 피아가 믿기지 않는 듯 물었다.

'훨씬 더 많습니다.' 그가 슬픈 표정으로 고개를 끄덕였다. '아이스박스가 꽉 차서 다 콘크리트 밑에 묻을 수밖에 없었어요. 그렇게 하

지 않았다면 다 녹아서 썩었을 겁니다.'

"형사님!" 누군가 뒤에서 그녀를 불렀다.

"아, 타리크. 좋은 아침." 그녀는 뒤돌아서며 후배 형사에게 물었다. "언제부터 여기 있었어?"

"2014년 8월부터요. 왜요? 제가 뭐 잘못했나요?" 타리크가 어리둥절해서 그녀를 쳐다보았다.

"아니, 오늘 아침 몇 시에 왔냐고." 그녀가 어이없는 미소를 지었다. 타리크 오마리는 머리가 비상한 청년으로 컴퓨터로 무장한 카이와 비슷한 수준이다. 하지만 말을 글자 그대로 받아들일 때가 많아서 엉뚱한 오해가 생기곤 한다.

"아, 네." 그는 그제야 말뜻을 알아들었다. "한 4시쯤이요."

"그렇게 한밤중에 일하러 나오면 아내가 뭐라고 안 해?" 피아가 커피를 한 모금 마시며 물었다. 타리크는 3년 전 루퍼츠하인 사건을 수사할 때 만난 파울리네 라이헨바흐와 작년 여름에 결혼했다. 곧 아기도 태어날 예정이었다.

"안 해요. 내가 어떤 놈인지 잘 아는걸요." 그가 싱긋 웃었다. "그리고 그렇게 자주 있는 일은 아니니까요."

"그래, 이제 카이한테 가보자." 피아가 말했다. "새로운 걸 얼마나 많이 알아냈는지 궁금한데."

***

카이와 타리크가 연방범죄수사국 데이터뱅크에서 뽑아낸 결과는 어떤 관점에서 보느냐에 따라 긍정적이기도 하고 부정적이기도 했다. 프로파일러에게 수많은 정보를 제공한다는 점에서는 긍정적이었고 결국 사건이 피아가 우려하던 규모로 커진다는 점에서는 부정적이었다.

"에바 타마라 숄레." 카이가 입을 열었다. "24세. 미용실을 운영하던 부모 집에서 함께 살고 있었어. 1988년 5월 12일 마지막으로 목격됐고 1989년 10월 슈파이어 근처 베르크하우젠의 알트라인에서 건져냈어. 미용전문학교를 마치고 부모가 운영하는 미용실에서 일하고 있었는데 저녁마다 놀러 나가길 좋아했고 주로 미군들이 드나드는 술집에 출입했어. 미군과 결혼해 미국에 가서 사는 게 꿈이었거든. 실종 당일 마지막으로 목격된 곳은 아샤펜부르크인데, 한 여자친구와 함께 주로 미군을 상대하는 아이리시 펍에 있었어. 그러다 친구와 다투게 됐고 그 친구가 차를 몰고 먼저 가버렸어. 에바 타마라 숄레는 자정이 조금 지난 시각 만취한 상태로 펍을 나갔어. 당시 수사관들은 에바 타마라 숄레와 조금이라도 친분이 있었거나 단기간 연애를 했던 미군들과는 전혀 접촉할 수 없었어. 미군 측에서 비협조적으로 나왔거든."

그는 피아에게 인쇄된 종이 한 장을 내밀었다. 머리색이 짙은 젊은 여자가 유혹하듯 입술을 쭉 내밀고 있는 사진이었다. 커다란 눈에는 짙은 화장을 했고 헤어스타일은 1980년대에 인기 절정이었던 사자갈기 머리였다. 어깨가 넓은 재킷과 형광색 링 귀걸이도 전형적인 80년대 스타일이었다.

피아는 사진을 내려놓았다. 테오 라이펜라트가 야밤에 아샤펜부르크에 왜 갔을까? 잠재적 피해자를 찾아 근처를 배회하고 있었을까? 피해자를 고르는 그의 기준은 무엇이었을까? 에바 타마라 숄레는 유타 슈미츠, 야나 베커, 안네그레트 뮌히와는 또 완전히 다른 유형의 여자였다. 그리고 왜 그때는 시체를 알트라인에 빠뜨렸을까? 피해자를 데려가 집 근처에 매장하는 습관은 나중에 생긴 걸까?

"또 있어?" 피아가 물었다.

"리아네 반 부렌, 38세, 네덜란드 국적이고……." 카이가 말을 이었다. "실종된 건……."

"5월이지?" 피아가 그의 말을 끊으며 인쇄된 사진을 들여다보았다. 리아네 반 부렌은 금발이고 날씬하며 매력적인 여자였다. 흰색 블라우스에 검은색 정장을 입고 자신감 넘치는 표정으로 카메라를 바라보고 있었다.

"응, 맞아." 카이는 콧등으로 흘러내린 안경을 추켜올렸다. "실종된 건 2012년 5월 15일, 신고한 사람은 남자친구야. 그라펜브루흐에 살았고 주말에 아침 일찍 조깅을 다녔대. 시신은 심하게 부패하고 야생동물에게 뜯어먹힌 상태로 2012년 10월 자우어란트 빈터베르크 숲에서 버섯을 채취하던 사람들에 의해 발견됐어."

"차도 있었어?"

"아니."

"그런데 왜 데이터뱅크에서 결과로 내놓은 거야?" 피아가 의아하다는 듯 물었다.

"랩에 싸여 있었고 사인이 익사였거든." 카이가 답했다. "하지만 부검보고서에 냉동됐다는 말은 없어."

"리아네 반 부렌은 프랑크푸르트의 큰 은행 IT 부서에서 일했어요. 남편과 여덟 살짜리 아들은 네덜란드에 따로 살았고요." 타리크가 덧붙였다. "참, 에바 타마라 솔레에게도 아들이 하나 있어요. 이제 삼십

대 초반쯤 됐겠네요."

"다른 피해자들에게도 자녀가 있었어?" 피아가 리아네 반 부렌의 사진을 내려놓으며 물었다.

"잠깐." 카이가 책상 위 서류를 뒤적거렸다. "안네그레트 뮌히에게는 아들이 둘 있었고 유타 슈미츠에게는 딸 하나, 맨디 시몬은 당장이 서류에 나와 있는 건 없어."

"리아네 반 부렌이 다니던 은행은 어디야?" 피아가 물었다.

"ABN 아므로." 카이가 얼굴을 찡그리며 말했다. "프리트요프 라이펜라트와 다른 은행이야. 그 생각 한 거라면."

"그 생각 한 거 맞아. 다른 은행이라도 서로 알았을 수는 있지."

피아는 남은 커피를 마저 다 마셨다.

"피해자들이 모두 같은 달에 실종됐다는 건 절대 우연이 아니야."

피아는 곰곰이 생각하며 카이가 프로파일러를 위해 뽑아놓은 목록을 들여다보았다.

1988. 5. 12. - 에바 타마라 숄레, 바이터슈타트(슈파이어)

1991. 5. 12. - 맨디 시몬, 에르푸르트(맘몰스하인)

1993. 5. 9. - 안네그레트 뮌히, 발도르프(맘몰스하인)

1995. 5. 14. - 리타 라이펜라트, 맘몰스하인(같은 장소)

1996. 5. 11. - 유타 슈미츠, 카르스트(맘몰스하인)

2012. 5. 15. - 리아네 반 부렌, 그라펜브루흐(빈터베르크)

2014. 5. 10. - 야나 베커, 림부르크(베른카스텔-쿠에스)

"내가 확인해봤는데 이건 우연이 아니야." 카이가 말했다. "피해여성들은 모두 어머니날 하루 전에 실종됐어. 어머니날 당일에 사라진 리아네 반 부렌만 빼고."

"테오 라이펜라트는 어머니날을 싫어했단 말이지." 피아가 혼잣말처럼 중얼거렸다. "그래서 리타 라이펜라트는 그날을 크리스마스나 되는 양 성대하게 치렀을 거야."

"내가 아는 사람 중에 크리스마스 싫어하는 사람 많거든." 카이가 대꾸했다. "그렇다고 막 살인을 하진 않아. 자살을 하면 몰라도."

"선배님들, 이게 뭘 뜻하는지 한번 생각해보세요!" 타리크가 기가 막힌다는 표정으로 외쳤다. "1988년 에바 타마라 숄레가 첫 번째 피해자이고 2014년 야나 베커가 마지막 피해자잖아요. 만일 매년 어머니날에 한 명씩 죽였다고 치면 26이라는 숫자가 나와요!"

피아는 꿈에서 본 '42'라는 숫자를 떠올리지 않을 수 없었다. 거기에 무슨 의미가 숨겨져 있는 걸까?

헛소리. 그건 그냥 꿈이잖아. 그녀는 스스로를 나무랐다. 그녀는 분명 직감이 뛰어난 사람이지만 예지자의 능력을 지닌 것은 아니었다. 가끔은 제발 그런 능력이 있었으면 했지만 말이다.

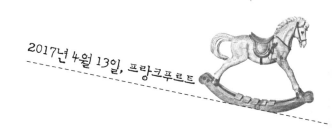

2017년 4월 13일, 프랑크푸르트

마르티나 지베르트는 23년간 이 순간을 두려워했다. 시간이 지나
면서 두려움이 옅어지고 완전히 잊고 지낼 때도 있었지만, 일이 일이
다 보니 아이를 갖지 못하는 사람들의 절망과 끊임없이 마주해야 했
다. 개중에는 아이를 갖는 것이 삶의 유일한 목적처럼 돼버린 경우도
있었다. 그녀는 그들이 소망을 이루는 데 도움을 주었으나 그러지 못
한 경우도 있었다. 더 이상 시험관아기 시술이 의미가 없다고 말해
주어야 할 때도 있었고 그 시술을 권장할 수 없는 경우도 있었다. 당
사자들에겐 뼈아픈 좌절이었다. 그녀는 그 마음을 잘 알았다. 아이를
낳지 못하는 여자들 중엔 스스로를 가치 없다고 느끼는 사람이 많았
다. 아이를 낳고 싶은데 낳지 못하는 이유로 결혼생활이 파국을 맞기
도 했고 우울증에 걸리는 사람도 있었다. 마르티나는 경우에 따라 입
양을 권하기도 했고, 그 권유를 받아들이는 사람들도 있었다. 마르티

나가 취리히의 그 여자를 기억하는 것은 아마 의사가 된 후 처음으로 마주친 난관이었기 때문일 것이다. 그녀는 20대 중반에 병으로 수란관 두 개를, 나중에 난소 하나를 제거한 상태였다. 아기를 갖고 싶어 하는 그녀의 소망은 거의 병적인 수준이었다. 결혼생활도 그로 인해 깨지고 말았다. 두 번째 남편은 훨씬 이해심이 있어 보였다. 마르티나 자신이 보기에도 그녀의 처지는 무척이나 애처로웠다. 문제는, 해서는 안 되는 일을 할 정도로 애처로웠다는 것이다. 마르티나 지베르트는 그 일에 대해 수도 없이 생각했다. 왜 모든 규칙과 법을 어기고 가장 친한 친구의 아기를 생판 모르는 부부에게 건네주었을까? 당시에는 좋은 일을 한다는 믿음에 어떤 의심도 없었다. 카타는 분명히 맘을 독하게 먹고 어딘가에 아기를 버렸을 것이다. 그녀는 친구가 왜 그렇게 배 속의 아이를 거부하는지 알아내려 했지만 카타는 이유에 대해서는 침묵한 채 "원하지 않는다니까. 더 이상 묻지 마"라고 딱 잘라 말했다. 마르티나도 더 이상 묻지 않았다. 카타는 임신한 사실을 숨길 수 없게 되자 그녀를 찾아왔다. 그리고 작은 집에 틀어박혀 지냈다. 일은 문제없이 진행됐다. 그 스위스 여자는 한집에 사는 어머니마저 속아넘어갈 정도로 임신부 역할을 훌륭하게 해냈다. 마르티나는 아기가 취리히 토박이 집 안에서 안정적으로 자라리라는 생각에 스스로를 위로했다. 취리히 호수가 내다보이는 아름다운 저택에서 부모의 사랑을 한몸에 받으며 성장할 거라고. 카타도 고마워했다. 그녀는 출산하고서 이튿날 기차를 타고 독일로 돌아갔다. 그리고 아기에 대해 한마디도 묻지 않았다. 그러한 상황에서 마르티나가 고려하지 않은 딱 한 사람이 있었다. 바로 아기였다. 가끔 아기가 몇 살쯤 됐을까 생각해보긴 했지만 그게 전부였다.

그리고 어제 그 과거가 그녀의 발목을 잡은 것이다. 그것도 상상하기 힘들 정도로 곤란한 시점에. 그녀가 수년째 지원해온 마르베야 난임클리닉의 과장으로 이직하기 직전에 말이다. 그녀가 스페인의 새 병원으로 옮긴 후 받게 될 지원은 엄청났다. 그 병원은 아랍 왕족의 소유이고 환자들은 주로 아랍에미리트와 러시아에서 찾아오는 사람들이었다. 병원장은 돈의 액수에 연연하지 않았고 부가적으로 바다가 보이는 그림 같은 저택까지 제공했다. 그 제안을 받아들이지 않는다는 건 바보 천치나 할 짓이었다. 게다가 그녀도, 그녀의 남편도 독일의 우중충한 겨울에 진저리가 나 있던 참이었다. 5월 1일이 첫 출근이고 그전에 이사를 해야 하는데 이런 사단이 나다니! 피오나 피셔! 맙소사! 처음에는 그 젊은 아가씨에게 화가 치밀었다. 발칙하게 의사윤리위원회에 고발하겠다고 나오다니! 만일 그녀가 그때 일을 증명해낸다면 의사면허가 취소될 위험이 컸다. 이제까지 쌓아온 명성과 경력이 한꺼번에 무너질 것이다. 물론 마르베야의 새 일자리도 물거품이 될 것이고. 그러나 달리 생각해보니 자신이 그 입장에 있었더라도 그렇게 했을 것 같았다. 피오나는 행동의 결과를 생각하지 않고 오직 자기 자신만 생각한 두 이기주의자들의 희생물이었다. 카타에게 그러면 안 된다고 따끔하게 말하고 공식적인 절차를 거쳐 아기를 입양시키도록 했어야 했다. 그랬다면 아기가 자랐을 때 적어도 친모가 누군지 알 기회는 가졌을 텐데. 그들은 아기에게 그 기회를 빼앗았다. 카타는 바로 그 점을 노렸던 것이다. 마르티나는 한때 우정이라는 것에 대해 낭만적인 생각을 갖고 있어 친구가 어려움에 빠지면 당연히 도와야 하고 급할 때는 그 방식이 조금 비정상적인 것이어도 괜찮다고 생각했었다. 나중에 생각해보니 카타에게 이용당한 것이었다. 카타가 마치 기억하고 싶지 않은 과거이고 이미 정리된 이야기라는 듯 갑자기 연락을 끊었을 때 마르티나는 크게 상심했다. 세상에는 그런 부류의 사람이 있다. 절대로 뒤를 돌아보지 않는 사람, 건너온 다리를 다 불살라버리고 어떤 죄책감도 없이 전진하는 사람.

마르티나 지베르트는 깊은 생각에 잠긴 채 마인 강 건너편에 펼쳐진 마천루의 풍경을 바라보았다. 오후에 있을 작별파티 전에는 이 문제를 해결해야 했다. 피오나는 이틀째 호텔에 앉아 그녀의 소식을 기다리고 있다. 카타의 연락처는 이미 인터넷을 통해 알아냈지만 피오나에게 바로 넘기고 싶진 않았다. 카타는 그런 일을 당해도 싸지만. 그리고 어찌 됐든 그녀 자신도 이 일에 엮여 있었다. 피오나 피셔, 평생 의사로 살며 저지른 유일한 실수 때문에 미래를 망치고 싶진 않았다. 그녀는 한숨을 쉬며 다시 노트북 앞에 앉았다. 그리고 수신자란에 카타의 이메일주소를 입력한 다음 딱 세 문장을 썼다. 그녀는 옛 친구에게 기한을 주었다. 그리고 그 기한을 넘기면 피오나 피셔에게 친모의 이름과 이메일주소를 넘기겠다고 했다. 그걸로 그녀는 이 일에서 발을 뺄 참이었다.

***

아침회의에는 K11강력반 전원이 참석했다. 카트린 파힝어도 돌아왔다. 오늘은 토요일이지만 아무도 불평하지 않았다. 보덴슈타인이 팀원들에게 수사 진행상황을 요약해 알려주었다. 테오 라이펜라트의 벤츠는 유럽 전역에 수배령이 내려졌고 유전자분석에 의해 맨디 시몬, 유타 슈미츠, 안네그레트 뮌히의 신원이 확인됐다. 그리고 크뢰거의 감식반이 라이펜라트 자택의 다락에서 위탁 자녀들에 대한 서류를 무더기로 찾아냈다.

"먼저 피해자의 유족들에게 연락해야 해. 이건 타리크가 맡아. 그 사건들 담당자나 옛날에 담당했던 사람들 다 찾아내서 연락해. 그리고 셈, 카트린, 피아, 나는 맘몰스하인에서 탐문수사를 할 거야. 오늘은 토요일이니까 집에 있는 사람이 많을 거라고. 라이펜라트 집 안에 대해 더 알아내야 해. 그리고 노라 바르텔스, 위탁 자녀들에 대해 다 물어봐."

현장 주변 탐문만큼 힘든 것이 있을까 싶지만 이 수사를 피해갈 수도 없었다. 사람들은 많은 것을 보고 또 쉽게 잊어버리지만, 가끔은 중요하게 여기지 않은 것이라도 봤던 것을 기억해내는 사람들이 있다. 3년 전 어느 사건을 수사할 때 지역범죄수사국의 취조 전문가와 공조한 적이 있는데, 피아는 그때 인지면담에 매료되어 그 기술을 익히고자 여러 코스를 밟았다. 어떤 사건에 대해 처음부터 끝까지 과정을 반복해 진술하게 하는 일반적 방법과 달리 사고, 부상, 또는 다른 트라우마적 사건이 일어나기 전의 일상적 상황을 기억하게 하는 방법이다. 그렇게 하면 하나의 사건이 어떤 맥락에서 일어났는지 알 수 있게 되고 그런 식으로 얻어낸 결과는 실로 놀라운 것이었다. 사람들은 전혀 생각하지 못한 세부사항들을 기억 속에서 불러냈고 처음부터가 아니라 뒤에서부터 거꾸로 기억을 펼치는 방식으로 기억 속의 장면들을 변화시키기도 했다. 인지면담의 세 번째 기술은 관점을 바꿀 수 있다는 것이다. 물론 이런 조사법은 증인이 말할 준비가 되어 있을 때 적용 가능하기 때문에 피의자 조사에서는 사용되지 않는다. 그러나 주변 탐문수사에서는 종종 효과를 발휘한다.

"프로파일러는 어떻게 되는 거죠?" 카이가 물었다.

"데이비드 하딩 박사가 도와주기로 했어." 보덴슈타인이 대답했다. "어제저녁에 전화로 자세히 얘기했어. 지금 스톡홀름에 있는데 최대한 빨리 프랑크푸르트로 오겠대. 그때까지 우린 더 정보를 수집해야 해. 그래서 특별전담반을 꾸리기로 했어. 과장님 승인 났으니까 원하는 만큼 인력을 끌어올 수 있어. 라이펜라트 집에서 확보한 위탁 자녀 서류들 다 분석하고 피해자 사건파일도 샅샅이 훑어야 해."

"그건 제가 하겠습니다." 카이가 자진해서 나섰다. "지금 클라스 레커에 대해 알아보는 중입니다. 어디 살고 어디서 일하는지 그런 것들이요."

"사샤 린데만, 앙드레 돌, 요아힘 보크트도 알아봐줘. 양자는 아니지만 라이크 게르만도." 피아가 부탁했다. "주소지, 직장, 결혼 유무, 말 안 해도 알지?"

카이는 씩 웃으며 엄지손가락을 치켜들었다.

"자, 일단 여기까지." 보덴슈타인이 고개를 끄덕였다. "질문 있는 사람? 없어? 자, 그럼 나가보자고!"

***

"와, 미치겠네." 피아가 조그만 소리로 구시렁거렸다. "그 마귀할멈이 아직도 살아 있다니! 이거 킴한테 꼭 말해줘야지!"

카첸마이어의 잘 관리된 방갈로 앞에서 초인종을 눌렀을 때 정원 울타리 문을 열어준 사람은 분명 피아의 옛 수학선생님이었다. 30년이나 지났는데도 그녀의 모습은 여전했다. 금발이었던 머리가 새하

얗게 변한 것 말고는 똑같았다.

"무슨 용무로 오셨나요?" 1982년과 똑같이 깡마른 몸매에 말상인 우쉬 카첸마이어는 수상하다는 듯 계단 위에서 그들을 내려다보았다.

"안녕하십니까, 카첸마이어 부인." 보덴슈타인이 정중하게 말하며 공무원증을 들어 보였다. "저는 호프하임 강력반 형사 올리버 폰 보덴슈타인이라고 합니다. 이쪽은 피아 산더 형사이고요. 어제 부군과 잠시 얘기했습니다만, 몇 가지 더 여쭤볼 것이 있어서 왔습니다. 집에 계신가요?"

"아니요, 조깅하러 갔는데요."

"나중에 다시 와요, 반장님." 어느새 여드름 난 십 대 소녀로 돌아간 듯한 피아가 속닥거렸다. "저 얼굴 보기만 해도 속이 울렁거린단 말이에요!"

"웃기는 소리 하지 말고." 보덴슈타인은 아무렇지도 않은 표정으로 말하고 노부인에게 예의 그 매력적인 미소를 보냈다. 피아가 '백작 미소'라고 흉보곤 하는 그 미소는 즉각 효과를 나타냈다. "부인께서 잠시 시간을 내서 대답해주실 순 없을까요? 오래 걸리지 않습니다."

피아의 옛날 선생님은 결국 그의 미소에 넘어갔다.

"그럼요, 들어오세요."

보덴슈타인이 울타리 문을 열고 들어가자 피아도 그 뒤를 따랐다. 가슴이 쿵쾅쿵쾅 뛰고 속이 울렁거렸다. 그렇게 긴 세월이 지났는데도 이런다는 게 실로 우스웠지만 그녀 때문에 느낀 패배감은 학창시절 내내 어두운 그림자처럼 피아를 따라다녔고 숫자와 공식에 대한 거부감은 이후 거의 병적인 것이 되었다.

"남편에게 들었어요. 라이펜라트 씨가 돌아가셨다고요?" 우쉬 카첸마이어가 말했다. "개가 하루 종일 짖는데 들여다보질 않아서 죄책감이 큽니다."

가까이서 보니 세월이 남긴 흔적이 그녀의 얼굴에 선명했다. 피부는 쭈글쭈글했고 양피지처럼 얇았다. 너무 적은 지방과 과한 햇빛 노출은 나이 들었을 때 복수한다더니…….

"앉으세요! 뭐 좀 드시겠어요?" 우쉬 카첸마이어는 그들을 서재로 안내했다. 두 벽을 아우르며 천장부터 바닥까지 온통 책으로 가득 채운 방이었다. 그들은 둥근 탁자에 둘러앉았다. 너무도 싫어했던 수학 선생님에게 커피, 차, 쿠키 같은 걸 내오도록 시키는 것도 왠지 통쾌할 것 같았지만 피아는 정중히 사양했다.

우쉬 카첸마이어가 방문 목적을 설명하는 보덴슈타인에게 집중해 있는 사이 피아는 책장에 꽂힌 책들을 눈으로 훑었다. 추리소설과 가벼운 읽을거리가 꽤 많았다. 심술궂은 남편도 까칠한 아내도 그런 소설을 읽을 것 같지는 않은데 의외였다.

"우리 딸이 학교 다닐 때 라이펜라트네 아이들과 같은 반이었어요." 우쉬 카첸마이어가 말했다. "그 집 아이들이 하도 많아서 피할 수도 없더라고요."

"이름 기억나십니까?"

"라모나라는 아이가 기억나네요. 브리타라는 아이도 있었고요. 우리 질케가 중학교 가기 전까지는 브리타랑 아주 친했어요. 어디 졸업 앨범이 있을 텐데. 제가 찾아볼까요?"

"네, 그래주시면 고맙죠."

피아는 마귀할멈을 다루는 보덴슈타인의 솜씨에 새삼 놀랐다. 나이 들면서 더 멋있어지는 남자들이 있는데, 보덴슈타인도 그런 부류다. 흰머리가 섞인 어두운색 머리와 강아지 같은 눈매 주위로 퍼지는 웃음주름은 그에게 신뢰감뿐 아니라 매력까지 더해준다. 거기다 귀족 출신임을 알려주는 이름과 완벽한 매너는 연령 불문하고 여심을 흔들어놓기에 충분한 조합이다. 우쉬 카첸마이어는 그의 매력 앞에서 서서히 녹아가고 있었다. 연신 옷매무새를 가다듬는가 하면 머리를 쓸어넘기기에 바빴다.

"이건 아직 공식적으로 발표된 건 아닙니다." 보덴슈타인이 말했다. "그리고 되도록 언론에 새어나가지 않게 해야 하는데요, 라이펜라트 씨 댁 땅 밑에서 시체 네 구를 발견했습니다. 그중에는 리타 라이펜라트의 유해도 있었습니다."

"뭐라고요?" 우쉬 카첸마이어는 눈이 휘둥그레지며 손으로 입을 틀어막았다. "세상에! 어떻게 그런 일이!"

그녀는 충격에 잠시 할 말을 잃었다. 그러나 일단 그 충격에서 벗어나자 말이 술술 쏟아져 나왔다. 보덴슈타인은 그녀의 말이 올바른 방향으로 흐르도록 유도할 뿐 다른 말은 할 필요가 없었다. 우쉬 카첸마이어는 1980년대에 교회와 지역 체육회 간부로 왕성하게 활동했다. 견진성사 예비자 모임을 관리했고 수많은 행사와 축제를 준비했다. 라이펜라트 가족과의 친분도 단지 이웃이어서가 아니라 그 집안이 지역에서 가장 유명하기 때문이었다. 맘몰스하인 사람들은 생수공장이 망할 때까지 대대로 라이펜라트 집 안에서 일자리를 제공받았다. 우쉬 카첸마이어는 리타 라이펜라트와도 자주 일했고 마음도 잘 맞았다고 했다.

"리타와는 친구 사이였어요." 우쉬 카첸마이어가 말했다. "능력 있고 너그러운 사람이었죠. 힘든 일도 마다하는 법이 없고 한번 하면 확실하게 했어요. 양자, 양녀 들을 우선적으로 생각했기 때문에 자신은 항상 뒷전이었고요. 그런 일은 정말 아무나 하는 게 아니에요! 우리 목사님이 추천해서 연방공로십자장을 받았을 때도 마을 주민 반정도는 비스바덴 수상관저에 따라가서 수상식에 참석했어요. 앨범 가져올게요."

그녀는 자리에서 일어섰다.

"능력 있고! 너그럽고!" 피아가 작은 소리로 비꼬았다. "리타의 교육방식에 대해서는 뭐라고 할지 궁금하네요."

"내 생각엔 테오 라이펜라트만 마을 주민들의 눈을 속이고 이중생활을 한 게 아니야. 만일 이게 사실이라면 연방공로십자장은 웃음거리가 되는 거야!"

그때 우쉬 카첸마이어가 앨범 네 권을 가지고 돌아왔다. 그녀는 돋보기를 쓰고 앨범을 넘기기 시작했다.

"이게 질케 초등학교 입학했을 때 학급사진이에요. 1976년이었죠." 그녀는 그렇게 말하며 앨범을 보덴슈타인 쪽으로 돌렸다. 그리고 비쩍 마른 손가락으로 아이들의 얼굴을 가리켰다. "여기 이게 질케, 그옆에 금발 여자아이가 브리타예요. 그리고 첫 번째 줄 오른쪽에서 두번째 남자아이도 라이펜라트 아이 중 하나였어요."

피아는 사진을 자세히 보기 위해 앨범 쪽으로 몸을 기울였다. 누군가 사진 밑에 아이들의 이름을 써놓은 것 같았다.

"사샤네요." 피아가 이름을 찾아 읽었다.

"맞아요! 그런 이름이었어요." 카첸마이어 부인은 다른 앨범에서도 사진을 찾아냈다. "아주 문제아였어요. 부모들이 그 애 때문에 힘들어

하는 걸 자주 봤어요. 만날 수업 방해하고 다른 아이들 괴롭히고 그랬는데 리타가 기적을 일으킨 거예요. 몇 주 후에는 아이가 얌전하고 말도 잘 듣고, 완전히 변했더라고요."

피아는 리타 라이펜라트가 과연 어떤 방식으로 그 변화를 가져왔는지 상상하고 싶지 않았다. 선행과 인내는 결코 아니었으리라. 카첸마이어 부인의 앨범에는 리타 라이펜라트의 사진도 있었다. 볼이 불그레하고 둥글둥글한 얼굴에 다정한 미소, 실로 호감 가는 인상이라 그동안 들은 이야기와 맞아떨어지지 않았다

"리타의 자살 소식을 듣고 놀라셨습니까?" 보덴슈타인이 사진에서 고개를 들지 않은 채 물었다.

"놀랐냐고요? 엄청난 충격이었죠! 리타가 조울증에 걸렸다는 소문이 있었지만 난 개인적으로 한 번도 그런 느낌을 받은 적이 없었어요. 물론 열 길 물속은 알아도 한 길 사람 속은 모른다지만."

"그런 의심을 다른 사람에게 얘기한 적이 있습니까?"

"아…… 아니요."

우쉬 카첸마이어는 외향적인 사람이 아니었다. 이웃집 개가 몇 날 며칠 짖어댔을 때도 남편이 경찰에 신고하는 걸 막았고 23년 전에 친하게 지내던 지인이 자살했다고 했을 때에도 미심쩍은 마음이 있었음에도 불구하고 말없이 지나갔다. 가끔은 방관자들이 범인보다 나을 게 없어 보이는 경우도 있다.

"테오 라이펜라트가 아내를 죽였다고 말하는 사람도 있습니다." 보덴슈타인이 말했다. "그런 생각은 전혀 안 해보셨습니까?"

우쉬 카첸마이어는 그 질문에 불편한 기색을 보였다. 깡마른 목이 붉으락푸르락해졌다.

"그 당시에 말이 참 많았었죠." 그녀가 당황한 표정으로 답했다. "테오와 리타의 결혼생활이 원만하지 않다는 건 누구나 다 아는 사실이었어요. 하지만 테오가 그랬을 거라고 생각하는 사람은 없었을 거예요. 나도 마찬가지고요!"

항상 똑같은 소리! 주변의 겁쟁이들과 방관자들은 범인에게 최고의 보호막을 제공한다. 피아는 리타 라이펜라트 사건파일을 요청해야겠다고 속으로 다짐했다.

"테오 라이펜라트는 어떤 사람이었습니까?" 보덴슈타인이 물었다. "당시 라이펜라트 씨에게서 택지를 사지 않으셨습니까?"

"맞아요. 하지만 매매는 모두 크니크푸스 부인을 통해서 이뤄졌기 때문에, 여기 이사 오고 나서 얼굴을 처음 봤어요. 그것도 멀리서요. 트랙터를 몰고 가거나 그 고물 폭스바겐 버스 타고 지나갈 때 한 번씩 봤지요. 교회에선 한 번도 얼굴을 본 적이 없고 축제 때도 술이나 마시러 왔죠." 그녀는 잠시 숨을 돌렸다. "죽은 사람 욕하면 안 되는 건 아는데 테오 라이펜라트가 어떤 사람이었는지 알고 싶어 하니까 미화하지 않고 얘기할게요. 평생 출근이라는 걸 해본 적이 없는 게으름뱅이였어요. 하다못해 명예직 같은 것도 안 맡으려고 했어요. 회사는 크니크푸스 부인이 운영했고 집에서는 리타가 다 알아서 했고. 그 사람이 하는 일이라고는 해가 중천에 뜨고 나서야 일어나서 저녁 내내 술집에 앉아서 허풍 떠는 거예요. 한 달에 한 번씩 크니크푸스 부인이 와서 외상값 계산하고!"

우쉬 카첸마이어는 얼굴을 찌푸렸다.

"집을 비우는 일이 잦았나요?" 피아가 물었다. "여행을 자주 가는 편이었나요?"

"내가 알기론 아니에요. 리타는 산에도 가보고 싶어 했고 바다 여행도 가보고 싶어 했지만 남편이 매번 싫다고 했죠. 운전면허도 없는데 어딜 가냐고!"

"차가 있었잖아요!"

"면허 없다고 차 못 사나? 리타가 연방공로십자장 받을 때도 시상식에 안 왔고 목사님이 리타를 위해서 기도회 열었을 때도 안 왔어요. 여자들 응대하는 건 어차피 할 줄 몰랐고. 나랑은 눈 한 번 못 마주쳐도 우리 바깥양반한테는 폭풍수다를 떨었지. 그러다 또 몇 주간은 아는 척도 안 하고. 모두에게 그랬어요. 그러니까 사람들은 내가 뭘 잘못했나 하는 거지. 특이한 사람이었어요. 집 관리하고 애완동물 키우는 것 말고 다른 데는 아예 관심이 없었어요."

피아는 앨범 네 권을 차례차례 넘겼다. 사진 속의 카첸마이어 부인은 옛날 모습 그대로였다. 마귀할멈. 그녀가 리타 라이펜라트와 친해진 건 맘 맞는 정신적 동반자를 찾았기 때문이었을까?

"리타 라이펜라트가 상당히 가혹한 훈육을 했다는 얘기가 있던데요." 보덴슈타인은 라모나 린데만에게 들은 이야기를 해주었다.

"아니요, 그럴 리 없어요!" 우쉬 카첸마이어가 단호하게 말했다. "난 라이펜라트 아이들을 접할 기회가 아주 많았는데 학대당한 흔적은 한 번도 발견하지 못했어요. 그런 일이 있었다면 눈에 띄었을 거 아니에요? 리타는 체벌에 반대했어요. 리타와 그 문제에 대해 얘기한 적이 많았는걸요. 리타 남편은 가끔 손이 올라가곤 했죠. 그래서 리타는 아동복지국에서 아이들을 데려가버릴까 봐 걱정했어요."

"욕조에 담그거나 아이스박스에 십 분간 가두는 걸로 별 상처가 남진 않죠." 피아가 끼어들었다. "하지만 마음의 상처는 크게 남았겠죠."

"아니요, 그럴 리 없어요." 카첸마이어 부인은 고개를 저었다. "리타는 불행하게 태어나 기회를 갖지 못한 아이들에게 기회를 줬어요. 그리고 그게 어디 쉬운 일이었겠어요? 초등학교에 입학했는데 아직 말도 잘 못 하는 아이들도 많았어요! 어떤 아이들은 행동이상에 정신적으로 한참이나 뒤처져 있었고요. 하지만 모두 짧은 기간에 부족한 부분을 극복했죠. 난 그 집 아이들을 거의 다 알았거든요. 그 아이들 모두 보통 가정의 아이들보다 규칙도 잘 지키고 문제도 덜 일으켰어요. 하나도 빠짐없이요!"

당연히 그랬을 것이다. 피아는 속으로 혀를 끌끌 찼다. 조금이라도 눈 밖에 났다간 언제 보육원으로 되돌려 보낼지 모르니까.

"저희가 찾는 사람이 어릴 때 심각한 트라우마를 겪었다는 단서가 있는데요." 피아가 말했다.

"테오가 그…… 사람들을…… 죽였다고 하지 않았나요?"

"아니요, 라이펜라트 소유지에서 시체 네 구가 나왔다고 했지요."

우쉬 카첸마이어는 피아를 빤히 쳐다보다가 뭔가 떠올랐는지 눈을 번뜩였다.

"내 수업 들은 적 있지 않아요?" 그녀가 물었다.

"네, 맞아요." 피아가 순순히 고개를 끄덕였다. "그때는 프라이탁으로 불렸고 1986년에 졸업했어요."

"아, 피아 프라이탁!" 피아에게 엉망인 수학시험지를 내주며 짓던 심술궂은 미소가 전 여교사의 얼굴 위로 희미하게 스쳤다. "수학 머리가 잘 돌아가진 않았었지."

"네, 지금 형사 머리는 잘 돌아가니 다행이죠." 피아가 지지 않고 맞받아쳤다. 그리고 고교 시절을 악몽으로 만들었던 교사에게 당당하게 말대꾸하는 쾌감을 느꼈다. "노라 바르텔스가 물에 빠져 죽은 날 기억나세요?"

"당연하지! 바로 옆집이었는데. 지금 샤이트하우어 씨네 집이 옛날에 바르텔스 씨 집이었잖아. 참 끔찍한 일이었지."

"그날 뭐 하셨는지 기억나세요?"

우쉬 카첸마이어는 눈을 감고 생각에 잠겼다.

"5월이었고 일요일이었어." 그녀가 느릿하게 말했다. "어머니날. 질케가 용돈 모은 걸로 꽃다발을 사들고 왔지. 자기 돈으로 산 거라 무척 뿌듯해했어." 카첸마이어 부인은 다시 눈을 떴다. "그날 우린 테라스에서 아침식사를 하고 교회에 갔어. 거기서 노라를 마지막으로 봤지. 그날은 무척 더웠어. 마치 여름 같았지. 노라가 짧은 치마에 민소매 티셔츠를 입었어. 그래서 내가 교회 올 때는 좀 얌전한 옷을 입으라고 했던 게 기억나. 예배 끝난 다음엔 마인츠에 사시는 시어머니 댁에 갔고, 저녁에 돌아와보니 그런 일이 있었더라고. 마을이 발칵 뒤집어졌었지. 경찰이 쫙 깔리고 한 사람도 빠짐없이 경찰의 질문을 받았지. 그날 저녁에 이미 소문이 돌았는데, 라이펜라트 아이들 중 하나가 관련됐다고 하더라고."

"그 소문 누구한테 들었는지 기억나세요?" 피아가 물었다.

"그럼!" 카첸마이어 부인도 오래전 일이 기억나는 게 신기한 듯했다. "베게너 부인이 전화해서 알려줬어. 교회도 같이 다니고 그 집 딸 아냐가 우리 반이어서 잘 알았거든. 그 일 있고 몇 주 뒤에 또 사건이 터졌어. 라이펜라트네 아이들 중 다른 아이가 자살을 한 거야. 그 뒤로는 아무도 그 집에 애를 놀러 보내지 않았지."

***

"노라 바르텔스가 어머니날에 죽은 건 생각 못 했네." 카첸마이어의 집을 나와 차에 올라타며 보덴슈타인이 말했다. "그것도 무슨 의미가 있을까?"

"글쎄요." 피아가 안전벨트를 매며 대꾸했다. "그날 여자들이 가고 난 다음에 테오 라이펜라트가 뭘 했는지 기억하는 사람이 있을지 모르겠어요."

우쉬 카첸마이어는 노라가 죽은 후에 바로 자살한 남자아이의 이름을 기억하지 못했다. 당시 그 저택에서는 무슨 일이 있었던 걸까?

"아동복지국에서 아이들을 데려갈까 봐 겁냈다면서……." 피아가 혼잣말처럼 중얼거렸다. "왜 아이들을 학대했을까?"

"아동복지국에서 나오는 돈으로 생활했으니까 그런 것 아니겠어?" 보덴슈타인이 말했다. "아마 아이들에게 철저히 입단속을 시켰고 그게 통했던 거겠지."

"언제 무슨 일이 터질지 몰라 숨죽이고 살아야 했던 유년기라……." 피아가 말했다. "세상 천지에 의지할 데라곤 없었겠죠. 그런 어린 시절을 보낸 아이가 과연 정상적인 정신상태를 유지할 수 있었을까요? 당시 라이펜라트 아이들을 맡았던 아동복지국 담당자를 찾아야 할 것 같아요."

"아마 입양서류 찾아보면 뭔가 단서가 나오겠지." 보덴슈타인은 베게너 집안의 딸 아냐 맨티가 산다는 골목으로 차를 돌려 들어갔다. 카첸마이어 부인과 얘기하는 동안 보덴슈타인은 데이비드 하딩 박사에게 문자메시지를 받았다. 지금 스톡홀름 공항에 있는데 오후 3시

45분 프랑크푸르트에 도착한다는 내용이었다. 그때까지는 한참 남았으므로 아냐 맨티와 이야기할 시간은 충분했다.

카첸마이어 부인이 귀띔해준 바로는 아냐 맨티의 남편이 변호사인데, 아무 사건이나 맡는 사람이 아니라 경제전문 미국 법률사무소 소속이라고 했다. 돈이 엄청나게 많고 궁전 같은 집에 사는데, 그 집은 맘몰스하인에서도 가장 높은 지대, 부자들이 모여 사는 동네 바홀더베르크에 있었다. 피아의 옛 수학선생님은 정확한 주소를 알지 못했다. 하지만 나름대로 자세히 설명해주어 피아와 보덴슈타인은 어렵지 않게 집을 찾을 수 있었다.

피아가 초인종을 누르자 안에서 갑자기 개 짖는 소리가 무섭게 났다. 보덴슈타인은 엉겁결에 한 걸음 뒤로 물러섰다. 곧이어 문이 열리자 작은 체구의 잭 러셀 테리어가 문틈을 비집고 나오려고 발버둥을 쳤다.

"비니! 시끄러워! 이리 와!" 개를 부르는 여자 목소리가 들렸다. 개는 그제야 조용해졌지만 낮은 소리로 으르렁거리며 피아와 보덴슈타인 주변을 맴돌았다.

"죄송해요. 소리만 요란하지 사납진 않아요. 신경쓰지 마세요." 사십 대 중후반으로 보이는 여자가 나왔다. 초록색 블라우스와 청바지 차림에 맨발이었다. 잿빛 금발 고수머리는 하나로 묶었고 동글동글한 얼굴에는 주근깨가 많았다. "무슨 일로 오셨죠?"

"짖는 소리만 들어서는 로트바일러인 줄 알았어요." 피아가 건조하게 말하며 공무원증을 들어 보였다. 몰디브에서 부활절 연휴를 보내고 어제야 돌아왔다는 아냐 맨티는 이미 테오 라이펜라트의 죽음에 대해 알고 있었다.

"요즘은 왓츠앱 덕분에 세상 끝에서도 마을 소문을 들을 수 있거든요." 그녀가 환한 미소를 거두며 말했다. "우리 아들이 소방관인 친구에게서 메시지를 받았어요. 그런데 제가 어떻게 도와드려야 할까요? 전 테오랑 얘기해본 지 한 20년은 된 거 같은데."

"어렸을 때 라이펜라트 집 안에 자주 놀러갔다고 들었거든요." 보덴슈타인이 말했다. "라이펜라트 가족에 대해 좀 알고 싶은데 도움이 될 만한 얘기가 있을까요?"

그는 시체가 발견된 것이나 우물 속에 해골이 있었다는 얘기는 일부러 하지 않았다. 그 말을 들으면 아냐 맨티가 자유롭게 진술하지 못할 것 같아서였다.

"물론이죠." 그녀가 대답했다. "온실정원으로 가시죠. 집에 십 대 아이들이 셋이나 있어서 듣는 귀가 많아요."

피아와 보덴슈타인은 볕이 잘 드는 집을 지나 그녀의 뒤를 따라갔다. 바닥까지 통유리로 되어 있어 멀리 보이는 풍경이 장관이었다. 테리어는 여전히 주위에서 으르렁거렸지만 그들에게 가까이 오지는 않았다. 온실정원은 이름값을 톡톡히 했다. 키 큰 야자수 화분에 협죽도, 오렌지나무, 레몬나무 사이에 편안해 보이는 라운지 의자들이 탁자를 중심으로 놓여 있었다. 그들은 그곳에 자리를 잡고 앉았다.

"담배 피워도 괜찮을까요?"

"괜찮습니다." 보덴슈타인이 미소를 지으며 답했다. 아냐 맨티는 모종 화분이 가득한 서랍장에서 담뱃갑을 꺼냈다. 그리고 담배 한 개비를 물고 의자에 책상다리를 하고 앉았다.

그녀는 라이펜라트 아이들을 잘 기억하고 있었다. 초등학교 때 프리트요프 라이펜라트, 요아힘 보크트, 당시에는 성이 코흐였던 라모나 린데만과 같은 반이었다고 했다.

"전 방과후에 라이펜라트 씨네에 자주 놀러갔어요." 그녀의 얼굴에 희미하게 미소가 스쳤다. "부모님은 제가 거기 가는 걸 별로 안 좋아 하셨지만 몰래 빠져나가곤 했었죠. 저희 아버지는 회히스트의 대표 이사셨고 전 외동딸이라 온실 속 화초처럼 곱게만 자랐어요. 항상 형 제자매가 있었으면 했는데 거기 가면 아이들이 많아서 너무 신기하 고 재미있었어요. 마치 동화책 속에 들어온 것만 같았죠."

"아이들이 불행해 보인다거나 하는 느낌을 받은 적 없나요? 아니 면 다른 아이들과 좀 다르다거나?"

"그때는 그런 걸 못 느꼈어요. 그런데 나중에 생각해보니 다들…… 음…… 문제가 있었던 것 같아요. 안정된 환경에서 자라는 아이들과는 좀 달랐어요. 뭐든 당연히 받는 게 아니었고요. 라이펜라트 부인을 '어 머니'라고 부를 때도 뭔가…… 진짜 같지 않다는 느낌이 들었어요."

"노라 바르텔스 일 기억나십니까?" 보덴슈타인이 다시 물었다.

"네, 그럼요! 끔찍한 일이었죠! 노라랑 친했어요. 초등학교 때 같은 반이었고 나중에 학교가 달라졌지만 함께 버스 타고 쾨니히슈타인에 놀러가기도 했어요." 그녀는 담배연기를 깊이 들이마시며 회상에 젖 는 듯 잠시 허공을 응시했다. "남자애들은 모두 노라에게 빠져 있 어요. 사실 엄청 못되게 굴었는데도 말이에요. 한동안 저랑도 단짝친 구였는데 저한테도 못되게 굴었어요. 노라는 남이 가진 건 자기도 꼭 가져야 했고 누구라도 자기를 우러러보지 않으면 견디지 못했어요."

아냐 맨티는 깊은 한숨을 쉬었다.

"사실 지금까지도 간접적으로는 노라의 죽음에 제 책임이 있다고 생각해요."

"왜 그렇죠?"

"라이펜라트 아이들 중에 노라보다 저를 더 좋아하는 남자애가 있었어요."

"클라스 레커 말인가요?" 피아가 물었다.

"네, 맞아요!" 아냐 맨티가 놀란 표정으로 고개를 끄덕였다. "하지만 클라스는 제게 관심 있어서 그랬던 게 아니라 우리 아빠가 어떤 사람인지 알게 돼서 그랬던 거예요. 어느 날 우리 집에 데려간 적이 있었는데 돌아가라 해도 안 돌아가고 제게 입을 맞추려고 하고 온 집 안을 뛰어다녔어요. 심지어 아빠 서재에 들어가서 아빠 의자에도 앉았고요. 그건 절대금지였는데 말이에요. 그러고는 '내가 크면 너랑 결혼할 거야. 그럼 이 모든 게 다 내 차지가 될 거 아냐'라고 했어요. 그것 때문에 악몽도 꾸고 그랬어요."

"노라가 그걸 알고 클라스를 뺏으려 했다는 거군요?"

"네, 말하자면 그래요. 그리고 클라스도 저를 질투 나게 할 생각이었지만 그렇게 되지 않았어요. 전 그 애가 무서웠거든요. 다른 아이들도 모두 무서워했어요. 겉으로 보기엔 착해 보이지만…… 질이 나쁜 애였거든요. 클라스는 다른 아이들을 겁주고 괴롭히고 맘대로 갖고 노는 걸 좋아했어요. 양심이나 공정심 같은 게 없었죠. 어찌 보면 노라와 잘 어울렸어요. 노라도 그렇게 무자비한 데가 있었거든요. 어쨌든 클라스가 노라를 죽였다는 말을 들었을 때 전 놀라지 않았어요. 그리고 클라스가 떠나자 모두 기뻐했죠."

"클라스를 다시 만난 적 있습니까?" 보덴슈타인이 물었다. "한때 생수공장 부지에서 앙드레 돌과 함께 카센터를 운영했다는데."

"전 프랑크푸르트에 살고 있었는데 부모님 댁에 올 때마다 혹시 마주칠까 봐 조마조마했어요." 아냐 맨티는 어이없다는 듯 콧방귀를 뀌었어요. "몇 번 길 가다 마주친 적이 있었는데, 결혼한 지 얼마 안 됐을 땐데도 이상한 소리를 지껄이더라고요. 언젠가 너랑 결혼하기로 한 거 기억하고 있다, 그러는데 나이 어린 신부가 옆에 있을 때였어요! 제가 기가 막혀서, 결혼한 사람이 무슨 소리냐 했더니 괜찮다고, 너만 좋으면 언제라도 애랑 이혼할 거라고 하더라니까요. 나중에 가정폭력으로 정신병원에 들어갔다는 소식을 들었을 때 전 그래, 드디어 누군가 너를 꿰뚫어봤구나, 했어요."

"프리트요프 라이펜라트는 어땠습니까?" 보덴슈타인이 물었다. "역시 클라스를 무서워했나요?"

"아니요." 아냐 맨티는 놋쇠로 만든 재떨이에 담배를 비벼 끄고 뚜껑을 닫았다. "프리트요프는 아무도 무서워하지 않았어요. 클라스와 달리 남을 겁줄 필요도 없었어요. 프리트요프 앞에선 어차피 모두들 조심했으니까요. 프리트요프가 할머니에게 한마디하면 그날은 모두 후식을 못 먹었어요. 수영할 때도 프리트요프가 허락한 사람만 풀장에 들어갈 수 있었어요. 프리트요프가 누군가 때문에 화가 나면 그 아이는 벌을 받았고요. 하지만 프리트요프는 행동에 앞뒤가 있고 다음 행동을 예측하는 것도 가능했어요. 한번 누군가를 좋아하면 그 관계가 오래갔고요."

"예를 들면 요아힘 보크트와의 관계 말이죠?"

"네, 요헨은 프리트요프의 가장 친한 친구예요." 아냐 맨티가 대답했다. "어렸을 때 프리트요프는 정말이지…… 네, 엄청난 게으름뱅이였어요." 그녀는 짧게 소리 내어 웃었다. "학교공부도 전혀 안 했어요. 하지만 누구든 자기를 좋아하게 만드는 재주가 있었죠. 선생님들까지도요. 얼굴도 잘생겼죠. 자신도 그걸 잘 알았고요. 사람의 마음을 사는 건 마찬가지라 해도 클라스보다 훨씬 정교하고 효과가 있었죠. 프리트요프는 어려서부터 리더 체질이었어요. 겁 없고 쿨하고, 또…… 무자비하고. 프리트요프는 자기가 하고 싶은 건 꼭 해야만 직성이 풀렸어요. 그리고 다른 아이들이 자기 말을 듣게 하는 재주도 있었고요. 그럼에도 불구하고 요헨이 없었다면 아무것도 이루지 못했을 거예요. 요헨은 공부를 잘했고 욕심도 많았어요. 뭔가 이루려면 공부해야 한다는 걸 일찌감치 깨달았죠. 요헨은 게으름뱅이 프리트요프를 꼭 데리고 다녔어요. 둘은 마치 샴쌍둥이 같았죠. 한번은 클라스가 두 사람이 게이라고 소문을 냈어요. 노라가 동네방네 소문을 퍼뜨렸고요. 우린 그때 열세 살이었고 그게 뭘 의미하는지 잘 몰랐어요. 그런데 프리트요프가 그게 뭔지 알아내서 할머니에게 일러바쳤어요. 그 후 무슨 일이 있었는지는 모르겠지만 클라스는 절대로 그런 말을 다시 입에 올리지 않았어요."

"리타 라이펜라트가 아이들을 대하는 태도는 어땠나요?"

"엄격했어요. 라이펜라트 부인 앞에선 모두 얌전했죠." 아냐 맨티는 이마를 찡그렸다. "그럴 수밖에 없는 측면도 있었던 것 같아요. 그렇게 하지 않았다면 아수라장이 됐을 테니까요. 제게는 무척 잘해주셨어요. 아마 제 아버지의 사회적 지위 때문이었겠지만. 라이펜라트 씨 댁에 가면 언제나 재미있었던 기억이 나요. 크리켓 게임도 하고 풀장에서 물놀이도 하고 사과도 따고 채소밭 일도 돕고 토끼장 치우고 닭장에서 달걀 가져오고. 정말 재미있었어요! 그런 거 처음 해봤거든요. 일 년에 한 번 어머니날에 큰 파티도 했어요. 저희 집에서 부모님과 하는 따분한 파티보다 훨씬 재미있었어요."

"테오 라이펜라트는 어땠습니까?"

"언제나 화가 나 있고 매사에 불퉁거렸어요." 아냐 맨티가 대답했다. "부인이 옆에 없으면 막 소리를 지르고 욕설을 내뱉었어요. 전 긴장되면서도 너무 신기했어요. 저희 집에선 절대 소리 지르는 법도 없고 욕설도 쓰지 않았거든요. 언젠가 한번은 아마 열 살, 열한 살 때인 것 같은데 라모나, 프리트요프, 요헨, 명예시장님 아들하고 같이 테오의 버스를 타고 어디에 간 적이 있었어요. 어디를 갔는지는 기억이 안 나요. 아무튼 먼 데는 아니었어요. 그날처럼 재미있던 날은 없었던 것 같아요. 테오는 우리에게 콜라와 아이스크림을 사주고 차에서 감자칩 먹는 것도 허락해줬어요. 웃긴 이야기도 많이 해주고 마치 딴사람이 된 것 같았어요. 주차장에서 남자아이들은 폭스바겐 버스 운전도 하게 해줬어요! 테오는 몸만 어른이지 그냥 아이 같았어요."

"나중에 돌이켜보니 이상한 점 같은 거 없었나요?" 피아가 물었다.

"생각해보면 다 이상했어요. 식사 때가 되면 반드시 집에 돌아가야 했는데 전 꼭 한 번 거기서 식사해보고 싶었거든요. 한번은 요헨이 말하길, 정말 끔찍하다면서 오히려 잘된 줄 알라고 하더라고요. 전 그 말이 이해가 안 갔어요."

"노라 바르텔스가 죽은 뒤에도 그 집에 갔나요?"

"아니요." 아냐 맨티는 고개를 저었다. "부모님이 엄격하게 금지하셨고 저도 그 말에 따랐어요. 그 얘기 들으셨는지 모르겠는데, 3주 후에 티모가 목을 맸거든요. 티모는 정말 불쌍한 아이였어요. 아동복지국이 부모에게서 아이를 빼앗은 경우였는데, 티모는 언젠가 부모님이 데리러 오길 손꼽아 기다렸어요. 그런 경우들이 종종 있기도 했고요. 사람들은 티모가 노라를 죽이고 그게 탄로 날까 봐 겁이 났던 거

265

라고 수군거렸어요."

"맨티 씨 생각은 어땠나요?"

"노라는 티모를 멋대로 가지고 놀았어요. 티모는 엄청 소심하고 예민한 아이라 무척 괴로워했죠. 하지만 티모가 그랬을 거라곤 생각하지 않아요." 그녀는 잠시 망설였다. "그때 전 앙드레가 그랬을 거라고 생각했어요. 저보다 한두 살 어린데 클라스 못지않게 무서웠거든요."

그녀는 입술을 쭉 내밀며 생각하는 표정을 지었다. 피아와 보덴슈타인은 그녀가 다시 말을 이을 때까지 끈기 있게 기다렸다.

"제가 직접 아이들을 키우면서 라이펜라트 아이들이라고 불리던 그 아이들에 대해 생각을 많이 하게 되더라고요." 그녀는 곧 말을 이었다. "조건 없이 사랑을 주는 부모가 없다는 게 과연 어떤 느낌일까? 그렇게 살 때 사람이 어떻게 되나? 어릴 때는 몰랐는데 그 아이들이 테오와 리타 밑에서 어떤 마음으로 살았을까 생각해보니 정말 가슴이 아프더라고요. 모든 걸 다른 관점에서 보게 되고요. 그 아이들은 다른 아이들과 달랐어요." 아냐 맨티는 적당한 단어를 찾았다. "뭐랄까? 언제나 좀…… 긴장돼 있었어요. 항상 경계하고. 인정받으려는 노력이 엄청났어요. 지금 생각해보니 실수해서 쫓겨날까 봐, 다시 보육원으로 보내질까 봐 겁냈던 것 같아요. 그렇다고 해서 그 집에서 행복한 건 아니었어요. 언젠가 티모가 스쿨버스에서 거긴 마치 감옥 같다고, 견딜 수가 없다고 했던 기억이 나요."

"왜 그런지 자세히 말하던가요?"

"아니요."

"라이펜라트 아이들 중 나중에 연락하고 지낸 사람이 있나요?"

"방학 때 아빠가 주선해서 프리트요프와 요헨이 아빠 회사에서 아르바이트를 한 적이 있었어요. 아마 1980년대 중반이었을 거예요. 그리고 제가 열여섯 살 때 큰 사고를 당한 적이 있었는데 그때 요헨이 병문안을 왔었어요. 나중에 재활센터에 있을 때 둘이 함께 와서 웃겨주기도 했고요. 몇 년 뒤에는 요헨이 자기 결혼식에 초대하기도 했어요." 아냐 맨티의 얼굴에 미소가 떠올랐다. "요헨은 지금도 매년 크리스마스카드를 보내요. 남편이 영타이머 마니아인데, 앙드레네 카센터에서 관리받는 차가 네 대 있어요. 그리고 지난번에 우연히 라인가우에 있는 레스토랑에서 라모나와 사샤를 만난 적이 있고요. 다른 아이들 얘긴 전혀 들은 적 없어요."

"라인가우요?" 피아가 귀를 쫑긋하며 물었다. "어딘지 정확히 기억나세요?"

"네, 그럼요." 아냐 맨티가 고개를 끄덕였다. "엘트빌에 있는 '크로넨슐뢰스헨'이요."

***

크뢰거의 감식반은 지하창고에서부터 다락까지 온 집 안을 샅샅이 뒤졌지만 아무것도 찾아내지 못했다. 그것은 테오 라이펜라트가 피해자의 물건이나 범행도구를 보관하는 곳이 따로 있었다는 뜻이다. 테오 라이펜라트라는 사람의 윤곽도 어느 정도 드러나기 시작했다. 별로 이룬 것 없이 살았고 증오하던 아내를 치워버린 뒤에는 자기만의 소박한 일상에 만족하며 산 사람 같았다. 그런 사람이 만하임이나 뒤셀도르프 같은 도시를 배회하며 목표물을 물색하고 산 상태로든 죽은 상태로든 차에 싣고 돌아다녔다는 것은 잘 상상이 되지 않왔다.

"그리고 랩으로 싸는 방식도 영 꺼림칙해요." 피아가 말했다. "라이펜라트 같은 사람에게 전혀 어울리지 않잖아요."

"왜?" 보덴슈타인이 반박했다. "사실 간단한 문제인데 우리가 너무 주변적인 것에 비중을 두는 것일 수도 있어. 테오 라이펜라트는 토끼나 닭을 도축해서 랩에 싼 상태로 냉장고에 보관했어. 그게 실용적이니까. 피해자들에게도 똑같이 했을 수 있지."

"하지만 동물들을 물에 빠뜨리진 않았잖아요. 제 생각엔 바로 거기에 열쇠가 있어요. 범인에게 중요한 건 죽이는 방식 그 자체였던 거죠. 테오 라이펜라트는 아내를 총으로 쏘아죽인 뒤 매장했을 수 있어요. 하지만 견사 밑에서 나온 시체들하곤 상관없어요."

그들은 주택가 맞은편의 주차장에서 셈과 카트린을 만나 정보를 주고받았다. 셈과 카트린은 크론탈러 가 주민들을 상대로 탐문수사를 했는데, 2주 전 금요일에 한 노파가 테오의 벤츠가 지나가는 걸 봤다고 했다.

"확실하다고 장담하더라고요." 카트린이 말했다. "앞뜰에서 튤립 구근을 심다가 우편배달부랑 잠깐 얘기를 나눴는데, 그 여자가 매일 11시쯤 그 앞으로 지나간대요. 바로 그때 차가 지나가는 걸 봤대요. 운전석에 이방카가 앉아 있지 않아서 이상하게 생각했다고 하더라고요. 이방카랑 아주 잘 아는 사이라면서."

"운전자를 알아봤대?"

"아니요. 아무튼 남자였대요. 왼쪽으로 꺾어서 크론베르크 방향으로 갔기 때문에 조수석만 보였대요."

"알았어." 피아가 수첩에 메모했다.

셈과 카트린은 전 초등학교 교장 엘리자베트 베크뮐러도 만나보
았다.

"학대가 있었던 것 같다고 운을 띄우자마자 엄청나게 화를 내더라
고요." 셈이 보고했다. "거의 쫓아낼 기세였어요. 쾨니히슈타인 시에
리타 라이펜라트의 이름을 딴 도로를 만들자고 제안한 사람이 바로
그 베크뮐러 교장이었거든요."

"클라스 레커를 학생으로 기억하고 있진 않았어요." 카트린 파힝어
가 이어 말했다. "라이펜라트 집 안에 들어왔을 때 이미 나이가 차서
초등학교에 갈 나이는 아니었나 봐요. 하지만 다른 라이펜라트 아이
들은 대부분 자기가 가르쳤고 학부모들의 편견과 적대감으로부터 방
어해줬다고 하던걸요."

"프리트요프 라이펜라트는 어릴 때부터 제왕 노릇을 했던가 봅니
다." 셈이 말했다. "이런저런 싸움을 붙여놓고 정작 자신은 손 하나 까
딱하지 않았다고 하더라고요. 대신 싸워주는 애가 따로 있었대요."

"요아힘 보크트?" 피아가 물었다.

"아니요! 라모나라는 이름의 여자 보디가드가 있었는데 꽤 거칠었
던 모양이에요. 주군을 모시는 기사처럼 프리트요프에 대해 한마디
라도 나쁜 말을 하는 아이가 있으면 가만 안 뒀대요."

피아는 그 모습을 충분히 상상할 수 있었다. 겉모습만 봐도 알 수
있듯이 라모나 린데만은 자신의 의지를 관철할 줄 아는 여자였다.

"테오 라이펜라트에 대해서는 나쁜 말밖에 안 하더라고요." 셈이
말했다. "루저에 게으름뱅이에 분노 조절 못 하고 허풍만 센 사람이
었다고요. 하지만 딸과 손자를 끔찍이 여겼다면서 그거 하나는 높이
사더라고요. 그리고 리타 라이펜라트와는 처음부터 맞지 않는 짝이

었다고 했고요."

"그럼이 맞네." 피아가 말했다. "라이펜라트는 충동적으로 범행을 저지를 사람이지 철저하게 범행을 계획할 사람은 아니야. 내 생각엔 그 집 양자들 중 하나야."

"그런데 얘기 들어봐야 할 사람이 하나 더 있어요. 베크뮐러 교장이 얘기해줬는데 1970년대 말인지 1980년대 초쯤에 사건이 하나 있었대요. 여름방학이 임박했을 때라 선생님들이 모여서 평가회의를 하고 있었는데 4학년 아이의 어머니가 아들이 학교 끝나고 집에 돌아오지 않았다며 찾아왔더래요. 그래서 경찰에 신고하고 회의 중단하고 모두 아이를 찾아 나섰는데 결국 저녁때 개울가에서 발견했답니다. 다행히 날이 덥고 개울가에 물이 거의 없어서 살았지 잘못했으면 익사했을 거라고 하더라고요."

"왜 익사해? 의식이 없었나?" 보덴슈타인이 물었다.

"그건 아니고요. 머리끝에서 발끝까지 랩으로 싸여 있었답니다." 셈이 설명했다. "입과 코에만 구멍을 뚫어놨더래요."

"세상에!" 피아가 외쳤다. "누가 그런 거였대?"

"그걸 말 안 했던 모양입니다." 셈이 어깨를 으쓱했다. "아이가 여름방학 끝나고 쾨니히슈타인에 있는 김나지움으로 진학했기 때문에 교장도 그 이후로 아무 얘기도 못 들었답니다."

"그게 누구였어?" 피아는 팽팽해진 긴장감에 마음이 떨렸다. 마치 사냥감의 냄새를 코끝에 느끼며, 달려나가라는 신호가 떨어지기만을 기다리는 사냥개가 된 기분이었다.

"당시 명예시장 아들이었던 라이크 게르만이요."

***

라이크 게르만은 크론베르크에 있는 단골식당으로 향했다. 아내가 없어서 혼자 식사해야 하는데 요리하기가 마땅치 않았다. 크론베르크 구시가지 초입에 있는 영화관 옆 건물 앞에 15분 만에 도착한 피아와 보덴슈타인은 나무 패널로 장식된 식당 안으로 들어섰다. 거구의 수의사 말고는 손님이 전혀 없었다. 그들은 라이크 게르만 맞은편에 앉아 그와 똑같이 토마토수프, 닭가슴살 리소토, 샐러드, 후식으로 이루어진 '오늘의 메뉴'를 주문했다.

"그다지 맛있진 않습니다." 게르만이 미리 경고하듯 말했다. "주인이 삼사 년마다 바뀌는데 바뀔 때마다 질이 떨어지네요. 하지만 17유로로 프랑스 궁중요리를 기대할 순 없으니까요."

그는 사람 좋은 미소를 지었다. 그러나 처음 만났을 때 피아가 느꼈던 호감은 이미 의심으로 변해 있었다.

"벡스는 좀 어때요?" 피아가 물었다.

"회복해가는 중입니다. 오늘 저녁에 샤이트하우어 씨 댁으로 데려다주려고요." 그때 젊은 종업원이 토마토수프를 내왔다. 그녀는 무표정한 얼굴로 수프를 내려놓고 무슨 말인가를 잘 안 들리게 중얼거렸다. 어쩌면 '맛있게 드세요' 같은 좋은 인사말로 해석될 수도 있겠지만.

"오, 빨리 나오네요." 보덴슈타인이 냅킨을 펼치며 말했다.

"라디오 안 틀어져 있을 땐 주방에서 나는 전자레인지 종료음도 들립니다." 게르만이 한쪽 눈을 찡긋하며 말했다. 그렇게 말하니 꼭 험담처럼 들리진 않았다.

"벡스가 엄청나게 값나가는 개라면서요? 라모나 린데만이 바로 강조하더라고요." 피아는 수프를 한 스푼 떠서 먹어보았다. 미적지근했고 통조림수프를 데운 맛이었다. "그래서 전 개를 데리고 계실 줄 알았어요."

"아직까지 저한테 개에 대해 문의한 사람은 한 명도 없습니다." 게르만은 그렇게 말하며 토스트 한 쪽을 조각내 수프에 넣었다. "욜란다네 집에서 지내는 게 벡스에게도 가장 좋을 겁니다. 그나저나 벡스 때문에 오신 건 아닐 테고. 제가 뭘 도와드리면 될까요?"

"듣자 하니 게르만 씨가 오래전에 강제로 삶을 마감할 뻔한 일이 있었다고 하더라고요." 보덴슈타인이 지나가는 말처럼 입을 열었다.

"네?" 게르만이 웬 뚱딴지같은 소리냐는 표정으로 그를 쳐다봤다. "그런 일 없었는데요. 누가 그런 소릴 합니까?"

"한참 된 일입니다. 4학년 때 누군가 게르만 씨를 랩으로 싸서 개울가에 버렸다고 하던데요?"

"아, 그거요!" 게르만은 별일 아니라는 듯 손사래를 치며 껄껄 웃었다. "그건 아이들 장난이었죠!"

"정말 무서웠겠어요!" 피아가 공감하는 표정으로 말했다. "공포감을 느끼지 않았어요? 얼마나 오랫동안 그렇게 움직이지도 못하고 누워 있었던 거예요?"

"사실 잘 기억도 안 납니다." 게르만이 주장했다.

"정말이요?" 사람들이 '사실'이라고 말할 때 전혀 사실을 말하지 않는다는 걸 경험으로 아는 피아는 고개를 갸우뚱했다. "제가 아홉 살 때인가 오빠랑 오빠 친구들이 저를 침낭 속에 집어넣고 지퍼를 다 잠근 적이 있었어요. 처음엔 그냥 조용히 기다리려고 했는데 갑자기 답

272

답해서 죽을 것만 같은 거예요. 너무 무서워서 결국 바지에 오줌을 싸고 말았어요. 잘해야 30분 정도 갇혀 있었는데 그 뒤론 잘 때 이불이 머리 위로 올라오는 것도 못 참아요!" 피아는 끔찍한 기억에 몸을 부르르 떨었다. "랩에 싸인 채 개울에 누워서 익사할지도 모른다는 두려움에 떨어야 한다니 생각만 해도 끔찍해요!"

라이크 게르만이 입으로 가져가던 스푼이 잠시 허공에 머물렀다. 그는 곧 아무렇지도 않은 모양으로 대꾸했지만 피아는 그 말이 거짓이란 걸 알 수 있었다.

"그때 일 다시 생각해본 적 없습니다." 그는 그렇게 말하고 식사를 계속했다.

"그때 그 일을 저지른 사람 이름을 왜 다른 사람들한테 말하지 않았어요?" 피아가 물었다.

"고자질하기 싫어서요. 우리끼리 이미 해결했고 그걸로 끝난 일입니다."

"이제는 말할 수 있나요?" 피아가 물었다.

"형사님들에게 중요하다면 당연히 말씀드려야죠." 라이크 게르만은 수프접시를 비우고 냅킨으로 입을 닦은 후 의자에 등을 기댔다. 그의 배가 탁자에 닿았다. "두 명이었습니다. 그리고 전 이미 예상하고 있었습니다. 왜냐면 그전에 몇 주간이나 싸움이 계속되고 있었고 그즈음 최고조에 이르렀거든요. 학교 끝나고 사샤와 앙드레가 숨어서 기다리고 있다가 절 덮쳤습니다."

"사샤 린데만과 앙드레 돌이요?"

"네, 그렇습니다."

"그 일이 어디서 일어났죠?"

"저희 할아버지 소유의 주말농장이었습니다."

그때 일이 잘 기억도 나지 않는다는 사람치고는 상당히 정확한 진술이었다.

"그전에 있었다는 싸움은 뭣 때문이었나요?"

"그건 기억나지 않습니다."

"혹시 노라 바르텔스 때문이었나요?"

"그랬을 수도 있죠. 노라가 한 말이나 행동 때문에 끊임없이 싸움이 있었으니까요." 게르만은 두 번째 토스트로 접시를 훑었다. "여기저기 분란을 일으키고 다니는 건 노라가 가장 좋아하는 일이었죠."

"노라를 죽인 사람은 누구였을까요?"

게르만이 대답하려고 막 입을 뗀 순간 그 밉상 종업원이 메인요리를 들고 나타났고 보덴슈타인은 분통을 억지로 삼켰다. 종업원은 수프접시를 치우지 않았다는 걸 깨닫고 짜증난다는 표정으로 접시들을 그냥 옆 테이블에 내려놓았다.

닭가슴살은 반조리식품이었고 리소토는 질척거렸다. 소스에서는 향미증진제와 식초 냄새가 났다. 주방장이 손님들을 쫓아내려고 모든 기술을 동원하는 것 같았다. 피아는 두 차례 음식을 먹어본 뒤에 접시를 옆으로 밀어놓았다.

"아까 그 질문에 대답하자면요." 겸손하기만 한 요리 수준이 아무렇지도 않다는 듯 식사를 계속하던 게르만이 말했다. "저도 잘 모르겠습니다. 자기가 아니라고 잡아떼긴 했지만 클라스 레커였겠죠. 그런데 노라는 사람 속을 부글부글 끓게 만드는 재주가 있었습니다. 맘몰스하인에 사는 사내아이들 중에서 노라에게 모욕을 당해보지 않은 이가 없었습니다. 그러니까 누구라도 의심해볼 수 있다는 겁니다."

"라이펜라트 씨 댁에 자주 놀러갔나요?"

"네, 전 프리트요프, 요아힘과 친했습니다. 그리고 저희 아버지가 테오와 오래된 친구 사이였고요."

수요일에 그는 테오를 잘 모른다고 했었다. 피아는 지금 그 말을 상기시키는 건 좋지 않겠다고 판단했다. 어쨌든 그가 거짓말을 한 것은 확실했다.

"리타와의 관계는 어땠나요?"

"좋았습니다. 제게 항상 잘해주셨어요."

피아는 그 말을 믿었다. 라이크 게르만은 명예시장의 아들이었고 아나 맨티의 아버지는 회히스트 기업의 거물이었다. 자신의 손자가 그런 유지들의 자녀와 어울리는 것을 리타가 싫어할 리 없었다.

"리타가 아이들에게 무슨 짓을 하는지 테오는 알고 있었나요?" 피아는 질문을 던지고는 매복하듯 게르만의 반응을 기다렸다. 반응은 바로 나타났다. 눈빛을 보니 심히 불편해하는 기색이 역력했다.

"그게 무슨 뜻입니까?" 그가 회피하듯 물었다.

"벌 준다는 명목으로 욕조 물에 처박기, 아이스박스에 가두기, 머리에 비닐봉지 씌우기."

"그건 리타가 아니라 클라스가 하던 짓이죠!" 게르만은 눈썹이 서로 닿을 정도로 이마를 찡그렸다.

"리타에게 배운 거죠."

"말도 안 돼요!" 그는 강하게 고개를 저었다. "주변에서 그걸 어떻게 모를 수가 있겠습니까?"

"언제 다시 보육원으로 보내질지 모르는 아이들이 누군가에게 불평을 할 수 있었을까요?"

게르만은 대답 대신 빠른 속도로 숟가락질을 하기 시작했다. 피아와 보덴슈타인 몫으로 나온 토스트 네 장도 금세 사라졌다.

"랩은 사샤가 생각해낸 겁니다." 그는 손으로 입을 가리고 트림을 했다. "일종의 담력시험이었습니다. 그전에도 서로 랩으로 몸을 감곤 했습니다. 가장 오래 버티는 사람이 이기는 게임이었습니다."

그는 카운터 뒤에 서서 휴대전화를 보고 있는 종업원에게 손짓을 했다.

"그러니까 개울가에 버려졌을 때 노라 때문에 싸운 게 아니었다고요?" 피아가 질문을 물고 늘어졌다.

"네, 아닙니다." 그가 갑자기 바빠져 다시 카운터를 쳐다보았다. "여기요! 계산서 주세요!"

"아버님은 아직 살아 계십니까?" 보덴슈타인이 물었다.

"네." 게르만은 다시 나오려는 트림을 참았다. "하지만 아버지에게 뭘 물어볼 생각이시라면 상황이 좋진 않네요. 쾨니히슈타인 쿠어사나 양로원의 치매동에 계십니다."

***

"그 침낭 얘기 전에 나한테 한 적 없지?" 다시 차로 돌아왔을 때 보덴슈타인이 물었다.

"그런 일이 없었으니까요." 피아는 아무렇지도 않게 답하고 휴대전화를 확인했다. 새 메시지는 없었다.

"뭐?" 보덴슈타인이 어리둥절해서 피아를 쳐다보았다.

"저도 타리크에게서 배웠어요." 피아가 씩 웃었다. "상대방으로부터 뭔가 알아내고 싶으면 나도 똑같은 일을 겪었다는 듯이 행동하는 거예요. 그럼 공감대가 형성되거든요. 대개는 효과 있어요."

"게르만은 당황해서 계속 말이 꼬였어요." 피아가 말했다. "그 사람이 한 말 중 믿을 만한 건 아버지가 치매에 걸렸다는 거 정도였어요. 그래도 한번 찾아가보는 게 좋겠어요. 치매노인들도 가끔 정신이 돌아올 때가 있거든요. 왜 테오 라이펜라트가 자기 아들을 단독 상속인으로 정했는지 알고 있을지도 몰라요."

"그래, 맞는 말이야." 보덴슈타인은 계기판의 시계를 확인했다. "그런데 먼저 공항부터 가봐야 해. 하딩 박사가 탄 비행기가 45분 뒤에 도착하거든."

피아는 샤이트하우어 씨에게 전화를 걸어 궁금한 것들을 바로 알아냈다. 게르만 박사의 부인이 의사이고 자녀는 없으며 게르만이 부모에게서 물려받은 맘몰스하인 집에서 부부가 살고 있다는 것. 피아는 동물병원 홈페이지에 들어가 보았다. 주요정보인 진료시간, 서비스 안내, 링크, 병원 사진, 그리고 원장의 짧은 이력이 나와 있었다.

"세상에, 이런 우연이!" 차가 리더바흐 방향으로 달리고 있을 때 피아가 외쳤다. "게르만은 1992년부터 1995년까지 공항 수의사로 일했어요."

"그런데 왜 우연이야?"

"안네그레트 뮌히가 스튜어디스였잖아요!" 피아가 그의 기억을 상기시켰다.

"도대체 무슨 생각을 하는 거야?" 보덴슈타인이 물었다.

"아직도 테오 라이펜라트가 범인이라고 생각하시는 거예요?" 피아가 대답 대신 반문했다.

"당장은 아니라는 증거도 없잖아." 보덴슈타인이 의구심을 표했다. "우리가 수상하게 여기는 것들도 아직은 다 추측일 뿐이라고."

"그래요. 하지만 어떻게 팔순을 훌쩍 넘긴 노인이 야나 베커 같은 젊은 여자를 제압하고 익사시키고 랩으로 감아서 포도원으로 끌고 다닐 수가 있겠어요?"

"처음부터 제압할 필요가 없었을 수도 있지." 보덴슈타인이 말했다. 차는 라인-마인 온천을 지나고 있었다. "꾀를 썼을 수도 있어. 젊은 사람들은 노인을 경계하지 않으니까. 테드 번디도 부상당한 척해서 피해자에게 접근했잖아."

"타리크가 오늘 아침에 뭐라고 했냐면, 범인이 매년 어머니날에 살인했다면 피해자가 26명일 거래요."

보통 연쇄살인은 땅덩어리가 넓은 미국, 러시아, 남아메리카에서나 일어나는 일로 치부된다. 알고 보면 이 땅에도 밝혀지지 않은 살인과 실종사건이 수두룩하다. 슈발바흐의 연쇄살인범 젤만 봐도 정신적으로 문제 있는 연쇄살인범이 사회에 잘 적응하면서 눈에 띄지 않게 삶을 영위하고 있다는 사실을 알 수 있다.

"만프레트 젤의 피해자들은 접근이 용이한 고위험군에 속하는 사람들이었어." 보덴슈타인이 피아의 마음을 읽기라도 한 듯 말했다. "사라져도 찾는 사람이 없는 창녀나 부랑자들이었지."

"이 경우는 달라요. 범인이 어떤 관점에서 피해자를 고르는지 알 수가 없어요." 피아가 혼잣말처럼 말했다. "피해자 기준이 없어요. 외모도 제각기 다르고, 연령대도 다르고, 사회계층도 다르고. 공통점이 대체 뭐냐고요. 스튜어디스도 있고 사무직 여성도 있고 은행사무원, 여대생, 미용사도 있고. 유일한 공통점은 어딘가에 차가 세워져 있고 차 열쇠가 사라졌다는 것, 어머니날이나 어머니날 즈음에 살인을 저지른다는 것."

"이제 프로파일러를 만나서 얘기해보자고." 보덴슈타인이 말했다. 그때 피아의 휴대전화가 진동했다. 카이였다. 피아가 블루투스를 켜자 카이의 목소리가 차량 스피커에서 흘러나왔다.

"클라스 레커 일하는 데가 공항이래." 카이가 말했다.

"어떻게 알았어?" 피아가 놀라서 물었다.

"재심 맡은 변호사가 누군지 알아냈지. 그 사람한테 전화해서 유산상속 문제로 레커에게 연락해야 한다고 했더니 그때부터 술술 다 토해내더라고. 아마 큰돈을 물려받길 바라고 있겠지. 레커가 1만 유로에 달하는 수임료를 안 내고 있거든."

"재미있네. 그러니까 돈이 궁하다 이거지." 피아는 은행현금카드 도둑을 떠올렸다. "알았어, 고마워!"

"잠깐. 더 있으니까 들어봐." 카이가 말했다. "내가 클라스 레커에 대해 좀 더 뒤져봤거든. 인터넷에 보면 정보가 엄청나게 많아. 공판 속기록까지 돌아다녀. 몇 년 전 구스틀 몰라트 때처럼 파장이 큰 재판이었거든. 피아, 그거 알고 있었어? 레커를 정신병원으로 보낸 감정서 작성자가 킴이었어."

"아니, 몰랐어." 피아는 갑자기 여동생이 걱정되기 시작했다. 킴이 치료감호소에서 정신의학자로 수년간 근무하며 정신질환이 있는 중범죄자들에게 둘러싸여 있다는 사실을 평소에는 가능한 한 잊고자 했던 것이다.

"지방법원에서 레커의 정신감정서를 그냥 내주진 않을 거야. 법원 명령이 필요할 것 같은데 검찰에 전화할까?"

"좀 있어봐." 피아가 대꾸했다. "내가 킴을 통해서 한번 받아볼게."

피아는 킴에게 전화를 걸기 전 블루투스 연결을 해제했다. 혹시 거절당할 경우 보덴슈타인이 듣지 않게 하기 위해서였다.

"킴 프라이탁의 음성사서함입니다. 소리가 난 뒤 메시지를 녹음해주세요." 피아는 삑 소리가 나길 기다렸다가 바로 전화해달라고 메시지를 남겼다.

어느덧 그들 눈앞에 공항건물이 나타났다. 보덴슈타인은 이정표를 따라 제1터미널로 들어갔다. 그리고 중간차로를 따라 출국장 방향으로 가다가 Z주차장에서 방향을 꺾었다. 전처를 데려다주느라 공항에 자주 드나들었기 때문에 입국장으로 가는 가장 빠른 길을 알고 있었다. 그들이 자동계단을 타고 입국장에 도착했을 때 스톡홀름발 비행기는 이미 도착한 상태였다.

"유튜브에서 하딩 박사 동영상을 봤는데 독일어를 거의 액센트 없이 구사하더라고요. 통역이 필요하지 않을까 했는데 괜한 걱정이었어요."

승객 한 무리가 게이트에서 쏟아져 나왔다. 기다리는 사람들은 순식간에 4분의 3으로 줄었다. 잠시 후 다음 비행기로 도착한 승객들이 나오기 시작했다.

"내가 알기론 어릴 때 독일에서 자랐을걸." 보덴슈타인은 테이스티 도넛 커피 바의 입간판 메뉴판을 찬찬히 살폈다. 원래 바가지요금 때문에 공항에서는 뭘 사먹어본 적이 없지만 점심을 그렇게 맛없게 먹고 나니 달콤한 것을 먹고 싶었다. 그가 막 설탕시럽이 발라진 계피맛 도넛을 사려고 결심한 순간 피아가 팔꿈치로 그의 옆구리를 툭툭 쳤다.

"나왔어요!" 그녀는 막 게이트에서 나와 주위를 두리번거리는 남자를 향해 손을 번쩍 들었다. 데이비드 하딩 박사는 여행용 트렁크를 끌며 웃는 얼굴로 그들에게 다가왔다. 반짝이는 대머리, 누르스름한 주변머리, 숱 많은 콧수염이 오래된 미국 경찰시리즈에서 툭 튀어나온 인상이었다. 그는 샛노란 셔츠와 철 지난 디자인의 갈색 조끼정장 차림에 넥타이를 매고 있었는데, 보덴슈타인이 한 번도 본 적 없는 보기 흉한 넥타이였다.

"안녕하십니까." 하딩 박사가 말했다. "이렇게 마중 나와주셔서 감사합니다."

"이렇게 빨리 와주셔서 저희가 고맙습니다." 피아가 그와 악수하며 말했다. "전 피아 산더라고 합니다."

"킴의 언니죠?" 하딩은 피아의 얼굴을 찬찬히 훑어보았다. "킴과 많이 닮았는데요. 이렇게 만나게 되어 반갑습니다."

"안 좋은 일로 오시라고 했지만 다시 만나게 되니 좋네요." 보덴슈타인이 말했다. "오는 길이 피곤하진 않았습니까?"

"네, 괜찮았습니다. 그런데 비행기에서 뮤즐리 바 하나하고 멀건 갈색 물을 주면서 커피라고 하더라고요." 하딩이 대답했다. "샌드위치에 제대로 된 커피 한잔하고 출발할까요?"

"네, 좋은 생각입니다." 보덴슈타인이 화답했다. 영수증을 챙겨두었다가 나중에 출장비용으로 처리할 생각이었다.

잠시 후 그들은 커피 바 한구석에 앉아 하딩이 어떻게 완벽한 독일어를 구사하게 되었는지 들었다. 그는 1953년 프랑크푸르트에서 태어났다. 아버지가 미국 정보부 유럽지부의 고위간부여서 그를 따라 파리, 런던을 거쳐 다시 미국으로 돌아갔다. 그전까지 하딩은 남동생과 함께 프랑크푸르트의 미국인 고등학교에 다녔는데 독일인 친구들도 많았다. 그는 헌병으로 베트남전에 참전했다가 1970년대 초반에 독일로 돌아왔다. 그때 독일인 아내를 만났다. 행동분석에 처음 관심을 갖게 된 것은 프랑크푸르트에서 잔인하게 살해된 젊은 미국인 여성 사건을 통해서였다. 범인은 젊은 미군으로, 나중에 다른 여성들도 살해했다고 자백했다. 하딩은 헌병으로서 그를 미국까지 호송하는 임무를 맡았는데, 그때 그 남자와 대화를 하게 됐고 얼마 후 군을 나와 심리학과 범죄학을 공부하기 시작했다. 훗날 FBI에서 일하기 위해 콴티코로 갔고 그곳에서 범죄행동분석팀 BAU의 공동설립자가 됐다.

"내가 처음 얘기해본 연쇄살인범은 스코트 앤드류스였어요." 하딩이 종이냅킨으로 입가를 닦으며 말했다. "그전에는 범죄자를 겉모습으로 구별해낼 수 있다고 생각했었는데 그때 생각이 바뀌었습니다. 앤드류스는 언뜻 보면 괜찮아 보였습니다. 잘생기고 체격도 좋고 예의 바르고 호감 가는 청년이었죠. 친구도 많고 베트남에서 훈장도 많이 받은 훌륭한 군인이었습니다. 겉모습만 보고는 두드러진 자기애적 정신질환을 가진 사이코패스라는 걸 알 수 없었죠."

"저희는 테오도르 라이펜라트가 범행을 저질렀다는 데 의구심을 갖고 있어요." 피아가 말했다. "공범이 있었을 거라고 보세요?"

"물론 가능성이 있습니다." 하딩이 대답했다. "잭 운터베거라는 이름을 들으면 아마 생각나시는 게 있을 겁니다. 미군과 빈의 매춘부 사이에서 태어났는데 할아버지 밑에서 자랐고 나중에 함께 강도 행각을 벌였죠."

"라이펜라트의 양자 중에 클라스 레커라는 사람이 있어요. 어렸을

적 이웃에 사는 소녀를 물에 빠뜨려 죽였다고 의심을 받았었죠. 하지만 증거가 없었어요. 나중에 성인이 된 후에는 편집적 정신이상과 질투망상 진단을 받았어요. 아내를 학대하고 며칠씩 감금했거든요. 교도소가 아닌 치료감호소로 보내졌는데 지난 2월에 재판오류로 인한 재심을 받고 집행유예 없이 풀려났어요."

하딩은 이마를 찌푸렸다.

"편집적 정신이상이라는 게 정확히 뭘 말하는 겁니까?" 보덴슈타인이 물었다.

"편집적 정신이상은 일단 현실을 바르게 인지하지 못합니다." 하딩이 설명했다. "이런 병증의 경우 의심이 많은 인간유형, 다른 사람의 행동을 항상 자신을 겨냥한 것으로 받아들이고 적대하거나 무시하는 것으로 해석하는 유형이 많습니다. 망상장애의 전형적인 증상은 독단, 지나치게 높은 자존감, 과도한 자기중심성이죠. 만인을 의심하기 때문에 사회적으로 고립되는 경우도 많습니다."

"레커는 건설기술자였고 카센터를 공동운영한 적도 있습니다."

"사이코패스적 성향이 있다고 해서 꼭 범죄자가 되는 건 아닙니다. 사디즘 같은 동반질환이 있을 때 그렇게 되는 거죠." 하딩이 설명했다. "이른바 성공한 사이코패스들도 많습니다. 외과의사, 배우, 비행기 조종사, 변호사, 매니저 등 다양한데 그런 사람들은 다른 사람들이 정신없고 혼란스러워할 때 차분하고 추진력 있게 일을 해결할 줄 압니다. 그리고 사이코패스들은 다른 사람의 약점을 즉각적으로 파악하고 자신에게 요구되는 것이 무엇인지 알아내는 능력이 탁월합니다. 이런 기질은 여러 직군에서 성공의 자질로 평가되곤 하죠. 캐나다의 범죄심리학자 로버트 헤어는 인사과장들이 사이코패스의 특정인

지배와 조작을 관리자의 자질로 오판하고 있다고 주장합니다."

"클라스 레커는 청소년일 때 함께 사는 형제자매들을 고문하기도 했어요." 피아가 말했다. "어떤 아이를 아이스박스에 가두기도 했고 잠자는 아이의 머리에 비닐봉투를 씌워 기겁하게 만들기도 했어요. 알고 보니 양어머니의 처벌방식을 그대로 따라 하면서 자기 걸로 만든 것 같아요."

"라이펜라트 부부가 데려온 아이들은 대개 불우한 환경에서 태어난 아이들이었는데, 레커도 그랬습니다." 보덴슈타인이 보충설명을 했다. "레커는 보육원에 있다가 여러 번 입양됐지만 공격적이어서 어디서도 오래 있지 못하고 다시 보육원으로 돌아와야 했습니다. 함께 자란 형제자매들은 모두 레커를 두려워했고요."

"위험한 사이코패스가 되어가는 전형적인 과정이군요." 하딩 박사가 진단했다. "정서적 방임이나 학대, 특히 만 3세가 되기 전에 이런 경험을 하게 되면 어마어마한 트라우마가 남습니다. 이런 경험은 두뇌형태학적 변화를 가져오기도 하죠. 예를 들어 프리프론털 코르텍스, 감정제어와 인성을 담당하는 대뇌피질 전두엽에 변화가 생깁니다."

그들은 간식타임을 마치고 차로 이동했다.

엥엘 과장의 비서가 마인타우누스 센터에 있는 도린트 호텔에 방을 예약해놨지만 하딩 박사는 피해자에 대해 더 알고 싶어 했다. 그래서 보덴슈타인은 A66고속도로에서 비스바덴 방향으로 계속 달렸다. 쇼핑센터를 지나치자 피아는 오래된 습관대로 오른쪽으로 고개를 돌려 비르켄호프를 힐끗 쳐다보았다. 하얀 목책으로 둘러싸인 빈 목초지와 작은 연습장을 바라보니 가슴이 저릿하게 아파왔다.

"뒤셀도르프 인근에서 42세 여성, 만하임에서 21세 여성, 발도르프에서 32세 여성." 보덴슈타인이 피해자들의 이름을 차례로 언급했다. "여기에 무슨 공통점이 있습니까? 그냥 어머니날 전에 희생양을 찾아 배회하던 범인의 눈에 띈 우연한 피해자들일까요?"

"아직은 저도 피해자들을 연결하는 끈이 뭔지 잘 모르겠습니다. 모두 여성이란 점만 빼고는요." 하딩이 솔직하게 인정했다. "하지만 분명 어떤 패턴이 있을 겁니다. 전 범인이 목적을 갖고 피해자를 골랐다고 생각합니다. 피해자학의 기본법칙 한 가지는 피해자와 가해자가 서로 안다는 겁니다. 비록 잠깐 스쳐간 사이라 해도 말이죠. 피해자들의 가족은 만나보셨습니까?"

"아니요, 아직요." 피아는 비르켄호프에 대한 생각을 떨쳐버리고 정신을 집중했다.

"하루빨리 만나보셔야 할 겁니다." 하딩이 말했다. "피해자에 관해 최대한 많은 정보를 확보해야 합니다."

"견사 밑에서 발견된 피해자 세 명의 사건파일은 이미 받았습니다." 보덴슈타인은 방향지시등을 넣고 북호프하임으로 향했다. "미제사건 데이터뱅크에서 찾아낸 사건들도 박사님이 좀 봐주셔야 할 것 같습니다. 저희가 보기엔 범인의 작업방식과 거의 동일한데 그래도 박사님의 의견을 듣고 싶습니다."

호프하임 경찰서 정문 앞에는 지역 텔레비전 방송국과 라디오 방송국 중계차량이 서 있었다. 다른 사건 때 안면을 튼 기자 몇이 피아와 보덴슈타인에게 다가와 새로운 소식이나 현장의 목소리를 듣기를 원했다. 보덴슈타인이 앞으로 천천히 차를 몰아가자 뒤로 물러선 기자들은 결국 보덴슈타인이 고개를 내젓는 걸 보고는 실망의 탄성을 내질렀다.

그들이 건물로 들어가 보안게이트를 통과한 시각은 6시 20분이었다.

"엥엘 과장님이 방으로 오라고 하시던데요." 경비초소의 방탄유리 뒤에 앉아 있던 동료가 무선 개폐기 버튼을 누르며 전했다.

"알았어요!" 피아가 고개를 끄덕였다. 킴은 아직 그녀의 메시지를 읽지 않은 상태였다. 엥엘이라면 킴이 어디에 있는지, 왜 전화를 안 받는지 알지도 몰랐다. 이층으로 올라가면서 피아는 하딩 박사에게 엥엘 과장에 대해 말을 꺼냈다.

"우리 과장님은 모든 사람과 사안을 전략적으로 판단하는 분이거든요." 피아는 하딩이 킴과 니콜라 엥엘의 관계에 대해 알고 있는지 의문이 들었다. "원래 경찰이라기보다는 정치가에 가깝다고 보시면 돼요. 친절하게 대하긴 할 텐데 아마 압력을 좀 넣을 거예요."

"FBI 고위간부들과 똑같은걸요, 뭘. 걱정 마세요. 이 일을 40년간 하면서 불신과 역풍 맞는 건 익숙해졌으니까요."

"그럼 다행이고요." 피아는 방화문을 어깨로 밀고 복도로 나갔다. "그냥 위축되지만 않으면 돼요."

***

엥엘 과장은 문을 열어놓고 기다리다가 의례적인 친절함으로 하딩 박사를 맞았다. 그 모습에 피아는 바로 의구심이 들었다.

"이렇게 빨리 와주셔서 정말 감사합니다." 가죽을 덧댄 문이 닫히자마자 엥엘이 말했다. "함께 일하게 돼서 정말 영광입니다. 물론 내무부에서는 좀 의심스러운 시선으로 보고 있지만요. 그쪽에서는 당연히 지역범죄수사국의 범죄분석팀과 공조하길 바라지만 제가 고집해서 일이 성사된 거죠. 말씀 안 드려도 아시겠지만 지켜보는 눈이 매섭다는 건 알아두셔야 할 것 같습니다."

"구체적으로 말씀하신다면요?" 이런 상황을 우려했던 피아가 거들고 나섰다.

"신속한 사건 해결이겠죠?"

"그래서 하딩 박사를 모신 것 아니겠습니까." 보덴슈타인이 말했다.

"바로 그 지점이 밖으로 새어나가지 않길 바라는 겁니다." 엥엘 과장이 말했다. 의례적인 친절함이 있던 자리에 금세 노련한 자의 단호함이 자리를 잡았다. "하딩 박사님, 지금까지 박사님의 투입사실에 대해 알고 있는 사람은 내무부 몇 인사와 청장님뿐입니다. 지역범죄수사국에서 자체 범죄분석팀이 있는데도 외부에서 사람이 들어왔다는 걸 알게 되면 분명코 큰 분란이 생길 겁니다."

"그건 걱정 마십시오." 하딩 박사가 친절하게 말했다. "그 부분에 있어서 전 까다롭지 않습니다. 그쪽 전문가들이 들어와도 전혀 상관없습니다. 전 항상 해당 지역 경찰과 긴밀하게 협조해왔고, 이런 수사는 경쟁이 아니라 팀워크라고 생각합니다. 각자 자기 자리에서 최선을 다하는 거죠."

니콜라 엥엘은 그 말이 진심인지 가늠해보려는 것처럼 그를 물끄러미 쳐다보았다. 속으로는 지역범죄수사국 사람들을 끌어들이는 것이 과연 잘하는 일인지 고민하고 있을 터였다. 피아는 엥엘에게 전혀 그럴 생각이 없음을 알았다. 니콜라 엥엘은 누군가와 공적을 나누기를 좋아하는 사람이 아니었다. 그리고 언론이 이 사건에 얼마나 큰 관심을 보일지 이미 잘 파악하고 있을 터였다. 긍정적이든 부정적이든 언론의 주목을 받는다는 것이 중요했다.

"알겠습니다." 이윽고 엥엘이 말했다. "그럼 다시 한 번 감사드리고, 일이 잘되길 빌겠습니다. 할 얘기가 있으니까 폰 보덴슈타인 반장과 산더 형사는 잠깐 남아요."

하딩 박사는 고개를 끄덕이고 먼저 방을 나갔다.

"하딩 박사가 수사상황에 대해 어디까지 알고 있죠?" 셋만 남게 되자 엥엘이 물었다.

"우리가 아는 거 다요." 보덴슈타인이 대답했다. "이해력도 상당히 뛰어나고……."

"그래, 그렇겠죠." 엥엘은 권위적인 제스처로 보덴슈타인의 말을 잘랐다. "그럼에도 불구하고 난 불필요한 투입이라고 생각해요. 어제도 얘기했지만 이 사건은 해결된 거나 다름없으니까."

"네?" 피아와 보덴슈타인이 합창하듯 외쳤다.

"범인이 누군지는 이미 다 나왔고. 그 범인이 죽었기 때문에 처벌할 대상도 없고." 엥엘 과장이 말했다. "피해자 신원도 다 밝혀졌으니까 이제 유족들에게 사망사실만 전달하면 되잖아요."

피아는 자신의 귀를 의심했다.

"테오도르 라이펜라트가 범인이라는 데는 의심의 여지가 많아요." 피아가 반박했다. "어제도 과장님께 설명하려고……."

"그 의심을 뒷받침할 단서가 하나라도 있어요? 젊은 여자를 제압하기엔 너무 늙었다느니 하는 두루뭉술한 말 말고?" 니콜라 엥엘은 눈썹을 치켜뜨고 피아를 노려보았다. "아니면 이번에도 그 대단한 육감이 작용했나?"

엥엘의 거만한 말투에 피아는 화가 치밀었다. 오랫동안 엥엘과 우호적이고 건설적인 관계를 유지해왔지만 몇 주 전부터 예전에 느꼈던 잠재적 공격성이 다시 강하게 느껴졌다. 아무리 생각해봐도 피아 쪽에서 먼저 잘못한 것은 없었다.

"오늘 아침에 범인의 작업방식과 맞아떨어지는 미제사건 두 건을 더 찾아냈습니다. 1988년과 2012년이요." 피아가 맞받아쳤다. "만약 라이펜라트가 범인이라면, 그리고 단독범행이 아니었다면 그의 조력자나 공범이 새로운 피해자를 찾고 있을지도 모릅니다. 이 연쇄살인은 아직 끝나지 않았을지도 모른다고요."

"그럼 프리트요프 라이펜라트 씨가 이 일과 도대체 무슨 상관이 있는지 한번 말해볼래요?" 엥엘 과장은 피아를 매섭게 노려보았다.

"사망자의 유일한 혈육입니다." 보덴슈타인이 피아 대신 대답했다.

"용의자인가요?"

"직접적으로는 아닙니다."

"오늘 내무부장관님이 직접 전화하셨어요." 엥엘은 이윽고 속내를 드러냈다. "라이펜라트 씨가 전화해서 엄청나게 불평했다더군요. 자발적으로 서에 출석하고 포괄적으로 조사에 임했는데 범죄자 취급을 당했다고요. 조서를 읽어봤는데 나도 같은 의견이에요. 그리고 지문 채취 요구에 몹시 당황했다더군요. 그게 정말 필요했던 거예요, 산더 형사?"

"당연하죠." 피아가 당당히 말했다. 전에는 상관의 레이저광선 같은 눈빛에 위축되기도 했지만 이제는 익숙해져 아무렇지도 않았다. "라이펜라트의 진술은 정직하지 않았습니다. 다른 형제자매들의 진술에 배치되는 부분이 많았어요. 그리고 할머니의 죽음에 관여했을 가능성을 말해주는 단서도 여럿 있습니다. 조만간 여권 압수하고 출국금지 시킬 생각입니다."

"지금 제정신이야?" 엥엘 과장이 버럭 소리를 질렀다. "그 사람은 주정부와 연방정부에 최고의 인맥을 가진 사람이야! 만약 산더 형사가 잘못 짚은 거면 책임자인 내 모가지가 날아갈 판이라고!"

"만약 제대로 짚은 거라면요? 라이펜라트의 주소지는 영국이고 그곳에 가족이 살고 있어요. 도주 및 은폐의 가능성이 높다고요."

"수사반장 생각은 어때요?" 엥엘은 거의 도움을 요청하는 눈빛으로 보덴슈타인을 쳐다보았다.

"산더 형사와 같은 생각입니다." 보덴슈타인이 의연하게 대답했다. "우린 정치가가 아니라 경찰입니다. 테오도르 라이펜라트가 범인이 아니라는 확실한 증거가 나오기 전까지는 수사를 계속해야 한다고 생각합니다."

엥엘 과장은 보덴슈타인과 피아를 차례로 쳐다보더니 한숨을 쉬며 나가라는 손짓을 했다.

"융통성 없기는! 도자기 가게의 코끼리도 그보단 낫겠네. 정 그렇다면 뜻대로 해요. 나가서 일들 하세요."

"잠시 조용히 얘기 좀 할 수 있을까요?" 보덴슈타인이 이미 문을 향하고 있을 때 피아가 엥엘에게 물었다.

"꼭 필요하다면요." 엥엘이 책상 앞에 앉으며 말했다. "전화할 데 있으니까 짧게 하세요."

피아는 과장실 문이 닫힐 때까지 기다렸다.

"내무부장관님에게요?" 피아가 물었다.

"산더 형사하곤 상관없어요." 엥엘이 차갑게 대꾸했다. "자, 무슨 얘기예요?"

"오늘 낮부터 킴에게 연락하려고 했는데 전화기도 꺼져 있고 메시지도 읽지 않아요."

"그래요?" 엥엘은 책상 위의 서류더미를 뒤적이기 시작했다.

"킴이 클라스 레커에 대한 정신감정서를 작성했고 그 감정서로 인해 레커는 치료감호소로 보내졌어요. 하딩 박사가 그 감정서를 읽고 싶다고 하는데 지방법원에서는 법원명령 없이 내주질 않거든요."

"그래서 나더러 해결해달라는 거예요?"

"아니요, 그건 제가 알아서 할 건데요." 피아가 말했다. "킴이 지금 어디 있는지 아시지 않을까 해서요."

피아가 이렇게 직접적으로 킴과 과장의 관계를 언급하며 사적인 질문을 하기는 처음이었다.

과장은 피아를 빤히 쳐다보았다. 파악하기 힘든 눈빛이었다. 그때 전화기가 울렸고 과장은 전화를 받자마자 바로 끊었다.

"어디 있는지 나도 몰라요." 과장은 차분한 목소리로 답했다. "앞으로 각자의 길을 가기로 했어요."

"아! 그…… 에…… 죄송해요." 당황한 피아는 말을 더듬었다. "전혀 몰랐어요."

"필요하면 감정서 열람할 수 있게 법원명령 받아줄게요." 그녀가 피아의 말에 대꾸하지 않고 말했다. "더 할 얘기 있어요?"

"아…… 아니요." 피아가 고개를 저었다. "그게 다입니다."

피아는 과장실을 나왔다. 평소 같았으면 나가기 전에 한 번 더 불러세웠겠지만 오늘 엥엘 과장은 그러지 않았다. 피아는 짜증이 북받

치는 것을 느꼈다. 스스로 놀랄 정도로 심하게 짜증스러웠다. 도대체 무슨 비밀이 그렇게 많아서 혼자 꽁꽁 싸매고 사는지! 오랫동안 지속 되어왔던 관계가 끝났으면 언니에게 한마디 정도 할 수 있는 게 아닌 가? 더구나 그 상대가 언니의 상관이고 그 때문에 서로 대하는 게 어 려웠으리라는 것을 알면서도? 킴이 이러는 것은 이 관계의 단절을 뼈아픈 실패로 받아들였거나 아니면 피아가 알든 모르든 안중에도 없기 때문이리라. 어릴 때부터 보아온 동생의 성향을 고려해볼 때 후자 쪽이었다. 그리고 사실 킴이 뭘 하든 피아가 상관할 일은 아니 었다.

2017년 4월 15일

마르티나 지베르트의 휴대전화가 울린 것은 저녁 8시 반, 그녀가 옛 친구에게 보낸 최후통첩에 제시한 기한을 세 시간 반 남긴 시점이었다. 액정에 발신자표시제한이라고 떠 있었다. 그녀에게 발신자표시제한으로 전화를 걸 사람은 아직도 유선전화를 사용하는 그녀의 어머니뿐이었다. 마르티나는 여행가방에 집어넣으려던 옷가지를 다시 침대에 내려놓고 전화를 받았다.

"엄마!" 그녀가 전화기에 대고 말했다.

"나야, 카타."

마지막으로 통화한 게 20년 전인데 친구의 목소리는 그때와 똑같았다. 마르티나는 순간 반가운 마음이 앞섰지만 그런 이메일을 보내놓고 반갑게 반응하는 것도 맞지 않는 것 같아 친구와 마찬가지로 건조하게 대꾸했다.

"안녕, 전화해줘서 고마워."

"그런 이메일을 보내다니 정말 믿기지 않는다." 카타가 말했다.

"갑자기 나타난 그 애를 보고 난 얼마나 당황했겠니?" 마르티나는 알면서도 모르는 척 딴소리를 했다.

"내 말은 나한테 최후통첩 보낸 거 말이야. 우리 그때 그 사안에 대해 영원히 침묵하기로 하지 않았니?"

마르티나는 화가 치미는 것을 겨우 참았다. 그녀는 카타와 싸우고 싶지 않았다. 내일 스페인행 비행기를 타기 전에 이 문제를 해결하고 싶었다.

"난 약속 지켰어." 그녀가 조용히 말했다. "하지만 그 애가 갑자기 내 앞에 나타나리라고는 생각 못 했다고. 그리고 그 애가 그렇게 협박하지 않았으면 적당히 둘러댔을 거야. 한 달 후에 새 직장으로 옮기는데 다 망칠 순 없다고."

"결국 그거였구나. 네가 피해 보지 않으려고?" 원망이 가득 담긴 말투였다.

"그래, 결국 그거다! 나도 그동안 이기적으로 사는 법을 배웠거든! 그 애가 뭐라고 한 줄 알아? 나를 윤리위원회에 고발하고 언론에도 알리겠대. 나 그 말 믿어. 생각보다 너를 많이 닮았더라고."

"난 그 애 보고 싶지 않아." 카타는 그녀의 비난에 응수하지 않았다.

"왜? 아주 참한 아가씨로 잘 자랐어. 얼굴도 얼마나 예쁜지 몰라. 엄마라고 생각했던 사람이 얼마 전에 죽고 이제야 사실을 알게 됐대! 피오나는 그냥 친부모가 누군지 알고 싶어 하는 것뿐이야! 너한테 뭘 바라는 것도 아니야. 경제적으로 부족한 것도 없고. 취리히에 있는 집도 물려받았고 돈도 꽤 많이 상속받은 것 같아. 바라는 건 오직 너를 만나보고 싶다는 것뿐이야."

"내가 싫다면?"

"카타! 네가 어떻게 임신하게 됐는지는 모르겠지만 이미 24년이나 지난 일이야!"

"네가 뭘 안다고 그래?"

"모르지! 네가 언제 나한테 그런 얘기를 해줬어?"

카타는 아무 대답도 하지 않았다. 전화를 끊어버린 게 아닌가 불안해질 찰나에 그녀가 다시 입을 열었다.

"그날은 내 인생에서 가장 끔찍했던 날이야." 그녀가 낮은 목소리로 말했다. "그걸 극복하는 데 수십 년이 걸렸어. 티나, 넌 몰라. 그게 얼마나 힘들고 아픈 건지. 내가 지금 그 애를 만나게 되면…… 아물었던 상처가 다시 터지고 말 거야."

예전 같았으면 친구의 이런 풀죽은 모습에 곧장 동정심을 느끼고 가슴 아파했을 마르티나였다. 하지만 카타의 자기연민은 마르티나의 마음속에 생겨난 철통같은 방어막에 튕겨 나갔다. '나를 이용하려는 자들로부터 어떻게 나를 지켜낼 것인가'라는 방어막. 그것을 만들고 지켜오는 데 많은 노력과 훈련이 필요했다. 마르티나는 그동안 카타 같은 여자들을 수없이 만났다. 그들은 마르티나의 선한 마음과 무른 성정을 파렴치하게 이용했다.

"그때 난 곤경에 처한 널 도왔어." 그녀가 차갑게 대꾸했다. "난 이유를 묻지 않았어. 넌 내 가장 소중한 친구였으니까. 언젠가 얘기해줄 거라고 믿었지. 그런데 넌 마치 모든 게 내 잘못이라는 듯 아예 연락을 끊어버렸어."

"그건 심리상담사의 조언을 따른 거야, 티나! 난 트라우마 상태였어! 어떻게든 살아남아야 했고……."

"다른 방식으로라도 내게 알려줬어야지." 마르티나가 그녀의 말을 끊었다. "네 행동 때문에 난 크게 실망했고 네 오래된 상처가 터지든 말든 이젠 상관하고 싶지 않아. 피오나에게 네 이름과 이메일주소를 알려줄 거야. 그렇게 하기로 약속했어. 나도 그렇지만 그 애도 그렇게 태어난 죄밖에 없어! 이건 네 문제고 네가 책임져야 할 일이야. 도망치지만 말고 그 애 앞에 네 모습을 드러내는 게 맞아."

"네가 뭘 알아? 지옥에나 떨어져!" 카타는 그렇게 내뱉고 전화를 끊어버렸다.

"뭐 이런 게 다 있어!" 마르티나는 화가 나서 소리를 빽 질렀다. 카타와 자기 자신에 대한 분노로 휴대전화를 벽에 던져버리고 싶은 심정이었다. 당장 내일 스페인으로 떠나야 하고 새 전화기를 구입할 시간이 없었기에 참았다.

"누군데 그래?" 뒤에서 누군가 묻는 말에 그녀는 홱 뒤를 돌아보았다.

"아, 수십 년도 지난 옛날 일 때문에 이러네. 내 친구 카타 기억나?"

"그럼, 기억나지. 무슨 일인데 그래?"

"정말 이해할 수 없어!" 결혼 전에 일어난 일이었기에 마르티나는 남편에게 그 일에 대해 얘기한 적이 없었다. 하지만 카타가 이렇게 나온다면 더 이상 배려고 뭐고 없다. 그래, 이제 속시원히 털어놓을 때가 됐어! 그녀는 침대 위에 휴대전화를 획 던졌다. "어디서부터 얘기해야 하나?"

"일단 짐부터 마저 싸." 그가 말했다. "그런 다음 와인 한잔하면서 천천히 얘기하자, 응?"

"그래, 좋은 생각이야!" 마르티나는 미소를 지으며 대답했다. 그리고 그가 방에서 나가자 사흘째 소식을 기다리고 있는 피오나에게 메시지를 보냈다.

***

집으로 가는 길에 피아는 프리트요프라는 이름을 어디에서 들었는지 드디어 기억해냈다. 킴이 학창시절이 끝날 때부터 프랑크푸르트 의대 첫 학기에 다닐 때까지 만났다 헤어졌다를 반복하며 힘들게 연애하던 시기가 있었다. 가족에게는 한 번도 소개한 적이 없었던 그 남자친구 이름이 바로 프리트요프였다. 과연 킴의 그 비밀스러운 남자친구가 프리트요프 라이펜라트였을까? 피아는 그의 이력을 머릿속에 떠올려보며 킴이 그를 어디에서 만났을까 생각해보았다. 그리고 차를 오른쪽 길가에 대고서 휴대전화를 꺼냈다. 킴에게 보낸 메시지는 아직도 읽지 않음 상태였다. 재차 전화를 걸어봐도 역시나 음성사서함으로 연결됐다. 피아는 또 메시지를 써서 보냈다.

다시 차량의 행렬 속으로 끼어든 피아는 핸즈프리로 어머니에게 전화를 걸었다. 어머니는 여느 때처럼 잔소리부터 시작했다. 피아가 어머니에게 잘 연락하지 않는 게 이 때문이었다. 그녀는 되도록 고분고분 대답하기 위해 애썼다.

"네, 살아 있어요. 어떻게 지내세요?"

"나야 늘 똑같지, 뭐. 허리 아픈 거 빼고는 괜찮다. 잊어버릴 만하면 한 번씩 전화하니, 원."

"할일이 많아서 그래요, 엄마. 우리 지난주에 이사했잖아요."

"아, 맞아. 목장이 참 좋았는데 팔아서 아깝게 됐지 뭐니? 네 아빠도 그러시더라. 너희 집 가는 거 좋아했는데."

피아는 어이없다는 표정을 지었다. 15킬로미터밖에 떨어져 있지 않은데도 지난 12년간 그들이 비르켄호프를 방문한 건 딱 세 번뿐이었다.

"뭐든 시작이 있으면 끝이 있는 법이니까요." 그녀가 말했다. "엄마, 나 물어볼 게 있어서 전화했어요. 혹시 킴이 사귄 남자애 중에 프리츠나 프리트요프라는 애 있었어요?"

"그건 또 왜? 왜 킴한테 직접 안 물어보고?"

피아가 예상한 대로였다. 어머니는 답변을 한 가지 내놓기 전에 질문 두 가지 정도를 먼저 던지는 사람이었다.

"지금 연락이 안 돼서 그래요. 그 사람 아버지가 돌아가셨는데 킴이 옛날에 알던 사람인 것 같아서."

"글쎄다, 난 모르겠다. 킴이 언제 우리한테 남자친구 소개시킨 적 있었니?" 어머니가 뾰로통하니 답했다.

"그럼 걔 학교 친구들 이름 혹시 생각나요?"

"왜 자꾸 그런 걸 물어봐? 무슨 일 생겼니?"

"엄마, 그런 거 아니라니까!"

"어디 보자……. 네 동생은 친구가 많았던 적이 없었어. 그 점에선 너랑 아주 딴판이었지." 어머니가 말했다. "어렸을 때는 그 빨강머리 자비네랑 친했지. 자비네랑 초등학교 내내 붙어다녔어. 그리고 핸드볼 같이 하던 다니엘라……. 그러고 보니 생각나네, 킴은 초대할 친구가 없어서 생일파티도 안 했잖아. 너랑 라르스는 다 했는데……. 그 피시바흐 사는 애 이름이 뭐였더라? 학교 졸업하고 프랑크푸르트

에서 함께 자취하던 친구 있었는데. 너 기억 안 나니? 조그맣고 예쁘
장한 갈색머리 있었잖아."

"생각 안 나는데……." 1987년 피아가 대학에 입학했을 때 부모님
은 바트조덴에서 비스바덴-이크슈타트로 이사했다. 피아는 프랑크
푸르트까지 통학하기가 싫어서 집에서 독립한 뒤 여러 아르바이트를
하며 월세를 조달했다. 그러다 바로 헤닝을 알게 됐다. "우리 학교였
어요?"

"아니, 킴은 켈크하임에서 졸업했잖아." 어머니의 말에 피아도 바
로 기억이 났다. 킴은 졸업성적을 올리려고 레벨이 좀 낮은 학교로
전학했고 바람대로 1.0의 높은 점수로 문제없이 의대에 진학할 수 있
었다.

"아, 맞아."

"잠깐만, 이름이 생각날 거 같은데……. 흠…… 그 애 부모가 켈크
하임에서 가구점을 했었고…… 짧은 이름인 건 기억나는데……. 킴
이 학교 졸업한 다음 그 애랑 같이 반년간 아시아 여행도 갔었는데!
아유, 모르겠다. 생각이 안 난다."

피아도 그 시절 킴이 동남아시아로 배낭여행을 간다고 해서 집 안
이 떠들썩했던 게 어렴풋이 기억났다. 킴과 함께 간 친구 이름은 떠
오르지 않았다. 당시 피아는 프랑스 여행에서 알게 된 스토커에게 자
신의 집에서 성폭행을 당하고 인생에서 가장 험난한 나날을 보내고
있었다. 그녀의 부모는 수치심 때문인지 공감 부족 때문인지 사건에
대해 침묵했고 피아로 하여금 도리어 죄책감을 느끼게 만들었다. 가
족들은 그녀가 법학 공부를 중단하고 경찰이 되었을 때도 그 선택을
인정해주지 않았고 헤닝 키르히호프에게도 아무런 관심을 보여주지

않았다. 그런 연유로 한동안 가족과 완전히 연락을 끊고 지냈었다. 이제 부모님도 노년에 접어들고 세월과 더불어 상처가 아물어 속내는 얘기하지 못해도 안부는 가끔 주고받을 수 있는 사이가 되었다. 피아는 어머니에게 고맙다고, 아버지에게 안부 전해달라고 인사하고는 통화를 마쳤다.

***

1996년 5월 11일

이 일을 계획하는 데 거의 일 년이 걸렸다. 드디어 때가 왔다! 생각한 대로 일이 착착 진행될 때의 만족감에 비견될 것은 아무것도 없다. 네 번째 여자는 이제까지의 여자들 중에 가장 나이가 많다. 의심이 많은 편이라 이전의 세 명처럼 쉽게 넘어가지 않았다. 그 부분에 있어서 고마울 따름이다. 덕분에 아주 흥미진진한 게임이 됐으니. 그럴듯한 속임수를 생각해내기 위해 머리를 쥐어짜야 했고 일어날 법한 모든 문제를 고려해야 했다. 타인의 청찬이나 감탄에 익숙하지 않은 못생긴 여자일 경우도 생각해야 했다. 하지만 나는 똑똑하다. 대단히 똑똑한 사람이다. 내가 이걸 해냈다니 정말 자랑스럽다! 그녀는 지금 내 발밑 풀밭에 누워 있다. 자신의 죄를 반성할 시간이 얼마 남지 않았음을 예감하는 것 같다. 내게 시간이 좀 더 있었다면 그녀를 차에 태우고 여기저기 돌아다녔을 것이다. 그것이 얼마나 짜릿한 일인지. 죽은 뒤와는 완전히 다른 느낌이다. 나는 그들의 공포를 느낀다. 그 공포는 차 안을 가득 메우고 내 살갗과 머리카락에 들러붙는다. 나는 그것의 냄새를 맡고 맛볼 수 있다. 그리고 황홀함에 취한다. 그녀를 여기까지 데려오는 데 세 시간이 걸렸다. 나는 그 순간순간을 즐겼다. 그녀에게 책정된 시간은 딱 하루였다. 나는 모든 것을 계획대로 정확히 처리했고 지금 아주 평온한 상태다. 밖에는 날이 저물기 시작했다. 아직 그녀의 눈동자를 볼 수 있을 만큼의 빛은 남았으리라. 나는 신발과 바지를 벗는다. 위아래 속옷도 벗는다. 그리고 그녀 쪽으로 허리를 굽힌다. 그녀는 입이 막힌 채 울부짖고 필사적으로 몸부림친다. 소용없다. 새 랩은 아주 튼튼하다. 전에 쓰던 것보다 훨씬 잘 붙는다. 일단 물에 들어가면 부력 때문에 훨씬 일이 쉬워진다. 나는 날카로운 갈대줄기에 랩이 상하지 않도록 온 주의를 기울인다. 심장이 두근거리고 땀이 솟는다. 힘이 들어 근육에 경련이 인다. 이것도 일의 일부다. 나는 발밑에 부드러운 진흙의 감촉을 느낀다. 그날 그랬듯이 물은 예상보다 차다. 나는 설렘과 기대로 가득차 있다. 곧 끝날 것이다. 조금만 더. 이제 곧 완성된다. 나는 그 후련한 해방감에 대한 열망으로 눈물이 난다. 그들이 죽는 순간 나는 매번 더할 나위 없는 만족감으로 채워진다.

평소 잘 사용하지 않던 일층 경비초소 뒤 대기실은 하루아침에 특수본으로 바뀌었다. 책상·전화·컴퓨터·프린터·팩스가 들어오고 벽에는 여기저기 화이트보드가 걸리고 그 사이에는 현대적 기술의 비디오매트릭스 시스템과 연결된 대형모니터가 자리잡았다. 무슨 재주로 따냈는지 모르지만 묻고 따지는 절차 없이 카이에게 허가된 기술 패키지에 들어 있었다. 피아가 8시 반에 도착했을 때 특수본은 이미 바삐 돌아가고 있었다. 카이가 '어머니날'로 명명한 이 특별수사팀에 지원한 타 부서 동료들은 어제부터 라이펜라트의 집에서 가져온 서류철과 상자를 뒤지며 단서를 찾고 있었다. 이런 방식으로 이미 퍼즐조각 몇 개가 맞춰졌고, 수사를 올바른 방향으로 이끌 퍼즐조각들이 더 나오길 바라며 일요일임에도 모두 나와 일하고 있었다.

하딩 박사는 손에 커피잔을 든 채 화이트보드 앞에 서서 테오 라이펜라트의 흐릿한 사진을 응시하고 있었다. 타리크가 맘몰스하인 애완동물 사육자협회의 홈페이지 연표에서 찾아낸 사진을 인쇄해 붙여놓은 것이었다. 그 옆에는 피해자들의 사진, 시신 발견 장소와 시신을 찍은 사진이 붙어 있었다.

"저런 범죄를 저지를 괴물로는 전혀 보이지 않네요." 피아가 범죄심리학자 옆으로 다가서며 말했다.

"그런 경우가 많아요." 하딩이 피아를 쳐다보며 답했다. "대개 악은 사람들의 눈에 띄지 않게 나타나는 법이죠."

그때 카이가 타리크를 이끌고 나타났다. 그리고 자신의 컴퓨터가 있는 책상에 앉았다. 표정으로 보아 나쁜 소식을 가져온 게 틀림없었다.

"비클라스가 이름을 하나 더 토해냈어." 그가 인사 대신 말했다. "니나 마스탈레르츠, 23세, 폴란드 국적, 주소지 밤베르크. 2013년 5월 10일 함께 사는 친구에게 마지막으로 목격됐어. 며칠 뒤 그 친구가 실종신고를 했고."

"잠깐만!" 피아는 막 도착한 보덴슈타인과 셈에게 이리 오라는 손짓을 했다. 타리크 오마리도 합류하자 카이가 다시 말을 이었다.

"부검보고서가 프랑스어로 작성됐지만 이건 이해하겠더라고. 2013년 12월 국경 근처 생아볼트의 숲에서 발견됐을 때 시체는 여전히 언 상태였어."

"그 말은 유기된 지 얼마 안 돼서 발견됐다는 거잖아." 셈이 말했다.

"랩에 싸여 있었나?" 보덴슈타인이 물었다.

"네." 카이가 고개를 끄덕였다. "다른 경우와 마찬가지로 옷도 다 입고 있었고 학대나 고문의 흔적도 없었어요. 사인이 뭔지 알아맞힐 수

"있는 사람?"

"의사."

"맞아요. 피해자의 자동차는 스코다였는데 이미 5월 21일에 밤베르크 산업지구에서 발견됐어요. 문 잠겨 있고. 가방은 트렁크에 들어 있고. 차 열쇠 없고."

"하딩 박사님, 어떻게 보십니까?" 보덴슈타인이 물었다.

"우리가 찾는 범인의 또 다른 피해자라는 데 의심의 여지가 없습니다." 그가 대답했다. "범인의 특수한 작업방식이 확연히 드러나잖아요. 어젯밤 다른 피해자들 사건을 살펴봤는데 똑같습니다."

피아는 프로파일러를 향한 셈의 미심쩍은 시선을 느꼈다.

"그렇다면 지금까지 총 일곱 명이에요." 피아가 말했다. "1988년부터 2014년까지면 26년인데! 여기서 얼마나 더 나올 건지 상상하기도 싫네요."

"안녕하세요!" 니콜라 엥엘은 경찰서장과 보호경찰대장을 대동하고 9시 정각 특수본에 들어섰다. "시작할까요?"

모두 제자리를 찾아가 앉았다. 인원이 많아서 서 있거나 책상에 걸터앉은 사람도 몇 있었다.

"해당 사건에 대해서는 폰 보덴슈타인 반장과 산더 형사가 곧 자세히 설명할 겁니다." 엥엘 과장은 바로 말을 시작했다. "먼저 정신의학자, 범죄심리학자, 프로파일러인 데이비드 하딩 박사를 소개합니다. 조언자로서 사건 해결에 도움을 주실 겁니다. 하딩 박사님은 수년간 FBI에서 근무하셨고 그곳에서 범죄행동분석팀을 만드는 데 크게 기여하신 분입니다."

대부분은 어제 이미 하딩 박사를 소개받았지만 여전히 수군거리거나 경계하는 시선으로 바라보는 이들이 있었다.

"산더 형사, 폰 보덴슈타인 반장!" 엥엘 과장은 권위적인 제스처로 그들을 불러냈다. 두 사람은 앞으로 나갔다.

"범인이 이미 죽었는데 왜 프로파일러가 필요합니까?" K23팀의 토르스텐 니켈 경사가 물었다.

"테오도르 라이펜라트가 과연 우리가 찾는 연쇄살인범인지 의심이 들기 때문입니다." 피아가 대답했다.

"왜요? 그 사람 집에 시체가 묻혀 있었잖아요."

피아는 왜 테오도르 라이펜라트의 범행 여부를 의심하는지 그동안 알아낸 것을 요약해서 들려주었다. "1988년부터 2014년까지 우리가 신원을 확인한 피해자는 일곱 명입니다. 그게 다라는 보장도 없고요. 그리고 만약 테오도르 라이펜라트가 범인이 아니라면 앞으로 살인이 계속될 수도 있습니다."

"라이펜라트 부부는 20년이 넘는 기간 동안 위탁 자녀를 받았습니다." 보덴슈타인이 말을 이었다. "하나같이 문제가 있고 트라우마를 경험한 아이들이었습니다. 어른이 될 때까지 보육원을 벗어나지 못할 아이들이었죠. 라이펜라트 집 안에서 자란 한 양녀의 말에 따르면 테오도르 라이펜라트의 처 리타 라이펜라트는 아이들에게 무자비하고 횡포하게 처벌을 가했습니다. 물이 든 욕조에 처박고 아이스박스에 가두고, 우물구멍에 가두기도 했습니다. 그 우물구멍에서 리타의 해골이 발견되었죠."

불안한 수군거림이 퍼져나갔다.

"현재 우리는 그 위탁 자녀들 중 한 사람이나 가까운 주변인이 범인일 거라고 생각하고 있습니다." 피아가 설명했다. "범인의 범행방식으로 보아 리타의 처벌에 시달리던 이가 아닐까 추측됩니다."

"그리고 피해자의 실종일도 중요한 단서입니다." 이번에는 보덴슈타인이 설명을 계속했다. "피해자들 모두 어머니날 당일이나 그즈음 실종됐습니다. 다음 어머니날까지는 약 4주가 남아 있습니다. 범인이 이미 다음 피해자를 주시하고 있을지도 모릅니다."

자리에 모인 사람들은 그제야 상황을 이해했다. 해묵은 살인사건을 밝혀내는 것이 목적이었던 3년 전 젤 사건과 달리, 이번 사건은 30년 전에 시작되어 아직도 계속되고 있을지 모를 연쇄살인사건이었다.

"그럼 이제 어떻게 할 생각인가요?" 경찰서장이 물었다.

"그건 저보다 하딩 박사님이 설명하시는 게 나을 것 같습니다." 피아는 그렇게 말을 받고 하딩 박사에게 고갯짓을 했다. 하딩이 일어나 앞으로 나왔다.

"먼저 저에 대해 짧게 소개하겠습니다." 하딩이 말을 시작했다. "저는 데이비드 하딩이라고 합니다. 심리학을 공부하고 FBI에서 근무하기 전에는 헌병이었습니다. 저는 동료들과 함께 25년에 걸쳐 1백 명이 넘는 연쇄살인범 재소자들을 인터뷰했습니다. 저희가 이 대화에서 알아내 정리한 내용은 행동분석을 토대로 한 범죄자수배의 중요한 토대가 되었습니다. 범죄분석가로서 저는 범인 자체를 찾는다기보다는 범죄행동을 찾습니다. 범인을 찾는 건 경찰의 일이지요. 특히 연쇄살인의 경우 유추를 통해 범인의 흔적을 잡아낼 수 있습니다."

"그게 무슨 뜻입니까?" 니켈 경사가 다시 물었다.

"일치, 유사성……." 하딩 박사가 답했다. "예를 들어 어머니날. 아니면 피해자를 랩으로 싸고 얼리는 행위, 자동차를 잠근 채 남겨두는 행위 말입니다. 제 생각엔 범인이 차 열쇠를 전리품처럼 모아두었을 가능성도 있습니다."

"이해했습니다. 감사합니다."

"우리가 해야 할 일은 먼저 범인의 범행태도에 숨겨져 있는 메시지를 읽어내는 것입니다. 그런 범행방식을 택함으로써 범인은 어떤 욕구를 충족시키는가? 어떤 의식을 치르는가? 범행동기는 무엇인가? 그걸 알아내기 위해서는 무엇보다도 피해자에 대해 알아야 합니다. 여기서 범인이 계획적으로 움직이는지 무계획적으로 범행을 저지르는지 알 수 있습니다. 범죄자가 범행을 저지르는 방식에는 그가 일상을 영위하는 방식이 투영됩니다. 그러므로 일상에 대한 단서가 되는 행동패턴에 주목해야 합니다."

널찍한 공간에 침묵이 감돌았다. 사람들은 매료된 듯 하딩 박사의 말에 귀를 기울였다. 개중에는 이미 범죄분석가와 일해본 사람도 있었다. 그러나 하딩 박사처럼 프로파일러의 작업방식에 대해 자세하게 설명해준 사람은 없었다. 유행 지난 조끼정장 차림에 콧수염을 기르고 이마가 훌렁 벗겨진 모습은 최첨단 기술장비들 사이에서 구시대의 유물 같았지만, 그의 말은 청중에게 어마어마한 영향력을 발휘했다. 일 분에 한 번씩 손목시계를 들여다보던 경찰서장도, 엥엘 과장도, 하딩을 미심쩍은 시선으로 바라보던 셈도 조용히 경청하고 있었다.

"우리는 범인의 과거에서 현재의 생활방식에 영향을 끼친 특정한 태도 혹은 징후를 찾아내야 합니다. 여기서 잊지 말아야 할 것은 그런 유년기를 경험한 사람이라고 해서 모두 연쇄살인범이 되는 건 아니라는 점입니다." 하딩이 말을 이었다. "여기 모인 사람들은 모두 마음에 상처를 입어도 잘 다스릴 줄 압니다. 하지만 우리가 찾는 범인은 고위험군에 속하는 사이코패스입니다. 우리는 이런 유형의 인간을 '포식자'라고 부릅니다. 포식자 유형은 반사회적 인격을 가지고 있으며 오직 자신만을 생각합니다. 한 가지 목표를 추구하고, 그걸 달성하기 위해 무슨 짓이든 합니다. 타인에게 해를 끼치든 말든 상관하지 않습니다. 양심이 없고 잔인하며 공감능력이 떨어집니다."

피아는 어제 아냐 맨티가 프리트요프 라이펜라트에 대해 한 말이 떠올랐다. 겁 없고 쿨하고 무자비하고, 자기 말을 듣게 하는 능력이 있고 자기가 하고 싶은 건 꼭 해야 직성이 풀리는 사람.

하딩은 수업하는 선생님처럼 책상 사이로 천천히 걸음을 옮겼다. 여전히 고요한 가운데 그의 목소리만 낭랑하게 울려 퍼졌다.

"범인과 피해자 사이에 아무 관계가 없어 보이는 이런 사건에서는 기존의 수사방식이 크게 효과를 내지 못한다는 것, 모두 알고 계실 겁니다. 그러나 저는 범인과 피해자가 아는 사이였을 거라고 생각합니다. 오랫동안 잘 아는 사이는 아니었더라도 모종의 접촉이 있었을 거라고 봅니다. '묻지 마 살인'에서는 피해자가 누군지 중요하지 않기 때문에 보이는 대로 다 죽이지만 연쇄살인범은 피해자를 선정하는 데 있어서 매우 목적지향적입니다. 피해자학, 즉 가해자와 피해자 간의 관계는 범죄분석에서 대단히 중요한 부분입니다. 그렇기 때문에 여러분은 이렇게 물어야 합니다. 피해자에게 중요한 것은 무엇이었는가? 거기서 어떻게 피해자와 가해자의 관계가 만들어졌는가? 무엇이 범인으로 하여금 피해자에게 관심을 갖게 만들었는가?"

하딩 박사는 말의 여운이 남도록 잠시 기다렸다가 다시 말을 이었다.

"이 사건의 경우 겉으로 드러나는 피해자 선정기준은 없습니다. 피해자가 전부 여성이긴 하지만 그 밖에 연령, 외모, 출신지역, 직업은 모두 다릅니다. 그러나 이 여성들을 공통으로 묶어내는 뭔가가 있을 겁니다. 범인의 관심을 끈 뭔가가 분명히 있습니다."

하딩은 걸음을 멈추고 양손을 허리 뒤로 하고 선 채 청중을 둘러보았다.

"질문 있습니까?"

"왜 범인과 피해자가 아는 사이라고 생각하시는 거죠?" K21팀의 돈야나 옌센이 물었다. "대부분의 연쇄살인은 성적 쾌감이라는 동기를 갖지 않나요? 그렇다면 피해자를 범인의 취향대로 골랐다고 볼 수 있지 않나요?"

"연쇄살인범의 살해동기에 한해서는 맞는 말씀입니다. 그러나 우리가 찾는 범인은 성범죄자가 아닙니다." 하딩이 대답했다. "성적 쾌감을 노리는 살인에서는 변태적 욕구해결이 관건입니다. 그런데 특정 날짜를 기다렸다 살인하는 것이 그런 범죄자의 패턴에 맞을까요? 우리가 찾는 남자는 아주 체계적으로 움직이는 사람입니다. 미치광이 정신병자가 아닙니다. 범행을 치밀하게 계획하고 흔적을 남기지 않으려고 매우 조심스럽게 행동합니다. 사전에 정해놓은 장소로 피해자를 데려가 죽이지만 사체를 토막 내거나 성적으로 학대하지는 않습니다. 범인은 지능이 높고 엄격한 규율에 따라 행동하는 완벽주의자입니다. 그의 행위에서 근본적인 요소는 권력 행사, 피해자에 대한 절대적, 가학적 통제입니다. 예를 들어 랩으로 꽁꽁 싸서 피해자가 방어할 수 없게 만드는 걸 보면 알 수 있죠."

하딩은 잠시 말을 멈추었다.

"제 생각에 범인은 우리가 아는 가장 위험한 유형의 연쇄살인범입니다. 즉, 자신에게 어떤 사명이 있다고 믿는 사람입니다. 이 자는 특정 그룹의 사람들을 공략합니다. 그의 판단에 따르면 처벌되어야 하고 죽어 없어져야 할 사람들이죠. 우리에게 범인을 잡을 열쇠는 단하나, 범인에게 희생당한 피해자들뿐입니다. 먼저 거기서부터 시작합시다!"

2017년 4월 16일, 프랑크푸르트
(부활절 일요일)

    피오나는 호텔 접수처에 있는 홍보전단을 보고서야 부활절이 다가왔음을 알았다. 부활절 토요일에 있는 프랑크푸르트 타종행사는 아깝게 놓쳤고 계속 여기 머문다면 다음 주말에 있을 취리히 젝세로이텐 축제까지 놓치게 되리라. 그렇다면 오늘 대성당에 가서 부활절 미사에라도 참석해야겠다는 생각이 들었다. 오랫동안 교회에 발을 끊고 지냈지만 신에게 조용히 하고 싶은 말이 생겼다.

    피오나는 아침을 먹은 뒤 걸어서 길을 나섰다. 이 도시에 온 지도 어느덧 사흘, 이제는 어느 정도 방향감각이 생겼다. 그녀는 금융지구가 나오기 전 오른쪽 길을 택해 마인 강을 따라 철교까지 걸었다.

    하늘이 구름으로 덮여 있었지만 날씨가 포근해서 인도교 위에는 산책하는 사람이 많았다. 걷다 보니 문득 프랑크푸르트가 괴테의 도시라는 것이 떠올랐다. 학교에서 외웠던 괴테의 시 한 구절을 떠올려보았다.

"봄의 활기찬 시선에 개울과 강은 얼음에서 풀려나고……." 피오나는 문득 자신이 지금 내려다보는 물길이 요한 볼프강 폰 괴테가《파우스트》를 쓸 무렵 내려다보았던 그 물길임을 깨달았다. "골짜기에는 희망에 찬 행복이 푸르구나. 늙고 힘 빠진 겨울은 거친 산속으로 물러나네."

대성당의 종이 울리기 시작했다. 피오나는 발걸음을 빨리했다. 지나가는 낯선 사람들이 미소를 건넸다. 그녀도 미소로 화답했다. 마음속의 부담과 두려움이 녹아내리는 기분이었다. 성당으로 통하는 좁은 길목을 걸어가며 그녀는 다짐했다. 과거는 과거로 묻어두자, 이제는 앞만 보며 살아야 한다고.

"하느님께 약속합니다. 내일 아침까지 아무 소식이 없으면 집에 돌아갈게요." 그녀는 가만히 중얼거렸다.

미사가 끝난 후 피오나는 천천히 걸어 호텔로 돌아갔다. 프랑크푸르트는 더 이상 적대적이고 낯설게 느껴지지 않았다. 마치 이 도시가 그녀를 포근하게 안아주는 것 같았다.

사람은 도전을 통해 성장하는 법이다. 그녀는 평생 낯선 것을 두려워하며 그 어떤 도전도 감행하지 않았다. 예전 같았으면 낯선 나라 낯선 도시를 혼자 여행한다는 것은 상상할 수조차 없었다. 이곳에 도착해서도 식료품, 책, 담배가 필요할 경우 옆에 있는 슈퍼마켓에 잠깐 다녀오는 것 빼고는 겁먹은 토끼처럼 호텔방에만 처박혀 지냈다. 그리고 지베르트 박사에게서 소식이 왔는지 보려고 5분에 한 번씩 이메일을 확인했다. 소식이 없을 경우를 대비한 플랜B 같은 건 없었다. 어쩌면 그냥 내질러본 말이라는 걸 박사가 눈치챘을지도 모른다. 아니면 아예 관심이 없거나. 신생아를 한밤중에 생판 모르는 남에게 넘겨줄 정도로 비정한 사람이라면 후자가 맞을지도.

문을 잠그고 호텔방에 들어온 그녀는 부츠와 외투만 벗고 침대에 엎드렸다. 그리고 호텔 무선랜에 연결했다. 새 이메일을 확인하고 스팸 폴더를 열어보니 그토록 기다리던 소식이 와 있었다. 제목란에는 딱 한 단어, 연락처! 짧은 몇 줄을 읽어 내려가는 동안 그녀는 손이 떨리고 갑자기 목이 메었다. 눈물이 줄줄 흘렀다. 기쁨과 안도의 눈물이었다.

"고맙습니다, 하느님! 고맙습니다!" 그녀는 돌아누우며 후련하게 숨을 내쉬었다. 페르디난트 피셔를 만난 이후 그녀를 줄곧 괴롭혀오던 불안이 마침내 끝날 조짐을 보이고 있었다.

***

특별수사팀은 일을 둘로 나눴다. 반은 피해자 담당, 나머지 반은 라이펜라트의 서류에 기재된 위탁 자녀 담당으로. 경찰 범죄정보 관리시스템에 이름을 다 돌려본 카이와 타리크는 클라스 레커뿐 아니라 앙드레 돌에게도 범죄경력이 있다는 사실을 알아냈다.

"과실치사. 형법 222조 위반." 타리크가 모니터를 보며 읽었다. "2012년이었고, 추월금지구역에서 추월, 1년간 면허 정지, 집행유예 2년에 벌금형을 받았어요." 그는 사건개요 화면을 불러내더니 휘파람 소리를 냈다. "이거 흥미롭네! 여기 좀 보세요. 사고 낸 게 2012년 5월 21일 밤 10시 47분인데 바트 베를레부르크 근처 B480연방도로였어요."

피아는 요아힘 보크트를 구글에서 검색하고 있었다. '프라포트(프랑크푸르트 공항을 운영하는 독일 운송회사—옮긴이)'와 이름을 함께 검색하니 수백 개의 결과로 좁혀졌다. 그중 실제로 쓸모 있어 보이는 결과는 서너 개 정도였다. 그는 비즈니스 인맥사이트 링크드인에 등록돼 있었는데 프로필을 다 볼 수는 없지만 짧은 이력은 공개돼 있었다. 프랑크푸르트와 슈투트가르트에서 경영정보학과 전기공학 전공, 지멘스, 다이믈러-벤츠를 거쳐 1997년 프라포트로 이직했으며 현재 정보기술 인프라팀 팀장, 기혼, 자녀 둘. 그게 다였다.

"그게 왜 흥미로워?" 셈이 이상하다는 듯 물었다.

"리아네 반 부렌이 실종된 게 2012년 5월 15일이에요. 시체는 같은 해 10월 빈터베르크 근처에서 발견됐고요." 타리크가 내용을 상기시켰다. "바트 베를레부르크는 빈터베르크에서 25킬로미터도 떨어지지 않은 곳이라고요."

실제로 흥미로운 정황이었다. 사고가 지겐 방향 도로에서 났다는 것을 알아내는 데는 일 분도 걸리지 않았다.

"그건 내일 물어보자고." 보덴슈타인이 말했다.

"브리타 오가르추닉도 시스템에 있습니다. 결혼 전 성은 바이스, 1972년생." 카이가 말했다. "밀수입죄 전과3범인데요. 대규모 담배밀수를 하다 걸려서 2015년에 8개월간 징역을 살기도 했습니다."

사샤 린데만의 이름을 검색하던 피아는 카첸마이어 부인의 사진첩에서 본 금발 소녀를 떠올렸다. 카첸마이어의 딸 질케와 친했던 아이다. "주소 어디야?"

"잠깐만…… 하테르스하임."

사샤 린데만도 링크드인에 프로필이 있었다. 요아힘 보크트만큼이나 공개된 정보는 적었지만 이력은 훨씬 화려했다. 부동산중개업자, 중고차 세일즈맨, 인력상담원, 대리점주였고 현재는 페르스몰트에 있는 하게르스만 사료업체의 B2C세일즈맨이라고 나와 있었다.

"B2C는 또 뭐야?" 피아가 물었다.

"비즈니스 투 커스터머의 약자예요." 타리크가 설명했다. "영업방식 중 하나죠. 예를 들어 B2B도 있고……."

"알았어, 고마워." 피아가 서둘러 답하고 지도 앱에 지명을 입력했다. 페르스몰트는 뮌스터, 빌레펠트, 오스나브뤼크 사이에 위치하고 있어 모든 시체 발견 장소에서 멀리 떨어져 있었다.

"수사 중에 마주치게 되는 지명은 지리적 프로필 작성에 중요합니다." 피아의 보고를 들은 하딩 박사가 말했다. "범인들은 대개 자신의 인생에서 중요한 의미를 갖는 곳을 범행 장소로 선택합니다. 무의식적으로 그러는 거죠. 꼭 그런 장소가 아니라 하더라도 자신이 잘 아는 장소를 택합니다."

"리타 라이펜라트의 차는 라인가우 지역의 엘트빌에서 발견됐습니다. 안네그레트 뮌히의 경우는 거기서 몇 킬로미터 떨어지지 않은 에버바흐 수도원이었고요." 보덴슈타인이 말했다.

"프리트요프 라이펜라트가 다닌 대학은 외스트리히-빙켈에 있었습니다. 엘트빌 인근이죠." 카이가 덧붙였다.

"아냐 맨티는 린데만 부부를 엘트빌에 있는 레스토랑에서 봤다고 했어요." 피아도 거들었다. "하지만 그건 우연일 거예요. 라인가우는 사람들이 일부러 식사하러 찾아가는 곳이니까요."

"독일 지도 어디 없습니까?" 하딩 박사가 물었다.

"말씀만 하세요. 필요한 데이터 넣어서 만들어드리겠습니다." 타리크가 제안했다.

"아니요, 종이로 된 지도가 더 낫습니다." 프로파일러가 말했다. "그냥 옛날 방식으로 시체 발견 장소, 피해자 최후목격 장소, 자동차 발견 장소에 핀을 꽂아주시면 됩니다."

"제게 맡기십시오." 타리크가 말했다. "내일까지 만들어드리죠."

"각 사건에 해당하는 범죄자정보 관리부서에 연락했습니다." 카이가 불쑥 끼어들었다. "각 사건을 담당했던 수사관들과도 접촉 중입니다."

보덴슈타인이 고개를 끄덕였다. 차츰 일하는 데 필요한 구체적인 결과들이 나오고 있었다. 내일은 셈, 카트린, 타리크가 호프하임 경찰서의 피해자 심리전문요원 메를레 그룸바흐와 함께 피해자 유족들을 만나보고, 보덴슈타인은 피아, 하딩 박사와 함께 클라스 레커, 앙드레 돌을 만나보기로 했다.

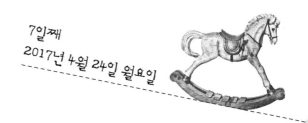

피아는 클라스 레커와 여러 번 통화를 시도했다. 그러나 라이펜라트의 주소록에 있는 번호는 더 이상 사용하지 않는 번호였고 새 번호는 아예 전화를 받지 않았다. 갑자기 찾아가야 더 효과가 있을 수도 있으니 어쩌면 잘된 일인지도 몰랐다.

보덴슈타인은 B43연방도로를 타고 켈스터바흐를 지나 A3고속도로와 교차하는 다리를 건넌 뒤 루프트한자 항공센터에서 왼쪽으로 꺾어 에어포트 링으로 차를 몰았다. 그리고 평행으로 뻗어 있는 B43 연방도로와 고속도로 사이에 위치한 '더 스퀘어', 좌초한 크루즈 선을 연상시키는 복합빌딩을 지났다. 잠시 후 공항운영사 본사에 도착했다. 그들은 문 바로 앞에 차를 세우고 건물 안으로 들어갔다.

"대단한데요." 하딩 박사가 말했다.

"세상에!" 피아도 고개를 뒤로 젖히며 감탄했다. "멋지네요!"

"우리 경찰서하고는 비교가 안 되네." 보덴슈타인도 적잖이 감탄한 듯했다.

건물은 평행으로 놓인 두 개의 기다란 직육면체 위에 유리 천장이 덮여 있고 여덟 개의 층이 각각 유리 다리로 연결된 구조로 통유리로 된 승강기가 소음 없이 위아래로 오르내리고 있었다.

"말하면 뭐해요. 입만 아프죠."

그들은 빛이 가득 들어오는 아트리움을 지나 안내데스크로 갔다. 데스크 자체도 꽤 길었지만 워낙 홀이 넓다 보니 장난감처럼 작게 느껴졌다. 데스크 뒤 벽에는 프라포트가 운영하는 공항들을 보여주는 모니터가 여럿 붙어 있었다. 젊은 데스크 직원은 친절하면서도 보덴슈타인이 내민 경찰공무원증에 별 반응 없이 응대했고, 상사에게 연락하기 위해 수화기를 들었다. 그 상사는 인사과에 연락했고, 거기에서 다시 인프라 매니지먼트 부서장에게 연락했다. 그렇게 클라스 레커를 만나고 싶다는 보덴슈타인의 요청이 모든 단계를 거치는 데는 45분의 시간이 걸렸다. 이윽고 9시 15분에 레커의 직속상관이 나타났다. 옌스 하셀바흐는 작고 깡마른 체구의 남자로 강력계 형사들의 방문이 영 내키지 않는 기색이었고 그 기색을 감추려 들지도 않았다.

"범인 잡으러 온 건 아닙니다." 보덴슈타인이 그를 안심시켰다. "부친 사망과 관련해서 얘기할 게 있는데 주소지가 없어서요."

"옌스, 오랜만이야." 그때 피아가 나섰다.

"피아!" 난색을 표하던 옌스 하셀바흐는 놀란 표정으로 바뀌며 얼굴이 환해졌다. "여기서 보네! 어떻게 지냈어?"

"잘 지내지, 직장 스트레스만 빼면." 그녀가 씩 웃으며 대답했다.

"비르켄호프 팔았다며? 말은 어떻게 했어?"

두 사람의 대화를 들어보니 해당부서의 관리자는 말에 관심이 많고 사적으로 승마를 즐기는 사람이었다. 어쨌든 피아와 잘 아는 사이임에 틀림없었다. 인사과와 인프라 운영팀장 사이에는 레커를 본사 건물로 올라오게 할 것인지 경찰들을 지하로 내려보낼 것인지를 두고 의견이 오갔고 결국 후자로 결론이 났다. 보덴슈타인, 피아, 하딩 박사는 방문자 출입증, 노란 안전조끼와 흰색 안전모를 받은 후 옌스 하셀바흐가 가져온 폭스바겐 버스에 올랐다. 그는 11a 문을 통과해 제1터미널 밑에 있는 지하도로로 차를 몰았다. 버스를 타고 가는 짧은 시간 동안 그들은 레커가 공기조화기술 파트에 있으며 아직 수습직원임을 알게 됐다. 그것 말고도 하셀바흐는 그 10분 동안 어마어마한 양의 정보를 쏟아냈다. 그중에서도 공항의 기술적 관리에 필요한 직원만 1,200명에 달한다는 사실.

"공항 전체에 지하층이 깔려 있다니까요." 그의 말투는 그가 공항에서 일하는 것에 얼마나 자부심을 갖고 있는지를 드러냈다. "새로온 직원은 적어도 일 년이 지나야 혼자 밑으로 내려보냅니다. 그만큼 길을 잃을 위험이 크다는 뜻이죠. 3층에 걸쳐 이어지는 7만 평방미터의 기술설비 위에 복도와 통로만 해도 60킬로미터가 넘고 전선과 배관은 수백 킬로미터에 달합니다. 여기 밑에서는 휴대전화도 터지지 않고 한번 잃어버리면 그냥 안녕이에요! 저도 일한 지 30년이 됐는데 구석구석 다 알지는 못합니다. 이를테면 지하 어딘가에 직원들이 이용하는 비밀 바가 있다는데 어딘지 몰라요. 자기네들끼리만 알고 절대 안 알려주더라고요." 그가 너털웃음을 지었다. "부지가 워낙 넓고 다양한 전문분야가 있다 보니 담당부서도 여럿으로 나뉘고 각 부서에 전문가들이 있어서 핵심적인 임무를 수행합니다."

"레커 씨는 어느 분야의 전문가인가요?" 보덴슈타인이 폭스바겐 뒷좌석에서 물었다.

"뭐, 여기선 전문가라고 볼 수 없지요." 하셀바흐가 어깨를 으쓱했다. "적어도 현재는 그렇습니다. 하지만 대장만 있어서는 일이 안 되는 법이니까요."

"그럼, 정확히 무슨 일을 하는 거죠?"

"그냥 일하는 겁니다."

"일의 내용이 뭔데요?"

"오늘은 방화판 보수하는 팀에 배정됐습니다. 먼저 지하 배관시설 보고 거기 끝나면 임대구역으로 이동하죠. 최근에는 A, B, C에 투입됐습니다. 여러 조명구역에 문제가 발생했거든요."

"그럼 정확히는 보조 인력이라고 봐야겠네요?"

"네, 그렇게 말할 수 있죠."

그들은 두 번째 보안게이트가 있는 곳에 이르러 화물차 뒤에서 멈췄다.

"혹시 오해하실까 봐 하는 말인데요." 하셀바흐가 보덴슈타인과 하딩을 돌아보며 말했다. "레커는 원래 기계건설 엔지니어라 지금 하는 일은 허드렛일인 셈입니다. 여기서 일 시작한 이후로 하루도 빠진 날 없고 일처리도 매우 만족스럽습니다. 얼마 안 있어 더 큰 책임을 맡게 되리라고 생각합니다. 물론……." 그때 뒤차에서 경적을 울렸다. 하셀바흐는 차를 약간 앞으로 뺐다. "오늘 오신 일 때문에 문제가 생기지 않는다면 말이죠. 근무시간에 강력반 형사가 와서 직원을 찾으면 인사과에서는 당연히 좋아하지 않습니다. 특히나 레커처럼 전력이 있는 경우는요."

"전력이요?" 보덴슈타인이 모르는 척 물었다.

"네, 병원생활을 좀 했을 겁니다." 하셀바흐는 차를 약간 더 앞으로 이동시켰다. "불공평하긴 하지만 그것 때문에 주기장 운전면허와 보안구역 통행권한은 못 받을 겁니다. 그러면 승진하는 데 큰 걸림돌이 되지요."

하셀바흐는 부하직원의 미래를 걱정해주는 상사였다. 그것 자체로는 좋은 일이지만 그는 과연 레커가 정신병원에 들어간 이유를 알고 있을까?

그들은 게이트를 통과한 뒤에 지하 주차장 같은 곳으로 내려갔다.

"여기가 지하도로입니다." 하셀바흐가 설명했다. "기술센터와 제작구역이 모두 이 밑에 있습니다. 여기를 통해서 공항 전체 밑에 깔려 있는 지하 배관통로로 들어가게 됩니다. 그리고 이곳을 통해 제1터미널에 있는 모든 상점과 식당의 물자공급이 이뤄집니다. 쓰레기처리도 마찬가지고요."

"이 도로는 어디로 연결되는 거야?" 피아가 물었다.

"터미널 확장하면서 막혔어."

그는 도로 가장자리로 차를 몰고 가더니 차를 세웠다. 보덴슈타인, 피아, 하딩 박사는 차에서 내려 노란 안전조끼를 입고 안전모를 옆구리에 끼었다.

하셀바흐에게 전화가 왔다.

"이제 제1터미널 지나갈 때마다 램프가 4만 개라는 게 생각나겠는데." 보덴슈타인이 빙긋 웃었다.

"전 60킬로미터 터널이요." 피아가 감탄 섞인 투로 말했다. "60킬로미터면 여기서 기센까지 가는 거리예요."

"저 사람은 언제부터 아는 사이야?" 보덴슈타인이 물었다.

"오래됐어요. 십 대 때 승마연습장에서 만났거든요. 여가 시간엔 장애물경기도 하고 경기용 주로도 만들어요."

그사이 하셀바흐는 전화통화를 마쳤다. 그는 레커가 대기실에서 기다리고 있다며 앞장섰다. 그러나 하딩 박사는 피아와 보덴슈타인을 붙잡았다.

"레커에게 내가 심리학자라는 말은 하지 마십시오." 그가 낮은 목소리로 일렀다. "레커가 저를 일반 경찰로 아는 게 더 나을 것 같습니다. 그리고 특별히 조심하세요! 만약 그 사람이 제가 들은 바와 같은 사이코패스라면 대단히 매력적이고 타인을 조종하는 능력이 뛰어날 겁니다."

***

경찰로 오래 살다 보면 자신도 모르게 변하게 된다. 선입견 없이 타인을 대하리라 아무리 다짐해도 좋은 점을 먼저 보기보다는 흠결부터 찾게 된다. 그동안 라모나 린데만, 요아힘 보크트에게 들은 얘기가 있고 하딩의 경고까지 들은 터라 피아는 클라스 레커를 객관적으로 대하기 힘들었다.

레커가 정중하게 악수하며 진지한 표정으로 쳐다볼 때 피아의 머릿속에는 '사디스트, 열다섯 살의 나이로 이웃 소녀를 물에 빠뜨려 죽였을지 모르는 사람, 형제자매들을 고문하고 아내에게 폭력을 휘두른 사람'이라는 말이 떠올랐다.

클라스 레커를 직접 보니 그중 어느 것도 저지르지 못할 사람 같았다. 일반적인 기준에서 잘생긴 사람은 아니었다. 코는 감자처럼 뭉툭했고 입술은 얇고 키도 큰 편이 아니었다. 기껏해야 175센티미터쯤 될까? 게다가 청색 오버올 작업복 때문에 몸이 부해 보였다. 체격이 좋은 데 비해 다리가 짧아서 그렇게 보이는 것 같기도 했다. 그러나 눈만은 달랐다. 어디서도 볼 수 없는 따스한 황금빛 눈동자가 웃음으로 생긴 눈주름과 숱 많은 속눈썹에 둘러싸여 있었다. 나머지가 볼품없어도 여자들이 반하게 되는 그런 눈동자였다.

"저희 때문에 곤란해졌다면 미안합니다." 보덴슈타인이 레커에게 말했다. 하셀바흐가 창문 없는 사무실로 그들을 안내하고 나간 뒤 회의탁자에 마주앉은 참이었다. "다른 곳에서 만나고 싶었지만 주소지를 찾을 수 없더군요."

"그건 뭐 제 잘못이지요." 레커가 어깨를 으쓱했다. "이사하고 전입 신고를 했어야 하는데……. 3년간 금치산자로 살다 보니 일상생활에 적응하기가 힘드네요."

그는 대화를 녹음하는 데 동의했고 인적사항을 묻는 질문에 순순히 대답했다.

"그럼 지금은 어디에 삽니까?"

"켈스터바흐에 있는 동료 집에 얹혀살고 있습니다. 집 얻을 때까지 있기로 했는데 전력이 있다 보니 집 구하기가 힘드네요." 그가 솔직하게 말했다. 그렇다고 겁먹거나 비굴한 태도는 아니었다. 그래도 눈빛은 상대방을 경계하고 있었다.

"상사가 높게 평가하던데요." 피아가 말했다.

"기분 좋은 말이군요. 상사와 문제는 없습니다. 동료들과도 잘 지내고요." 그가 웃자 얼굴이 확 밝아지며 호감 가고 매력 있는 얼굴로 변했다. 믿기 어려운 둔갑이었다. "일은 할 만합니다."

"능력에 비해 허드렛일을 하고 있는데도요?" 보덴슈타인이 물었다.

"하셀바흐 씨가 그렇게 말하던가요? 그렇게 봐주니 고맙네요."

"이 일은 어떻게 구했죠?"

"전에 공항에서 일한 적도 있고 해서 인맥이 좀 있습니다." 레커는 보덴슈타인의 질문이 거슬렸지만 티를 내지는 않았다. "안 좋은 일이 있었기 때문에 쉽지는 않았습니다. 그래도 기회를 주더군요. 설마 제 직업이 궁금해서 세 분씩이나 오시진 않았을 텐데요?"

"물론 아닙니다." 보덴슈타인이 미소를 지었다. "테오도르 라이펜라트 씨 일로 왔습니다. 마지막으로 그 집에 간 게 언제입니까?"

"테오요? 그건 왜 물어보시는 거죠?" 레커는 갑자기 긴장한 표정이 되었다. "테오에게 무슨 일이 생겼습니까?"

"화요일에 변사체로 발견됐습니다." 피아가 대답했다.

순간 그의 눈에 번뜩인 것은 안도의 빛이었을까?

"테오가 죽었다고요? 전혀 모르고 있었네!" 레커의 표정이 심각해졌다. "부활절에 간다고 해놓고 안 간 게 양심에 찔리네. 가족도 없으니 제가 자진해서 근무하겠다고 했거든요. 어떻게 죽었습니까?"

"아마도 뇌출혈인 것 같아요." 피아는 탁자 위 유리병에서 볼펜을 하나 꺼냈다.

"그렇게 가시다니……." 레커는 금방이라도 눈물이 흐를 듯 눈시울이 붉어졌다. 그러나 곧 감정을 추슬렀다. 목소리도 가볍게 떨렸고 손으로 눈가를 훔치기도 했다. "죄송합니다. 그 고집불통 노인네…… 제가 정말로 좋아했거든요."

그의 반응은 지극히 정상적이었다. 혹은 이 순간을 잘 준비한 것일 수도 있었다.

"라이펜라트 씨와 마지막으로 얘기한 게 언제인가요?"

"3주 전쯤 될 겁니다." 레커가 잠시 생각해본 뒤 말했다. 그리고 몇 번 헛기침을 했다. "병원에서 나온 뒤 며칠 그 집에서 신세졌습니다. 당장 잘 곳이 없었거든요."

"요아힘 보크트 씨 집에 가기 전인가요, 갔다 온 다음인가요?" 피아가 레커에게서 눈을 떼지 않은 채 볼펜을 눌러 빠르게 딱딱 소리를 냈다.

"그다음입니다."

"왜 맘몰스하인 집에 계속 머물지 않았죠? 방이 부족하진 않았을 텐데?"

"거기서 계속 다니기에는 회사까지 시간이 너무 오래 걸려서요. 대중교통을 이용해야 해서 좀 번거로웠습니다."

"집 열쇠 지금도 가지고 있나요?"

"아니요. 열쇠 가지고 다닌 적도 없습니다." 그는 볼펜을 쳐다보았다. 피아가 의도한 대로 볼펜 소리에 불안해진 걸까? "왜 그걸 물으십니까?"

"라이펜라트 씨 개가 견사에 갇혀 있었고, 차가 없어졌고, 죽은 사람의 은행계좌에서 25,000유로가 인출됐어요." 피아는 거기서 잠시 말을 멈췄다. "그리고 집 안 곳곳에서 레커 씨 지문이 발견됐고요."

레커는 그녀를 주목해서 쳐다보았다. 피아는 속으로, 머리 굴리는 소리가 여기까지 들리겠네, 하고 생각했다. 보덴슈타인과 하딩의 존재는 레커의 머릿속에서 지워진 듯했다.

"벤츠는 제가 가지고 있습니다." 그가 말했다. "테오가 제게 빌려줬거든요. 크리스마스 즈음에 가벼운 심장마비가 왔는데 그 뒤로 차를 전혀 사용하지 않는다고 했습니다. 장보기도 가정부가 하고 돈 필요할 때도 가정부가 은행에 가서 찾아옵니다. 그리고 제가 거기서 한동안 살았으니 지문이 있는 건 당연합니다."

그는 막힘없이 술술 대답했고 내용도 신빙성이 있어 보였다. 피아는 셈과 카트린이 맘몰스하인 탐문수사에서 들었다는 말을 떠올렸다. 2주 전 금요일은 4월 7일, 라이펜라트가 마지막으로 신문을 읽은 날이다. 아마도 그날 죽었을 것이다. 피아는 그것을 언급할까 하다 일단 보류했다. 궁지에 몰리면 하지 않을 이야기들을 먼저 들어보는 게 좋을 것 같았다.

"차 어디 있어요?"

"직원주차장 P8에요. 왜요?"

"과학수사연구소에 보내야 하거든요." 피아는 그렇게 답하고 다시 볼펜 소리를 냈다. 이번에는 누르는 빈도를 더 높였다. 그러나 레커는 전혀 불안한 기색이 없었다. 오히려 반대였다.

"저 때문에 불안하신가요? 그렇다면 미안합니다." 그가 걱정스러운 듯 말했다. 피아는 속마음을 들킨 것 같아 뜨끔했다. "저에 대해 안 좋은 말을 많이 들으셨죠?"

그는 가타부타 피아의 반응이 있기를 기다리는 듯했다. 피아는 대답하지 않고 무표정을 유지한 채 그의 다음 말을 기다렸다.

"뭐, 대부분은 헛소리입니다." 이윽고 그가 말했다. "제가 실수한 건 맞는데, 만일 무죄가 아니라면 판결이 뒤집힐 리가 없지 않겠습니까! 어쨌든 병원에서 보낸 날들이 다 허송세월한 건 아니었습니다. 거기에 있는 동안 깨달음을 얻었거든요. 모든 잘못을 불우한 어린 시절

탓으로 돌리는 게 얼마나 무책임한 것인지 알게 됐습니다."

그는 한숨을 쉬며 머리를 흔들었다. 피아는 그 황금빛 눈동자와 낭랑한 목소리에 매료되었다. 그리고 하딩 박사가 미리 내다보았듯 자신이 그에게 조종당했다는 사실을 깨닫고 깜짝 놀랐다. 대화의 통제가 위태로운 상황이었다. 그녀는 레커를 거친 무뢰한으로 보고 몇 가지 심리적 트릭을 통해 궁지에 몰아넣을 수 있으리라 예상했다. 선입견으로 인해 상대를 잘못 판단한 셈이었다. 보덴슈타인이 끼어들어 난처해지기 전에 어서 방향을 돌려야 했다. 그녀는 볼펜을 내려놓았다.

"견사 콘크리트판 밑에서 유해 세 구가 발견됐습니다." 피아가 레커의 말에 대꾸하지 않고 말했다.

클라스 레커의 반응은 요아힘 보크트, 프리트요프 라이펜라트와 비슷했다. 처음엔 부정하다가 충격, 인지, 거부의 순서였다. 그도 보크트처럼 양아버지를 변호하려고 했다. 그러나 방식이 달랐다.

"그 집엔 저주가 내렸어요." 그가 목소리를 잔뜩 낮춰 말했다. 피아는 바로 기분이 나빠졌다. 이층 목욕실에서 느낀 불길한 기운을 생각하니 온몸에 소름이 돋았다. "나치가 장애아들 죽이려고 데려갈 때 수녀들이 건 저주예요. 1981년 여름 이웃집 여자아이가 집 근처 연못에 빠져 죽었습니다. 당시 제가 의심을 받았죠. 그 아이와 마지막으로 같이 있었던 사람이 저라는 거예요."

"무시 못 할 단서가 있었죠." 피아가 말했다.

"네, 맞습니다." 레커가 수긍했다. "젖은 옷, 말다툼. 전 노라와 다툰 것도 숨기지 않았습니다. 제가 숨길 이유가 뭐가 있겠습니까? 제가 노라와 헤어졌을 때 노라는 살아 있었어요. 하지만 경찰에게는 제가 완벽한 범인이었죠. 테오 마누라에게도 마찬가지였고요. 뭐, 원래부터 날 못 잡아먹어서 안달이었으니까. 하지만 사실 범인은 따로 있었습니다."

"그게 누구죠?"

"몰라요. 어쨌든 난 아닙니다."

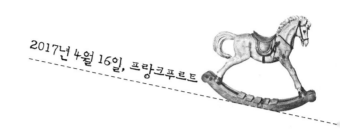

생전 본 적도 없는 엄마에게 편지를 쓸 땐 어떻게 해야 하지?

안녕, 엄마? 아냐, 이건 너무 친밀해 보이고 오글거린다. 더군다나 그녀가 한 짓을 생각하면…….

존경하는 프라이탁 박사님? 이건 너무 의례적이다.

안녕하세요, 카타리나?

꼭 이런 말을 써야 하나? 이런 형식적인 건 생략하면 안 되나? 그리고 이 낯선 여자에게 과연 경어를 써야 할 것인가, 격의 없는 말투를 써야 할 것인가?

피오나는 지베르트 박사에게 메시지를 받은 순간부터 친어머니에게 쓸 이메일에 대해 고민하느라 머리가 깨질 지경이었다.

1995년 5월 4일 지베르트 박사의 집에서 그녀를 낳은 여자의 이름은 카타리나 프라이탁이었다. 정신의학자인데 보아하니 재판을 위한 정신감정서 작성자로 꽤 이름을 날리고 있는 것 같았다. 뮌헨 대학교 교수도 역임했고 현재는 바트 홈부르크에 있는 아스만 정신건강클리닉에서 일하고 있었다. 즉, 매우 지적인 여자였다.

피오나는 한참 동안이나 인터넷 속의 사진을 들여다보았다. 이윽고 자신과 많이 닮았다는 것을 알 수 있었다. 높은 이마도 똑같고 광대뼈와 입도 똑같았다. 전문분야의 저작도 몇 권 있고 어려운 전공논문도 많이 썼고 미국 FBI에서 몇 년간 일하기도 했다. 1995년부터 1999년까지. 그것 때문에 아기를 남에게 넘긴 걸까? 직업적 성공이 아기보다 중요했던 걸까?

피오나는 다시금 검색엔진의 이미지들을 차례차례 클릭했다. 사진 속의 카타리나 프라이탁은 의지가 강하고 차갑고 약간 오만해 보였다. 어떤 사진에서도 웃거나 미소 짓는 얼굴은 없었다. 선이 굵은 편이라 아주 예쁘다고는 할 수 없는 얼굴이었다. 피오나는 이 여자가 자신을 버리지 않았다면 자신의 삶이 어땠을까 하는 상상에 빠져들었다. 친모가 누구인지 알게 된 상황에서 더 이상 원망하는 마음은 들지 않았다. 그렇다고 해서 기쁘지도 않았다. 어쩌면 여기까지만 하고 그만 집으로 돌아가는 게 나을 것 같기도 했다. 어젯밤 그녀는 드디어 실반에게 편지를 썼다. 편지에 모든 걸 다 털어놓고 나니 왠지…… 마음이 가벼워진 기분이었다. 답장이 오든 말든 그건 이제 상관없었다.

어쨌든 그가 뭐라고 조언할지는 잘 알고 있었다. 엄마를 만나! 계속 연락할 건지 안 할 건지는 일단 만나본 다음에 결정해도 되잖아. 실반은 한번 결정한 일은 끝까지 밀어붙이는 이성적인 사람이다. 그 많은 시간과 노력을 들여 엄마를 찾아놓고 이제 와서 꽁무니를 뺀다고 하면 이해 못 할 것이다.

"뭐 잘못될 것도 없잖아." 그녀는 다시 이메일 계정으로 들어가 턱을 괸 채 카타리나 프라이탁에게 쓴 편지를 읽어보았다.

안녕하세요. 저는 피오나 피셔라고 합니다. 1995년 5월 4일 취리히에서 태어났습니다. 평생 크리스티네와 페르디난트 피셔의 딸이라고 생각하며 살았는데 한 달 반 전에야 그게 아니라는 걸 알게 됐습니다. 출생 직후 다른 사람에게 저를 넘겨준 사람이 누군지 찾아내는 데 시간과 노력이 많이 들었습니다. 저는 저희 엄마의 보호를 받으며 잘 자랐습니다. 어린 시절의 좋은 추억도 많고요. 그래도 친어머니가 궁금해서 꼭 만나보고 싶습니다. 저는 지금 프랑크푸르트에 있으니 연락 주시면 좋겠어요.

피오나는 그 밑에 휴대전화 번호와 이메일주소를 적었다. 그녀의 손가락이 노트북 터치패드 위에서 몇 초간 망설였다. 그녀는 숨을 크게 들이마시고 마음이 바뀌기 전에 '보내기'를 클릭했다.

***

"누가 노라 바르텔스를 죽였는지 생각해본 적 없으세요?" 피아가 물었다.

"당연히 있죠." 클라스 레커가 대답했다. "사실 누구라도 가능했을 겁니다! 노라에게 상처받은 사람이 워낙 많았거든요. 노라는 마을에서 예쁘기로 유명했는데 남자들 꼬드겨놓고 사람 마음을 갖고 놀기

일쑤였거든요. 제게도 그렇게 접근했는데, 사람 잘못 봤죠." 레커는 잘못 말했다는 걸 깨달았는지 얼른 다음 말을 이어갔다. "노라와 저는 개구리 연못이라는 곳에서 보트를 탔습니다. 사실은 금지된 곳이었죠. 노라가 제게 모욕적인 말들을 했고 우린 다투게 됐습니다. 저는 보트를 뒤집어버리고 집으로 돌아갔죠. 뭍까지 몇 미터 안 되니까 헤엄쳐갈 줄 알았죠. 저녁에 경찰이 찾아왔는데 저를 범인으로 몰고 있다는 걸 알았습니다."

"누군가 레커 씨에게 죄를 뒤집어씌운 거라고 생각하나요?"

"물론입니다! 저만큼 완벽한 용의자가 있었겠습니까? 부모 없는 고아잖아요!" 레커가 콧방귀를 뀌었다. "그런데 사실 마을 남자애들 전부 노라 꽁무니를 따라다녔거든요. 우리 집의 '형제들'은 어차피 절 싫어했고요. 특히 프리트요프는 제 할아버지와 사이좋게 지내는 저를 시기했습니다. 어쩌면 충실한 부하 요아힘에게 그렇게 하라고 시켰는지도 모르죠. 아니면 라모나에게 시켰을 수도 있고요. 프리트요프가 한번 웃어주면 맨발로 북극까지도 걸어갈 애니까요! 리타가 절 쫓아내려고 일을 꾸민 게 아닐까 하는 생각까지 해봤습니다. 물론 직접 그런 일을 하지는 않았겠지만. 스파이가 있었거든요. 그 애가 3주 뒤에 욕실에서 샤워커튼 봉에 목매달고 죽었죠."

"그 아이 이름이 뭐였죠?"

"티모. 성은 기억 안 납니다. 나중에 테오가 말해줬는데, 티모의 유서가 욕실 바닥에 있었다고 하더라고요. 그런데 리타가 경찰 손에 들어가기 전에 미리 난롯불에 태워 없앴다고요. 그것만 봐도 뒤가 구린 게 분명합니다." 레커는 앞으로 얼굴을 쑥 내밀었다. 피아가 그의 애프터셰이브 냄새를 맡을 수 있을 정도였다. "리타 라이펜라트는 사람의 가장 악한 부분을 들춰내는 재주가 있었습니다. 불그스레한 얼굴과 소박한 올림머리 때문에 순하고 착해 보이지만 속은 시커멓게 썩은 여자였어요. 그래서 테오도 지옥 같은 인생을 살았죠. 밖에서는 남편에 대해 나쁜 말을 하지 않았지만 집에서는 막말이 극에 달했습니다. 보란듯이 테오를 무시하고 아이들 앞에서도 깎아내리기 일쑤였죠. 테오가 리타를 미워한 건 당연하고요."

"죽이고 싶을 정도로요?" 피아가 물었다.

"네, 전 테오가 죽여서 어디 묻어버렸을 거라고 백 퍼센트 확신합니다. 지독한 마귀할멈!" 레커의 눈에 해묵은 원망이 서려 있었다. 그는 혀로 입술을 핥더니 공모라도 하듯 목소리를 잔뜩 낮췄다. "사실 전 테오의 혼외자거든요. 리타가 절 그렇게까지 싫어했던 것도 그것 때문이었어요."

"확인된 거예요?" 피아가 뜻밖에 당황하여 물었다.

"아니요, 그건 아닙니다." 레커가 순순히 인정했다. "하지만 테오는 항상 그런 암시를 주곤 했습니다. 전 리타에게 숨겨야 하니까 그런 거라고 이해했죠. 노라 일 때문에 그 집에서 쫓겨난 뒤에도 테오는 저와 계속 연락했습니다. 절 좋아했거든요. 다른 애들보다 좋아했어요." 레커는 대수롭지 않다는 듯 어깨를 으쓱했지만 목소리에서는 긴장이 묻어났다. "나중에 리타가 죽고 나서 제가 자주 찾아갔습니다. 테오는 공장부지와 병입시설 있던 데를 카센터 자리로 빌려줬습니다. 테오는 절 자랑스러워했어요! 반대로 프리트요프는 실망만 안겨주었죠. 프리트요프는 어릴 때부터 아주 특별하다는 듯이 행동했고 나중에 커서는 리타와 똑같이 제 할아버지를 무시했어요."

"사실상 특별하긴 했죠." 피아가 대꾸했다. "테오와 리타의 유일한 손자였고 거기서 오는 특권을 누렸잖아요. 방과 욕실도 따로 썼고요. 그게 부러웠나요? 그래서 프리트요프의 절친 요아힘을 아이스박스에 가뒀나요?"

레커의 미소가 일그러졌다.

"저도 그런 과거를 자랑스럽게 생각하진 않습니다." 그가 말했다. "하지만 그런 생각 해보셨습니까? 사랑으로 감싸주는 부모 없이 자란다는 것 말이죠. 보육원 원장, 아동복지국 직원, 양부모 뜻대로 내 운명이 결정되는 거예요. 전 혼자 힘으로 살아야 한다는 걸 일찌감치 깨달았습니다. 싸워야 한다는 것을요. 다른 사람들이 꼼짝 못 하게 하려면 어떻게 해야 하는지 리타가 하는 걸 보고 배웠고요."

"제 질문에 대답을 안 하셨어요." 피아가 질문을 상기시켰다. "왜 요아힘 보크트를 아이스박스에 가뒀죠?"

클라스 레커는 바로 대답하지 않았다. 그의 눈에 순간적으로 증오와 악의가 번뜩였다. 이제까지 보여준 초연한 태도는 구겨진 가면처럼 떨어져나가고 표정이 굳어졌다.

"요아힘요? 알랑방귀나 뀌는 범생이 자식!" 그의 입에서 참았던 말이 터져나왔다. "네, 부러웠습니다. 저도 요아힘처럼 프리트요프의 '부관'이고 싶었습니다. 항상 그렇게 불렀죠. 어이, 부관! 흥! 요아힘은 방도 맨 위층 프리트요프의 옆방을 썼습니다. 컴퓨터까지 있었죠. 코모도르 아미가, 잊을 수 없죠. 문도 잠글 수 있었고 프리트요프와 요아힘 둘만 따로 쓰는 욕실도 있었어요! 리타는 손자를 애지중지해서 꼭 쾨니히슈타인에 있는 사립 김나지움에 보내고 싶어 했습니다. 다른 아이들 다 가는 종합학교 말고요. 프리트요프는 요아힘도 같이 간다면 그렇게 하겠다는 조건을 달았죠. 당연하죠, 요아힘 없으면 아무엇도 못 하는데! 그렇게 되니 어느 순간 우리와 완전히 다른 세계에 살고 있더라고요. 부잣집 친구들이 사는 저택에 초대받아 가고, 겨울엔 다보스, 생모리츠로 스키 타러 가고 여름엔 쥘트, 마르베야로 바다 여행 가고! 우리가 텃밭에서 일하고 교회에서 성가대 하는 동안 그 애들은 그렇게 놀았다니까요!"

레커는 상처받고 거부당하고 좌절당한 기억을 자세히 진술했다. 그에게는 테오가 유일하게 호의를 보여준 아버지 역할이었다. 그래서 그는 테오를 존경했고 언젠가는 공식적으로 아들로 인정받기를 바랐다. 한편 그 자신 또한 인정받지 못한 나약한 인간이었던 테오도르 라이펜라트는 그런 방식으로 레커에게 권력을 휘둘렀던 것이다. 그러나 라모나 린데만처럼 클라스 레커도 쓸쓸한 실망감을 맛볼 수밖에 없었다.

"양아버지가 사람을 죽여 땅에 묻었을 가능성이 얼마나 된다고 생각하세요?" 피아가 물었다.

레커의 대답이 나올 때까지는 약간 시간이 걸렸다.

"리타를 죽였을 가능성은 충분히 있다고 생각합니다." 그가 주저하면서 말했다. "테오는 언제나 여자를 무시하는 발언을 했습니다. 여자들을 정말 싫어했습니다. 어려서는 무서운 어머니의 영향을 받았는데, 평생을 전쟁에서 죽은 큰아들만 생각하며 살았고 테오는 안중에도 없는 어머니였다죠. 그다음으로는 회사를 이끌었다고 할 수 있는, 형의 약혼녀 마르타가 있는데, 테오는 '블랙 맘바'라고 불렀죠. 뱀처럼 독하고 교활하다고요. 늘 상복 같은 걸 입고 다녔거든요. 테오는 회사 일에 전혀 관심이 없었는데 어머니는 당연히 회사를 물려받아야 한다고 강요했습니다. 그리고 아시다시피 리타가 있죠. 테오는 이

세 사람을 '지옥의 트리오'라고 불렀습니다. 그리고 핑계만 생기면 폭스바겐 버스에 아끼는 애완동물들을 태우고 여기저기 대회를 찾아다녔습니다. 독일 전역을 다니고 나중에는 폴란드, 체첸공화국, 오스트리아, 프랑스까지 갔죠."

"어떤 버스였죠?" 피아는 귀가 솔깃해졌다. "그 차를 언제쯤 타고 다녔나요?"

"밝은 회색 T2 마이크로버스였습니다. 1970, 1980년대에는 항상 타고 다녔습니다. 차에 손도 못 대게 하고 거의 신성시했어요. 나중에는 몇 년 동안 검사도 안 받고 차고에 처박아뒀는데, 앙드레가 그 고물차에 눈독을 들여서 뭐라고 꼬드겼는지 다시 고쳐서 등록했더라고요. 아마 지금도 가끔 타고 다닐걸요."

"오래전 일이긴 한데 리타가 자살했다고 하는 그날 혹시 기억나세요?"

"네, 기억납니다."

"그날 무슨 일이 있었나요?"

"어머니날이었죠. 리타는 그해에도 파티를 벌였고, 테오는 꼴도 보기 싫다면서 제게 전화로 나오라고 했습니다. 그래서 둘이 술집에서 낮술을 마셨죠. 거기서 몇 시간 마셨는데 둘 다 취했어요." 레커는 당시 상황을 떠올리는지 미소를 지었다. "네 시쯤 됐는데 주인이 쫓아내더라고요. 그래서 테오 친구인 빌리네 집으로 갔습니다. 거기서 또 두 시간 정도 마셨죠. 나중에 제가 테오를 집까지 태워다줬습니다. 지금쯤 다 갔을 거라고 했는데 아니었어요. 아이 하나가 숨바꼭질하다가 오래된 우물구멍에 빠져서 난리가 났더라고요. 어른들은 우물을 둘러싸고 서로 고함 지르고 아이들은 울고불고…… 내 참 웃겨서!"

"그 자리에 누가 있었나요?"

"휴우, 그건 생각 좀 해봐야겠는데요." 레커는 아랫입술을 쑥 내밀며 이마에 주름을 잡았다. "대부분은 집에 간 것 같았어요. 프리트요프가 있었던 건 확실합니다. 리타가 병으로 테오 머리를 내려치려는 걸 말렸던 기억이 납니다. 라모나도 당연히 있었고요. 기회만 있으면 알랑방귀 뀌느라 바쁘니까요. 그 밖에 앙드레, 사샤도 있었던 것 같습니다. 치고받고 난리가 났더라고요. 전 얼른 사라져야겠다, 생각하고 차에 탔습니다. 술도 좀 들어갔겠다, 리타에게 원한 맺힌 것도 많겠다, 거기 계속 있으면 리타 목이라도 조르겠다 싶어서요. 내가 얼마나 당하고 살았는데! 그랬는데 며칠 뒤에 테오에게 전화가 와서 리타가 사라졌다고 하더라고요. 차는 어디 주차장인가에서 발견됐고 경찰은 자살로 보고 있는 것 같다고요. 그래서 제가 드디어 치워버렸냐고 했더니 정색을 하더라고요."

피아는 그의 말을 믿었다. 문제는 프리트요프 라이펜라트가 왜 1995년 5월 12일의 일을 말하지 않았는가 하는 것이었다. 그것 때문에 그를 의심해야 할까? 22년이나 지났기에 기억나지 않는 것들이 많을 수 있지만 그런 사건을 잊어버리기는 힘들지 않을까? 아마도 그는 그 일을 분명하게 기억하고 있을 것이다. 그렇다면 누군가를 보호하려는 걸까? 클라스 레커가 방금 말한 인물들 중에 프리트요프가 거짓말까지 하며 보호할 정도로 중요하게 여기는 사람은 없을 것 같았다.

테오 라이펜라트는 죽기 몇 주 전에 손자와 통화하면서 '쓰레기 같은 짐을 맡겨놓고 외국으로 튀었다'고 했었다. 그것이 리타 라이펜라트를 뜻하는 말이었을까? 아니면 다른 뭔가가 더 있는 걸까? 어쩌면 프리트요프 라이펜라트에게는 죄가 없고 다른 형제자매들이 리타 라이펜라트를 우물 속에 밀어넣었는지도 모를 일이다. 그들 모두 리타 라이펜라트 밑에서 고통을 당했고, 혼자서는 할 수 없는 일도 여럿에게 압력이 가해지면, 거기다 술기운까지 합세하면 끔찍한 결과로 이어지기도 하니까. 라모나 린데만은 리타가 '가끔 물 한 병 주고 깜깜한 굴속에 가두기도 했다'라고 말했었다. 기회가 주어지자 그녀가 양어머니에게 당한 앙갚음을 한 걸까? 그러고는 양아버지가 부엌에서 핏자국을 닦고 있었다고 소문을 퍼뜨렸을까? 그렇다면 리타 라이펜라트의 차는 어떻게 해서 엘트빌에 가게 된 걸까? 어쩌면 라모나와 사샤 린데만 부부가 함께 일을 저질렀는지도 모른다! 이런 비밀만큼 두 사람이 의기투합할 일도 드물다. 물론 두 사람이 싸우게 되면 문제가 달라지겠지만.

피아는 작년에 언론을 떠들썩하게 했던 '획스터의 호러하우스' 사건을 떠올리지 않을 수 없었다. 한 남자와 전처가 교제광고를 통해 여러 명의 여자를 집으로 끌어들인 뒤 감금하고 고문을 가했다. 두 명이 학대로 인해 사망했는데 이 엽기 부부는 그중 한 명의 시체를 얼리고 절단해서 벽난로에 태웠다. 그리고 타고 남은 재를 인근에 뿌렸다. 피아는 수요일에 사샤 린데만이 보인 수상쩍은 반응을 다시 떠올렸다.

"라모나와 사샤 린데만 부부는 언제 결혼했나요?"

"글쎄요. 한참 됐어요." 레커가 대답했다. "한 15년 됐을걸요. 더 됐거나."

피아는 보덴슈타인과 하딩에게 자신의 의구심을 설명해야겠다는 생각에 마음이 바빠졌다. 사람이 넘지 말아야 할 선을 넘어 사람을 죽였다면, 그리고 그게 들키지 않았다면 다시 사람을 죽일 수 있다.

"리타 라이펜라트의 유해도 발견됐어요." 피아가 말했다. "오래된 우물구멍에서요."

"정말이요?" 레커의 얼굴에 믿기지 않는다는 표정이 번졌다.

"네."

"이 노인네가 정말 일을 쳤네!" 레커는 머리를 절레절레 흔들더니 갑자기 웃기 시작했다. 그는 눈물이 날 정도로 웃어젖히며 무릎을 쳤다.

"뭐가 그렇게 우스워요?" 피아가 물었다.

"테오가 연기한 게 너무 웃겨서요!" 자지러지게 웃던 레커는 겨우 숨을 돌렸다. "그날 밤에 이미 구멍 위에 흙을 덮었거든요. 그리고 다음 날 롤잔디를 사다가 깔고 구조물 세우고 장미 심고 다 했어요. 또 누가 잘못해서 빠지면 안 된다면서! 짭새…… 에…… 경찰은 우물구멍에 대해선 물어보지도 않더라고요. 싸움에 대해 말한 사람이 아무도 없었겠죠. 가끔 테오랑 거기 앉아서 맥주를 마시곤 했는데, 테오는 항상 '건배! 리타, 당신이 없으니까 이렇게 좋을 수가 없어!'라고 말했죠. 그런데 리타가 계속 그 밑에 있었다니!"

레커는 문 위에 걸린 벽시계에 시선을 주었다.

"이제 슬슬 일하러 가봐야겠는데요."

"그러셔야죠." 피아가 고개를 끄덕였다. "그럼 얼른 가서 차 가져오시죠."

"아…… 차요." 레커가 망설였다. "이따가 갖다드리면 안 되겠습니까? 일 끝나고 바로 가겠습니다."

"글쎄요." 피아는 자신에게 결정권한이 없다는 것처럼 도와달라는 눈빛을 보덴슈타인에게 보내며 쳐다보았다.

"미안하지만 안 됩니다." 보덴슈타인이 분명하게 말했다. 레커는 그를 잠시 노려보았다. 보덴슈타인이 차 열쇠를 받으러 개인사물함까지 따라가겠다고 하자 그것도 영 내켜 하지 않았다.

옌스 하셀바흐는 3번 문 너머에 있는 직원주차장으로 그들을 태워다주었다.

"기다렸다 태워줄까?" 하셀바흐가 레커에게 물었다.

"아닙니다. 이 웃기는 짓이 언제 끝날지 알아서요." 레커가 못마땅한 얼굴로 불퉁거렸다.

보덴슈타인, 하딩 박사, 피아는 레커를 따라 주차장으로 들어가 엘리베이터를 탔다.

"4월 7일에 맘몰스하인에서 뭐 하셨어요?" 엘리베이터 문이 닫힌 후 피아가 물었다. "벤츠 몰고 큰 도로로 나가는 걸 봤다는 사람이 있어요."

목격자가 레커를 알아본 것은 아니었으므로 피아가 그냥 넘겨짚은 것이었다.

"4월 7일에요?" 레커가 아무렇지도 않은 듯 어깨를 으쓱했다. 하지만 눈길을 피하는 태도로 보아 피아의 예감이 적중한 게 분명했다. "무슨 요일이었죠?"

"2주 전 금요일이에요." 피아가 말했다. "검시관 말로는 그날 테오 라이펜라트가 죽었어요. 사인은 뇌출혈이고 얼굴에 입은 상처에서 비롯됐어요. 넘어져서 생긴 상처인지 둔기에 맞아서 생긴 건지는 앞으로 밝혀내야 해요."

피아는 그의 앞을 가로질러 가 비상정지 버튼을 눌렀다. 엘리베이터가 멈춰 섰다.

"제가 테오에게 무슨 짓을 했다고 생각하시는 겁니까?" 레커가 휘둥그레진 눈으로 물었다. 놀란 표정 연기가 어색했다.

"레커 씨에게는 갚아야 할 빚이 있어요." 피아는 그의 반박에 아랑곳하지 않고 하던 말을 계속했다. "테오 라이펜라트의 지갑이 없어졌고 누군가 현금자동인출기마다 찾아다니며 총 25,000유로의 돈을 빼갔어요."

클라스 레커는 손가락으로 머리를 빗듯 쓸어넘겼다. 그리고 어쩔 수 없다는 듯 짧게 웃었다.

"네, 죄를 인정합니다." 그가 순순히 말했다. "그런데 테오가 빌려준 겁니다. 직접 제게 카드를 줬다고요. 제가 나올 때 테오는 아주 생생하게 살아 있었습니다."

"노라 바르텔스처럼?" 보덴슈타인이 끼어들었다.

클라스 레커는 얼굴이 창백해지면서 진땀을 흘리기 시작했다.

"금요일에 개가 어디 있었죠?" 보덴슈타인이 물었다.

"폐쇄공포증이 있어요." 레커가 말했다. "여기서 나가고 싶어요. 지금 당장이요!"

피아는 보덴슈타인과 시선을 주고받은 뒤에 엘리베이터를 다시 작동시켰다. 지금부터 레커가 하는 말은 어차피 증거능력이 없었다. 그러니 그의 권리에 대해 알려주고 체포해서 나중에 조용히 질문하는 것이 현명한 처사였다.

***

보덴슈타인이 손목에 수갑을 채우고 연행하려 하자 클라스 레커는 거세게 저항했다. 보덴슈타인이 만일을 대비해 수갑 한쪽을 엘리베이터 옆 난간에 걸어놓지 않았다면 레커는 도망쳤을지도 모른다. 그는 미친 사람처럼 발버둥을 치고 침을 튀기며 고래고래 소리를 질렀다. 수갑 채워진 손을 손목이 퍼레지도록 잡아당기고 정복경찰들을 발로 차기도 했다. 점잖은 태도의 얇은 가면을 벗고 자제력 없고 광적인 민낯을 드러낸 것이다. 피아는 하셀바흐에게 전화해서 레커가 당분간 출근하지 못할 거라고 말했다. 견인차가 은색 벤츠를 끌고 가고 순찰차가 여전히 발광하는 레커를 태워 출발하자 그들도 차로 향했다.

"실수였든 고의였든 테오 라이펜라트를 죽인 건 레커가 분명해요." 피아가 말했다. "노인 양반을 거리낌 없이 때렸다는 말은 이미 이웃집 아이에게 들었잖아요."

"레커는 돈, 집, 차가 필요했어." 보덴슈타인이 고개를 끄덕였다. "라이펜라트가 아무것도 내주지 않으려 하자 싸움이 벌어졌겠지. 개를 견사에 가둔 게 레커라면 우린 레커에게 고마워해야 해. 덕분에 시체를 발견할 수 있었잖아."

"아주 잘했어요, 피아!" 하딩 박사가 칭찬했다. "피아가 자신에게 넘어왔다고 생각하고 감탄해주길 바란 것 같아요. 레커 같은 사람은 기본적으로 자신을 특별하게 여기고 타인을 얕잡아보거든요."

"하마터면 넘어갈 뻔했어요." 피아가 솔직히 고백했다.

"아마 그런 사람 많았을 겁니다." 하딩이 말했다.

"레커가 진실을 말했다고 보십니까?" 보덴슈타인이 하딩에게 물었다.

"적어도 리타에 관한 부분은요." 하딩이 대답했다. "현저한 공감능력 부족을 드러내는 악취미 농담까지도 숨기지 않았잖아요. 그 외에는 모두 자신을 그렇게 봐줬으면 하는 모습을 우리 앞에서 정확하게 연기한 겁니다. 레커에게 중요한 건 자신이 잘못을 뉘우치고 새사람이 됐다는 걸 보여주는 거였습니다. 아주 영리한 작전이라고 생각했겠죠. 그런데 동시에 우리에게 많은 걸 알려준 셈이 됐습니다. 레커가 사이코패스가 되는 과정은 그야말로 전형적입니다. 가해자가 되기 전에는 자신이 피해자였고 타인에 의해 좌지우지되는 상황을 못 견뎠습니다. 사람이 안정적 인격을 갖는 데 반드시 필요한 인정과 부모의 무조건적 사랑을 경험하지 못했고요. 그럼에도 불구하고 레커는 우리가 찾는 사람이 아닙니다. 그러기엔 너무 충동적이고 자제력이 없습니다."

"사이코패스와 나르시시스트(자기애성 인격장애—옮긴이)는 어떻게 다른 겁니까?" 보덴슈타인이 물었다.

"나르시시스트들에게 중요한 건 찬사입니다. 남에게 잘 보이고 싶어 합니다. 내면이 불안하기 때문에 끊임없이 외부의 확인을 바라죠. 나르시시스트들에게 전형적인 특징은 자신에 대해 얘기하길 좋아한다는 겁니다. 특히 잘 들어주는 청중 앞에서요. 조금 전에 레커가 자세히 얘기하던 것처럼요. 나르시시스트들은 말도 참 잘합니다. 하지만 남의 얘기를 들을 줄 모릅니다. 상대의 관점에서 생각하는 능력이 결여되어 있거든요. 그들은 자신에 관한 일에 있어서는 매우 민감하고 자신을 피해자라고 생각해버립니다." 하딩이 설명했다. "사이코패스의 경우는 일반적으로 우리가 '양심'이라고 부르는 것에 의한 통제가 부족합니다. 자신의 행위를 감정과 단절시킬 수 있기 때문에 타인에게 나쁜 짓을 하고 있다고 느끼지 못합니다. 그래서 사이코패스 중에 훌륭한 외과의사가 나오기도 하는 겁니다. 환자의 운명을 생각하는 데 정신을 뺏기지 않고 오로지 수술에만 집중하니까요."

"그 말씀을 듣고 보니 레커에게 나르시시스트의 특징만 있는 건 아닌 것 같아요." 피아는 클라스 레커가 어렸을 때 다른 아이를 아이스박스에 가둬놓고 잊어버렸다는 얘기가 떠올랐다.

"맞습니다. 다중인격은 예외적으로만 나타나는 현상이 아닙니다." 하딩 박사가 말했다. "그래서 킴의 감정서를 읽어볼 필요가 있어요. 킴이 왜 레커를 그토록 위험하게 봤는지, 왜 사회와 단절시켜야 한다고 생각했는지 한번 읽어보고 싶어요."

"저도요." 피아가 맞장구를 쳤다. "그런데 계속 연락이 안 되네요. 박사님이 한번 해보시겠어요?"

"그러죠." 하딩이 고개를 끄덕였다. "레커의 주된 동기는 질투인 것 같습니다. 인정받지 못하고 차별받았다는 데서 유발된 질투심이죠. 테오는 자신이 친부일 수도 있다는 말을 해서 레커에 대한 권력을 가질 수 있었습니다. 아마 자기편으로 끌어들이기 위해 다른 양자들에게도 비슷한 말을 하지 않았을까 싶습니다. 그런 식으로 그토록 미워하던 아내와 대척점에 세울 자신의 사병을 만들어냈겠죠."

"그리고 그들이 아내를 없애는 데 도움을 줬겠죠." 피아가 덧붙였다. "저는 모두 함께 리타를 죽인 게 아닐까 하는 생각이 들더라고요."

"공동으로 저지른 살인이라……." 보덴슈타인이 곰곰이 생각하다가 말했다. "안 될 것도 없지. 모두 리타에게서 고통을 당했으니."

"레커가 말한 게 사실이라면 테오는 아내의 시체가 우물구멍 속에 있다는 걸 알았잖아요." 피아가 말했다. "어떻게 그런 상태에서 살 수가 있죠?"

"40년간 아내에게 모욕당하고 살았잖아." 보덴슈타인이 대꾸했다. "아내에 대한 승리인 거지. 복수이기도 하고."

"그렇다면 공동으로 저지른 살인이라는 추리가 성립되지 않습니다." 하딩 박사가 말했다. "만약 테오에게 공범들이 있었다면 그중 누군가 양심의 가책을 견디지 못하고 발설할 경우를 두려워해 계속 불안해했을 겁니다. 어쨌든 여성들을 살해한 것과는 완전히 별개의 건입니다."

"박사님 말씀은 테오가 아내를 죽였을 수는 있지만 다른 여자들을 죽이지는 않았다는 건가요?"

"그렇습니다. 레커가 한 말이 사실이라면 주취상태에서의 충동적 살인이라고 볼 수 있을 것 같습니다." 하딩 박사가 설명했다. "개인적인 문제, 인간관계에서 비롯된 전형적인 범죄죠. 반면 여성들을 살해한 범죄는 처음부터 끝까지 치밀하게 계획되고 냉철하게 실행됐습니다. 테오는 주위의 지배적인 여자들을 이겨내기엔 너무 나약했던 것 같습니다. 언제나 부재중인 아버지, 지배적인 어머니로부터 아이를 보호해주지 않는 나약한 아버지는 사이코패스 연쇄살인범의 이력에 반드시 등장합니다. 그러니 이미 트라우마를 겪은 라이펜라트네 양자들 중에서 사이코패스로 발전된 아이가 있었다는 건 전혀 놀라운 일이 아닙니다. 우리는 테오처럼, 아니 그보다 더 여자에게 증오심을 가졌던 사람을 찾아내야 합니다."

"그럼 양녀들은요? 여자들은 그와 같은 심리적 상처를 입지 않았을까요?"

"당연히 피해를 입었겠죠." 하딩 박사가 말했다. "그런데 지금까지 알아낸 정보를 종합해볼 때 범인은 남성입니다. 여성에게서는 사이코패스가 남성과 다른 형태로 나타납니다. 여성 사이코패스는 남성 사이코패스보다 이성적입니다. 그리고 신체적 공격성보다 언어적 공격성이 두드러집니다. 물론 폭력적인 여성 사이코패스도 있긴 합니다. 〈미저리〉에 나온 애니 윌크스를 생각해보세요. 그러나 기록에 보면 여성 사이코패스에서는 조작적인 태도보다 파괴적인 태도가 훨씬 많이 관찰됩니다."

보덴슈타인이 시동을 걸었다.

"공항에 온 김에 요아힘 보크트도 만나보고 가죠." 피아가 제안했다. "사무실에 있는지 제가 전화해볼게요."

***

요아힘 보크트는 사무실에 있었고 그들을 위해 시간을 냈다. 그는 제1터미널 로비에서 기다리고 있다가 그들을 일층의 어느 회의실로 안내했다. 타원형 탁자 한가운데에 컵과 음료수가 담긴 쟁반이 있었다.

"음료 좀 마셔도 될까요?" 피아가 물었다.

"네, 그럼요. 마음껏 드십시오." 보크트는 사흘 전보다 훨씬 상태가 좋아 보였다. 뺨에 있던 상처도 잘 아물었고 실도 뽑았고 양아버지의 집에서 유해가 발견됐다는 충격으로부터도 벗어난 것 같았다.

피아는 콜라 제로의 뚜껑을 열고 병째로 마셨다. 미지근하고 오래

묵은 느낌이었지만 갈증은 달랠 수 있었다. 피아는 보크트에게 킴에 대해 물어볼까 잠시 망설였다. 프리트요프 라이펜라트가 그 프리트요프라면 보크트도 당연히 킴을 알 것 같았다. 그러나 결국 다음으로 미루기로 했다.

보크트는 프리트요프에게 장례와 매장을 부탁받았다며 양부모의 유해를 언제 인도받을 수 있는지 물었다.

"저희 쪽에서는 더 이상 문제 될 게 없습니다." 보덴슈타인이 대답했다. "부검도 끝났고 사인도 밝혀졌으니까요. 양아버지의 사인은 낙상 혹은 얼굴을 맞아서 생긴 뇌출혈입니다. 그것과 관련해서 양형제인 클라스 레커를 체포했습니다. 레커 씨도 공항에서 일하고 있던데 아셨습니까?"

"아니요, 몰랐습니다." 보크트는 놀란 표정이었다. "저희 집에 묵고 간 뒤론 전혀 연락이 없었거든요."

"레커 씨는 양아버지의 벤츠를 사용하고 있었고 양아버지의 은행 계좌에서 여러 번 돈을 인출했습니다. 쓰라고 준 거라고 주장하지만요. 총 25,000유로예요."

"테오가 그런 돈을 줬을 리가 없습니다! 테오는 인색한 편이었고 돈이 부족할까 봐 항상 전전긍긍했어요." 보크트는 침통한 표정을 지었다. "클라스가 테오를 죽였다고 해도 전 놀라지 않을 것 같습니다. 클라스는 어릴 때부터 욱하는 성격이 있었거든요. 뭐든 자기 맘대로 안 되면 결과 생각 안 하고 뒤집어엎곤 했습니다."

"노라 바르텔스 때처럼요?" 피아가 물었다.

"그때 무슨 일이 있었는지는 아무도 모르죠." 보크트가 대꾸했다. "하지만 자기 아내에게는 그렇게 했습니다. 클라스에게 엮이면 재앙을 피할 수 없어요."

"보크트 씨를 싫어했다고 하더군요." 보덴슈타인이 말했다. "질투가 났던 거죠. 프리트요프와 친하고 컴퓨터도 있고 김나지움에도 갈 수 있었으니까요."

"그게 언제 적 일인데!" 보크트가 어이없다는 듯 고개를 내둘렀다. "네, 제가 프리트요프와 친하다는 이유로 몇 가지 특혜를 받았던 건 사실입니다. 예를 들어 그 아미가 컴퓨터는 원래 프리트요프가 선물받은 건데 관심 없다면서 저 쓰라고 한 겁니다." 그의 얼굴에 옅은 미소가 스쳤다. "전 욕심이 많았고 공부도 열심히 했습니다. 인생에서 뭔가 이루려면 공부하는 길밖에 없다는 걸 깨달았거든요."

"다른 형제들도 클라스 레커처럼 질투했나요?" 보덴슈타인이 물었다.

"항상 시기하는 사람이 있었고 별의별 게 다 시빗거리였죠. 특히 라모나와 앙드레가 심했습니다." 보크트가 말했다. "앙드레도 절 싫어하긴 마찬가지였습니다. 저보다 한 살 아래였는데도 전 앙드레를 무서워했죠. 그리고 꼭 좋은 학교에 간 게 문제가 아니었습니다. 프리트요프와 제가 갑자기 다른 친구들과 어울리게 됐다는 게 문제였죠. 평범한 가정에서 자란 평범한 아이들 말입니다. 그냥 나라는 개인으로 받아들여진다는 것이 제겐 완전히 새로운 경험이었습니다. 친한 친구 중엔 아버지가 세계적 기업의 고위급 간부인 아이도 있었어요. 프리트요프와 전 그 집에 허물없이 드나들었죠. 클라스는 그것 때문에 엄청나게 약이 올랐고요."

"아냐 맨티 말인가요?"

"네, 맞습니다." 보크트가 미소를 지었다. "단 몇 시간이라도 형제자매들로부터⋯⋯." 그는 손가락으로 허공에 따옴표 표시를 만들었다. "벗어날 수 있다는 게 엄청난 해방감으로 다가오더라고요. 마치 저도 평범한 사람이 된 것 같았거든요."

"언젠가 아냐 맨티에게 라이펜라트 댁에서 식사하지 않는 걸 다행으로 여기라고 했다던데 무슨 뜻으로 한 말인가요?"

"부끄러워서 그랬습니다." 그는 경찰이 어릴 적 친구에게 자신에 대해 물어봤다는 것에 그다지 개의치 않는 눈치였다. "그때 상황은 간신히 견딜 만한 수준이었습니다. 그래서 그런 이야기도 지어냈던 거고요. 부모님이 비행기사고로 돌아가셨다거나 정글 탐험하다 호랑이에게 잡아먹혔다거나⋯⋯."

보크트의 얼굴에 엷은 미소가 스쳤지만 이내 다시 진지해졌다.

"테오가 보크트 씨에게도 자신이 친부일 수 있다고 말하던가요?" 피아가 물었다.

"아니요." 정말 놀란 말투였다.

"클라스 레커에게는 그렇게 얘기했다던데요. 하지만 아내가 알면 안 되니 발설하면 안 된다고요."

"하지만 왜 그런 짓을 했겠습니까?" 보크트가 이해가 안 된다는 듯 말했다. "아무 의미도 없는데!"

"부모 없는 아이가 가장 바라는 건 부모가 생기는 걸 텐데 친부가 생기는 거잖아요. 자기 자식이라고 공표는 안 해도."

"그래서 클라스가 그렇게 특별하다는 듯 굴었군요." 보크트가 콧방귀를 뀌었다. "정말 믿었던 모양이네요."

"보크트 씨는 아버지를 알았나요?"

"아니요. 모르는 게 다행이었죠. 알았으면 계속 기다렸을 테니까."

보크트가 대꾸했다. "부모가 누군지 아는 아이들은 항상 데리러 오길 기다리는데 실제로 부모가 와서 데려가는 경우는 아주 드물었어요. 제 생각엔 이런 아이들이 아예 희망이 없는 아이들보다 훨씬 견디기 힘듭니다. 매번 실망하게 되니까요."

"예를 들면 누가 그런 아이였습니까?" 보덴슈타인이 물었다.

"흠." 보크트는 오래된 기억을 더듬었다. "라모나도 부모가 누군지 알았습니다. 부모가 십 대였는데 조부모가 입양시키라고 강요한 경우였죠. 잠깐 있다 나간 아이들이 몇 명 있었는데 비슷한 경우였고요. 티모도 부모를 알았어요."

"티모요? 자살한 아이 아니에요?" 피아가 물었다.

"네, 맞습니다." 보크트가 고개를 끄덕였다. "샤워부스에서 목을 매어 죽었죠."

피아는 욕실에 들어섰을 때 느껴지던 묘한 기분을 다시금 떠올리지 않을 수 없었다.

"그 일이 있기 몇 년 전에 여자아이가 욕조에서 손목을 긋고 자살한 사건이 있었습니다. 이름이 바바라였는데 성은 기억 안 나네요. 그아이도 항상 부모가 다시 데리러 오길 기다렸죠."

"앙드레 돌은 어땠죠?"

"어머니가 담배를 입에 물고 잠들어서 신생아였던 앙드레가 큰 화상을 입었습니다. 그러다 할머니도 돌아가시자 결국 라이펜라트 댁으로 오게 된 거죠." 보크트가 대답했다. "테오가 앙드레에게 친부인 척했다고 해도 놀라진 않을 것 같습니다."

피아는 라이크 게르만에게 들은 이야기가 떠올라 보크트에게 그부분을 물었다.

"물론 기억납니다." 보크트가 대답했다. "그땐 정말 끔찍한 장난도 많았어요. 그건 그래도 약한 축에 속합니다. 라이크가 아주 죄 없이 걸린 것도 아니었고요."

"무슨 뜻이죠?"

"워낙 오래된 일들이라⋯⋯." 보크트가 손을 내둘렀다. "그동안 잊어버리려고 노력했고 많이 잊어버렸어요. 라이크는 테오의 친구 아들입니다. 라이크가 그걸 내세워서 잘난 척을 좀 했어요. 한때 노라와 사귄 적도 있었는데 아직 초등학교 때라 그냥 순진한 관계였어요. 어느 날 라이크가 뭐라도 되는 양 굴다가 노라에게 딱지 맞고 다들 비웃으니까 엄청 화를 냈죠. 제 기억엔 그 랩 사건도 그전에 라이크가 애들에게 저지른 짓 때문에 복수한 거였을 거예요."

그는 말을 멈추더니 가만히 허공을 응시했다. 잠시 침묵이 이어졌다.

"세상에 의지할 사람이 아무도 없다는 게 얼마나 끔찍한 건지 아마 모르실 겁니다." 그의 말투가 달라졌다. "앙드레와 클라스는 정말 야비하고 잔인했습니다. 다른 아이들에게 한 짓은 테러 그 자체였고, 시기의 대상이었던 저는 단골 피해자였죠. 사실 제 상황도 그렇게 낫진 않았습니다. 매 순간 공격당하고 매도당할까 봐 두려움 속에서 살았으니까요."

"왜 친구인 프리트요프에게 말하지 않았어요?"

"패배자가 되기 싫어서요." 보크트는 한숨을 푹 쉬었다. "앙드레는 클라스 말만 들었습니다. 군인처럼 명령에 복종했어요. 그 명령이 아무리 잔혹하고 말이 안 되는 것이어도요. 클라스가 나간 뒤엔 좀 나아졌죠. 그래도 프리트요프가 사정을 알기 전까지는 앙드레가 저를 가만두지 않았어요."

그는 헛기침을 한번 하더니 허리를 꼿꼿이 펴고 손으로 턱을 쓸었다.

"저는 아직도 테오와 그 끔찍한…… 사건을 연결시키는 게 쉽지 않습니다." 그가 말했다. "그런데 그때는 그냥 지나쳤는데 지금 와서 다시 생각해보니 좀 이상한 일이 있었어요."

"무슨 말씀이시죠?"

"낡은 풀장 밑에 수영장 설비가 든 기계실 같은 게 있거든요." 보크트가 주저하며 말했다. "그렇게 오래전도 아니에요. 한 반년쯤 전엔가 공증사무소에 태워달라고 하셔서 갔는데 아무 데도 안 계시더라고요. 온 집 안과 지하실을 다 뒤지다 벡스가 풀장 앞에 엎드려 있는 걸 발견했습니다. 문이 안에서 잠겨 있었어요. 무슨 일이 생겼나 싶어서 문을 두드렸더니 몇 분 있다 나와서는 몰래 감시하는 거냐고 막 뭐라고 하더라고요. 땀도 많이 흘리고 숨이 찬 상태였어요. 공증사무소 일정은 까맣게 잊고 있었고요. 거기서 뭐 하고 있었냐 물었는데 아무 대답도 안 하더라고요."

"나중에 그 안에 들어가 보셨나요?" 피아는 감식보고서를 대충만 훑어본 상태라 감식반이 풀장을 조사했는지 기억이 가물가물했다.

"흠…… 네, 궁금해서요." 보크트가 순순히 인정했다. "언뜻 보면 낡은 야외용 가구 말고는 아무것도 없었어요. 야외용 의자깔개를 보관해놓은 상자 밑을 보니 바닥에 문이 하나 나 있었습니다. 궁금해서 내려가 봤는데 수영장 설비 말고는 없었습니다."

***

"난 이런 제보는 왠지 의심스럽더라고." 프랑크푸르트로 가는 길에 보덴슈타인이 말했다. "마치 불을 놓은 소방관이 제일 먼저 불 끄러 온 것처럼 행동하는 것 같아서."

"저도 그런 생각이 들었습니다." 하딩 박사가 맞장구를 쳤다. "범인이 범행현장으로 돌아와 경찰에게 제보하거나 구경꾼들 사이로 숨는 경우는 비일비재하거든요."

"보크트는 어떻게 보셨습니까, 박사님?" 보덴슈타인이 하딩에게 물었다.

"침착하고 신중해 보이던데요."

"하지만 보크트도 용의자 중 한 사람이에요." 피아가 말했다. "수년간 테오 라이펜라트의 집에 드나들었고 클라스 레커, 앙드레 돌, 사샤 린데만처럼 그 집의 양자였으니까요."

"풀장 밑에서 시체나 범행에 관련된 단서 같은 게 발견된다면 보크트가 범인입니다." 하딩 박사가 말했다.

건너편 도로에는 공사구간이 있어 정체가 심했지만 A5고속도로의 차량 흐름은 원활했다. 오른쪽으로 프랑크푸르트의 스카이라인이 보이기 시작했다. 보덴슈타인은 베스트크로이츠에서 시내 쪽으로 방향을 틀었고, 차는 거북이걸음으로 전시관을 지나 빨간불에서 빨간불로 이동했다. 그때 피아의 휴대전화가 울렸다. 피아는 블루투스를 켜서 모두가 통화내용을 들을 수 있게 했다.

"방금 함부르크에서 전화가 왔어." 카이의 목소리가 스피커에서 흘러나왔다. "1997년 미제살인사건 참고하라고 알려주는 전화였는데 피해자 여성이 실종된 날짜를 듣고 깜짝 놀랐어."

피아는 뒷목이 서늘해지는 것을 느꼈다. 또 다른 피해자!

"어머니 날이야?" 피아가 넘겨짚었다.

"응, 정확히 그날. 엘케 폰 도너스베르크, 48세, 1997년 5월 11일 일요일 함부르크에서 실종됐어. 매일 아침 예니쉬 공원에서 조깅했는데 그날 나가서 돌아오지 않았대. 시체는 두 달 뒤 엘베 강의 한스칼프잔트 섬에서 발견됐어."

피아는 보덴슈타인과 얼굴을 마주 보았다.

"피해자가 차를 타고 이동했어?" 피아가 물었다.

"아니, 집이 오트마르쉔 지구 엘프쇼세라서 뛰어서 거기까지 갔다 오는 코스였나 봐."

"자녀는 있었나요?" 하딩 박사가 물었다.

"네, 아들 둘이요. 당시 열한 살, 아홉 살이었어요." 카이가 헛기침을 했다. "문제는 지금부터입니다. 시체의 몸통이 랩으로 싸여 있었는데 관할서 담당자들은 떠내려온 쓰레기가 걸린 걸로 판단했던 것 같습니다. 엘베 강엔 항상 쓰레기가 떠다니니까 크게 신경 안 쓴 모양인데 제가 보기엔 우리 사건과 유사점이 많습니다."

"제 생각에도 분명해 보입니다." 하딩 박사가 대꾸했다. "실종날짜와 랩은 범인이 남긴 필적이니까요."

"그리고 피해자가 끼고 있던 에메랄드 반지가 없어졌습니다." 카이가 말을 이었다. "물속에 빠졌을 가능성은 희박해 보입니다. 결혼반지는 손에 그대로 남아 있는데 그 반지를 항상 결혼반지 밑에 끼고 다녔다고 했거든요."

"그래서 말하려는 게 뭐야?" 보덴슈타인이 물었다.

"하딩 박사님이 차 열쇠를 전리품처럼 모으는 것 같다고 하셨잖아요." 카이가 설명했다. "그래서 데이터를 다시 한 번 자세히 살펴봤는데, 에바 타마라 숄레, 리아네 반 부렌, 니나 마스탈레르츠, 아나 베커 사이에 우리가 놓친 유사점이 있었습니다. 사진을 자세히 보면 보이는데 네 사람 모두 뒷머리에 조금씩 잘려나간 흔적이 있습니다. 그리고 소지품 중에 뭔가 하나씩 사라진 게 있습니다. 에바 타마라 숄레는 실종 당일 착용했다는 진주 허리띠, 리아네 반 부렌은 십자가 목걸이, 니나 마스탈레르츠는 귀걸이 한 쌍, 아나 베커는 목걸이입니다."

"함부르크 시체도 머리카락이 잘렸나?"

"시체가 두 달간 물속에 있었던 터라 그걸 알아볼 만큼 상태가 좋지 않았던 것 같습니다. 곧 사건파일 보내준다고 합니다. 사진은 키르히호프 교수 보시라고 바로 보내달라고 했습니다."

"잘했어, 카이." 보덴슈타인이 흡족해서 말했다. "클라스 레커는 도착했어?"

"네, 일단 유치장에 집어넣었는데 어떻게 할까요?"

"일단 그냥 놔둬. 그리고 구속영장 좀 신청해줘. 테오도르 라이펜라트에 대한 살인혐의로."

"네, 알겠습니다." 카이는 언제나처럼 불필요한 질문은 하지 않았다.

"우린 지금 프리트요프 라이펜라트에게 가고 있어. 그다음엔 앙드레 돌이고. 셈이랑 타리크에게 연락 온 거 없어?"

"셈이랑 메를레는 니나 마스탈레르츠의 어머니 집에 갔다가 친구 한 명 만나보고 있고요." 카이가 대답했다. "타리크와 카트린은 안네그레트 뮌히의 아들들, 그리고 애인이었던 남자를 만났습니다. 애인이었던 남자는 비행기 조종사인데, 담당자들이 쥐어짰지만 알리바이가 있었다고 합니다. 실종 당시 국내에 없었거든요. 타리크가 지금 안네그레트 뮌히와 친했던 친구를 만나보는 중입니다."

"피해자가 여덟 명이라니……." 카이가 전화를 끊은 뒤에 피아가 힘없이 중얼거렸다. "앞으로 뭐가 더 나올지 누가 안담! 전 정말 이해가 안 가는 게, 연쇄살인이라는 걸 왜 좀 더 일찍 알아채지 못했을까요? 랩에 싸는 거나 차문 잠겨 있는 거 다 똑같은데 그게 눈에 안 들어왔을까요? 그럴 거면 비클라스 같은 데이터뱅크가 있을 필요가 없잖아요."

"데이터뱅크는 사용하는 사람에 따라 그 가치가 달라지죠." 하딩 박사가 말했다. "이번 사건을 계기로 프로그램의 알고리즘을 향상시키면 좋겠네요. 그건 그렇고 지금 만나러 가는 사람에 대해 좀 얘기해주시죠."

피아는 프리트요프 라이펜라트에 대해 짧게 설명했다. 그가 셈과 그녀에게 어떤 태도를 보였는지, 왜 그가 할머니의 살인에 가담했을 가능성이 있는지도.

"그 사람이 왜 자기 할머니를 죽였겠어?" 보덴슈타인이 물었다. "그렇게 손자를 애지중지했다는데. 그리고 그 혹독한 처벌의 대상도 아니었잖아."

"그것과는 상관없습니다." 하딩 박사가 말했다. "저는 강연할 때 '포식자'라는 개념을 사용합니다. 반사회적 인격장애가 있는 사람은 일반적인 사람과 생각하는 방식 자체가 다릅니다. 오로지 자기 자신만을 생각하기 때문에 양심, 도덕, 법으로 통제되지 않습니다. 욕구를 제한하는 사람이 없어 아이가 모든 걸 제멋대로 하는 경우에도 반사회적 인격장애가 생길 수 있습니다. 예를 들면 텔레비전을 보고 있는 부모를 총으로 쏴 죽인 에릭과 라일 메넨데스 형제처럼요. 그들은 부모를 죽인 후 밖에 나가 파티를 즐겼고 쇼핑하면서 돈을 펑펑 쓰다 체포됐죠. 좋은 학교, 옷, 용돈, 차, 테니스 과외 등 모든 것을 누렸고 그것들은 항상 최고였어요. 하지만 사이코패스에겐 최고로도 부족했던 겁니다."

"방임은 부잣집이 더 심하다더군요."

"그렇습니다."

"그럼에도 불구하고 프리트요프 라이펜라트가 할머니를 죽여야 할 이유가 있는지 모르겠습니다."

"만일 반사회적 인격장애라면 이유가 필요 없습니다." 하딩이 설명했다. "그 순간에 할머니가 마음에 안 드는 행동을 했거나 하고 싶은 걸 못 하게 했을 수도 있죠. 그런 사람 머릿속에는 뭐가 들어 있는지 알 도리가 없어요."

보덴슈타인은 마인처 국도를 피하기 위해 베스트엔드를 지나 포이어바흐 가에서 보켄하이머 국도로 접어들었다. 시내로 들어가는 길은 전혀 밀리지 않았다. 데하그 빌딩이 로트쇨트 공원 하나를 사이에 두고 170미터 높이의 오페라 타워 그늘 속에 키 작은 동생처럼 서 있었다. 그들은 건물 앞 도로에 차를 세우고 통유리로 된 로비로 들어갔다.

안내데스크에는 60대 초반의 도어맨이 서 있었다. 데스크 위에 놓인 이름표에 따르면 크리스티아누 리베이라 다 실바라는 울림이 있는 이름을 가졌고, 건물 앞에서 담배를 피우거나 점심식사를 하러 나가는 젊은 은행원들에 비해 눈에 띄게 점잖았다. 우수에 찬 검은 눈동자를 지닌 은발의 노신사는 경찰공무원증을 보고도 아무런 표정 변화가 없었고 보덴슈타인이 프리트요프 라이펜라트를 만나러 왔다고 하자 즉시 전화를 걸었다.

"잠시 기다려주시면 바로 사람이 내려올 겁니다." 그가 로비 한쪽에 마련된 의자를 가리키며 정중하게 말했다.

"감사합니다." 보덴슈타인이 고개를 끄덕이고 돌아서려 할 때 옆에 있던 하딩 박사가 리베이라 다 실바에게 다가서며 유창한 포르투갈어로 말을 걸었다. 아무도 거들떠보지 않던 도어맨의 얼굴에 반가운 미소가 스쳤고 어느새 두 사람은 대화에 빠져들었다. 피아와 보덴슈타인은 '봉 디아'와 '오브리가두' 같은 인사말 말고는 전혀 알아들을 수 없는 대화였다. 하딩은 몇 분이 지나 대화를 마치더니 피아와 보덴슈타인이 있는 곳으로 왔다.

"항상 느끼는 거지만 사람의 성격을 알 수 있게 해주는 건 아주 사소한 것들입니다." 그가 말했다. "다 실바 말로는 라이펜라트가 자신을 지나칠 때 인사를 전혀 하지 않는다는군요. 손님과 함께일 때는 딴판이고요. 그럴 때는 인사도 친절하게 하고 심지어 친한 척까지 한답니다. 여기서 일한 지 32년째인데 라이펜라트는 처음부터 자기가 누군지 얘기한 적도 없다고 합니다. '포식자'들의 전형적인 태도죠. 자기보다 서열이 아래인 사람들을 공기처럼 대합니다. 협력자가 필요할 때는 예외지만요."

엘리베이터 두 대 중 한 대가 가벼운 공 울림과 함께 도착했다. 문이 열리자 피아는 프리트요프 라이펜라트와 다시금 대면할 마음의 태세를 갖췄다. 그러나 엘리베이터에서 내린 사람은 그가 아니라 비쩍 마른 검은 머리 여자였다. 회색 투피스 정장 차림의 그녀는 곧바로 그들을 향해 다가와 1미터 앞에서 멈추더니 자신을 프리트요프 라이펜라트의 개인비서라고 소개했다. 미소도 악수도 없었다. 그녀는 상사가 부재중인데 달리 도움이 필요한지 물었다.

"어디 가면 라이펜라트 씨를 만날 수 있습니까?" 보덴슈타인이 물었다.

"회사에 안 계십니다." 그녀는 말을 반복했다.

"여기 안 계셔도 어딘가에 계실 거 아니에요?" 보덴슈타인이 너무 예의를 차린다고 생각한 피아가 못 참고 끼어들었다. "오늘 일정 아실 거 아니에요? 아니면 모르고 있었나요?"

대답은 없고 차가운 눈빛이 되돌아왔다. 피아는 화가 치밀었다.

"우린 그렇게 쉽게 쫓아낼 수 있는 잡상인이 아니에요." 피아가 말했다. "살인사건을 수사 중인 강력반 형사라고요. 저희에게 협조하실 생각이 없다면 혹은 못 하시겠다면 라이펜라트 씨를 구인할 수밖에 없습니다. 뭐, 공개수배해도 되고요. 라디오, 인터넷, 텔레비전에 내보내면 금방 찾거든요."

라이펜라트의 개인비서는 무표정한 얼굴로 피아를 응시했다. 피아도 똑같이 눈빛으로 응수했다. 그리고 휴대전화를 꺼내 카이에게 전화를 걸었다.

"수배 하나 걸어줘." 카이가 전화를 받자 피아가 말했다. "최고 긴급단계, 전국범위. 아니, 잠깐만…… 유럽전체범위로 해줘. 그리고……"

"잠깐만요!" 피아의 단호함에 상대가 백기를 들었다.

"잠깐만." 피아가 카이에게 말했다.

"오늘 런던에 계십니다." 그녀가 차마 내키지 않은 듯 말했다. "내일

모레 프랑크푸르트에서 비정기 주주총회가 열리는데 방해받지 않고 준비하고 싶어 하십니다."

"언제 돌아오시나요?"

"오늘 마지막 비행기 아니면 내일 아침 비행기로요."

"카이? 일 해결됐어. 고마워." 피아가 전화를 끊었다. "프랑크푸르트 숙소는 어디죠?"

"팔켄슈타인에 있는 켐핀스키 호텔이요."

"알려줘서 고마워요." 피아는 그녀를 그대로 세워둔 채 자리를 떴다. 일행도 그녀를 따라 건물 밖으로 나섰다. 보덴슈타인의 얼굴에는 미소가 떠올라 있었다.

"보셨죠? 이게 바로 분업입니다." 보덴슈타인이 하딩 박사에게 말했다. "항상 제가 너무 무르게 나간다 싶으면 피아가 로트바일러 모드로 전환하죠. 그럼 만사형통입니다."

***

크리스티안 크뢰거에게서 전화를 받은 보덴슈타인은 일정을 변경했다. 요아힘 보크트의 제보를 확인하기 위해 맘몰스하인으로 출동한 감식반은 풀장을 다시 한 번 철저하게 조사했다. 그리고 실제로 지하 기계실에서 지난번에 놓친 것을 발견했다. 보덴슈타인 일행은 파란색 폭스바겐 버스 옆에 차를 세우고 집을 빙 돌아 뒤뜰로 갔다. 크뢰거는 자그마한 벽돌 건물 앞에서 기다리고 있었다.

"설마 지하에서 절단된 시체가 나온 건 아니겠지?" 피아가 말했다.

"그건 아닌데…… 직접 가서들 봐요."

하딩 박사는 신선한 공기를 마시고 싶다며 밖에 남고 피아와 보덴 슈타인만 헛간 같은 벽돌집으로 들어갔다. 그들은 야외용 가구, 빛바랜 파라솔, 플라스틱 상자 사이를 비집고 정사각형 모양의 구멍 앞까지 갔다. 피아는 심호흡을 한 다음 철계단을 밟고 구멍 안으로 내려갔다. 다리가 후들거리고 심장박동이 빨라졌다. 키가 큰 보덴슈타인은 구부정하게 허리를 굽히고 서 있어야 하는 길쭉한 공간에 조명 두 개가 환하게 켜져 있었다.

"저기 저건 뭐야?" 피아가 먼지를 잔뜩 뒤집어쓴 파란 통을 보고 깜짝 놀라 물었다. 자신도 모르게 슈발바흐 사건 때의 통이 떠오른 것이었다.

"별거 아냐." 옆에 있던 크뢰거가 그녀를 안심시켰다. "그냥 수영장 필터 펌프야. 중요한 건 바로 이거야!"

먼지 낀 상자들이 벽 쪽에 쌓여 있었다.

"탄환?" 피아가 놀라서 외쳤다.

"딩동댕!" 크리스티안이 고개를 끄덕였다. "정말 교묘하게 숨겨놨더라고. 벽돌을 그냥 쌓아놓기만 했어."

그는 벽 끄트머리에 가로세로 60센티미터, 40센티미터 정도 되는 구멍을 보여주었다.

"저 안에 탄환 상자와 온갖 무기가 든 상자 세 개가 들어 있었어."

무기! 피아는 안심이 되는 동시에 힘이 쭉 빠졌다. 그녀는 발전기 밑에 놓인 먼지 낀 철제상자 앞에 쭈그리고 앉아 안을 들여다보았다. 무기들은 하나하나 올록볼록한 비닐에 겹겹이 싸여 있었다. 그녀는 손에 장갑을 낀 다음 상아 재질의 손잡이가 달린 은색 리볼버를 꺼내 보았다.

"이건 뭐야?"

"45구경 콜트예요." 감식반원 한 명이 말했다. "제가 보기엔 모조품 같은데요. 저희가 대충 살펴봤는데 펌프 액션, 현대식 권총, 구식 권총, 리볼버, 산탄총, 칼라슈니코프, 우지 기관단총, 대전차화기 하나, 수류탄도 열 개는 넘는 것 같아요."

"실제 쓸 수 있는 것들이야?"

"탄환 양으로 봐선 그런 것 같습니다. 정확한 건 검사해봐야 알 수 있고요."

피아는 보덴슈타인을 돌아보았다.

"이 속에 리타 라이펜라트를 죽인 흉기가 들어 있을 것 같은데요." 그녀가 말했다. "테오가 전화통화에서 말한 쓰레기 같은 짐이 이거 아닐까요? 어떻게 생각하세요?"

"내일 직접 물어보자고." 보덴슈타인이 대꾸했다. "수류탄, 자동권총, 대전차화기는 소지한 것만으로도 전쟁무기통제법에 걸려."

피아는 보덴슈타인에게 무기 점검을 맡기고 다시 계단을 올라갔다. 이미 지역범죄수사국의 무기류 전문요원들이 연락을 받고 이곳으로 오는 중이었다. 리타 라이펜라트를 죽인 흉기가 있는지 알아보기 위해 오늘 내로 22구경 총기 모두 탄도검사를 실시할 예정이었다.

하딩 박사는 전에 견사가 있던 자리에 뒷짐을 지고 서서 구덩이를 내려다보고 있었다.

"집과 부속건물들을 살펴보고 싶은데 가능하겠습니까?" 피아가 옆에 다가가자 하딩이 물었다.

"그럼요. 감식반장이 열쇠를 가지고 있어요. 제가 함께 갈까요?"

"괜찮다면 혼자 둘러보고 싶습니다." 하딩이 미안하다는 듯 웃음을 지었다. "다른 게 아니라 혼자 집중해서 보고 싶어서요."

"그럼요. 이해해요." 피아도 미소로 답했다. "혹시 킴과는 연락됐나요?"

"아니요." 프로파일러는 고개를 저었다. "이메일도 보내고 음성사서함에 메시지도 남겼는데 아직 연락이 없네요. 원래 그런 사람이 아닌데…….. 보통 하루를 넘기지 않고 답장을 하거든요."

피아는 동생의 개인사정에 대해 하딩에게 말해주어야 하나 잠시 망설였지만 두 사람이 얼마나 허물없는 사이인지 몰라 그만두었다.

"저한테는 며칠씩 답장을 안 할 때도 있는걸요." 피아가 터놓고 말했다. "감정서 문제는 저희 과장님이 해결해주실 거예요."

"알겠습니다."

"제가 얼른 가서 열쇠 가져올게요."

"천천히 하세요. 여기저기 좀 둘러보고 있겠습니다."

피아는 풀장을 지나가다가 잠시 수조를 내려다보았다. 지금은 낙엽과 쓰레기로 가득한 직사각형 쓰레기통으로 변했지만 한때는 하늘색 타일이 깔리고 하늘이 비치는 맑은 물속에 누구라도 풍덩 뛰어들고 싶었으리라.

외적으로만 보면 라이펜라트 저택은 아이들이 걱정 없이 행복한 유년기를 보낼 수 있는 모든 요소를 갖추고 있었다. 넓은 잔디밭, 개울물, 나무, 테니스장, 풀장, 큰 텃밭, 온갖 종류의 애완동물까지. 신선한 공기 속에서 뛰어놀고 쉴 수 있는 공간이 충분했다. 그러니 아동복지국 사람들이 이 겉으로 이상적인 집에 보육원 아이들을 한 명씩 데려올 때마다 얼마나 뿌듯했겠는가! 그러나 이 안에서 무슨 일이 벌어지는지 정말 아무도 몰랐을까?

그녀 자신의 유년기는 딱히 불행하진 않았지만 그렇다고 넘치는 사랑과 다정함 속에 자란 것도 아니었다. 청소년기에는 학교에 반항했고 부모를 속 좁은 소시민이라고 욕했다. 라르스와 킴은 큰 문제 없이 학교에 다니고 사춘기를 넘겼지만 피아에게는 모든 것이 너무 힘들었다. 자신의 몸에 대한 불만도 많았고 평범하고 따분한 집안 분위기도 싫었다. 몇 번 따귀를 맞은 것 외에 체벌이나 학대를 당한 적은 없지만 인정받지도 못했다. 오히려 반대였다. 부모님은 비판하는 것에 익숙했고 그녀의 욕구를 뒷전으로 미루도록 가르쳤다. 머리모양이든 옷 입는 것이든 어떻게 해도 어머니 성에 차지 않았다. 학교 성적이나 친구 사귀는 문제는 말할 것도 없었다. 어릴 때 킴과 피아는 언제 어디서나 딱 붙어다니는 친한 사이였다. 그러다 사춘기를 지나면서 길이 갈렸다. 킴은 요정 같은 미모의 가녀린 소녀로 자라 온 친척의 찬사와 귀여움을 독차지했다. 그러나 피아는 여드름, 통통한 체형, 다혈질의 성격까지 극복해야 할 것이 한두 가지가 아니었다.

킴은 항상 숭배자들이 따라다녔지만 피아는 남자아이에게 연애편지 한 통 받아본 적이 없고 제대로 남자친구를 사귀어본 적도 없었다. 피아는 그 때문에 고민이 엄청나게 많았다. 그렇게 자존감이 없다 보니 남자 보는 눈이 없어 상대를 잘못 고르게 됐다. 그래서 스토킹에 성폭행까지 당했고 나중에는 엄청난 이기주의자 헤닝 키르히호프의 손에 떨어지고 말았다. 큰일을 여러 번 겪었지만 어떻게든 헤쳐나왔고 삶에서 제자리를 찾았다. 비르켄호프를 사서 꿈에 그리던 삶을 살았고 그 꿈이 악몽이 되기 전에 과감하게 털고 나왔다. 그녀는 일에서 자부심과 보람을 느꼈고 서른아홉 살에 자신을 전적으로 사랑해주는 크리스토프 같은 남자를 만나는 행운도 누렸다.

라르스는 편협하고 뒤끝 있는 꼰대가 됐다. 누구든 의심부터 하고 자신에게 악의를 품었다고 간주했다. 그런 편집증 때문에 오십 대 중반인데도 여전히 지역 저축은행의 고객상담원으로 일하고 있다. 킴도 문제가 없진 않았다. 한편으로는 달변에 두뇌도 명석하고 지적인 매력이 넘치는데 다른 한편으로는 오만하고 타인에게 아무렇지도 않게 상처를 줬다. 그리고 사적인 부분이나 감정표현에 있어서는 조개처럼 입을 꾹 다물었다.

피아는 자신과 똑같은 환경에서 자란 킴이 왜 그렇게 됐는지 의아스러웠다. 커다란 변화를 가져온 어떤 계기가 있었던 걸까? 아니면 타고난 천성의 발현일까? 유년기의 경험이 반드시 사이코패스적 인격발달에 책임이 있는 것일까? 한 사람의 인격적 성장에서 유전인자가 하는 역할은 얼마나 클까? 누구나 정신적으로 다르게 설정된 상태로 태어나니 같은 상황이라도 다르게 받아들이는 것이 아닐까?

"피아?"

누군가 그녀의 어깨를 건드리자 소스라치게 놀랐다. 보덴슈타인이 옆에 와 있었다.

"여기서 뭐 해? 왜 수조를 빤히 쳐다보고 있어?" 그가 물었다.

"생각 좀 하느라고요. 원래부터 나쁜 사람이 있는 게 아닐까, 유년기와 아무 상관이 없는 건 아닐까, 그런 생각이요."

"그건 나보다는 하딩 박사와 얘기해야 할 것 같은데." 그가 대꾸했다. "그만 갈까?"

"네, 그전에 얼른 집 열쇠 좀 받아오고요. 하딩 박사가 내부를 둘러보고 싶대요."

***

클라스 레커는 협조적으로 나왔다. 오전에 거짓말을 했다고 시인했고, 4월 7일 오전에 라이펜라트의 집에 갔을 때 그가 이미 죽어 있었다고 진술했다. 너무 영화 같은 이야기이긴 했지만 충분히 개연성이 있었다. 레커는 금요일에 테오가 전화를 받지 않자 맘몰스하인으로 찾아갔다. 양아버지에게 전화로 돈을 빌려달라고 부탁한 다음 날이었다. 변호사가 수임료 1만 1천 유로를 48시간 내에 갚지 않으면 고소하겠다고 으름장을 놓았기 때문이다. 테오는 돈을 빌려주겠다고는 했지만 집에 돈이 없으니 현금카드를 주겠다고 했다. 레커가 집에 도착했을 때 정문은 잠기지 않은 상태였고 안에 들어가 보니 노인은 부엌의 긴 의자에 누운 채 죽어 있었다. 몸에 아직 온기가 남아 있었고 사후경직도 일어나지 않은 상태였지만 호흡과 맥박은 없었다. 다음 날 요아힘 보크트가 출장에서 돌아올 것을 알고 있었던 레커는 윤리적으로 해선 안 될 짓이지만 꼭 범죄라고는 할 수 없는 짓을 저질렀다. 현금을 찾아 집 안을 뒤졌고 금고도 털었지만 그가 거둔 수확은 500유로가 채 안 됐다. 그는 개가 시신을 훼손하지 못하게 견사에 가두고 물과 사료를 주었다. 그리고 온 집 안의 보일러를 다 끄고 양아버지의 지갑을 챙겨 집을 나왔다.

"왜 익명으로라도 경찰에 신고하지 않았어요?" 피아가 물었다.

"다음 날 요아힘이 와서 발견할 거라고만 생각했죠." 레커가 대답했다. 그는 보덴슈타인과 피아가 자신의 말을 믿어준다는 것을 알고 다시 자신감을 회복했다. "테오가 하루 이틀 늦게 발견됐다고 크게 달라지는 건 없지 않습니까?"

피아는 한숨을 푹 쉬었다. 그는 돈이 급한 나머지 다른 것은 안중에도 없었던 것이다. 사실 경찰은 그가 개를 견사에 가둔 것을 고마워해야 할 판이었다. 게다가 부검 결과 라이펜라트는 낙상사의 가능성이 컸다.

"날 여기 24시간 이상 잡아둘 수 없다는 거 다 압니다." 레커가 씩 웃었다. "나도 내 권리를 알거든요. 영장이 없으면 늦어도 내일 아침엔 풀어줘야 할 겁니다. 아니면 강요 및 불법감금으로 고소할 테니까요."

"일정한 주소지 없잖아요."

"있어요. 테오 집으로 들어갈 겁니다. 어차피 전입신고도 거기로 돼 있으니까요. 그전엔 직장동료 집에 있을 겁니다. 거기 주소 아시죠? 그리고 일하는 데도 어딘지 아실 테고."

피아는 보덴슈타인을 힐끔 쳐다보았다.

"가셔도 좋습니다, 레커 씨." 보덴슈타인이 서류를 모아 일어서며 말했다. "수사에 협조해주셔서 감사합니다. 불편하게 해드린 점은 양해 바랍니다."

"내 차는 어떻게 되는 거죠?"

"라이펜라트 씨의 벤츠 차량은 현재 과학수사연구소에서 검사 중입니다. 검사 결과 별다른 점이 없으면 유산상속자나 유산관리인에게 인도할 겁니다."

보덴슈타인은 인사 없이 조사실을 나갔다. 피아도 그 뒤를 따랐다.

회의실에는 타리크, 셈, 메를레 그룸바흐가 이미 와서 기다리고 있었다. 하딩 박사도 맘몰스하인에서 돌아왔고 카트린만 어린 딸을 돌볼 사람이 없어 퇴근한 상태였다. 보덴슈타인과 피아는 오늘 누구를 만나 무엇을 알게 됐는지, 왜 클라스 레커를 놔주었는지 말했다. 그다음은 타리크 차례였다. 타리크와 카트린은 당시 수사 담당자가 은퇴하면서 후임으로 온 디첸바흐 서의 동료 경찰관과 함께 안네그레트 뮌히의 두 아들 중 한 명을 찾아갔다. 어머니의 실종으로 인해 두 아들의 인생은 완전히 달라졌다. 어머니뿐 아니라 어머니를 살해한 혐의를 받았던 아버지도 잃었기 때문이었다. 아들 둘 다 당시 어머니가 어떻게 죽었는지 별로 알고 싶어 하지 않았다. 아직도 어머니를 용서하지 못한 것이다. 반면 피해자의 어머니는 마음을 다잡고 딸의 죽음에 대해 자세히 말해달라고 했다. 그녀의 말에 따르면 딸은 이미 오래전부터 결혼생활에 회의를 느꼈고 두 아들을 남겨둔 채 집을 나왔다. 그리고 아들들과 가까이 있기 위해 이웃 동네에 집을 얻었다. 그녀가 그 주제로 텔레비전 토크쇼에 초대되자 베른하르트 뮌히는 불같이 화를 내며 사람들이 보는 앞에서 죽여버리겠다고 협박했다. 그녀는 이후 직장동료와 사귀기 시작했다.

"비행기 조종사였던 피해자의 남자친구는 우리가 나타나자 아주 불편해하더라고요." 타리크가 보고했다. "현재 루프트한자의 고위간부이고 20년 전에 결혼해서 자녀가 셋입니다."

"당시 안네그레트 뮌히와 진지한 관계였대?" 피아가 물었다.

"남자는 함께 살려고 했었나 봐요." 타리크가 대답했다. "실종신고를 한 것도 이 남자였고요. 그 후 한동안 수사팀의 표적이 되기도 했고 분노한 남편에게 쫓기기도 했습니다. 게다가 제삼의 남자가 있었다는 것도 알게 됐죠."

"그래서 제삼의 남자는 실제로 있었어?"

"네, 실제로 있었어요." 타리크가 고개를 끄덕였다. "친한 친구였던 율리아 쾨니히의 말로는 안네그레트가 그 남자에게 완전히 빠져 있었다고 합니다. 실종되기 얼마 전에 알게 됐는데 무척 비밀스럽게 굴었대요. 상하이 비행에서 돌아오면 또 다른 친구 한 명 더 불러서 자세히 얘기해주기로 했는데 영영 들을 수 없게 된 거죠."

"정말 아무에게도 말 안 했답니까?" 하딩 박사가 물었다. "그건 여자들의 일반적인 행동이 아닌데 말이죠."

"두 가지는 얘기했다고 합니다. 하나는 루프트한자 훈련센터에서 알게 됐다는 것이고 다른 하나는 남편과 정반대 유형이라는 거요. 베른하르트 뮌히는 땅딸막하고 당시 이미 거의 대머리였습니다. 그래서 경찰은 호리호리한 체형의 검은 머리 남자를 찾았었죠. 1993년 당시 루프트한자의 직원 수는 4만 명이 넘었습니다. 그래서 아무 성과 없이 끝났습니다. 안네그레트 뮌히의 휴대전화 통화 내역 분석도 별 성과가 없었습니다. 통화 대부분이 추적 불가능했거든요."

셈과 메를레가 가져온 정보는 조금 더 희망적이었다. 니나 마스탈레르츠는 2011년에 새로운 삶을 찾아 폴란드에서 독일로 이주했다. 그녀는 밤베르크에서 청소 일을 몇 개 맡고 지역교육센터에서 영어와 독일어 수업을 들으며 저녁에는 테이블댄스 바에서 일했다. 사생아인 어린 딸이 하나 있었는데 폴란드에 있는 조부모가 키웠다.

"니나는 야망이 있었습니다." 셈이 말했다. "어떻게든 성공하려고 했고 다른 것은 모두 뒷전이었습니다. 당시 프랑스 경찰의 업무협조도 있었습니다. 밤베르크 경찰은 니나가 일하던 바에서 범인을 알게 됐으리라 추측하고 그 일대를 뒤집다시피 했습니다. 그런데 정작 같이 살던 친구는 찾아내지 못했답니다. 불법체류자여서 추방될까 봐 잠적한 거죠. 그런데 그동안 독일인과 결혼했고 그래서 이젠 말할 수 있다고 하더라고요."

"우크라이나 여자인데 니나의 노트북을 보관하고 있다며 건네줬어요." 메를레가 거들었다.

"그건 나한테 줘요." 카이가 말했다. "뭔가 쓸 만한 정보가 들어 있을지도 모르죠."

"그래, 잘됐네. 어때, 내일 아침까지 되겠어?" 정보기술 쪽에 문외한인 보덴슈타인이 카이에게 물었다.

"반장님, 정말 이러시기예요?" 카이가 불평했다. "이게 텔레비전 드라마에서처럼 뚝딱 되는 게 아니거든요."

"자네라면 충분히 할 수 있을 거야." 카이 오스터만에 대한 보덴슈타인의 신뢰는 끝이 없었다. "잘하면 당시 담당자들보다 많이 알아낼 수 있을 거야. 벌써 6시 반이네. 오늘 다들 수고 많았어. 이만 퇴근하지. 내일은 앙드레 돌과 브리타 오가르추닉 차례야."

***

2012년 5월 15일

즉흥적인 건 정말 싫지만 다른 방도가 없다. 그녀는 내 말을 들은 척도 하지 않았고 귀찮다는 듯 나를 무시했다. 그녀다운 행동이다. 오만하고 냉정하다. 이 이기적이고 음험한 여자가 내 눈에 띄지 않았다면 나는 이 일에 다시 손대지 않았을지도 모른다. 이 여자는 당해도 싸다. 나는 차에서 내려 나무 뒤에 숨는다. 20분 전에 지나갔으니 몇 분 후면 다시 이곳을 지나갈 것이다. 그녀는 매주 일요일 아침 같은 코스로 조깅을 한다. 그녀의 집이 있는 부흐숄라크에서 출발해 숲을 가로질러 랑에너 발트제까지. 거기서 호수를 한 바퀴 돈 다음 다른 길로 해서 집으로 돌아간다. 나는 트릭을 하나 생각해냈다. 과연 그녀가 걸려들지 두고 볼 일이다. 저기 그녀가 온다! 그녀는 빠르고 규칙적인 템포로 발걸음을 내디딘다. 힘든 기색도 전혀 없다. 그녀는 가을에 있을 뉴욕 마라톤에 나가기 위해 연습 중이다. 만약 내 계획대로 된다면 그녀는 뉴욕행 비행기에 타지 못하리라. 나는 손에 개 목줄을 들고 나무 뒤에서 나와 그녀에게 손을 흔든다. 그녀가 그냥 지나친다면 어쩔 수 없다. 그녀는 충분히 그럴 수 있는 여자다. 그러나 웬걸, 걸음을 늦추더니 제자리 뛰기를 하며 한쪽 귀에서 이어폰을 뺀다.

"이거 미안합니다." 나는 약간 잔기침을 한다. "혹시 작은 흰색 강아지 한 마리 못 봤습니까?"

"아니요, 못 봤는데요." 그녀는 나를 찬찬히 살핀다. 나는 지금 백발에 흰 수염, 콧등에 안경을 걸친 퉁퉁한 노인네다. 도움이 필요하면 필요했지 해를 끼칠 만하게 보이지 않을 것이다.

"우리 손녀딸 강아지인데 말이야, 아주 잠깐 줄을 풀어줬는데 그만 쌩하고 달아나버렸지 뭐요! 이걸 어쩐다? 강아지가 한 번도 안 다녀본 길이고 주위엔 온통 도로인데!" 나는 울상을 지으며 몸짓으로 난감함을 표현한다. "우리 딸이랑 사위가 어머니날이라고 왔거든. 그런데 내가 어제 밀루 산책시켜준다고 약속을 했어요. 아이고, 이를 어째! 강아지한테 무슨 일이라도 생기면 아주 큰일인데! 우리 손녀딸이 워낙 애지중지하는 게 아니라……"

그녀는 여전히 미심쩍은 표정이다. 늙은이를 도와 개를 찾으러 다닐 마음이 안 생기는 것이다. 그렇다면 센 걸로 하나 더 동원하기로 한다.

"엠마는 하반신마비라 휠체어 신세를 져야 한다오. 그래서 강아지를 그렇게 끔찍이 여기는 거예요!"

"왔던 길로 되돌아간 거 아닐까요?" 그녀가 의견을 낸다.

"나도 그러길 바랐죠." 나는 낙담한 표정으로 머리를 절레절레 흔든다. 속으로는 이러는 사이 다른 사람이 나타나 일을 망칠까 봐 조바심이 난다. 나는 내 승합차 옆에 있는 SUV를 가리킨다. "이게 내 차예요. 그런데 여기 아무 데도 없잖아요. 미안합니다, 숨 좀 골라야 되겠어요."

나는 SUV에 기대며 숨이 찬 척 가슴에 손을 가져간다.

그녀는 여전히 주저한다. 그러나 곧 할 수 없다는 듯 어깨를 으쓱한다.

"제가 잠깐 같이 찾아봐드릴게요." 그녀가 루디 카렐(네덜란드 출신의 독일 코미디언―옮긴이)을 연상시키는 네덜란드 억양으로 말한다. "괜찮으시다면 제가 호수를 한 번 더 돌아볼게요."

"아이고, 그래준다면 고맙지요." 나는 힘없이 웃는다. "잠깐 기다려요. 간식 좀 꺼내줄게요. 밀루는 먹을 것이라면 사족을 못 쓰거든."

나는 SUV의 트렁크를 여는 척한다. 그녀는 휴대전화를 꺼내 보고 있다. 옳지! 정신이 딴 데 팔린 그녀는 전기충격기를 보지 못한다. 나는 한 걸음 다가서며 그녀의 땀에 젖은 팔뚝에 전기충격기를 갖다댄다. 그녀의 입이 벌어지고 눈은 놀람에 번뜩인다. 그러나 다음 순간 근육에 힘이 빠지며 푹 고꾸라진다. 나는 재빨리 승합차 뒷문을 열어젖힌다. 이제부터는 신속하게 처리해야 한다. 그녀는 그리 무겁지 않다. 그러나 의식 없는 사람을 들어올리는 것이 영화에서처럼 쉬운 것은 아니다. 나는 축 늘어진 그녀를 거칠게 차 안으로 밀어넣고 문을 쾅 닫는다. 성공! 나는 그런 아이디어를 낸 스스로에게 칭찬을 아끼지 않는다. 간단하지만 매우 효과적인 아이디어였다. 이제 어두워질 때까지 정확히 열두 시간이 남아 있다. 이 열두 시간 동안 나는 할일이 아주 많다.

〈2권에 계속〉

옮긴이_ 김진아

숙명여자대학교를 졸업하고 독일 베를린 자유대학교에서 교육학, 연극학 석사 학위를 받았다. 독일 두이스부르크-에센 대학교에서 강사를 역임하고 현재 전문번역가로 활동 중이다. 옮긴 책으로는 《백설공주에게 죽음을》, 《너무 친한 친구들》, 《바람을 뿌리는 자》, 《사랑받지 못한 여자》, 《깊은 상처》, 《사악한 늑대》, 《수잔 이펙트》 등이 있다.

잔혹한 어머니의 날 1

초판 1쇄 발행 2019년 10월 7일
초판 6쇄 발행 2023년 10월 18일

지은이 넬레 노이하우스
옮긴이 김진아
펴낸이 신경렬

상무 강용구
기획편집부 최장욱 송규인
마케팅 김사라
디자인 박현경
경영지원 김정숙 김윤하
제작 유수경

교정교열 박은경

펴낸곳 (주)더난콘텐츠그룹
출판등록 2011년 6월 2일 제2011-000158호
주소 04043 서울시 마포구 양화로 12길 16, 7층(서교동, 더난빌딩)
전화 (02)325-2525 | **팩스** (02)325-9007
이메일 longest@thenanbiz.com | **홈페이지** www.thenanbiz.com

ISBN 979-11-5879-117-9 03850
        979-11-5879-119-3 (SET)